D1622606

TU M'APPARTIENS

Grande dame du suspense, Mary Higgins Clark règne sur le thriller anglo-saxon. Elle est traduite dans le monde entier, tous ses livres sont d'énormes succès de librairie et plusieurs de ses romans ont été adaptés pour la télévision.
Parmi ses titres, on retiendra : *La Nuit du renard, Un cri dans la nuit, Ne pleure pas, ma belle, Nous n'irons plus au bois, Souviens-toi, Ce que vivent les roses, La Maison du clair de lune* et *Ni vue ni connue*...

MARY HIGGINS CLARK

Tu m'appartiens

ROMAN TRADUIT DE L'ANGLAIS PAR ANNE DAMOUR

ALBIN MICHEL

Titre original :

YOU BELONG TO ME

*A mon mari, John Conheeney,
et nos petits-enfants
Elizabeth et David Clark,
Andrew, Courtney et Justin Clark,
Jerry Derenzo,
Robert et Ashley Lanzara,
Lauren, Megan, Kelly et John Conheeney,
David, Courtney et Thomas Tarleton
Tendrement.*

PROLOGUE

Il avait joué à ce même jeu auparavant, et s'était attendu cette fois-ci à une déception. Sa surprise fut d'autant plus agréable en s'apercevant qu'il en éprouvait une excitation plus grande encore.

Il avait embarqué la veille à Perth, en Australie, avec l'intention d'aller jusqu'à Kôbe, mais il l'avait immédiatement repérée, si bien que poursuivre le voyage ne serait pas nécessaire. Elle était assise à une table près d'une fenêtre dans la salle à manger lambrissée du paquebot, une vaste pièce d'une élégance discrète propre au *Gabrielle*. Le luxueux bateau avait la taille idéale pour les desseins qu'il nourrissait, d'ailleurs il voyageait toujours sur des navires de dimension modeste, choisissait toujours des croisières autour du monde haut de gamme.

Il était prudent de nature, encore qu'il courût peu de risque d'être reconnu par un de ses précédents compagnons de voyage. Il était passé maître dans l'art de se déguiser, un talent qui s'était révélé à l'époque où il faisait du théâtre à l'université.

Observant Regina Clausen, il en conclut qu'elle gagnerait à utiliser quelques artifices. Elle faisait partie de ces femmes de quarante ans qui ne manqueraient pas de charme si elles savaient s'habiller, se mettre en valeur. Elle portait un coûteux ensemble du soir d'un bleu dur qui eût fait merveille sur une blonde, mais n'améliorait en rien son teint pâle, soulignant au contraire une mine fatiguée et blafarde. Quant à ses cheveux, d'un châtain clair naturel et plutôt seyant, ils étaient arrangés avec si peu de grâce que, même depuis l'autre bout de la salle, elle paraissait plus vieille que son âge, voire démodée, donnait l'image d'une bourgeoise de la banlieue chic dans les années cinquante.

Bien entendu, il savait qui elle était. Il l'avait vue en action lors d'un conseil d'administration à peine quelques mois auparavant et il l'avait également regardée sur CNBC dans ses fonctions d'analyste financière. Lors de ces interventions, Regina Clausen avait donné l'impression d'une femme énergique et très sûre d'elle-même.

Voilà pourquoi, la voyant d'abord assise seule et songeuse à une table, puis plus tard afficher un plaisir timide, presque enfantin, lorsqu'un membre de l'équipage vint l'inviter à danser, il sut immédiatement que sa tâche serait aisée.

Il leva son verre et, avec un geste imperceptible dans sa direction, lui porta un toast silencieux.

Tes prières ont été exaucées, Regina, promit-il. *A partir d'aujourd'hui, tu m'appartiens.*

TROIS ANS PLUS TARD

1

Sauf en cas de tempête de neige ou de menace d'ouragan, le Dr Susan Chandler parcourait à pied le kilomètre et demi qui séparait le petit bâtiment ancien de Greenwich Village où elle habitait de son cabinet situé dans un immeuble début de siècle à Soho. Psychothérapeute, elle possédait une belle clientèle privée et était devenue une sorte de personnage public en animant une émission de radio très populaire, *En direct avec le Dr Susan*, qui était diffusée tous les jours.

L'air était vif et venteux en cette matinée d'octobre et elle se félicita d'avoir enfilé un pull-over à col roulé sous sa veste.

Ses cheveux mi-longs blond foncé, encore humides après sa douche, étaient balayés par le vent et elle regretta de ne pas avoir pris de foulard. Elle se rappela les recommandations que lui faisait jadis sa grand-mère : « Ne sors jamais avec la tête mouillée, tu attraperais la mort », puis se rendit compte qu'elle pensait beaucoup à sa grand-mère Susie depuis un certain temps. Mais il est vrai que cette dernière avait vécu à Greenwich Village, et Susan se demandait parfois si son esprit ne hantait pas encore les alentours.

Elle s'arrêta à un feu de signalisation au coin de Mercer et de Houston. Il était à peine sept heures trente, et les rues n'étaient pas encore encombrées. Une heure plus tard, elles seraient envahies par les New-Yorkais du lundi matin retournant au bureau.

Dieu soit loué, le week-end est fini, soupira Susan avec gratitude. Elle avait passé la majeure partie de ces deux jours à Rye avec sa mère, qui était déprimée — chose assez naturelle étant donné qu'elle aurait dû fêter ce dimanche-là son quarantième anniversaire de mariage. Et, pour tout arranger, les retrouvailles de Susan avec sa sœur Dee, venue de Californie, s'étaient plutôt mal passées.

Sur le chemin du retour, dans l'après-midi du dimanche, elle s'était arrêtée chez son père dans l'imposante demeure de Bedford Hills, où Binky — sa deuxième femme — et lui recevaient leurs amis. Elle soupçonnait que le choix de la date était l'œuvre de Binky. « Charles et moi nous nous sommes rencontrés il y aura quatre ans aujourd'hui », avait-elle annoncé avec des larmes dans la voix.

J'aime tendrement mes deux parents, pensa Susan en pénétrant dans l'immeuble qui abritait son cabinet de consultation, mais il est des jours où j'ai envie de leur dire : soyez gentils, devenez adultes.

Elle était généralement la première arrivée au dernier étage, mais en approchant des bureaux de sa vieille amie et confidente, l'avocate Nedda Harding, elle s'étonna de voir déjà allumées les lumières de la réception et du couloir. Elle savait que Nedda était la seule à pouvoir être aussi matinale.

Elle secoua pensivement la tête en ouvrant la porte de la réception — qui aurait dû être fermée à clé —, longea le couloir, passant devant les pièces encore plongées dans l'obscurité qu'occupaient

12

les associés de Nedda et les employés, puis s'arrêta devant la porte ouverte du bureau de Nedda, et sourit. Comme toujours, son amie était tellement absorbée dans son travail qu'elle ne s'aperçut même pas de la présence de Susan.

Concentrée, elle était figée dans son attitude habituelle, le coude gauche sur son bureau, le front appuyé au creux de sa paume, et la main droite s'apprêtant à tourner les pages d'un épais dossier ouvert devant elle. Ses cheveux gris coupés court étaient décoiffés, ses lunettes demi-lune glissaient obstinément le long de son nez, et son corps robuste donnait l'impression d'être prêt à bondir. Avocate parmi les plus respectées de New York, Nedda avait une apparence maternelle qui cachait l'intelligence et l'énergie combative qu'elle montrait dans son travail, tout particulièrement lors des interrogatoires de témoins au tribunal.

Les deux femmes s'étaient connues et liées d'amitié dix ans auparavant à NYU, l'université de New York, à l'époque où Susan était une étudiante de vingt-deux ans en seconde année et Nedda chargée de cours. En troisième année, Susan avait organisé ses horaires de manière à pouvoir seconder Nedda deux jours par semaine.

Tous ses amis, à l'exception de Nedda, avaient été stupéfaits quand, après deux années passées auprès du procureur du Comté de Westchester, Susan avait quitté son poste d'adjoint pour reprendre ses études et passer un doctorat de psychologie. « C'est une chose que je dois faire », avait-elle déclaré comme unique explication.

Sentant enfin la présence de Susan dans l'embrasure de la porte, Nedda leva les yeux. Son sourire fut aussi bref que chaleureux. « Tiens, tiens, voyez qui est là! Bon week-end, Susan? Dois-je vraiment poser la question? »

Nedda était au courant de la réception de Binky et de l'anniversaire de mariage de sa mère.

« Tout s'est déroulé comme prévu, répondit Susan avec une grimace. Dee est arrivée chez maman le samedi et toutes les deux se sont mises à sangloter de concert. J'ai dit à Dee que sa déprime ne faisait que saper le moral de maman, et elle m'a traitée de tous les noms. Elle m'a dit que si deux ans plus tôt j'avais vu mon mari emporté par une avalanche comme elle, Dee, avait assisté à la mort de Jack, je comprendrais mieux ce qu'elle endurait. Elle a aussi suggéré que si je permettais à maman de s'épancher de temps en temps sur mon épaule au lieu de lui répéter constamment de prendre sa vie en main, je lui serais d'une plus grande aide. J'ai répliqué que j'avais l'épaule endolorie à force d'y recueillir les pleurs de la planète et Dee a failli s'étrangler de fureur. Mais j'ai au moins réussi à faire rire maman.

« Ensuite je suis allée à la réception de papa et de Binky, continua-t-elle. A propos, papa souhaite que je l'appelle Charles désormais, ce qui veut tout dire. » Elle poussa un profond soupir. « Voilà le résumé de mon week-end. Encore un du même acabit et ce sera à moi de me faire soigner. Mais comme je n'ai pas envie de dépenser une fortune chez un psy, je finirai par me parler à moi-même. »

Nedda lui jeta un regard bienveillant. Elle était la seule parmi les amies de Susan à connaître l'histoire de ses parents et de leur difficile divorce, ainsi que la tragédie de Jack et de Dee. « A mon avis, tu as besoin d'un bon plan de survie », fit-elle.

Susan rit. « Tu pourrais peut-être m'en concocter un. Mets-le sur ma facture, très chère, avec tout ce que je te dois déjà pour m'avoir dégoté ce job à la radio. Maintenant, je ferais mieux d'aller travailler. J'ai un tas de trucs à préparer avant l'émission. Au fait, t'ai-je remerciée récemment ? »

Un an plus tôt, Marge Mackin, une célèbre animatrice de radio, amie intime de Nedda, avait prié Susan de participer à son émission pendant que se déroulait un procès hautement médiatique, l'invitant à la fois en tant qu'expert légal et psychologue. Le succès de cette première intervention sur les ondes l'avait amenée à participer régulièrement aux débats et, le jour où Marge avait été appelée à animer un programme de télévision, on avait proposé à Susan de reprendre l'émission à sa place.

« Ne dis pas de bêtises. On ne t'aurait jamais confié ces responsabilités si tu n'en avais pas été capable. Tu es excellente et tu le sais, répliqua Nedda. Qui est ton invité du jour ?

— Cette semaine, je compte centrer l'émission sur la prudence que devraient montrer les femmes dans leurs rencontres. Donald Richards, un psychiatre spécialiste en criminologie, vient de publier un ouvrage intitulé *Femmes disparues*. Il y traite de plusieurs cas de disparition dont lui-même s'est occupé. Beaucoup ont été résolus, mais certains restent encore aujourd'hui obscurs. J'ai lu son livre, et il m'a paru très intéressant. Il y décrit le passé de chaque femme et les circonstances dans lesquelles elle a disparu. Il expose ensuite les raisons expliquant pourquoi ces femmes intelligentes ont pu se laisser attirer par un assassin, et finit en établissant la marche à suivre pour découvrir ce qui leur est arrivé. Nous allons donc parler du livre et des cas les plus intéressants, puis plus généralement étudier comment nos auditrices pourraient éviter des situations potentiellement dangereuses.

— C'est un bon sujet.

— Je crois, oui. J'ai décidé d'évoquer la disparition de Regina Clausen. Cette histoire m'a toujours intriguée. Tu te souviens d'elle? Je la regardais régulièrement sur CNBC, elle était formidable. Il y a six ans environ, j'ai employé le chèque que m'avait donné papa pour mon anniversaire à l'achat d'une valeur qu'elle recommandait. Le titre a fait un malheur, et bizarrement j'ai l'impression de lui devoir quelque chose. »

Nedda leva les yeux, fronçant les sourcils. « Regina Clausen a disparu il y a environ trois ans, après avoir débarqué à Hong Kong d'un bateau qui faisait une croisière autour du monde. Je m'en souviens parfaitement. On en a beaucoup parlé à l'époque.

— C'était juste après que j'ai quitté le bureau du procureur, dit Susan, mais j'étais passée leur rendre visite lorsque la mère de Regina, Jane Clausen — elle vivait alors à Scarsdale — est venue trouver le procureur en personne dans l'espoir qu'il pourrait l'aider. Malheureusement, rien n'indiquait que Regina ait jamais quitté Hong Kong, et naturellement l'affaire ne relevait pas de la juridiction du Comté de Westchester. La pauvre femme avait apporté des photos de Regina et elle racontait combien sa fille avait été impatiente de faire ce voyage. Bref, je n'oublierai jamais cette histoire, et je compte en parler durant l'émission. »

L'expression de Nedda s'adoucit. « Je connaissais un peu Jane Clausen. Nous sommes toutes les deux sorties de Smith la même année. Elle habite un appartement à Beekman Place. C'était quelqu'un de très réservé, et je crois que Regina fuyait elle aussi les mondanités. »

Susan haussa les sourcils. « Je regrette de ne pas avoir su que tu connaissais Mme Clausen. Tu aurais pu m'obtenir un entretien avec elle. D'après mes notes, la mère de Regina ne lui connaissait pas de liaison, mais si j'avais eu l'occasion de la faire parler, un détail apparemment anodin à l'époque du drame aurait pu émerger de notre conversation et nous apporter certains éclaircissements. »

Nedda prit un air concentré. « Il n'est peut-être pas trop tard. Douglas Layton est l'avocat de la famille Clausen. Je l'ai rencontré à plusieurs reprises, et je le connais un peu. Je vais lui téléphoner à neuf heures et je verrai s'il peut nous mettre en contact avec sa cliente. »

A neuf heures dix, le téléphone intérieur sonna sur le bureau de Susan. C'était Janet, sa secrétaire. « Douglas Layton, un avocat, sur la ligne un. Cramponnez-vous, docteur. Il n'a pas l'air commode. »

Il n'était pas un jour où Susan ne priât le ciel que Janet, par ailleurs excellente secrétaire, s'abstienne de faire des commentaires sur les gens qui l'appelaient. Même s'il lui fallait reconnaître qu'ils étaient la plupart du temps justifiés.

Dès les premiers mots échangés avec l'avocat de la famille Clausen, il fut clair qu'il était de méchante humeur. « Docteur Chandler, dit-il d'un ton cassant, nous nous élevons résolument contre toute exploitation du chagrin de Mme Clausen. Regina était sa fille unique. La situation serait déjà suffisamment cruelle si son corps avait été retrouvé, mais puisque tel n'est pas le cas, Mme Clausen est torturée par une angoisse constante et mène presque une existence de recluse, se demandant dans quelles conditions vit sa fille — si jamais elle est en vie. J'aurais espéré qu'une amie de Nedda Harding s'abstiendrait de cette sorte de sensationnalisme, qui consiste à utiliser la douleur d'autrui pour alimenter une psychologie de salon. »

Susan serra les lèvres pour étouffer la réponse cinglante qui lui venait aux lèvres. Lorsqu'elle prit la parole, ce fut d'une voix glaciale mais parfaitement calme. « Monsieur Layton, vous venez de donner la raison pour laquelle il importe de parler publiquement de cette affaire. Il est certainement infiniment plus douloureux pour Mme Clausen de se demander chaque jour si sa fille est en vie et souffre quelque part plutôt que d'avoir la connaissance de ce qui lui est réellement arrivé. Je crois savoir que ni la police de Hong Kong ni les détectives privés engagés par Mme Clausen n'ont pu découvrir le moindre indice concernant les faits et gestes de Regina après qu'elle eut quitté le bateau. Mon émission est écoutée dans cinq Etats. Ce serait un incroyable hasard, je le sais, néanmoins il est *possible* que, parmi nos auditeurs d'aujourd'hui, il en soit un qui ait voyagé à bord de ce bateau, ou visité Hong Kong à l'époque où s'y trouvait Regina Clausen. Dans ce cas, peut-être appellera-t-il pour nous donner une indication utile, voire dire qu'il a vu Regina après sa disparition du *Gabrielle*. Après tout, elle apparaissait régulièrement sur CNBC, et certaines personnes ont une excellente mémoire des visages. »

Sans laisser à Douglas Layton le temps de répondre, Susan raccrocha et alluma la radio. Elle avait préparé les messages annonçant le programme de ce jour, mentionnant le nom de son invité et l'affaire Clausen. On les avait brièvement diffusés le vendredi et Jed Geany, le réalisateur de l'émission, lui avait promis que la station les passerait à nouveau dans la matinée. Pourvu qu'il n'ait pas oublié.

Vingt minutes plus tard, alors qu'elle examinait le bulletin scolaire d'un jeune patient de dix-sept ans, elle entendit la première annonce. Il ne restait plus qu'à croiser les doigts, et à espérer de surcroît qu'une personne sachant quelque chose de cette histoire soit en train d'écouter l'émission.

2

C'était un coup de chance absolu que la radio de sa voiture se soit trouvée réglée ce vendredi-là sur la station des débats en direct; sinon il n'aurait jamais entendu l'annonce. La circulation était pratiquement arrêtée et il n'écoutait que d'une oreille. Mais en entendant le nom de Regina Clausen, il avait monté le son et s'était concentré.

Non qu'il existât quelque raison de s'inquiéter, bien sûr. Il se rassura lui-même sur ce point. Après tout, Regina avait été la plus facile, la plus empressée à coopérer, à se plier à ses vues, celle qui avait reconnu le plus volontiers que leur idylle à bord devait passer totalement inaperçue.

Comme toujours, il avait pris toutes les précautions. Aucun doute à ce sujet.

Ce lundi, en entendant à nouveau l'annonce de l'émission, il en fut moins certain. La prochaine fois, il se montrerait particulièrement prudent. Mais ce serait la dernière. Il y en avait eu quatre jusqu'à présent. Il en restait encore une à faire disparaître. Il la choisirait dans une semaine, et une fois qu'elle serait à lui, sa mission serait accomplie et il pourrait enfin retrouver la paix.

Il n'avait commis aucune erreur. C'était sa mission, et personne ne l'arrêterait en chemin. Exaspéré, il écouta encore une fois le même communiqué, et la voix chaude, réconfortante du

Dr Susan Chandler : « Regina Clausen était une experte renommée en placements financiers. En outre, c'était une fille et une amie dévouée qui participait généreusement à de nombreuses œuvres de charité. Nous parlerons de sa disparition dans mon émission d'aujourd'hui. Nous aimerions contribuer à la solution de cette énigme. L'un de vous possède peut-être une pièce du puzzle. Ne manquez pas de nous écouter. »

Il coupa brusquement le son. « Docteur Susan, dit-il à voix haute, laissez tomber, et vite. Ne vous occupez pas de ça, et je vous préviens, si vous m'obligez à m'occuper de vous, vos jours sont comptés. »

3

Le Dr Donald Richards, son invité du jour, auteur de *Femmes disparues*, était déjà installé dans le studio lorsque Susan arriva. Il était grand et mince, brun, proche de la quarantaine. Il retira ses lunettes tout en se levant pour l'accueillir. Ses yeux bleus avaient une expression amicale, et il eut un sourire bref en serrant la main qu'elle lui tendait. « Docteur Chandler, je préfère vous prévenir. C'est mon premier livre. Je suis un débutant en matière de promotion et je me sens nerveux. Si je deviens subitement muet, promettez-moi de venir à mon secours. »

Susan éclata de rire. « Docteur Richards, je m'appelle Susan, il suffit d'oublier la présence du micro. Comportez-vous comme si vous étiez accoudé au comptoir du coin en train de bavarder. »

De qui se moque-t-il ? s'étonna-t-elle un quart d'heure plus tard, en entendant Donald Richards exposer avec une calme autorité les cas vécus de son livre. Elle fit un signe d'assentiment lorsqu'il expliqua : « Quand quelqu'un disparaît — je parle naturellement d'un adulte, non d'un enfant —, les autorités se demandent avant tout si sa disparition était volontaire ou non. Comme vous le savez, Susan, il existe un nombre surprenant de personnes qui, rentrant chez elles, décident brusquement de faire demi-tour et de commencer une existence totalement nouvelle. En général, elles agissent ainsi à la suite de problèmes conjugaux ou d'ennuis financiers, et c'est une manière assez lâche d'y mettre fin — mais cela arrive. Quelles que soient les circonstances, cependant, la première chose à faire dans la recherche d'une personne disparue est de vérifier les débits portés sur sa carte de crédit.

— Correspondant aux dépenses faites par la personne en question ou par l'éventuel voleur de la carte, précisa Susan.

— En effet. Et habituellement, dans le cas d'une disparition volontaire, nous nous apercevons qu'il s'agit d'un homme ou d'une femme incapable de faire face un jour de plus à ses difficultés. C'est en réalité un appel à l'aide. Bien entendu, certaines disparitions ne sont pas volontaires, elles résultent d'un acte criminel. Mais ce n'est pas toujours aisé à déterminer. Il est très difficile, notamment, de prouver que quelqu'un est coupable d'un meurtre si le corps n'est jamais retrouvé. Les assassins qui restent impunis sont souvent ceux qui font disparaître leurs victimes d'une manière si radicale que la preuve du décès ne peut être établie. Par exemple... »

Ils analysèrent plusieurs des cas non résolus cités dans son livre, des exemples où les victimes avaient disparu sans laisser de traces. Puis Susan ajouta : « Je rappelle à nos auditeurs que nous parlons avec le Dr Donald Richards, psychiatre, criminologue, et auteur de *Femmes disparues*, un ouvrage fascinant et totalement accessible, traitant de diverses disparitions qui sont toutes survenues durant les dix dernières années. J'aimerais à présent connaître votre opinion, docteur Richards, sur un cas qui n'est pas rapporté dans votre livre, celui de Regina Clausen. Laissez-moi résumer les circonstances de sa disparition. »

Susan n'eut pas besoin de consulter ses notes. « Regina Clausen était une analyste financière très réputée de Lang Taylor Securities. A l'époque de sa disparition, elle était âgée de quarante-trois ans et, selon ses proches, avait une vie privée très discrète. Elle vivait seule et prenait habituellement ses vacances avec sa mère. Il y a trois ans, cette dernière se remettant difficilement d'une fracture de la cheville, Regina partit seule en croisière sur le luxueux paquebot le *Gabrielle*. Elle embarqua à Perth, avec l'intention de visiter Bali, Hong Kong, Taiwan, le Japon et de finir par Honolulu. Toutefois, elle quitta le bateau à Hong Kong, manifestant le désir de s'y attarder un peu plus longtemps et de rejoindre le *Gabrielle* à son escale au Japon. Ces changements d'itinéraire sont fréquents chez les habitués des croisières, si bien que sa décision n'éveilla aucun soupçon. Regina n'emporta qu'une valise et un fourre-tout et, au dire des témoins, elle semblait heureuse et détendue lorsqu'elle débarqua. Elle prit un taxi jusqu'à l'hôtel Peninsula, s'inscrivit, déposa ses bagages dans sa chambre et quitta l'hôtel tout de suite après. On ne la revit plus.

« Docteur Richards, si vous commenciez à enquêter sur cette affaire, que feriez-vous ?

— Je demanderais d'abord à consulter la liste

des passagers et je chercherais si quelqu'un d'autre s'est également arrêté à Hong Kong. Je voudrais savoir si elle a reçu des appels téléphoniques ou des fax. Le standard du bord en a certainement conservé la trace. Je souhaiterais interroger ses compagnons de voyage pour le cas où l'un d'eux l'aurait vue se lier avec un autre passager, en particulier un homme voyageant également seul. » Il s'interrompit. « Voilà pour les préliminaires.

— Tout cela a été fait, lui dit Susan. Une enquête approfondie a été menée, à laquelle ont pris part la compagnie de navigation, les autorités de Hong Kong et des détectives privés. Il y a trois ans, la ville était encore administrée par les Anglais. Un seul fait apparaissait certain : Regina Clausen s'était volatilisée dès l'instant où elle avait quitté cet hôtel.

— On pourrait imaginer qu'elle avait rendez-vous avec quelqu'un et qu'elle a pris soin de le cacher, dit Donald Richards. Une idylle en mer, en quelque sorte. Je présume que cette hypothèse a été envisagée.

— Oui, mais aucun des autres passagers n'a remarqué qu'elle soit demeurée plus volontiers en compagnie de l'un d'eux en particulier.

— Il est également possible qu'elle ait prévu dès le départ de retrouver quelqu'un à Hong Kong et voulu que sa décision d'interrompre sa croisière à Hong Kong et de rejoindre le bateau plus tard soit prise pour un caprice », suggéra le Dr Richards.

Un signal retentit dans les écouteurs de Susan, indiquant qu'une série d'appels extérieurs était en attente. « Après la pause publicitaire, nous allons répondre aux auditeurs qui nous téléphonent », dit-elle.

Elle retira son casque. « Deux messages de nos annonceurs, autrement dit des spots publicitaires. Ce sont eux qui paient les frais. »

Richards hocha la tête. « Rien de plus normal. J'étais à l'étranger lorsque l'affaire Clausen a éclaté, mais c'est réellement un cas intéressant. D'après le peu que j'en sais, cependant, je dirais que le coupable est un homme. Une femme réservée et solitaire est particulièrement vulnérable hors de son environnement habituel, privée du réconfort de son entourage familial et de son travail. »

Il devrait connaître ma sœur et ma mère, pensa Susan avec un sourire ironique.

« Préparez-vous. Nous revenons à l'antenne, dit-elle. Encore quinze minutes de questions, et l'émission sera terminée. Je vais leur répondre, ensuite nous ferons le point ensemble.

— A vos ordres ! »

Ils remirent leurs écouteurs, entendirent le compte à rebours des dix secondes. Puis elle commença : « Me revoilà avec vous. Mon invité est le Dr Donald Richards, criminologue, psychiatre, auteur de *Femmes disparues*. Avant cette interruption, nous discutions du cas de Regina Clausen, éminente conseillère financière, qui a disparu à Hong Kong il y a trois ans lors d'une croisière sur le *Gabrielle*. A présent, posez-nous vos questions. » Elle regarda l'écran : « Nous avons un appel de Louise, à Fort Lee. A vous, Louise. »

Les questions étaient du tout-venant : « Comment des femmes aussi intelligentes peuvent-elles commettre l'erreur de se laisser abuser par un tueur ? » « Que pense le Dr Richards de l'affaire Jimmy Hoffa [1] ? » « N'est-il pas prouvé que même des années plus tard, grâce à l'ADN, on peut établir l'identité d'un squelette ? »

---

1. Jimmy Hoffa : chef du syndicat des camionneurs, condamné pour malversations et assassiné en 1975. *(N.d.T.)*

24

Il restait encore le temps d'une pause publicitaire et d'un autre appel.

Pendant la pause, le réalisateur s'adressa à Susan depuis la cabine. « Il y a un dernier appel intéressant. Je vous préviens que la nana au bout du fil a bloqué l'identification de son numéro. Au début on a refusé de la passer à l'antenne, mais elle prétend savoir quelque chose sur la disparition de Regina Clausen. Ça vaut peut-être le coup de l'écouter. Elle dit s'appeler Karen. Ce n'est probablement pas son nom.

— Passez-la-nous. » Au clignotement signalant qu'on lui rendait l'antenne, Susan prit le micro. « Le dernier appel provient de Karen, et on me dit qu'elle a peut-être une information importante à nous communiquer. Bonjour, Karen. »

Son auditrice s'exprimait d'une voix étouffée, si basse qu'on l'entendait à peine. « Docteur Susan, j'ai moi-même participé à un voyage sur un bateau de croisière il y a deux ans. J'étais sur le point de divorcer et je me sentais très abattue. La jalousie de mon mari était devenue insupportable. J'ai rencontré un homme à bord. Il m'a fait la cour, mais d'une manière discrète, je dirais même secrète. Aux escales, il me donnait rendez-vous dans un endroit éloigné du bateau, et nous explorions la ville ensemble. Plus tard nous partions chacun de notre côté et rentrions à bord séparément. S'il faisait preuve d'une telle prudence c'était, à l'entendre, parce qu'il avait horreur des commérages. Il était charmant, m'entourait d'attentions, chose à laquelle j'étais particulièrement sensible à cette époque. Il me proposa un jour de quitter le bateau à Athènes et d'y passer quelques jours. Ensuite nous irions en avion à Alger, et je pourrais retrouver le bateau à Tanger. »

Susan se souvint de l'émotion qui s'emparait

d'elle lorsqu'elle travaillait au bureau du procureur et qu'un témoin s'apprêtait à dévoiler quelque chose de significatif. Elle vit Donald Richards se pencher lui aussi en avant, s'efforçant de saisir chaque mot. « Avez-vous cédé à la proposition de cet homme ? demanda-t-elle.

— J'ai failli le faire, mais mon mari a téléphoné à ce moment-là, me suppliant de donner une dernière chance à notre couple. L'homme que j'avais l'intention de retrouver avait déjà débarqué. J'ai essayé de le joindre au téléphone pour le prévenir que je restais à bord, mais il n'était pas inscrit dans l'hôtel où il m'avait dit qu'il devait descendre, et je ne l'ai jamais revu. Mais j'ai gardé une photo sur laquelle il apparaît à l'arrière-plan, et il m'a offert une bague portant l'inscription *Tu m'appartiens* que, naturellement, je n'ai jamais eu l'occasion de lui rendre. »

Susan choisit soigneusement ses mots. « Karen, ce que vous nous dites peut avoir une importance capitale dans l'enquête sur la disparition de Regina Clausen. Pourriez-vous passer me voir et me montrer cette bague et la photo ?

— Je... je ne peux pas me mêler de cette affaire. Mon mari serait furieux s'il apprenait que j'avais envisagé de changer mes plans à la suite d'une rencontre avec un homme. »

Elle nous cache quelque chose, se dit Susan. Elle ne s'appelle pas Karen et elle s'efforce de déguiser sa voix. Et elle va raccrocher dans un instant.

« Karen, je vous en prie, venez me voir à mon cabinet, dit-elle vivement. Voilà l'adresse. » Elle l'indiqua rapidement et ajouta d'un ton pressant : « Il faut que la mère de Regina sache ce qui est arrivé à sa fille. Je vous promets de respecter votre anonymat.

— Venez à trois heures. » La communication fut interrompue.

4

Carolyn Wells éteignit la radio et alla d'un pas nerveux jusqu'à la fenêtre. De l'autre côté de l'avenue, le Metropolitan Museum of Art baignait dans l'habituelle quiétude du lundi, jour de fermeture.

Depuis qu'elle avait téléphoné à la station de radio qui diffusait l'émission *En direct avec le Dr Susan,* elle ne pouvait chasser un terrible pressentiment.

Si seulement nous n'avions pas harcelé Pamela pour qu'elle nous prédise l'avenir, regretta-t-elle, se rappelant les événements troublants de la soirée du vendredi précédent. Elle avait préparé un dîner pour les quarante ans de sa vieille copine Pamela, et invité également les deux autres femmes avec lesquelles elles avaient partagé un appartement dans la 80e Rue Est. Le groupe comprenait donc Pamela, aujourd'hui professeur à l'université, Lynn, qui était associée dans une agence de relations publiques, Vickie, présentatrice sur une chaîne câblée, et elle-même, décoratrice d'intérieur.

Elles avaient décrété qu'il s'agissait d'une soirée de filles, ce qui signifiait ni mari ni jules, et toutes les quatre avaient échangé des potins avec la liberté propre à des amies de longue date.

Cela faisait des années qu'elles n'avaient pas demandé à Pamela de jouer les voyantes. Quand elles étaient plus jeunes, installées depuis peu en ville, il leur arrivait souvent pour se distraire de prier Pamela de leur prédire l'avenir, concernant leur petit ami du moment, ou un nouveau job. C'était devenu une sorte de rituel. Par la suite, cependant, ses dons l'avaient amenée à être consultée discrètement par la police dans des cas d'enlèvement ou de disparition. Pamela n'en parlait jamais mais ses amies savaient que si elle se montrait parfois impuissante à faire progresser l'enquête, elle avait pu à d'autres occasions « voir » avec une étonnante précision des détails qui s'étaient révélés très utiles pour résoudre l'énigme de certaines disparitions.

Après le dîner du précédent vendredi, donc, alors qu'elles se détendaient en sirotant un porto, Pamela avait cédé à leurs prières et accepté de prédire rapidement l'avenir de chacune d'entre elles. Comme à l'habitude, elle leur avait demandé de choisir un objet personnel qu'elle tiendrait en main pendant la séance de voyance.

J'étais la dernière, songea Carolyn, se souvenant des émotions qu'avait suscitées cette soirée, et quelque chose m'a dit de ne pas me prêter au jeu. Pourquoi lui ai-je remis cette maudite bague ? Je ne la portais jamais, et elle n'a certainement aucune valeur. J'ignore même pourquoi je l'ai gardée.

En vérité, elle avait pris la bague au fond de sa boîte à bijoux parce que, plus tôt le même jour, le souvenir d'Owen Adams, l'homme qui la lui avait offerte, lui avait traversé l'esprit. Elle savait pourquoi. Il y avait juste deux ans qu'elle l'avait connu.

En saisissant la bague entre ses doigts, Pamela avait remarqué l'inscription presque illisible à l'intérieur de l'anneau et elle l'avait examinée de près.

« *Tu m'appartiens*, avait-elle lu, d'un ton mi-railleur, mi-horrifié. Un peu excessif à notre époque, tu ne trouves pas, Carolyn ? J'espère que Justin voulait blaguer. »

Carolyn se remémora son embarras. « Justin ne sait rien de cette bague. A l'époque où nous étions séparés, un type me l'a donnée durant une croisière. Je venais de faire sa connaissance, et je ne savais rien de lui, mais je me suis toujours demandé ce qu'il était devenu. J'ai repensé à lui récemment. »

Pamela avait refermé sa main sur la bague et subitement son attitude avait changé. Son corps s'était raidi, son visage avait soudain pris une expression de gravité. « Carolyn, cette bague aurait pu être la cause de ta mort, avait-elle dit. Ce peut être encore le cas. Celui qui te l'a donnée, quel qu'il soit, avait l'intention de te détruire. » Puis, comme si la bague lui brûlait la main, elle l'avait laissée tomber sur la table basse.

C'est à ce moment-là que la clé avait tourné dans la serrure, et elles avaient toutes sursauté comme des écolières prises en faute. Elles avaient immédiatement changé de sujet. Elles savaient que la séparation était un sujet tabou pour Justin, et aussi qu'il ne voulait pas entendre parler des séances de Pamela.

Carolyn se rappela qu'elle avait ramassé la bague d'un geste preste et l'avait fourrée dans sa poche. Elle s'y trouvait encore.

C'était la jalousie maladive de Justin qui avait provoqué leur séparation deux ans plus tôt. Carolyn en avait eu assez. « Je ne peux pas vivre avec quelqu'un qui me soupçonne dès que j'ai quelques minutes de retard, lui avait-elle dit. J'ai un travail — appelle ça une carrière — et si je dois m'attarder au bureau à cause d'un problème quelconque, eh bien c'est comme ça. »

Le jour où il lui avait téléphoné à bord du bateau, il avait promis de changer. Et Dieu sait qu'il s'y est efforcé, pensa-t-elle. Il a suivi une psychothérapie ; mais si je me lance dans cette histoire avec le Dr Susan, il croira qu'il s'est réellement passé quelque chose entre Owen Adams et moi et nous nous retrouverons à la case départ.

Elle prit une brusque décision. Elle ne se rendrait pas au rendez-vous avec Susan Chandler.

Elle se contenterait d'envoyer la photo prise à bord pendant la soirée du commandant, celle où l'on voyait Owen Adams à l'arrière-plan. Elle la découperait afin qu'elle-même n'apparaisse pas sur l'image, et elle la ferait parvenir à Susan Chandler avec la bague et le nom d'Owen. Je taperai une note sur du papier ordinaire, se dit-elle, afin qu'ils ne puissent pas remonter jusqu'à moi. Un mot court et simple.

S'il existait un lien entre Owen Adams et Regina Clausen, ce serait à Susan Chandler de le découvrir. Carolyn se couvrirait de ridicule si elle racontait qu'une de ses amies voyantes avait prétendu que la bague était un symbole de mort! Qui prendrait ça au sérieux?

5

« Vous écoutez le Dr Susan Chandler; je remercie notre invité, le Dr Donald Richards, et vous tous qui êtes restés avec moi aujourd'hui. »

Le signal rouge s'éteignit. Susan ôta ses écouteurs. « Ouf, fini pour la journée », dit-elle.

Son réalisateur, Jed Geany, entra dans le studio. « Pensez-vous que cette femme disait la vérité, Susan?

— Oui, je crois. J'espère seulement qu'elle ne va pas changer d'avis au dernier moment et annuler notre rendez-vous. »

Donald Richards quitta le studio en compagnie de Susan et attendit pendant qu'elle hélait un taxi. Au moment où une voiture s'approchait, il dit avec hésitation : « A mon avis, il n'y a pas une chance sur deux pour que Karen vienne vous voir.

Si elle le fait, cependant, j'aimerais m'entretenir avec vous de ce qu'elle vous dira. Peut-être pourrais-je me rendre utile. »

Susan ne comprit pas pourquoi une bouffée d'irritation l'envahissait brusquement.

« Nous verrons bien, répondit-elle d'un ton évasif.

— En clair, mêlez-vous de ce qui vous regarde, répliqua calmement Donald Richards. J'espère qu'elle viendra. Voilà votre taxi. »

6

Dans son appartement de Beekman Place, Jane Clausen éteignit la radio et resta immobile un long moment devant la fenêtre, contemplant le courant impétueux de l'East River. D'un geste familier, elle rejeta en arrière une fine mèche de cheveux gris qui lui tombait sur le front. Depuis trois ans, depuis la disparition de sa fille Regina, elle avait l'impression d'être pétrifiée intérieurement, d'attendre jour et nuit le bruit d'une clé dans la serrure, ou une sonnerie de téléphone, espérant entendre la voix affectueuse de Regina : « Maman, je ne te dérange pas, j'espère ? »

Elle savait que Regina était morte. Au plus profond d'elle-même, elle en avait la conviction. Une conscience primaire, instinctive. Elle l'avait su dès le début, dès la minute où on lui avait téléphoné depuis le bateau pour lui annoncer que Regina n'était pas remontée à bord comme elle l'avait prévu.

Ce matin, son conseiller juridique, Douglas Layton, lui avait annoncé d'un ton furieux au téléphone que le Dr Susan Chandler avait l'intention de parler de la disparition de Regina dans son émission de radio. « J'ai tenté de l'en dissuader, mais elle a prétendu que la découverte de la vérité serait un soulagement pour vous, et elle a raccroché », conclut-il d'une voix crispée.

Eh bien, Susan Chandler se trompait. Regina — si intelligente, si respectée dans le monde de la finance — avait été l'un des êtres les plus secrets qui soient.

Plus encore que moi, songea Jane Clausen. Deux ans auparavant, les producteurs d'une série télévisée ayant pour thème les personnes disparues avaient voulu consacrer une émission à sa fille. Elle avait refusé d'y participer, pour cette même raison qui aujourd'hui l'avait accablée en écoutant le Dr Chandler et cet auteur, Donald Richards, insinuer que Regina avait pu se montrer assez folle pour suivre un inconnu.

Je connais ma fille, ce n'était pas son genre. Mais même si elle avait commis une erreur pareille, elle ne méritait pas d'être exposée publiquement à la pitié ou aux railleries. Jane imaginait la presse à scandale claironnant qu'en dépit de son éducation et de sa réussite professionnelle Regina Clausen n'avait pas été suffisamment fine ou avisée pour percer à jour un criminel.

Seul Douglas Layton, l'avocat de la société d'investissements qui gérait les avoirs de la famille, savait avec quel acharnement elle avait cherché une réponse à la disparition de sa fille. Lui seul savait que des détectives réputés avaient tenté de résoudre l'énigme de cette disparition bien après que la police y eut renoncé.

Mais j'ai eu tort, réfléchit-elle. Je me suis convaincue moi-même que la mort de Regina était d'une certaine façon un accident. Sa perte m'en paraissait ainsi plus supportable. Le scénario qu'elle avait élaboré, en grande partie pour se réconforter, était que Regina, qui souffrait d'un souffle au cœur, avait subitement été victime d'une crise cardiaque comme celle qui avait emporté son père très jeune, et que quelqu'un — peut-être un chauffeur de taxi —, craignant de s'attirer des ennuis, s'était débarrassé de son corps. Dans ce cas, Regina n'aurait pas su ce qui lui arrivait et n'aurait pas souffert.

Mais comment alors expliquer l'appel téléphonique de cette femme, Karen ? Elle avait parlé à la radio d'un homme qui l'avait incitée à interrompre sa croisière. Elle avait mentionné une bague — une bague portant l'inscription *Tu m'appartiens* à l'intérieur de l'anneau.

Jane Clausen avait instantanément reconnu la phrase, et entendre ces mots familiers ce matin l'avait glacée jusqu'aux os. Regina s'était inscrite sur le *Gabrielle* jusqu'à Honolulu où elle avait prévu de débarquer. Constatant qu'elle n'était pas remontée à bord, ils avaient expédié chez elle le restant de ses effets et de ses vêtements. A la demande des autorités, Jane les avait examinés minutieusement, vérifiant s'il manquait quelque chose. Elle avait remarqué la bague qui lui avait paru insignifiante, visiblement bon marché, une jolie petite babiole avec des turquoises, le genre de chose que les touristes achètent sur une impulsion Elle était certaine que Regina n'avait même pas vu l'inscription gravée à l'intérieur de l'anneau, ou alors elle n'y avait pas attaché d'importance. La turquoise était sa pierre porte-bonheur.

Mais si cette prétendue Karen avait reçu une bague similaire il y avait seulement deux ans, cela signifiait-il que le responsable de la mort de Regina était encore à l'affût d'autres victimes ? Regina avait disparu à Hong Kong. Karen disait avoir eu l'intention de quitter le bateau à Athènes pour se rendre à Alger.

Jane Clausen se leva, attendit que s'apaise la douleur qui lui déchirait le dos, puis elle alla lentement jusqu'à la pièce qu'elle et sa fidèle domestique qualifiaient de « chambre d'amis ».

Un an après sa disparition, elle avait décidé de ne pas garder l'appartement de sa fille, et de vendre ensuite sa propre maison de Larchmont devenue trop grande. Elle avait acheté ce cinq-pièces situé dans Beekman Place et meublé la deuxième chambre avec les meubles de Regina, rempli les penderies et les tiroirs de ses vêtements, disposé ici et là ses bibelots et ses photos.

Parfois, lorsqu'elle était seule, Jane venait y passer un moment; elle apportait sa tasse de thé, s'installait dans la chauffeuse recouverte de brocart que Regina avait achetée dans une vente aux enchères, et laissait son esprit vagabonder et revivre des temps plus heureux.

Mais aujourd'hui, elle se dirigea vers la commode, ouvrit le tiroir du haut et en retira l'écrin de cuir dans lequel Regina conservait ses bijoux.

L'anneau incrusté de turquoises était rangé dans un compartiment garni de velours. Elle le prit et le glissa à son doigt.

Elle alla au téléphone et appela Douglas Layton. « Douglas, dit-elle doucement, aujourd'hui à trois heures moins le quart nous nous rendrons vous et moi au cabinet de Susan Chandler. Je présume que vous avez écouté son émission?

— En effet, madame, je l'ai écoutée.

— Il faut que je parle à cette femme qui lui a téléphoné.

— Peut-être vaudrait-il mieux que je prévienne le Dr Chandler de notre venue.

— C'est exactement ce que je ne veux pas. J'ai

34

l'intention de me trouver sur place et de parler moi-même à cette jeune femme. »

Jane Clausen raccrocha. Depuis le jour où elle avait appris qu'il lui restait peu de temps à vivre, elle s'était consolée à la pensée que bientôt prendrait fin ce sentiment de perte si douloureux. Mais aujourd'hui, elle était animée d'un ardent besoin — s'assurer qu'aucune autre mère ne connaîtrait le chagrin qu'elle avait éprouvé durant ces trois dernières années.

7

Dans le taxi qui la ramenait à son bureau, Susan Chandler passa mentalement en revue les rendez-vous prévus pour la journée. Dans moins d'une heure, à treize heures, elle devait effectuer le bilan psychologique d'un élève de cinquième qui montrait des signes de dépression. Elle pressentait quelque chose de plus sérieux que l'habituel problème d'image de la pré-adolescence. Une heure après, elle recevrait une femme de soixante-cinq ans sur le point de prendre sa retraite, et que cette perspective angoissait au point de lui faire perdre le sommeil.

Et à trois heures elle espérait rencontrer la femme qui s'était présentée sous le nom de « Karen ». Elle lui avait paru si effrayée au téléphone que Susan craignait qu'elle ne change d'avis. De quoi avait-elle si peur ?

Cinq minutes plus tard, elle ouvrait la porte de son bureau et était accueillie par le sourire approbateur de sa secrétaire, Janet. « C'était une bonne émission, docteur. Nous avons reçu quantité d'appels. J'ai hâte de voir à quoi ressemble cette Karen.

— Et moi donc, fit Susan, une note de pessimisme dans la voix. Des messages importants ?

— Oui. Votre sœur Dee a téléphoné depuis l'aéroport. Elle a dit qu'elle regrettait beaucoup de vous avoir manquée hier. Elle voulait s'excuser de vous avoir fait une telle scène samedi. Elle voulait aussi savoir ce que vous pensiez d'Alexander Wright. Elle a fait sa connaissance à la réception de votre père après votre départ. Elle dit qu'il a un charme fou. » Janet lui tendit une feuille de papier. « Tout est noté. »

Susan se rappela cet homme qui avait entendu son père lui demander de l'appeler Charles. La quarantaine, blond, environ un mètre quatre-vingts, un sourire chaleureux. Il s'était approché d'elle au moment où son père s'éloignait pour accueillir un invité. « Ne soyez pas déprimée pour si peu. C'est probablement une idée de Binky, avait-il dit à titre de consolation. Allons dehors boire une coupe de champagne. »

C'était un de ces beaux après-midi de début d'automne et ils s'étaient attardés sur la terrasse. La pelouse tondue de frais et le jardin tiré au cordeau composaient un cadre ravissant pour le manoir à tourelles que son père avait fait construire à l'intention de Binky.

Susan avait demandé à Alexander Wright comment il connaissait son père.

« Je ne l'avais jamais rencontré jusqu'à aujourd'hui, avait-il expliqué. Mais je connais Binky depuis une éternité. » Puis il avait voulu savoir ce qu'elle faisait, haussé les sourcils en apprenant qu'elle était psychothérapeute.

« Ce n'est pas que je sois totalement ignare, avait-il dit en guise d'explication, mais lorsque je pense à un psy, j'imagine un personnage d'un certain âge à l'air sévère, et non une jeune femme séduisante comme vous. »

Elle portait un fourreau de crêpe vert sombre, rehaussé d'une écharpe plus claire, un achat récent destiné aux réceptions organisées par son père auxquelles elle ne pouvait échapper.

« Je passe la plupart de mes dimanches en jean et pull-over, avait-elle répliqué. Cette image vous convient-elle mieux ? »

Cherchant à éviter le spectacle de son père aux petits soins pour Binky, et désireuse de ne pas se trouver face à face avec sa sœur, Susan était partie peu après — mais non sans avoir entendu l'une de ses amies chuchoter qu'Alexander Wright était le fils de feu Alexander Lawrence Wright, le fameux philanthrope. « La bibliothèque Wright ; le musée Wright ; le centre théâtral Wright. Riche comme Crésus. »

Susan lut le message laissé par sa sœur. Il est assurément très séduisant, conclut-elle pensivement. Hmmm...

La séance de Corey Marcus, son jeune patient de douze ans, se déroula bien. Pourtant, leur entretien rappela à Susan que la psychologie s'adresse plus aux émotions qu'à l'intellect. Les parents du garçon avaient divorcé alors qu'il avait deux ans, mais ils avaient continué de vivre à proximité l'un de l'autre, étaient restés en bons termes, et pendant dix ans il s'était partagé entre les deux foyers. Aujourd'hui sa mère avait une proposition de travail à San Francisco, et tout le bel arrangement était remis en question.

Corey s'efforçait de refouler ses larmes. « Je sais qu'elle a envie d'accepter ce job, mais si elle le fait, ça veut dire que je ne verrai presque plus mon papa. »

Intellectuellement, il comprenait ce que cette

opportunité représentait pour la carrière de sa mère. Sur le plan émotionnel, il espérait qu'elle la refuserait afin de ne pas l'éloigner de son père.

« Que devrait-elle faire à ton avis ? » demanda Susan.

Il réfléchit un moment. « Je crois que maman devrait accepter ce poste. Ce ne serait pas juste qu'elle le laisse échapper. »

C'est un brave gosse, pensa Susan. Désormais, sa tâche à elle serait de l'aider à considérer positivement cette décision qui allait changer sa vie.

Esther Foster, la future retraitée qui avait sa séance à deux heures, lui sembla épuisée et plus pâle qu'à l'accoutumée. « Plus que deux semaines avant la petite fête qui voudra dire : "Débarrassez le plancher, Essy." » Son visage s'affaissa. « J'ai consacré toute ma vie à mon travail, docteur. J'ai récemment revu par hasard un homme que j'avais failli épouser jadis, et qui aujourd'hui a fort bien réussi. Sa femme et lui sont très heureux ensemble.

— Cela signifie-t-il que vous regrettez de ne pas l'avoir épousé ? interrogea doucement Susan.

— Je le regrette, oui. »

Susan regarda calmement Esther Foster dans les yeux. Au bout d'un moment, un léger sourire flotta sur les lèvres de sa patiente. « C'était un véritable bonnet de nuit autrefois, et il ne s'est pas beaucoup amélioré depuis, avoua-t-elle. Mais au moins ne serais-je pas seule aujourd'hui.

— Dites-moi ce que vous entendez par "seule". »

Une fois Esther Foster partie, à trois heures moins le quart, Janet apparut avec un bol de soupe au poulet et un paquet de crackers.

Moins d'une minute après, elle lui annonça que la mère de Regina Clausen et son avocat, Douglas Layton, attendaient à la réception.

« Faites-les entrer dans la salle de réunion, lui dit Susan. Je les recevrai là-bas. »

Jane Clausen n'avait pas beaucoup changé depuis le jour où Susan l'avait entrevue dans le bureau du procureur du Comté de Westchester. Impeccablement vêtue d'un tailleur noir manifestement inabordable pour le commun des mortels, ses cheveux gris parfaitement coiffés, elle avait une attitude retenue qui, tout comme la finesse de ses mains et de ses chevilles, trahissait ses origines patriciennes.

L'avocat, qui avait été particulièrement désagréable au téléphone le matin même, prit un ton presque confus. « Docteur Chandler, j'espère que nous ne vous dérangeons pas. Mme Clausen a quelque chose d'important à vous montrer et elle souhaiterait rencontrer la femme qui vous a appelée durant votre émission de ce matin. »

Susan réprima un sourire à la vue de l'imperceptible rougeur qui envahissait son hâle prononcé. Les cheveux clairs de Layton étaient blondis par le soleil, remarqua-t-elle, et bien qu'habillé sobrement d'un costume de ville de couleur sombre, il donnait l'impression d'être un amoureux du grand air.

Amateur de voile, décréta Susan sans raison particulière.

Elle consulta furtivement sa montre. Trois heures moins dix, il était temps d'aborder directement le sujet. Ignorant Layton, elle se tourna vers la mère de Regina Clausen. « Madame Clausen, je ne suis pas du tout sûre que cette femme vienne ici comme prévu. En revanche, je suis certaine qu'en comprenant qui vous êtes, elle fera immédiatement demi-tour. Je vous prierai donc de rester dans cette pièce en gardant la porte fermée ; laissez-moi la recevoir d'abord dans mon cabinet, et une fois que j'aurai découvert ce qu'elle sait réellement, je lui demanderai si elle consent à vous parler. Mais vous comprendrez que si elle refuse, il me sera impossible de vous laisser vous immiscer dans sa vie privée. »

Jane Clausen ouvrit son sac, fouilla à l'intérieur et en retira un anneau incrusté de petites turquoises. « Ma fille avait cette bague dans sa cabine à bord du *Gabrielle*. Je l'ai trouvée lorsque ses objets personnels m'ont été retournés. Je vous en prie, montrez-la à Karen. Si elle ressemble à celle qu'elle possède, il faut absolument qu'elle accepte de me parler ; insistez sur le fait que je ne souhaite pas connaître sa véritable identité, mais seulement chaque détail concernant l'homme qui s'était intéressé à elle. »

Elle tendit la bague à Susan.

« Regardez l'inscription », dit Layton.

Plissant les yeux, Susan examina attentivement les minuscules caractères. Puis elle se dirigea vers la fenêtre et éleva la bague à la lumière du jour, la tournant entre ses doigts jusqu'à ce qu'elle parvienne à lire les mots à l'intérieur de l'anneau. Elle sursauta, se retourna vers sa visiteuse. « Voulez-vous vous asseoir, madame Clausen ? Ma secrétaire va vous apporter du thé ou du café. Et prions le ciel que la dénommée Karen veuille bien se présenter.

— Je crains de ne pouvoir attendre, dit Layton précipitamment. Madame Clausen, je le regrette vivement, mais je n'ai pas pu annuler mon rendez-vous.

— Je comprends, Douglas. » Une légère mais perceptible irritation tendait la voix de la vieille dame. « La voiture m'attend en bas. Je me débrouillerai. »

Le visage de l'avocat s'éclaira. « Dans ce cas, je vais prendre congé. » Il fit un signe de tête en direction de Susan. « Docteur Chandler. »

Susan regarda avec une frustration grandissante les aiguilles de la pendule atteindre trois heures cinq, trois heures dix. Après le quart vint la demie, puis trois heures quarante-cinq. Elle regagna la salle de réunion. Le visage de Jane Clausen était blanc comme un linge. Elle semble éprouver un malaise, se dit Susan.

« J'accepterais volontiers un peu de thé à présent, si vous me l'offrez toujours, docteur Chandler. » Seul un faible tremblement trahissait sa profonde déception.

8

A quatre heures, Carolyn Wells descendait la 81e Rue en direction de la poste, une enveloppe de papier kraft adressée à Susan Chandler sous le bras. L'indécision et le doute avaient fait place à un sentiment d'absolue nécessité : elle devait se débarrasser de la bague et de la photo de l'homme qui se faisait appeler Owen Adams. Toute envie de se rendre à son rendez-vous avec Susan Chandler s'était envolée lorsque son mari, Justin, lui avait téléphoné à une heure trente.

« Chérie, c'est insensé, avait-il dit mi-sérieux, mi-rieur. Figure-toi que Barbara, la réceptionniste, écoutait la radio ce matin, une émission de conseils psychologiques au cours de laquelle les auditeurs interviennent par téléphone. Un truc qui s'intitule *En direct avec le Dr Susan*, ou quelque chose d'approchant. Bref, il paraît qu'une dénommée Karen a téléphoné, et Barbara prétend qu'elle a exactement la même voix que toi, et qu'elle a parlé d'un type rencontré durant une croisière il y a deux ans. Tu ne m'as rien caché, j'espère ? »

Le ton plaisant avait disparu. « Carolyn, je veux une réponse. Y a-t-il quelque chose que je devrais savoir à propos de cette croisière ? »

Carolyn avait senti les paumes de ses mains devenir moites. Il y avait une interrogation dans la voix de Justin, un doute, une intonation qui trahissait une colère naissante. Elle s'en était tirée en blaguant, l'assurant qu'elle n'avait pas le temps d'écouter la radio en plein milieu de la journée. Mais étant donné le passé de Justin et sa jalousie presque obsessionnelle, elle craignait qu'il ne revienne à la charge. Son seul désir dorénavant, c'était que disparaissent de sa vie et cette bague et cette photo.

La circulation était anormalement dense, même à cette heure de la journée. Trouver un taxi entre quatre et cinq heures tenait du miracle, pensa-t-elle, observant des passants qui cherchaient désespérément à héler une voiture, alors que la plupart affichaient leur signal « occupé ».

Dans Park Avenue, bien que le feu fût passé au vert, elle dut attendre en tête d'une foule impatiente de piétons que voitures et camions aient fini de tourner à l'angle du croisement. Priorité aux piétons. Tu parles !

Une camionnette de livraison tournait à son tour dans un crissement de freins. Instinctivement, Carolyn tenta de faire un pas en arrière pour s'écarter du bord du trottoir. Elle ne put reculer. Quelqu'un se tenait dans son dos, lui bloquant le passage. Soudain elle sentit une main s'emparer de l'enveloppe sous son bras, tandis qu'une autre la poussait violemment dans le bas du dos.

Carolyn trébucha sur le rebord du trottoir. Se retournant à moitié, elle aperçut un visage familier et parvint à articuler un « non » étouffé au moment où elle basculait en avant sous les roues de la camionnette.

9

Il l'avait attendue dehors, devant l'immeuble où travaillait Susan Chandler. Les minutes s'égrenant sans qu'elle apparaisse, il était passé par toute la gamme des émotions, allant du soulagement à la colère — soulagement qu'elle n'ait pas mis son projet à exécution, colère d'avoir perdu tant de temps et d'être maintenant obligé de retrouver sa trace.

Dieu soit loué, il s'était souvenu de son nom et savait où elle habitait. Et en constatant que Carolyn Wells ne s'était pas présentée au bureau de Susan Chandler, il avait donc téléphoné chez elle puis raccroché au moment où elle répondait. L'instinct qui l'avait protégé au fil de ces longues années l'avait averti que, même si elle avait omis de venir à son rendez-vous ce jour-là, elle n'en demeurait pas moins dangereuse pour autant.

Il était allé au Metropolitan Museum et s'était assis sur les marches en compagnie des quelques étudiants et touristes qui traînaient dans les parages, bien que le musée fût fermé ce jour-là. De là, il voyait distinctement son immeuble.

A quatre heures, sa patience avait été récompensée. Le portier avait ouvert la porte richement ouvragée et elle était sortie, serrant sous son bras une petite enveloppe de papier kraft.

C'était une chance qu'il ait fait si beau et qu'une

telle animation ait régné dans les rues. Il avait pu la suivre de très près et même distinguer quelques lettres en caractères d'imprimerie sur l'enveloppe : DR. SU...

Il avait deviné que l'enveloppe contenait la bague et la photo qu'elle avait mentionnées pendant l'émission. Il devait l'arrêter avant qu'elle n'atteigne le bureau de poste. L'occasion se présenta à l'angle de Park Avenue et de la 81e Rue, lorsque des automobilistes impatients refusèrent de laisser le passage aux piétons.

Carolyn s'était à moitié retournée au moment où il l'avait poussée, et leurs regards s'étaient croisés. Elle l'avait connu sous l'identité d'Owen Adams, un homme d'affaires anglais. Au cours de ce voyage il arborait une moustache, s'était teint les cheveux en auburn et portait des lentilles de contact colorées. Malgré tout, il était sûr d'avoir vu un éclair d'incrédulité dans son regard, juste avant qu'elle ne tombe.

Avec satisfaction, il se rappela les cris et les hurlements des passants qui avaient vu son corps disparaître sous les roues de la camionnette. Il n'avait eu aucun mal à se fondre dans la foule, l'enveloppe que Carolyn tenait précédemment sous le bras à présent dissimulée sous sa veste.

Quoique impatient d'en vérifier le contenu, il avait attendu le moment de se retrouver en sécurité dans son bureau, toutes portes closes, avant de l'ouvrir à la hâte.

La bague et la photo étaient enfermées dans un sac de plastique. Il n'y avait ni lettre ni mot d'accompagnement. Il étudia la photo avec attention, se rappelant l'endroit et le moment précis où elle avait été prise — sur le bateau, dans le grand salon, durant la réception donnée par le commandant pour les nouveaux passagers qui étaient montés à bord à Haïfa. Bien entendu, il avait évité le rituel de la photo prise aux côtés du commandant, mais visiblement il ne s'était pas montré assez prudent. En cherchant sa proie, il avait commis l'erreur de se tenir trop près de Carolyn et s'était trouvé dans le champ de l'objectif. Il se souvenait d'avoir immédiatement perçu cette aura de tristesse qui l'enveloppait, une caractéristique qu'il recherchait toujours. On la ressentait si fort chez elle qu'il avait su dès le début qu'elle serait la prochaine sur sa liste.

Il regarda longuement la photo. Bien qu'il fût de profil, roux et portant moustache, un œil exercé aurait pu le reconnaître.

Il se tenait très droit; cette façon de passer le pouce de sa main droite dans la poche de son pantalon était un indice révélateur; et sa posture, le pied droit un peu en avant, supportant la majeure partie de son poids en raison d'une ancienne blessure, ne manquerait pas d'attirer l'attention de la personne qui l'étudierait.

Il jeta la photo dans le déchiqueteur et la regarda avec un plaisir sardonique se transformer en lambeaux. Quant à la bague, il la passa à son petit doigt. Il l'admira, la contempla de plus près puis fronça les sourcils et s'empara d'un mouchoir pour l'astiquer.

Une autre femme aurait bientôt le privilège de la porter, se dit-il.

Il eut un rapide sourire en songeant à sa prochaine, à son ultime victime.

10

Justin Wells regagna son bureau à cinq heures moins dix et tenta de se remettre au travail. D'un geste machinal, il passa sa main dans ses cheveux bruns, puis il laissa tomber son stylo, repoussa son fauteuil et se leva. Malgré sa forte carrure, il s'éloigna de la table à dessin avec la vivacité et l'aisance qui, vingt ans plus tôt, avaient fait de lui l'un des meilleurs footballeurs de l'université.

Il n'y arrivait pas. Il avait reçu une commande pour la rénovation du hall d'un gratte-ciel, et il était à court d'idées. Aujourd'hui, d'ailleurs, il ne parvenait à se concentrer sur rien.

Le roi des anxieux. C'est ainsi qu'il se qualifiait. Peur. Il vivait dans la peur. Au commencement de chaque nouveau projet, il avait la certitude angoissante que celui-là en particulier serait un bide. Vingt ans auparavant, il éprouvait ce même sentiment avant chaque match. Aujourd'hui, associé dans l'agence d'architectes Benner, Pierce et Wells, il était toujours en proie aux mêmes doutes.

Carolyn. Un jour elle partirait pour de bon, c'était sûr. Elle sera furieuse si elle apprend plus tard ce que je m'apprête à faire, réfléchit-il tandis que ses doigts se tendaient impatiemment vers le téléphone posé sur son bureau. Il connaissait le numéro de la station de radio. Elle ne le saura jamais, se rassura-t-il. Je vais seulement demander un enregistrement de l'émission *En direct avec le Dr Susan* qui a été diffusée ce matin. Je dirai que c'est le programme favori de ma mère, et qu'elle a manqué celui d'aujourd'hui parce qu'elle était chez son dentiste.

Si Barbara, la réceptionniste, ne se trompait pas, si c'était bien Carolyn qui avait téléphoné durant cette émission, elle avait dit avoir eu une aventure avec un homme au cours d'une croisière.

Il revint soudainement deux années en arrière, revit le jour où, après cette terrible scène, Carolyn avait réservé sur un coup de tête une cabine entre Bombay et le Portugal sur un bateau faisant route autour du monde. Elle lui avait annoncé alors qu'elle avait l'intention, à son retour, de demander le divorce. Elle n'avait pas cessé de l'aimer, disait-elle, mais elle ne pouvait plus supporter sa jalousie et ses incessantes questions sur ce qu'elle faisait dans la journée, qui elle voyait.

J'ai appelé peu avant que le bateau ne fasse escale à Athènes, se souvint Justin. Je lui ai dit que j'étais prêt à suivre une psychothérapie, à faire tout ce qui était en mon pouvoir, si elle acceptait de revenir à la maison et de tenter avec moi de préserver notre mariage. Et j'avais raison de m'inquiéter, pensa-t-il. A peine partie, elle avait fait la connaissance de quelqu'un.

Barbara pouvait aussi se tromper. Ce n'était peut-être pas Carolyn qui avait appelé. Après tout, Barbara n'avait rencontré Carolyn qu'à de rares occasions. Oui, mais la voix de Carolyn était caractéristique — bien modulée, avec une trace d'accent britannique, résultat de tous ces étés qu'elle avait passés en Angleterre durant son enfance.

Il secoua la tête : « Il faut que je sache », murmura-t-il.

Il composa le numéro de la station de radio, et après avoir écouté pendant plusieurs minutes d'interminables instructions — appuyez sur le 1 pour les programmes, sur le 2 pour les informations, sur le 3 pour la liste des responsables, sur le 4... sur le 5... restez en ligne pour obtenir notre opératrice —, il fut mis finalement en contact avec le bureau de Jed Geany, le réalisateur de *En direct avec le Dr Susan*.

Il savait qu'il était peu crédible en donnant pour excuse que sa mère avait raté l'émission et qu'il désirait lui en procurer l'enregistrement. Quand on lui demanda s'il voulait une bande de l'émission entière, il faillit tout faire capoter en répondant : « Non, uniquement les appels des auditeurs. » Tentant ensuite de corriger le tir, il ajouta avec précipitation : « Je veux dire, c'est la partie préférée de ma mère, mais faites une copie de la totalité. »

Pour aggraver la situation, Jed Geany en personne prit la ligne, disant qu'ils accéderaient très volontiers à sa demande, car il était réconfortant d'avoir un auditeur à ce point concerné. Puis il lui demanda son nom et son adresse.

Se sentant minable et honteux, Justin Wells lui donna son nom et l'adresse de son bureau.

Il avait à peine raccroché qu'il reçut un appel de l'hôpital de Lenox Hill, l'informant que sa femme avait été gravement blessée dans un accident de la circulation.

11

A six heures du soir, Susan fit un détour par le bureau de Nedda et la trouva en train de fermer ses tiroirs à clé pour la nuit. « A chaque jour suffit sa peine, annonça-t-elle avec une pointe d'ironie. Que dirais-tu d'un verre de vin ?

— Excellente idée. Je m'en occupe. » Susan alla jusqu'à la kitchenette située à l'extrémité du corridor et ouvrit le réfrigérateur. Une bouteille de pinot gris y était au frais. A la vue de l'étiquette, un souvenir lui revint subitement à l'esprit.

Elle avait cinq ans, et traînait les pieds derrière ses parents chez un marchand de vin. Son père avait choisi une bouteille dans un rayon. « Celui-ci te paraît-il convenir, chérie ? » avait-il demandé à sa mère.

Sa mère avait lu l'étiquette et éclaté d'un rire indulgent. « Charley, tu commences à t'améliorer. Excellent choix. »

Maman a raison, pensa Susan, se remémorant l'éclat de colère de sa mère le samedi précédent. Elle a appris à papa les règles élémentaires du savoir-vivre, depuis la manière de s'habiller jusqu'au choix de la fourchette à utiliser dans un dîner. Elle l'a encouragé à quitter le delicatessen de grand-père et à voler de ses propres ailes. Elle lui a donné la confiance en soi nécessaire à la réussite, et il lui a ôté la sienne.

Avec un soupir, elle ouvrit la bouteille, versa le vin dans les verres, disposa quelques bretzels dans une assiette, et regagna le bureau de Nedda. « L'apéritif est servi, annonça-t-elle. Ferme les yeux et imagine que tu es dans l'un des meilleurs restaurants de New York. »

Nedda posa sur elle un regard attentif. « C'est toi la psy, mais si je puis avancer un avis non professionnel, tu as l'air à plat. »

Susan hocha la tête. « C'est exact. Les visites à mes parents le week-end dernier me tracassent encore, et la journée d'aujourd'hui n'a pas été de tout repos. » Elle mit Nedda au courant du coup de fil furieux de Douglas Layton, et de l'appel de l'auditrice qui s'était présentée sous le nom de Karen. Ensuite elle lui raconta la visite surprise de Jane Clausen. « Elle m'a confié la bague. Elle m'a dit de la conserver au cas où Karen se présenterait un jour. J'ai eu l'impression qu'elle n'était pas en bonne santé.

— Crois-tu que tu auras d'autres nouvelles de Karen ? »

Susan secoua la tête. « Je n'en sais vraiment rien.

— Je m'étonne que Douglas Layton t'ait téléphoné ce matin. Lorsque je lui ai parlé, il ne paraissait pas s'inquiéter de cette émission.

— Mettons qu'il ait changé d'avis, dit Susan. Il est arrivé à mon cabinet en compagnie de Mme Clausen, mais il n'est pas resté. Il a déclaré avoir un rendez-vous qu'il ne pouvait remettre.

— A sa place, j'aurais remis le rendez-vous, dit Nedda d'un ton définitif. J'ai appris que l'année dernière Jane Clausen avait fait de lui un des administrateurs de la fondation Clausen. Que pouvait-il y avoir de si important pour qu'il la plante là, sachant de surcroît que Jane s'apprêtait à rencontrer une personne susceptible de décrire le responsable de la disparition de sa fille, peut-être même son meurtrier ? »

12

Le vaste appartement de Donald Richards dans Central Park Ouest lui servait à la fois de cabinet et d'habitation. Les pièces où il recevait ses patients disposaient d'un accès séparé dans le corridor. Dans les cinq pièces qu'il réservait à son usage personnel régnait l'atmosphère particulière d'une maison où depuis longtemps aucune main féminine n'avait laissé son empreinte. Quatre ans auparavant, sa femme Kathy, un mannequin vedette, était morte pendant une prise de vue dans les Catskill.

Il n'était pas sur place lors de l'accident, et il n'aurait certainement rien pu y faire, mais il ne cessait de se faire des reproches. Et surtout, il ne s'en était jamais remis.

Le canoë dans lequel Kathy posait s'était retourné. Le bateau du photographe et de ses assistants se trouvait à dix mètres de là. La lourde robe 1900 dont elle était vêtue l'avait entraînée au fond de l'eau avant que quiconque ne puisse la sauver.

Les plongeurs n'avaient jamais retrouvé son corps. « Même en été, ce lac est si profond que le fond reste gelé », lui avait-on expliqué.

Deux ans plus tôt, dans un geste qu'il espérait symboliquement définitif, il avait rangé les dernières photos qu'il gardait encore d'elle dans leur chambre.

Évidemment, son initiative s'était révélée vaine, et il s'était finalement résigné à admettre qu'il lui resterait toujours un sentiment d'inachevé. Comme lui, les parents de Kathy auraient voulu que son corps repose au cimetière avec sa famille — ses grands-parents et le frère qu'elle n'avait jamais connu.

Il rêvait d'elle fréquemment. Tantôt il la voyait prise au piège sous une saillie rocheuse au fond de l'eau glaciale, Belle au Bois Dormant pour l'éternité. Tantôt le rêve était différent. Son visage se dissolvait et d'autres le remplaçaient. Et tous murmuraient : « C'est de ta faute. »

Il n'y avait aucune mention de Kathy ni de ce qui lui était arrivé sur la jaquette de *Femmes disparues*. Sous la photo de l'auteur, une brève biographie indiquait que le Dr Richards vivait depuis toujours à Manhattan, était diplômé de Yale, avait passé ses doctorats de médecine et de psychologie à Harvard et obtenu une maîtrise de criminologie de l'université de New York.

Après l'émission, il rentra directement chez lui. Rena, sa femme de ménage jamaïcaine, lui avait préparé un déjeuner. Elle avait commencé à travailler chez lui peu de temps après la mort de Kathy, sur les recommandations de sa propre sœur qui tenait la maison de la mère de Donald, à Tuxedo Park.

Don était prêt à parier que chaque fois que Rena se rendait à Tuxedo Park, Mme Richards s'arrangeait pour obtenir d'elle des informations concernant la vie privée de son fils. Elle lui avait laissé entendre clairement qu'il devrait se distraire davantage.

Pendant qu'il prenait son déjeuner, Donald pensa à cette prétendue Karen qui avait téléphoné durant l'émission. Susan Chandler avait manifestement mal pris sa proposition d'examiner avec elle les révélations de cette femme, si toutefois elle se présentait à son rendez-vous. Il sourit au souvenir du voile qui avait assombri son regard noisette, aussi significatif qu'un refus.

Susan Chandler était une femme intéressante et très séduisante. Je vais l'appeler pour l'inviter à dîner, décida-t-il. Dans un cadre intime, il est probable qu'elle sera plus disposée à parler de cette affaire.

C'était un cas mystérieux. Regina Clausen avait disparu trois ans plus tôt. La femme qui se faisait appeler Karen disait avoir eu une idylle à bord d'un bateau deux ans auparavant. Susan Chandler en déduirait inévitablement que si un seul homme était impliqué dans les deux affaires, il pouvait avoir d'autres victimes en vue.

Susan est en train de se fourrer dans un vrai guêpier, songea Donald Richards. Que pouvait-il y faire ?

13

Dans l'avion qui la ramenait en Californie, Dee Chandler-Harriman but lentement un Perrier, ôta ses sandales, et renversa la tête sur le dossier de son siège, un geste qui répandit ses cheveux couleur de miel sur ses épaules. Depuis longtemps habituée aux regards admiratifs, elle évita délibérément de croiser le regard du passager assis de l'autre côté de l'allée centrale, qui avait à deux reprises tenté d'entamer la conversation.

Son alliance, un simple anneau, et un mince collier d'or étaient les seuls bijoux qu'elle portait. Son tailleur à fines rayures était d'une simplicité presque sévère. Il n'y avait personne à côté d'elle dans la seconde rangée, ce dont elle se réjouit.

Elle était arrivée à New York dans l'après-midi du vendredi, était descendue dans l'appartement que son agence, Belle Aire Modeling, louait en permanence à l'Essex House, et y avait tranquillement reçu deux jeunes mannequins qu'elle espérait prendre sous contrat. Les entretiens s'étaient bien déroulés, et elle avait été satisfaite de sa journée.

Elle n'aurait pu en dire autant du samedi et de la visite qu'elle avait rendue à sa mère. Constater qu'elle ne se remettait toujours pas de l'abandon de son père l'avait mise au désespoir.

Je n'aurais pas dû me montrer aussi odieuse avec Susan, se reprocha-t-elle. C'est elle qui vivait avec maman à cette époque, et qui a essuyé la tempête du divorce.

Oui, mais elle au moins a poursuivi ses études, pensa Dee. Quant à moi, à trente-sept ans, je peux m'estimer heureuse d'être allée jusqu'à la dernière année du lycée. Ensuite, depuis l'âge de dix-sept ans, je n'ai su qu'exercer la profession de mannequin. Pas le temps pour autre chose. On aurait dû m'inscrire de force à l'université. Les deux décisions intelligentes que j'ai prises dans ma vie ont été d'épouser Jack et d'investir mes économies dans l'agence.

Honteuse, elle se rappela la façon dont elle avait invectivé Susan, lui reprochant de ne pas comprendre ce que signifiait la perte d'un mari.

Je regrette de l'avoir ratée hier à la réception de papa, mais je suis contente d'avoir pu lui laisser un message ce matin. J'étais sincère en disant que je trouvais Alexander Wright formidable.

Un sourire flotta sur ses lèvres au souvenir de ce bel homme au regard intelligent et chaleureux — séduisant, distingué et plein d'humour. Il avait voulu savoir si Susan avait quelqu'un dans sa vie.

A sa demande, elle lui avait communiqué le numéro de téléphone de Susan à son cabinet. Elle ne pouvait pas lui refuser cela, mais elle avait préféré de ne pas lui donner le numéro personnel de sa sœur.

Dee déclina l'offre d'un second Perrier que lui proposait l'hôtesse. Le sentiment de vide qui l'avait gagnée pendant sa visite à sa mère, et qui s'était accru à la vue de son père buvant à la santé de sa deuxième femme, devenait de plus en plus lourd.

La vie à deux lui manquait. Elle avait envie de revenir à New York. C'était là que Susan lui avait présenté Jack ; il était photographe. Peu de temps après leur mariage, ils étaient partis s'installer à Los Angeles.

Ils avaient vécu cinq ans ensemble ; puis il y a deux ans, il avait absolument voulu qu'ils partent skier en week-end.

Dee sentit les larmes lui piquer les yeux. J'en ai assez d'être seule, pensa-t-elle avec colère. Elle saisit hâtivement son sac, fouilla à l'intérieur, et trouva ce qu'elle y cherchait : une brochure consa-crée à une croisière de deux semaines qui empruntait le canal de Panama.

Pourquoi pas ? Je n'ai pas pris de vraies vacances depuis deux ans. Son agent de voyages lui avait dit qu'il restait encore une très bonne cabine pour la prochaine croisière. La veille, son père l'avait poussée à partir. « En première classe. Je te l'offre, ma chérie », avait-il promis.

Le bateau partait du Costa Rica dans une semaine. Avec moi à bord, décida Dee.

14

Pamela Hastings ne craignait pas de passer une soirée solitaire de temps à autre. Son mari, George, se trouvait en voyage d'affaires en Califor-nie ; sa fille, Amanda, était étudiante en première année à Wellesley. La rentrée universitaire datait d'un mois à peine et, si elle regrettait l'absence de sa fille, Pamela avouait savourer le calme apaisant de l'appartement, le silence du téléphone, l'ordre inhabituel qui régnait dans la chambre d'Amanda.

La dernière semaine à Columbia avait été parti-culièrement remplie, entre les corvées administra-tives, les entretiens avec les étudiants et ses cours habituels. Il lui tardait toujours de voir arriver le vendredi soir, de profiter d'un repos bien mérité. La dernière réunion chez Carolyn de la « bande des quatre », nom qu'elles s'étaient attribué au bon vieux temps, avait été très gaie, mais l'avait ébranlée émotionnellement.

Le pressentiment d'un malheur imminent qu'elle avait éprouvé en tenant dans sa main cette bague décorée de turquoises l'effrayait encore. Pamela n'avait pas reparlé à Carolyn depuis ce soir-là, mais en tournant la clé dans la serrure de son appartement à l'angle de Madison et de la 67ᵉ Rue, elle avait noté mentalement d'appeler son amie et de lui dire de se débarrasser de la bague.

Elle consulta sa montre. Cinq heures moins dix. Elle alla directement dans sa chambre, changea son strict ensemble bleu marine pour un pantalon confortable et une des chemises de son mari, se prépara un scotch, et s'installa confortablement pour regarder les informations. Enfin une soirée paisible, pour elle toute seule.

A cinq heures cinq, elle vit soudain apparaître sur l'écran les images d'une portion de chaussée délimitée par un cordon, au coin de Park Avenue et de la 81ᵉ Rue, d'un gigantesque embarras de voitures et d'une masse de spectateurs qui contemplaient une camionnette maculée de sang à la calandre défoncée.

Stupéfaite, Pamela entendit le commentateur annoncer : « Cette scène s'est passée il y a peu de temps à l'angle de Park Avenue et de la 81ᵉ Rue. Probablement sous la poussée de la foule, Carolyn Wells, quarante ans, est tombée sous les roues d'une camionnette lancée à toute vitesse.

« Elle vient d'être transportée d'urgence à l'hôpital de Lenox Hill, avec un traumatisme crânien et de multiples blessures internes. D'après notre reporter sur place, il y a plusieurs témoins oculaires de l'accident. »

Pamela se leva d'un bond; elle entendit des bribes de commentaires : « La pauvre femme... » « Comment des gens peuvent-ils conduire comme ça... » « Il faut faire quelque chose pour améliorer la circulation dans cette ville. » Puis une vieille femme cria : « Vous êtes tous aveugles. On l'a poussée! »

Pamela resta les yeux rivés sur l'écran pendant que le journaliste se précipitait avec son micro vers la femme. « Pouvez-vous nous donner votre nom, madame ?

— Hilda Johnson. J'étais près d'elle. Elle tenait une enveloppe sous le bras. Un type la lui a arrachée. Puis il l'a poussée.

— C'est de la pure divagation ; elle est tombée », s'écria un autre passant.

Le commentateur reprit la parole. « Vous venez d'entendre la déclaration d'un témoin, Hilda Johnson, qui prétend avoir vu un homme pousser Carolyn Wells devant la camionnette au moment où il s'emparait d'une enveloppe qu'elle tenait sous le bras. Bien que la déclaration de Mme Johnson diffère des observations de toutes les autres personnes présentes sur les lieux, la police déclare vouloir prendre en considération son témoignage. S'il était confirmé, ce qui ressemble à première vue à un tragique accident serait en réalité une tentative d'homicide. »

Pamela se saisit précipitamment de son manteau. Quinze minutes plus tard, elle se tenait aux côtés de Justin Wells dans la salle d'attente du service de réanimation de l'hôpital de Lenox Hill.

« Elle est en salle d'opération », dit Justin d'une voix blanche.

Pamela glissa sa main dans la sienne.

Trois heures plus tard, un médecin s'approcha d'eux. « Votre épouse est dans le coma, dit-il à Justin. Il est encore trop tôt pour dire si elle s'en sortira. Mais, en arrivant aux urgences, il semble qu'elle ait prononcé un nom. Cela ressemblait à "Win". Ce nom vous dit-il quelque chose ? »

Pamela sentit la main de Justin étreindre violemment la sienne tandis qu'il répondait d'une voix étouffée : « Je n'en sais rien. Vraiment rien. »

15

A quatre-vingts ans, Hilda Johnson se plaisait encore à raconter qu'elle avait toujours vécu dans la 80ᵉ Rue Est et se souvenait de l'époque où la brasserie de Jacob Ruppert dans la 79ᵉ emplissait l'air des effluves amers de la levure et du malt.

« Nos voisins alors pensaient que le signe de la réussite était de quitter Manhattan pour loger sa famille dans le sud du Bronx, se rappelait-elle avec un rire sourd. Eh bien tout change. Le sud du Bronx c'était la campagne à cette époque, et ici il n'y avait que des habitations bon marché. Aujourd'hui, ce quartier est à la mode et le Bronx un désastre. C'est la vie. »

Les amis de Hilda et les gens qu'elle rencontrait dans le parc avaient entendu cette histoire des centaines de fois, mais elle n'en continuait pas moins à la raconter. De petite taille, la peau sur les os, le cheveu blanc et l'œil bleu pétillant, c'était une bavarde invétérée.

Par de belles journées froides et vivifiantes, Hilda aimait traverser Central Park et s'asseoir sur un banc au soleil. Douée d'un remarquable talent d'observation, elle n'hésitait pas à donner son avis sur tout ce qui lui semblait le mériter.

Il lui arrivait de réprimander sèchement une nounou qui laissait s'éloigner de l'aire de jeux l'enfant dont elle avait la garde. Elle faisait régulièrement la leçon aux gamins qui jetaient sur l'herbe les papiers d'emballage de leurs bonbons. Et elle n'hésitait pas à signaler à un agent de police des individus qui lui semblaient louches, traînaient autour des terrains de sport ou erraient sans but dans les allées.

Avec résignation, le policier écoutait poliment, prenait en note les avertissements et accusations de Hilda et promettait de garder un œil sur les suspects.

Son sens aigu de l'observation l'avait certainement servie ce lundi-là. Un peu après quatre heures, alors qu'elle rentrait chez elle en sortant du parc et attendait avec la foule des piétons que le feu passe au rouge, elle s'était retrouvée juste derrière une femme élégamment vêtue qui portait une enveloppe de papier kraft sous le bras. Son attention fut attirée par le mouvement soudain d'un homme qui s'emparait de l'enveloppe d'une main, et de l'autre poussait la femme en avant sous les roues d'une camionnette. Hilda avait crié, mais trop tard. Néanmoins, elle avait pu voir distinctement le visage de l'homme avant qu'il ne disparaisse dans la foule.

Dans l'extrême confusion qui avait suivi, Hilda s'était sentie bousculée et repoussée en arrière tandis qu'un policier qui venait de terminer son service prenait les choses en main, hurlant : « Police. Reculez. »

La vue du corps recroquevillé et sanglant sur la chaussée, de l'élégant tailleur marqué d'empreintes de pneus avait tellement secoué Hilda qu'elle faillit se trouver mal, mais elle se remit suffisamment vite pour parler au reporter. Puis elle fit demi-tour et reprit d'un pas lourd le chemin de son appartement. Une fois chez elle, elle se prépara une tasse de thé et, les mains tremblantes, la but lentement.

« Cette pauvre femme », ne cessait-elle de murmurer, repassant la scène dans son esprit.

Finalement, elle se sentit assez forte pour appeler le poste de police. L'agent de service qui répondit était celui auquel elle s'adressait fréquemment, en général pour signaler des mendiants en train de faire la manche dans la Troisième Avenue. Il écouta patiemment son histoire.

« Hilda, nous savons ce que vous pensez, mais vous faites erreur, dit-il avec une voix lénifiante. Nous avons interrogé quantité de gens qui se trouvaient à l'angle de cette rue au moment où s'est produit l'accident. C'est la poussée de la foule au changement du feu qui a fait tomber Mme Wells, rien d'autre.

— C'est la poussée délibérée d'une main dans son dos qui lui a fait perdre l'équilibre, répliqua sèchement Hilda. Il lui a arraché l'enveloppe qu'elle portait. Je suis éreintée et je vais me coucher maintenant, mais laissez un message pour le commissaire Shea. Dites-lui que je passerai le voir dès qu'il arrivera au commissariat demain matin. A huit heures tapantes. »

Elle raccrocha, indignée. Il n'était que cinq heures de l'après-midi, mais elle avait besoin de s'allonger. Un poids lui comprimait la poitrine que seuls pouvaient soulager un cachet de trinitrine sous la langue et quelques heures de repos.

Quelques minutes plus tard, elle était bien au chaud dans sa chemise de nuit douillette, la tête soulevée par un épais oreiller pour mieux respirer. Les violents maux de tête qui pendant quelques minutes accompagnaient toujours la prise du médicament s'estompèrent. La douleur dans sa poitrine diminua.

Elle poussa un soupir de soulagement. Après une bonne nuit de repos, elle irait au poste dire son fait au commissaire Shea et se plaindre de cet abruti de sergent. Puis elle demanderait à voir leur dessinateur pour lui décrire l'homme qui avait poussé cette femme. Une ordure, pensa-t-elle, revoyant son visage. La pire espèce — bien mis, distingué; le genre de personne à qui vous faites immédiatement confiance. Comment allait cette pauvre femme? se demanda-t-elle. Peut-être en parlerait-on aux informations.

Elle tendit la main vers la commande à distance et alluma la télévision, à temps pour se voir et s'entendre en personne à l'écran, en train d'affirmer qu'elle avait vu un homme pousser Carolyn Wells sous les roues de la camionnette.

Hilda se sentit partagée. Certes, elle éprouvait une indéniable excitation à l'idée d'être devenue une célébrité, mais par ailleurs entendre le commentateur suggérer qu'elle se trompait l'agaçait au plus haut point. Ensuite il y avait eu cet imbécile de sergent qui l'avait traitée comme si elle avait quatre ans. Sa dernière pensée avant de s'assoupir fut que demain matin elle allait tous les secouer un peu. Attendez, les gars, vous allez voir. Le sommeil la submergea à l'instant où elle récitait un « Je vous salue Marie » à l'intention de la malheureuse Carolyn Wells.

16

Après avoir quitté Nedda, Susan rentra à pied jusqu'à son appartement de Downing Street. Le jour tombait et le froid pénétrant du petit matin qu'avait temporairement atténué le soleil de l'après-midi avait repris.

Elle enfonça ses mains dans les vastes poches de sa veste droite et pressa le pas. La fraîcheur du temps lui remit en mémoire un passage qu'elle avait lu jadis dans *Les Quatre Filles du Dr March*. L'une des sœurs — elle ne savait plus s'il s'agissait de Beth ou d'Amy — disait que novembre était un mois détestable, et Jo l'approuvait et ajoutait que c'était pour cette raison qu'elle était née ce mois-là.

Moi aussi, pensa Susan. Mon anniversaire est le 24 novembre. On m'appelait le bébé de Thanksgiving. Tu parles ! Et cette année je suis un bébé de trente-trois ans. J'aimais bien Thanksgiving et les anniversaires autrefois, rêvassa-t-elle. En tout cas, cette année je n'aurai pas besoin de me partager entre deux dîners, de passer d'un camp à un autre. Grâce à Dieu, papa et Binky seront à Saint-Martin.

Naturellement mon problème familial est insignifiant en comparaison de l'épreuve que vit Jane Clausen, se dit-elle en atteignant sa rue et en tournant vers l'ouest. Après qu'elles eurent admis qu'à l'évidence Karen ne viendrait pas à son rendez-vous, Mme Clausen s'était attardée une vingtaine de minutes dans son cabinet.

En buvant sa tasse de thé, elle avait insisté pour que Susan conserve la bague ornée de turquoises. « S'il m'arrivait quelque chose, il est essentiel qu'elle soit en votre possession au cas où la femme qui a téléphoné vous contacterait à nouveau », avait-elle dit.

Elle ne veut pas dire *s'il* m'arrivait quelque chose ; elle veut dire *quand*, pensa Susan tout en pénétrant dans son immeuble, un petit bâtiment de pierre de trois niveaux, et en montant jusqu'à son appartement au dernier étage. L'endroit était spacieux, avec une vaste salle de séjour, une belle cuisine, une grande chambre à coucher et un petit bureau. Joliment et confortablement aménagé grâce aux meubles que sa mère lui avait donnés à l'époque où elle-même avait quitté la maison familiale pour une copropriété de luxe, il lui semblait à chaque fois aussi accueillant et chaleureux — presque comme deux bras enveloppants.

Ce soir-là ne fit pas exception à la règle. En réalité, l'atmosphère était encore plus apaisante à la tombée du jour, observa-t-elle en abaissant l'interrupteur qui commandait l'allumage du gaz sous les bûches de la cheminée.

Une soirée tranquille à la maison, décida-t-elle en enfilant sa longue tunique de velours usée par le temps. Elle se préparerait ensuite une salade et des pâtes, accompagnées d'un verre de chianti.

Quelques minutes plus tard, elle était en train de laver une botte de cresson quand le téléphone sonna. « Susan, comment va ma fille préférée ? »

C'était son père. « Bien, papa. » Elle rectifia avec une moue : « Charles.

— Binky et moi avons regretté de te voir partir si tôt hier. La réception était super, n'est-ce pas ? »

Susan haussa les sourcils. « Absolument super.

— Bien. »

Mon pauvre papa, pensa Susan. Si seulement tu savais comme tu as l'air peu naturel.

« Susan, tu as vraiment tapé dans l'œil d'Alexander Wright. Il n'a pas cessé de nous parler de toi. Je crois qu'il a aussi chanté tes louanges à Dee. Il paraît qu'elle a refusé de lui communiquer ton numéro personnel.

— Le numéro de mon cabinet est dans l'annuaire. S'il le désire, il peut me joindre là. Je lui ai trouvé l'air plutôt sympathique.

— Il est bien plus que ça. Les Wright font partie du gratin. Très influents. »

Papa est toujours subjugué par les gens importants. Dieu merci, il n'a pas essayé de se convaincre lui-même qu'il était né avec une cuiller d'argent dans la bouche. J'espère qu'il n'en a pas ressenti le besoin.

« Je vais te passer Binky. Elle a quelque chose à te dire. »

Pourquoi justement à *moi*, Seigneur ?

Le « allô » roucoulant de sa belle-mère lui écorcha l'oreille.

Sans lui laisser le temps de répondre, Binky

entreprit de faire l'éloge d'Alexander Wright. « Je le connais depuis des années, mon chou, dit-elle de sa voix d'oiseau. Il ne s'est jamais marié. L'homme idéal que Charles et moi souhaiterions pour toi ou pour Dee. Tu l'as vu, inutile par conséquent de te dire qu'il est séduisant. Il siège au conseil d'administration de la fondation Wright. Il distribue des sommes d'argent colossales chaque année. C'est l'être le plus généreux, le plus désintéressé que tu puisses rencontrer. Rien à voir avec ces égoïstes qui ne se soucient que d'eux. »

Incroyable que ce soit elle qui dise ça! pensa Susan.

« Chérie, j'espère que tu ne m'en voudras pas, mais Alex vient d'appeler à l'instant et il a pratiquement exigé que je lui donne ton numéro de téléphone personnel. Je suis prête à parier qu'il va t'appeler ce soir. Il a dit qu'il ne voulait pas te déranger à ton cabinet. » Binky s'interrompit et ajouta d'un ton cajoleur : « Dis-moi que j'ai bien fait.

— Je préférerais que tu ne communiques pas mon numéro personnel, Binky, dit Susan sèchement, puis elle s'adoucit. Cette fois-ci, je suppose que ça n'a pas d'importance. Mais je t'en prie, ne recommence pas. »

Elle parvint à couper court aux intarissables promesses de Binky et raccrocha avec la sensation que sa soirée était subitement gâchée.

Moins de dix minutes plus tard, Alexander Wright téléphonait. « J'ai presque forcé Binky à me donner votre numéro de téléphone. J'espère qu'il n'y avait rien de mal à ça.

— Je suis au courant, répondit Susan d'un ton vague. Charles et Binky viennent de me prévenir.

— Pourquoi continuez-vous à appeler votre père "Charles" lorsque vous me parlez de lui? Je ne vois pas d'inconvénient à vous entendre dire "papa". »

Susan ne put s'empêcher de rire. « Vous êtes observateur. D'accord, je m'en souviendrai.

— Je n'ai pas manqué d'écouter votre émission aujourd'hui et, franchement, je l'ai trouvée très intéressante. »

Susan s'aperçut avec surprise que le compliment lui faisait plaisir.

« Je me trouvais à la table de Regina Clausen à un dîner de Future Industries il y a six ou sept ans. Elle m'avait paru à la fois charmante et d'une extrême intelligence. »

Alexander Wright hésita, puis continua d'un ton d'excuse : « Je sais que mon invitation est un peu cavalière, mais je sors à peine d'un conseil d'administration à l'hôpital Saint-Clare et je meurs de faim. Si vous n'avez ni dîné ni prévu de sortir, accepteriez-vous de m'accompagner ? Je sais que vous habitez Downing Street. Il Mulino n'est qu'à cinq minutes de chez vous. »

Susan jeta un regard sur le cresson qu'elle venait de laver. A son grand étonnement, elle s'entendit accepter de le retrouver en bas de chez elle vingt minutes plus tard.

En allant dans sa chambre enfiler un pantalon et un pull de cachemire, elle se persuada qu'elle avait accepté ce rendez-vous impromptu poussée par l'envie d'entendre les impressions d'Alexander Wright sur Regina Clausen.

17

A la réflexion, Douglas Layton reconnut que Jane Clausen devait lui en vouloir de l'avoir laissée seule dans le cabinet de Susan Chandler.

Comme avocat et conseiller financier, il faisait partie depuis quatre ans de la société qui gérait les intérêts des Clausen. Il y avait débuté en tant qu'assistant de Hubert March, l'associé principal, intime des Clausen et leur conseiller personnel depuis près d'une cinquantaine d'années. March approchant de l'âge de la retraite, Douglas était devenu, à l'intérieur de la société, l'interlocuteur qui avait la préférence de Jane Clausen.

Se retrouver si rapidement un des administrateurs des intérêts financiers de la famille Clausen était un incroyable coup de chance, dont Douglas Layton était parfaitement conscient, et qui impliquait certaines obligations non négligeables.

Mais il n'avait pas eu le choix cet après-midi-là, se rappela-t-il en pénétrant dans l'ascenseur du 10 Park Avenue, adressant un sourire aimable au jeune couple qui venait d'emménager au neuvième étage de son immeuble.

Il était locataire de son appartement, bien que ses revenus lui eussent largement permis de devenir propriétaire. Mais comme il l'expliquait à ses amis : « J'ai trente-six ans. Un jour ou l'autre, croyez-le ou pas, je vais trouver la femme idéale et me ranger. A ce moment-là, nous chercherons ensemble l'endroit adéquat. Et, de toute manière, ajoutait-il, je ne connais pas mon propriétaire, mais son goût me convient. Et si j'ai les moyens de m'acheter un appartement, je ne pourrais certes pas m'offrir le même. »

Ses amis ne pouvaient nier la justesse de ses remarques. Sans avoir les affres du propriétaire,

Layton profitait d'une bibliothèque lambrissée d'acajou, d'une salle de séjour jouissant d'une vue saisissante sur New York, depuis l'Empire State Building jusqu'à l'East River, plus une cuisine ultramoderne, une vaste chambre à coucher et deux salles de bains. Le tout confortablement meublé de profonds canapés et de fauteuils clubs accueillants, comportant tous les espaces de rangement nécessaires, et agrémenté de tableaux de goût et d'excellentes copies de tapis persans.

Ce soir, en repoussant le verrou de sa porte d'entrée, Douglas Layton se demanda combien de temps la chance continuerait à lui sourire.

Il regarda sa montre. Cinq heures un quart. Il alla droit vers le téléphone et appela Jane Clausen. Elle ne répondit pas, ce qui n'avait rien d'inhabituel. Si elle avait prévu de dîner en ville, elle faisait souvent une petite sieste dans l'après-midi et débranchait le téléphone. On disait au bureau qu'elle posait le récepteur sur l'oreiller à côté du sien, au cas où elle recevrait un appel de sa fille au milieu de la nuit.

Il essaierait à nouveau de la joindre dans une heure. En attendant, il y avait quelqu'un d'autre à qui il n'avait pas parlé depuis plus d'une semaine. Le visage soudain adouci, il souleva le combiné et composa un numéro.

Dix ans auparavant, sa mère s'était installée à Lancaster, en Pennsylvanie. Depuis longtemps séparée de son père, qui avait disparu de leur horizon, elle vivait à présent une existence beaucoup plus heureuse parmi ses nombreux cousins et cousines.

Elle décrocha à la troisième sonnerie. « Oh, Doug, je suis contente de t'entendre. Une minute plus tard, et j'étais partie.

— Pour l'hôpital ? L'asile de vieillards ? SOS Détresse ? demanda-t-il d'un ton affectueux.

— Pas du tout, petit malin. Je vais au cinéma avec Bill. »

Bill était un ami de longue date, un aimable célibataire très sympathique et parfaitement ennuyeux aux yeux de Douglas.

« Ne le laisse pas te faire du gringue.

— Doug, tu sais très bien qu'il n'est pas comme ça, bredouilla sa mère.

— Tu as raison. Je le sais bien. Le vieux Bill, toujours pareil à lui-même. Entendu, maman, je te laisse. Je voulais seulement prendre de tes nouvelles.

— Doug, est-ce que tout va bien pour toi? Tu sembles inquiet. »

Il se serait battu. Il aurait dû s'abstenir d'appeler sa mère quand il était préoccupé. Elle lisait en lui comme dans un livre.

« Je vais très bien.

— Doug, je me fais du souci pour toi. Et je suis là si tu as besoin de moi. Tu le sais, n'est-ce pas?

— Je sais, maman. Je vais bien. Je t'aime. »

Il raccrocha rapidement, puis se dirigea vers le bar de la bibliothèque et se servit un scotch bien tassé. L'avalant d'un trait, il sentit son cœur battre plus fort. Ce n'était guère le moment d'avoir une crise d'anxiété. Lui qui contrôlait généralement si bien ses émotions et ses actes, pourquoi avait-il si souvent les nerfs tendus?

Il en connaissait la raison.

Fébrilement, il alluma la télévision et regarda le bulletin du soir.

A sept heures, il composa à nouveau le numéro de Jane Clausen. Cette fois-ci elle répondit, mais à la froideur de son ton il comprit que les ennuis n'allaient pas tarder.

A huit heures il sortit.

18

Alexander Wright aperçut sa voiture garée en double file devant l'hôpital Saint-Clare dans la 52ᵉ Rue Ouest et, sans laisser à son chauffeur le temps de sortir pour lui ouvrir la porte, il s'installa sur le siège arrière.

« La réunion a duré longtemps, monsieur, fit remarquer Jim Curley en démarrant. Où allons-nous maintenant ? » Il s'exprimait avec la familiarité d'un homme qui était depuis trente ans au service de la famille Wright.

« Jim, je suis ravi de vous annoncer que j'ai décidé il y a cinq minutes d'aller chercher une exquise jeune femme dans Downing Street pour l'emmener dîner à Il Mulino », lui répondit Alexander Wright.

Downing, réfléchit Jim Curley. Sans doute une nouvelle conquête. Je ne l'ai encore jamais conduit par-là. Il se réjouissait que son riche et séduisant employeur fût constamment en tête de la liste des célibataires les plus recherchés de la ville. Tout en ayant le plus profond respect pour l'intimité d'Alexander Wright, Jim aimait mentionner à ses amis que la star de music-hall Sandra Cooper était aussi gentille que belle, ou que la comédienne Lily Lockin était une rigolote.

Mais ces discrètes anecdotes étaient rapportées seulement après que les journaux avaient mentionné la présence de telle ou telle jeune femme dans un dîner ou à une réception aux côtés d'Alexander Wright, célèbre amateur de sport et philanthrope.

Tandis que la voiture progressait lentement au milieu de l'intense trafic de Broadway, Jim Curley jeta à plusieurs reprises un regard dans le rétroviseur, observant que son patron avait fermé les yeux et appuyait la tête contre le cuir souple de la banquette.

Distribuer de l'argent est sûrement aussi fatigant que d'en gagner, compatit Jim. Il savait qu'à la tête de la fondation Alexander et Virginia Wright, M. Alex était constamment sollicité par des personnes privées ou des organismes à l'affût de subventions. Il était tellement gentil avec tout le monde. Et probablement beaucoup trop généreux.

Rien à voir avec son père, se souvint Jim. Le vieux était un dur à cuire. Comme la mère d'Alex. Elle vous engueulait pour un oui ou pour un non. Y compris Alex quand il était môme. Un miracle qu'il soit devenu ce qu'il est. J'espère que cette jeune dame de Downing Street est gaie, pensa-t-il. M. Alex méritait de se distraire. Il travaillait trop.

Comme à l'accoutumée, Il Mulino était bondé. Des éclats de voix joyeux résonnaient au milieu d'effluves agréables. Au bar se pressaient les derniers arrivés attendant une table. Le panier rempli de légumes à l'entrée de la salle du restaurant ajoutait une touche rustique au décor sans prétention.

Le maître d'hôtel les conduisit immédiatement à leur table. Tandis qu'ils se frayaient un chemin au milieu des dîneurs, Alexander Wright s'arrêta à plusieurs reprises pour saluer des amis.

Sans consulter la carte des vins, il commanda une bouteille de chianti et une autre de chardonnay. Devant l'air consterné de Susan, il expliqua en riant : « Vous n'êtes pas obligée d'en boire plus d'un verre ou deux, mais je pense qu'ils vous plairont tous les deux. Pour être franc, je n'ai pas déjeuné et je suis affamé. Voyez-vous un inconvénient à ce que nous consultions la carte sans attendre ? »

Susan choisit une salade et du saumon. Il commanda des huîtres, des pâtes et une escalope de veau. « Les pâtes, c'est pour le déjeuner que j'ai sauté », dit-il pour se justifier.

Tandis que le sommelier servait le vin, Susan secoua la tête. « Quand je pense qu'il y a une heure à peine, j'étais dans ma vieille et confortable tunique d'intérieur, m'apprêtant à passer une soirée tranquille à la maison.

— Vous auriez pu garder la même tenue.

— Oui, si j'avais voulu vous bluffer », répliqua-t-elle, déclenchant l'hilarité de son compagnon.

Elle l'observa discrètement pendant qu'il saluait quelqu'un dans la salle. Il était vêtu d'un costume trois-pièces gris foncé à fines rayures et d'une chemise blanche impeccable, le tout éclairé d'une cravate à petits motifs gris et rouge. Il avait du charme et de l'allure.

Elle finit par comprendre ce qui l'intriguait à son sujet. Alexander Wright montrait certes l'autorité et l'assurance résultant d'un savoir-vivre remontant à plusieurs générations, mais il y avait autre chose qui la laissait perplexe. Je pense qu'il est un peu timide. C'est sûrement ça. Et c'était quelque chose qu'elle trouvait plutôt plaisant.

« Je me félicite d'être allé à la réception de votre père et de Binky hier soir, dit-il doucement. J'étais presque décidé à rester chez moi et à faire les mots croisés du *Times*, mais j'avais accepté l'invitation et je ne voulais pas paraître grossier. » Il eut un sourire furtif. « Sachez aussi que je vous suis reconnaissant d'avoir bien voulu dîner avec moi à l'improviste.

— Vous avez dit que vous connaissiez Binky depuis longtemps ?

— Oui, mais seulement comme on connaît les gens qui fréquentent les mêmes endroits. J'espère ne pas vous froisser en disant que c'est un oiseau sans cervelle.

— Un oiseau très convaincant, dit Susan d'un ton amer. Que pensez-vous de ce manoir à la Disneyland que mon père lui a construit ? »

Ils pouffèrent.

« Vous souffrez encore aujourd'hui de cette situation, n'est-ce pas ? Pardon — c'est vous la psychologue, pas moi. »

Quand vous ne voulez pas répondre, posez une question, se rappela Susan. « Vous avez fait la connaissance de mon père et de ma sœur, dit-elle, détournant la conversation. Et vous ? Avez-vous des frères et sœurs ? »

Il lui raconta qu'il était fils unique, fruit d'un mariage tardif. « Lorsqu'il était dans la force de l'âge, mon père était trop occupé à faire fortune pour prendre le temps de courtiser une femme. Ensuite, il a été trop occupé à s'enrichir davantage pour nous prêter attention à moi et à ma mère. Mais je vous assure qu'au regard de toute la misère humaine à laquelle je suis chaque jour confronté à la fondation, je m'estime particulièrement chanceux.

— Dans le monde tel qu'il est, vous avez probablement raison, admit Susan. Et j'en dirais autant pour moi. »

Ce fut seulement au moment du café que le nom de Regina Clausen apparut dans la conversation. Alexander Wright ne put lui en dire plus que ce qu'il avait expliqué au téléphone. Il s'était trouvé placé à côté de Regina à un dîner de Future Industries. Il l'avait trouvée posée, intelligente. Il semblait incroyable qu'une femme de son milieu puisse disparaître ainsi sans laisser de traces.

« Attachez-vous du crédit aux appels que vous recevez durant votre émission ? demanda-t-il. A celui, par exemple, de cette femme qui paraissait si nerveuse ? »

Elle avait déjà décidé de ne parler à personne de

la bague que lui avait confiée la mère de Regina Clausen. Cette bague qui portait la même inscription : *Tu m'appartiens* que celle mentionnée par « Karen » était le seul objet pouvant relier la disparition de Regina à l'idylle avortée de Karen à bord d'un bateau. Moins les gens en savaient, mieux c'était.

« Je ne sais pas, répondit-elle. Il est encore trop tôt pour le dire.

— Comment en êtes-vous venue à animer une émission de radio ? » demanda-t-il encore.

Elle lui raconta dans quelles conditions Nedda l'avait présentée à la personne qui la précédait. Elle lui dit aussi qu'elle avait travaillé pour Nedda pendant ses études de droit, qu'elle avait quitté son poste auprès du procureur du Comté de Westchester et qu'elle était retournée à l'université.

Finalement, en buvant un cognac, elle déclara : « C'est moi qui écoute en général. Assez parlé de moi. Beaucoup trop, à vrai dire. »

Alexander Wright demanda l'addition. « Pas vraiment », répliqua-t-il.

Tout compte fait, la soirée avait été très agréable, se dit Susan en se glissant dans son lit.

Il était onze heures moins dix. Il y avait vingt minutes qu'elle était rentrée chez elle. Quand elle avait voulu lui dire bonsoir sur le trottoir devant son immeuble, Alex avait protesté. « Mon père m'a appris qu'il fallait toujours raccompagner une dame jusqu'à sa porte. Par sécurité. Ensuite, je vous promets de m'en aller. » Il avait insisté pour monter avec elle et avait attendu sur le palier pendant qu'elle ouvrait la porte de son appartement.

Rien ne vaut les bonnes vieilles règles de courtoisie, conclut Susan en éteignant la lumière.

Elle était fatiguée, et néanmoins ne put s'empêcher de passer en revue les événements de la journée, de réfléchir à ce qui s'était passé et à ce qui ne s'était pas passé. Elle pensa à Donald Richards, l'auteur de *Femmes disparues*. Un invité intéressant. Manifestement, il aurait aimé assister à l'entretien qu'elle avait espéré avoir avec « Karen ».

A regret, Susan se souvint de son brusque refus lorsqu'il avait discrètement proposé d'écouter ce que pourrait révéler ladite Karen, si elle se présentait à son rendez-vous.

D'ailleurs, aurait-elle encore des nouvelles de cette femme ? Serait-il judicieux de lancer un appel demain, pendant la prochaine émission, la priant de la contacter, ne serait-ce que par téléphone ?

Alors que le sommeil la gagnait peu à peu, Susan sentit un signal d'alarme troubler son subconscient. Elle ouvrit les yeux dans l'obscurité, s'efforçant de découvrir ce qui avait déclenché cet avertissement. Il s'était passé quelque chose dans la journée, ou elle avait entendu quelque chose qui aurait dû éveiller son attention. Mais quoi ?

Trop lasse pour se concentrer davantage, elle se retourna et s'apprêta à s'endormir. Elle y réfléchirait demain ; ce serait bien assez tôt.

19

Hilda Johnson dormit quatre bonnes heures avant de se réveiller à dix heures et demie, reposée et l'estomac vide. Une tasse de thé et un toast seraient les bienvenus, décida-t-elle en se levant pour aller prendre sa robe de chambre. Elle voulait également voir s'ils allaient à nouveau la montrer au bulletin de onze heures.

Après avoir regardé les nouvelles, elle regagnerait son lit et réciterait un rosaire pour cette malheureuse Carolyn Wells.

Elle savait que le commissaire Tom Shea arrivait au poste de police à huit heures tapantes. Elle l'y attendrait. Tout en nouant la ceinture de sa robe de chambre en tricot, Hilda se remémora les traits de l'homme qu'elle avait vu pousser Mme Wells sous les roues de la camionnette. Maintenant que le choc s'était atténué, elle revoyait son visage avec encore plus de netteté qu'au moment de l'incident. Elle savait qu'il lui faudrait donner au dessinateur de la police une description détaillée de cet individu.

Soixante-dix ans plus tôt, Hilda avait montré de réelles dispositions pour le dessin. Son institutrice, Mlle Dunn, l'avait encouragée; elle disait que Hilda était réellement douée, en particulier pour le portrait, mais à l'âge de treize ans, elle avait dû travailler, et le temps lui avait manqué pour poursuivre ce genre d'activité.

Non qu'elle eût entièrement abandonné, bien sûr. Au cours des années, il lui était souvent arrivé d'aller dans le parc armée d'un porte-plume et d'un carnet, et d'exécuter des croquis qu'elle encadrait et offrait à ses amis pour leur anniversaire. Elle avait cessé depuis un certain temps, cependant. Il restait peu de gens auxquels elle pouvait faire ce genre de cadeau, et qui plus est, ses doigts gonflés par l'arthrite avaient du mal à tenir une plume.

Pourtant, si elle parvenait à dessiner le visage de cet homme, pendant que le souvenir était encore frais dans sa mémoire, la tâche en serait facilitée le lendemain, lorsqu'elle se rendrait au poste de police.

Hilda alla jusqu'au bonheur-du-jour qui avait appartenu à sa mère et qui occupait la place d'honneur dans son minuscule living-room. Elle rabattit le couvercle qui servait d'écritoire en dessous de la vitrine d'acajou et approcha une chaise. Dans le tiroir était rangée une boîte de papier à lettres que son amie Edna lui avait offerte à Noël. Les feuilles étaient de grand format et d'un jaune ensoleillé, et en haut était imprimé : « Un *bon mot* de la part de Hilda Johnson. »

Edna avait expliqué qu'un *bon mot* était une parole spirituelle, et ajouté que Hilda apprécierait certainement le grand format. « Pas comme ces petites cartes sur lesquelles on peut à peine écrire deux lignes. »

C'était également le format idéal pour exécuter un croquis rapide permettant à Hilda de fixer l'image du salaud qui avait arraché son enveloppe à cette pauvre femme avant de la pousser. Les doigts raides et douloureux, Hilda commença lentement à dessiner. Un visage émergea peu à peu — non de profil, mais plutôt tourné de trois quarts. Oui, il avait les cheveux plantés de cette façon, se rappela-t-elle. Elle traça son oreille, bien formée, très près du crâne. Les yeux étaient écartés et les paupières plissées tandis qu'il fixait Carolyn Wells ; les cils longs, le menton volontaire.

Quand elle reposa sa plume, Hilda se sentit satisfaite. Pas mal, pas mal du tout. Elle jeta un coup d'œil à la pendule ; il était onze heures moins cinq. Elle alluma la télévision et alla dans la cuisine remplir la bouilloire.

Elle venait d'allumer le gaz lorsque la sonnerie de l'interphone de l'immeuble retentit. Qui peut venir à cette heure-ci ? s'étonna-t-elle en se dirigeant vers la petite entrée pour répondre.

« Qui est là ? » Elle ne chercha pas à cacher son irritation.

« Mademoiselle Johnson, je m'excuse de vous déranger. » La voix masculine était basse et agréable. « Je suis l'inspecteur Anders. Nous détenons un suspect qui pourrait être l'homme que vous avez vu pousser Mme Wells aujourd'hui. J'ai besoin de vous montrer son portrait. Si vous le reconnaissez, nous pourrons l'incarcérer. Sinon, il faudra le relâcher.

— J'ai cru que personne ne me prenait au sérieux lorsque j'ai dit que quelqu'un l'avait poussée, répliqua sèchement Hilda.

— Nous ne voulions pas révéler que nous étions sur la piste d'un suspect. Puis-je monter une minute ?

— Si vous voulez. »

Hilda pressa sur le bouton qui ouvrait la porte du vestibule de l'immeuble. Puis, avec un sentiment de fierté, elle regagna son secrétaire et contempla son dessin. Attendez un peu que l'inspecteur Anders ait ça sous les yeux !

Elle entendit l'ascenseur poussif monter péniblement à son étage ; puis un léger bruit de pas.

Elle attendit que l'inspecteur eût sonné à la porte pour ouvrir. Il doit faire froid, se dit-elle — le col de son manteau était relevé et il portait un chapeau à large bord rabattu sur le front. Et des gants.

« J'en aurai à peine pour une minute, mademoiselle Johnson, dit-il. Je suis désolé de vous déranger. »

Hilda coupa court à ses excuses. « Entrez, dit-elle d'un ton sec. Moi aussi j'ai quelque chose à vous montrer. » Tandis qu'elle le précédait jusqu'au bonheur-du-jour, elle n'entendit pas le léger déclic de la porte qui se refermait.

« J'ai fait un croquis de l'individu que j'ai aperçu, annonça-t-elle triomphalement. Nous allons pouvoir le comparer avec celui que vous avez.

— Bien sûr. » Mais, en guise de portrait, le visiteur posa sous ses yeux un permis de conduire avec une photo d'identité.

Hilda eut un sursaut. « Regardez ! C'est le même visage ! C'est l'homme que j'ai vu pousser cette femme et s'emparer de l'enveloppe. »

Pour la première fois, elle leva les yeux vers l'inspecteur Anders. Il avait retiré son chapeau et son cou n'était plus engoncé dans le col de son manteau.

Les yeux de Hilda s'écarquillèrent, remplis d'effroi. Sa bouche s'ouvrit, mais le seul son qui en sortit fut un faible « Oh, non ! » Elle tenta de reculer, heurta le secrétaire derrière elle. Une pâleur mortelle envahit son visage quand elle comprit qu'elle était prise au piège.

L'air suppliant, elle leva les mains. Puis, dans une vaine tentative de résistance, elle tendit ses paumes pour se protéger du couteau que son visiteur s'apprêtait à plonger dans sa poitrine.

Il fit un bond en arrière afin d'éviter le jaillissement du sang, regarda longuement le corps s'affaisser et se recroqueviller sur la moquette élimée. Les yeux de Hilda prirent un regard fixe, vitreux, mais elle parvint à murmurer : « Dieu... ne vous... laissera pas... échapper... »

Comme il se penchait au-dessus d'elle pour reprendre son permis de conduire et le croquis, le corps de Hilda eut un violent frisson et sa main retomba sur son pied.

La repoussant, il se dirigea calmement vers la porte, l'ouvrit, vérifia que le couloir était désert et en quelques enjambées atteignit l'escalier de secours. En arrivant dans le hall, il entrouvrit la porte, s'assura qu'il n'y avait personne dans les parages et un instant plus tard se retrouva dans la rue, marchant en direction de son domicile.

Il s'en était fallu de peu. Si la police avait cru

cette vieille sorcière et l'avait questionnée le jour même, elle aurait pu exécuter ce croquis à leur intention. Son portrait aurait été publié par tous les journaux du lendemain.

En marchant, il eut l'impression que son pied droit s'alourdissait. Comme si les doigts raidis de Hilda Johnson y reposaient encore.

Ses dernières paroles lui avaient-elles jeté un sort ? Elles lui avaient rappelé l'erreur qu'il avait commise plus tôt dans la journée — une erreur que Susan Chandler, avec son esprit exercé de procureur, serait bien capable de découvrir.

Il devait l'en empêcher.

20

Le sommeil de Susan fut agité, peuplé de rêves confus. A son réveil, elle se souvint de scènes où Jane Clausen, Dee, Jack et elle-même étaient rassemblés. A un moment donné, Jane implorait : « Susan, donnez-moi Regina », tandis que Dee tendait les mains en disant : « Susan, donne-moi Jack. »

Eh bien, tu l'as eu, songea Susan. Elle sortit de son lit et s'étira, résolue à refouler cette tristesse qui lui serrait si souvent le cœur. Après tant d'années, comment un tel rêve pouvait-il réveiller tous ces souvenirs et la bouleverser ? Des souvenirs d'elle à vingt-trois ans, étudiante en deuxième année de droit, travaillant à mi-temps pour Nedda. Jack, photographe de vingt-huit ans, qui commençait à tracer son chemin. Ils s'aimaient.

Arrive Dee. La grande sœur. La coqueluche des photographes de mode. Sophistiquée. Drôle.

Charmante. Trois hommes à ses pieds, désireux de l'épouser, mais c'était Jack qu'elle voulait.

Susan alla à la salle de bains et se brossa les dents énergiquement, comme si elle voulait ainsi effacer l'arrière-goût amer qu'elle éprouvait toujours au souvenir des explications larmoyantes de Dee : « Susan, pardonne-moi. Mais ce qui arrive entre Jack et moi est inévitable... peut-être même nécessaire. »

Les mots pitoyables de Jack : « Susan, je regrette. »

Et le plus fou, c'est qu'ils étaient vraiment faits l'un pour l'autre. Sincèrement amoureux. Peut-être même trop. Dee avait horreur du froid. Si elle n'avait pas été aussi éprise de lui, prête à tout pour lui faire plaisir, elle aurait insisté pour que Jack renonce à l'entraîner sur les pistes de ski. Si elle était parvenue à le garder à la maison, il n'aurait pas été emporté par l'avalanche. Et peut-être serait-il en vie aujourd'hui.

D'autre part, songea-t-elle en ouvrant le robinet d'eau chaude de la douche, si Jack et moi avions fait notre vie ensemble, je serais peut-être morte avec lui, car je l'aurais sûrement suivi sur cette pente.

Rien n'avait échappé à sa mère. « Je sais que dans la situation inverse, si tu t'étais sentie attirée par un homme qui plaisait à Dee, tu te serais effacée. Mais il faut que tu acceptes, même si tu as du mal à le comprendre, que Dee a toujours été un peu jalouse de toi. »

Oui, je me serais effacée, pensa Susan en ôtant sa robe de chambre et en s'avançant sous le jet de la douche.

A sept heures trente, elle était habillée et prenait son petit déjeuner habituel, jus d'orange, café et la moitié d'un muffin. Elle alluma la télévision et choisit *Good Day, New York* pour écouter les nouvelles. Elle ne put voir que le générique du début, car le téléphone sonna.

C'était sa mère. « Je voulais te joindre avant que tu ne sois trop occupée, chérie. »

Constatant avec plaisir que sa mère semblait de bonne humeur, Susan coupa le son. « Bonjour, maman. » Dieu merci, elle s'attend encore à ce qu'on l'appelle maman et non Emily, pensa-t-elle.

« Ton émission d'hier était passionnante. La femme qui a téléphoné en dernier est-elle venue à ton cabinet ?

— Non, je ne l'ai pas vue.

— Rien d'étonnant. Elle avait l'air vraiment inquiète. J'ai pensé que tu aimerais savoir que j'ai eu l'occasion de rencontrer Regina Clausen. J'accompagnais ton père à une assemblée d'actionnaires ; c'était à l'époque A.B., il y a donc environ quatre ans. »

A.B. Avant Binky.

« Inutile de dire que Charley-Charles a essayé d'impressionner Regina Clausen avec les investissements fabuleux qu'il avait réalisés, un fait que je lui ai remis en mémoire lors de nos arrangements financiers, mais qu'il a ensuite tenté de nier. »

Susan rit. « Maman, sois charitable.

— Navrée, Susan, je ne voulais pas dire de vacheries à propos du divorce.

— Tu parles ! Tu passes ton temps à en dire.

— C'est vrai, répondit sa mère avec bonne humeur. Mais c'est réellement pour te parler de Regina Clausen que je te téléphone. Elle s'est montrée loquace avec nous — tu sais quel baratineur peut être ton père — et elle nous a raconté qu'elle avait l'intention de partir en croisière. Elle était visiblement tout excité. Je lui ai dit que j'espérais que ses compagnons de voyage ne passeraient pas leur temps à lui demander des tuyaux financiers. Je me souviens qu'elle a ri et laissé entendre qu'elle voulait se distraire, prendre du bon temps, et que discuter de l'indice Dow Jones ne faisait pas partie du programme. Elle nous a raconté que son père avait eu une crise cardiaque à l'âge de quarante ans, et qu'avant de mourir il parlait avec regret des vacances qu'il n'avait jamais pu prendre.

— Tout ça renforce ma conviction qu'elle a eu une sorte d'aventure amoureuse en mer, dit Susan. Il semble qu'elle n'en repoussait pas l'idée et qu'elle y était probablement prête. » Elle se rappela la bague que lui avait confiée Jane Clausen. « Oui, c'est sans doute ce qui s'est passé, une idylle secrète à bord.

— En tout cas, ce qu'elle nous a dit a visiblement donné des idées à ton père. Nous nous sommes séparés peu de temps après. Il s'est fait lifter, teindre ses cheveux gris, et il a commencé à tourner autour de Binky. A propos, il encourage Dee à partir en croisière. T'en a-t-elle parlé ? »

Susan regarda la pendule. Elle ne voulait pas interrompre sa mère, mais il fallait qu'elle parte travailler. « Non. J'ignorais même que Dee en avait l'intention. Je n'étais pas là quand elle a appelé hier », dit-elle.

Sa mère prit un ton hésitant. « Je m'inquiète pour Dee, Susan. Elle est déprimée. Elle est seule. Elle ne remonte pas la pente. Elle n'est pas forte comme toi.

— C'est plutôt toi qui es forte, maman.

— Pas toujours, répliqua sa mère en riant, mais je m'y évertue. Susan, ne travaille pas trop.

— En clair, trouve-toi un gentil mari et sois heureuse.

— C'est un peu ça, oui. Existe-t-il quelqu'un que tu m'aurais caché ? Lorsque Dee a téléphoné, elle a parlé d'un homme dont elle a fait la connaissance à la petite fête de Binky et Charley et qui paraissait avoir le béguin pour toi. Elle a dit qu'il était la séduction incarnée. »

Susan revit Alexander Wright. « Il n'est pas mal.

— D'après Dee, il est beaucoup mieux que pas mal.

— Au revoir, maman », dit fermement Susan. Après avoir raccroché, elle plaça sa tasse de café dans le four à micro-ondes et rétablit le son de la télévision. Un reporter parlait d'une vieille femme que l'on avait retrouvée poignardée dans son appartement en haut de l'East Side. Susan s'apprêtait à éteindre le poste quand le présentateur rediffusa un passage des informations de la veille au soir, où l'on rapportait que Hilda Johnson, la vieille dame assassinée, avait téléphoné à la police, en affirmant que la victime de l'accident de Park Avenue avait été volontairement poussée sous les roues de la camionnette.

Susan regarda fixement l'écran. Le procureur en elle refusait de croire que ces deux événements résultaient d'une pure coïncidence, tandis que la psychologue se demandait quel esprit dérangé pouvait avoir perpétré deux crimes aussi atroces.

21

S'il la trouvait souvent irritante, le commissaire Tom Shea avait toujours éprouvé une certaine affection pour Hilda Johnson. Comme il le soulignait devant ses hommes, le hic était que les plaintes de Hilda étaient généralement fondées. Par exemple, le clochard qu'elle accusait de traîner autour d'une aire de jeux avait été condamné pour des délits sexuels mineurs à l'encontre de jeunes enfants. Et le gosse qu'elle voyait rôder en vélo près de chez elle avait été pris en train de molester un pauvre vieux qui passait par-là.

Immobile à présent au milieu de l'appartement de Hilda Johnson, le commissaire Shea se sentait à la fois plein de colère et de tendresse à la vue du corps affaissé de la vieille femme recouvert de sa robe de chambre en tricot. Les photographes de la police avaient pris leurs clichés. Le médecin légiste avait terminé son travail. Il était permis de la toucher.

Tom Shea s'agenouilla à côté de Hilda. Ses yeux étaient encore grands ouverts, son visage figé dans une expression de terreur. Doucement, il retourna sa paume, examina les coupures infligées quand elle avait cherché à se protéger du coup fatal qui lui avait transpercé le cœur.

Puis il regarda de plus près. Il y avait des traces sur plusieurs doigts de sa main droite. Des taches d'encre.

Tom Shea se leva et alla examiner le bonheur-du-jour, remarquant que le couvercle était rabattu. Sa grand-mère possédait un meuble similaire et elle gardait toujours le couvercle dans cette position, fière d'exposer les petits compartiments, les tiroirs et le tampon buvard assorti à l'écritoire que personne n'utilisait jamais.

Il se remémora le jour, un an auparavant, où Hilda s'était tordu la cheville sur la chaussée défoncée et où il était passé lui rendre visite. Le secrétaire était fermé alors. Je parie qu'elle le laissait toujours fermé, pensa-t-il.

A l'intérieur, il y avait une boîte de papier à lettres qui visiblement venait juste d'être ouverte — la cellophane de l'emballage y adhérait encore. Il eut un bref sourire en lisant l'en-tête : « Un *bon mot* de la part de Hilda Johnson. » Un porte-plume à l'ancienne était posé à côté de l'encrier, le genre d'instrument que les gens utilisent pour faire des croquis à l'encre. Il effleura la plume et examina les traces laissées sur ses doigts. Puis il compta les feuilles de papier qui restaient dans la boîte. Il y en avait onze. Ensuite il compta les enveloppes — douze.

Hilda Johnson avait-elle écrit ou dessiné peu de temps avant sa mort ? Dans quel but l'aurait-elle fait ? D'après Tom Hubbard, l'agent qui était de service lorsque Hilda avait téléphoné, elle avait dit qu'elle s'apprêtait à se mettre au lit et qu'elle viendrait au commissariat le lendemain matin.

Sans prêter attention aux photographes qui remballaient leurs appareils ni aux spécialistes des empreintes qui transformaient l'appartement entretenu à grand-peine par Hilda en un véritable capharnaüm noir de poudre, Tom pénétra dans la chambre à coucher.

Hilda s'était couchée — c'était visible. L'oreiller portait encore l'empreinte de sa tête. Il était huit heures. Le médecin estimait que la mort était survenue huit ou dix heures plus tôt. Donc, à un moment donné entre dix heures du soir et minuit, Hilda s'était levée, avait enfilé sa robe de chambre, était allée à son secrétaire et avait écrit ou dessiné quelque chose, puis mis la bouilloire sur le gaz.

Quand Hilda, qui était toujours à l'heure, ne s'était pas présentée, le commissaire Shea avait essayé de lui téléphoner. N'obtenant pas de réponse, inquiet, il avait demandé au concierge de l'immeuble d'aller jeter un coup d'œil chez elle. S'il ne l'avait pas fait, on aurait pu mettre des jours avant de découvrir son corps. Ils n'avaient trouvé aucune trace d'effraction, preuve qu'elle avait probablement ouvert la porte de son plein gré. Attendait-elle quelqu'un ? Ou la vieille Hilda, toute méfiante et maligne qu'elle fût, avait-elle été trompée et amenée à croire que son visiteur était quelqu'un à qui elle pouvait faire confiance ?

Le commissaire regagna le living-room. Pourquoi se tenait-elle devant son secrétaire lorsqu'elle avait été assassinée ? Si elle s'était imaginée en danger, n'aurait-elle pas tenté de s'enfuir ?

Était-elle en train de montrer quelque chose à son visiteur quand elle était morte — quelque chose dont il s'était emparé après l'avoir tuée ?

Les deux inspecteurs qui l'avaient accompagné se redressèrent au moment où il s'approchait d'eux. « Je veux que l'on interroge tous les occupants de cet immeuble, ordonna-t-il. Je veux savoir où se trouvait chacun d'eux hier soir et à quelle heure ils sont rentrés chez eux. Je veux savoir en particulier qui est entré ou sorti entre dix heures et minuit. Et si quelqu'un est au courant que Hilda Johnson écrivait des lettres ? Je rentre au poste. »

Là, le malheureux sergent qui n'avait pas pris Hilda au sérieux lorsqu'elle avait affirmé au téléphone que Carolyn avait été poussée et qu'on lui avait volé une enveloppe de papier kraft reçut le plus beau savon de sa vie.

« Vous avez négligé un appel qui aurait pu être capital. Si vous aviez traité Hilda Johnson avec la considération qu'elle méritait et envoyé un agent lui parler, il est vraisemblable qu'elle serait en vie aujourd'hui ; du moins serions-nous sur la piste d'un agresseur qui se double peut-être d'un assassin. Abruti ! » Il pointa un doigt furieux vers Hubbard. « Je veux que vous interrogiez chaque personne dont le nom a été relevé sur les lieux de cet accident. Cherchez à savoir si quelqu'un a remarqué que Carolyn Wells tenait une enveloppe sous le bras avant de tomber sur la chaussée. Compris ?

— Oui, chef.

— J'espère que je n'ai pas besoin de vous préciser de ne pas *mentionner* l'enveloppe en papier kraft. Demandez seulement si elle tenait quelque chose sous le bras et ce que c'était. Compris ? »

22

Il dormit mal, se réveilla à plusieurs reprises pendant la nuit. A chaque fois, il alluma la télévision qui était restée réglée sur la chaîne d'informations locales — New York 1 — et à chaque fois il entendit la même chose : Carolyn Wells, la femme qui avait été heurtée par une camionnette dans Park Avenue, était dans le coma ; son état était critique.

Si par un malheureux concours de circonstances elle en réchappait, elle révélerait qu'elle avait été poussée par Owen Adams, un homme qu'elle avait connu durant une croisière.

Ils ne pourraient pas faire le lien entre Owen Adams et lui, de cela il était certain. Le passeport britannique, comme tous ceux qu'il utilisait pour ces traversées particulières, était faux. Non, le vrai danger résidait dans le fait que Carolyn Wells l'avait reconnu hier en le voyant de près, alors qu'il ne portait ni lunettes, ni moustache, ni perruque. Si jamais elle se rétablissait, il n'était pas improbable qu'ils se retrouvent face à face dans New York un jour ou l'autre. Et, dans ce cas, elle ne manquerait pas de le reconnaître à nouveau.

Il n'en était pas question. En conséquence, il était clair qu'elle ne *devait* pas se rétablir.

Il n'y avait rien concernant Hilda Johnson dans aucun des premiers bulletins de la journée, son corps n'avait donc pas encore été découvert. Aux informations de neuf heures, on annonça qu'une vieille femme avait été trouvée poignardée dans son appartement au nord de l'East Side. Il se prépara à entendre les mots qu'allait prononcer le présentateur du journal.

« Comme nous l'avons annoncé hier, la victime, Hilda Johnson, avait téléphoné à la police, en certifiant avoir vu quelqu'un pousser délibérément la femme qui a été heurtée hier par une camionnette dans Park Avenue. »

L'air rembruni, il éteignit la télévision. A moins d'être particulièrement stupides, les policiers allaient envisager l'éventualité que Hilda Johnson pouvait ne pas avoir été victime d'un simple cambrioleur.

S'ils reliaient sa mort à l'accident présumé de Carolyn Wells, il y aurait un raz de marée dans les médias. Il en ressortirait peut-être que Carolyn Wells était la femme qui avait téléphoné à Susan Chandler lors de son émission et parlé de cette bague souvenir portant l'inscription : *Tu m'appartiens.*

Dans sa jeunesse, on lui avait raconté l'histoire d'une femme qui avait confessé être à l'origine d'une vaste calomnie et s'était vu infliger pour pénitence l'obligation de crever un oreiller de plumes par un jour de grand vent et de récupérer ensuite toutes les plumes dispersées. Comme elle disait que c'était impossible, on lui avait répondu qu'il était tout aussi impossible de retrouver les victimes de ses mensonges et de rétablir la vérité auprès d'elles.

L'histoire l'avait fait rire à l'époque. Il s'était représenté la femme qu'il haïssait le plus au monde, courant et sautant, s'efforçant désespérément de rattraper les plumes éparpillées.

Mais aujourd'hui, il pensait à l'histoire de

l'oreiller de plumes dans un contexte différent. Certaines pièces s'échappaient du scénario qu'il avait si soigneusement conçu.

Carolyn Wells, Hilda Johnson, Susan Chandler. Le gnome.

Il ne risquait plus rien de la part de Hilda Johnson. Mais les trois autres volaient toujours autour de lui comme des plumes au vent.

23

C'était un de ces matins dorés d'octobre qui suivent parfois un jour de froid particulièrement vif. L'air était frais et tout semblait briller. Donald Richards décida de profiter de la matinée en parcourant à pied la distance entre Central Park Ouest à hauteur de la 88e Rue, et le studio WOR au coin de Broadway et de la 44e.

Il avait déjà vu un patient ce matin, Greg Crane, un garçon de quinze ans qui avait été surpris entrant par effraction chez un voisin. Lorsque la police l'avait interrogé, il avait avoué avoir visité deux ou trois autres maisons dans le quartier chic de Westchester à Scarsdale, où il vivait.

Voilà un gosse qui a tout, mais qui vole et abîme les biens d'autrui dans le seul but apparent de s'amuser, réfléchissait Donald Richards, marchant d'un bon pas sur le trottoir qui bordait le parc. Il se rembrunit à la pensée que Greg Crane n'était pas loin de correspondre au profil de ces malfaiteurs qui semblent nés dépourvus de conscience.

A première vue, la faute n'en revenait pas aux parents, songea-t-il tout en adressant un signe de tête machinal à l'un de ses voisins qui le croisait en faisant son jogging. Tout ce qu'il avait observé et appris les concernant indiquait qu'ils étaient des parents aimants et attentifs.

Il se remémora sa séance de ce matin. Certains enfants montrant un début de comportement asocial à l'approche de l'adolescence peuvent être traités à temps. D'autres non. J'espère seulement que nous avons pris celui-là à temps.

Puis ses pensées dérivèrent sur Susan Chandler. Elle avait été procureur auprès d'un tribunal pour enfants ; il serait intéressant d'avoir son avis sur un gosse tel que Greg. A dire la vérité, il serait intéressant d'avoir son avis sur *quantité* de choses, décida *in petto* Donald Richards tout en faisant le tour de Columbus Circle.

Il était en avance de vingt minutes ; la réceptionniste le prévint que le Dr Chandler était en route et l'invita à attendre dans le salon vert. Dans le couloir, il rencontra le réalisateur de l'émission, Jed Geany.

Jed le salua rapidement et s'apprêtait à le dépasser d'un pas pressé quand Donald le retint. « Je n'ai pas pensé à vous demander un enregistrement de l'émission d'hier pour mes archives, dit-il. Je paierai les frais, naturellement. Par la même occasion, pourriez-vous me procurer celle d'aujourd'hui également ? »

Jed Geany haussa les épaules. « Bien sûr. D'ailleurs, j'allais justement préparer une cassette de l'émission d'hier pour un type qui nous a téléphoné. Il la veut pour sa mère. Venez, je vais en faire une pour vous en même temps. »

Donald le suivit dans la cabine technique.

« Ce type devait se sentir complètement noix de faire une telle demande, poursuivit le réalisateur, mais il prétend que sa mère ne manque jamais le programme de Susan. » Il souleva l'enveloppe sur laquelle était déjà inscrite l'adresse. « Pourquoi ce nom me semble-t-il familier ? Je me suis creusé la cervelle pour me rappeler où je l'avais entendu. »

Donald Richards choisit de ne pas répondre, mais il dut se retenir pour cacher sa stupéfaction. « Pouvez-vous faire les deux copies en même temps ?

— Sûr. »

En regardant les bobines tourner, Donald repensa à l'unique visite que Justin Wells lui avait faite. Il s'agissait d'une séance exploratoire et il n'était jamais revenu.

Il se souvenait d'avoir téléphoné à Justin Wells en le pressant de suivre un traitement — avec quelqu'un d'autre —, expliquant qu'il avait besoin d'être aidé, sérieusement aidé.

Ayant fait la démarche qui s'imposait, Donald s'était senti soulagé. La vérité était que, pour une raison strictement personnelle, il préférait éviter tout contact avec Justin Wells.

24

Susan entra en trombe dans le studio à dix heures moins dix, et nota l'air désapprobateur de son réalisateur. « Je sais, je sais, Jed, dit-elle précipitamment, mais j'ai dû dénouer une sorte de crise. Quelqu'un avait un vrai problème. Je ne pouvais décemment pas lui raccrocher au nez. »

Elle ne précisa pas que le quelqu'un en question était sa sœur, Dee, qui avait regagné la Californie et semblait en pleine déprime. « Je me sens tellement seule ici, avait-elle dit. Je vais partir en croisière la semaine prochaine. Papa me l'offre. C'est une bonne idée, non? Je rencontrerai peut-être l'homme de ma vie. Qui sait? »

Puis elle avait demandé : « A propos, as-tu eu des nouvelles d'Alex Wright? »

C'est alors que Susan avait compris la véritable raison de l'appel, et mis rapidement fin à la conversation.

« C'est vous qui aurez des problèmes si vous n'arrivez pas à l'heure, Susan, dit Jed d'un ton détaché. Ne m'en veuillez pas. Je ne suis pas le patron ici. »

Susan croisa le regard compréhensif de Donald Richards. « Vous auriez pu commencer l'émission avec le Dr Richards, dit-elle. Je lui ai dit hier qu'il était né pour ça. »

Pendant la première partie de l'émission, ils s'entretinrent de la manière dont les femmes pouvaient se protéger et éviter des situations potentiellement dangereuses.

« Écoutez, dit Donald, la plupart des femmes savent qu'en se garant dans un parking sombre, non gardé, au milieu de nulle part, elles risquent de graves ennuis. Par ailleurs, les mêmes femmes peuvent oublier toute prudence dès qu'elles se retrouvent chez elles. Aujourd'hui, si vous ne fermez pas votre porte à clé, même dans l'environnement le plus sûr qui soit, vous augmentez vos chances d'être victime d'un cambriolage, voire pire.

« Les temps ont changé, continua-t-il. Je me souviens que ma grand-mère ne fermait jamais sa porte. Et si elle le faisait, elle accrochait un écriteau : "Clé sur l'appui de la fenêtre." Ces temps-là, malheureusement, sont terminés. »

C'est quelqu'un d'agréable, reconnut Susan, appréciant l'intonation amicale de sa voix. Rien d'un donneur de leçons.

Pendant le message publicitaire qui suivit, elle

lui dit : « Je ne plaisantais pas. Je crois que je ferais mieux de me méfier si je veux garder ma place. Vous êtes franchement très bon à l'antenne.

— En vérité, je m'aperçois que j'aime ça. C'est peut-être mon côté cabot. Cependant, j'avoue qu'une fois terminée ma tournée de signatures pour ce livre, je serai content de retrouver mon banal univers.

— Pas si banal, je parie. Vous voyagez beaucoup, non ?

— Pas mal. On m'invite à l'étranger comme expert près les tribunaux internationaux.

— Dix secondes, Susan », annonça le réalisateur depuis le studio.

Il était temps de prendre les appels des auditeurs.

Le premier posa une question se rapportant à l'émission de la veille. « Karen est-elle venue à son rendez-vous, docteur Susan ?

— Non, elle n'est pas venue, mais si elle nous écoute, je lui demande de se mettre en rapport avec moi, ne serait-ce que par téléphone. »

Plusieurs appels s'adressaient à Donald Richards. Un auditeur l'avait entendu témoigner devant un tribunal. « Docteur, vous donniez l'impression de réellement savoir de quoi vous parliez. »

Donald jeta un regard stupéfait en direction de Susan. « J'espère bien que je le savais, en effet. »

L'appel suivant fit sursauter Susan.

« Docteur Richards, est-ce la disparition de votre propre femme qui vous a incité à écrire ce livre ? »

« Vous n'êtes pas obligé de répondre... » Susan lança un coup d'œil à Donald, attendant un signe de sa part lui demandant de couper l'appel.

Au lieu de quoi il secoua la tête. « Ma femme n'a pas réellement "disparu", du moins au sens que nous avons donné ici à ce mot. Elle est morte dans un accident en présence de témoins. Nous n'avons jamais pu retrouver son corps, mais il n'y a pas de rapport entre sa mort et mon livre. »

Bien qu'il eût répondu d'un ton ferme, Susan vit qu'il était en proie à une vive émotion. Elle comprit qu'il ne voulait pas l'entendre commenter ni la question ni la réponse, mais sa conviction immédiate fut qu'il existait un rapport entre la mort de sa femme et le sujet de son livre, qu'il l'admît ou non.

Elle consulta l'écran de contrôle. « L'appel suivant vient de Tiffany qui habite Yonkers. A vous, Tiffany.

— Docteur Susan, j'adore votre programme... » La voix était juvénile et enjouée.

« Merci, Tiffany. En quoi pouvons-nous vous être utiles ?

— Eh bien, j'ai écouté votre émission hier ; vous vous souvenez que cette femme, Karen, a dit qu'un homme lui avait donné une bague ornée de turquoises, et elle a ajouté qu'à l'intérieur de l'anneau était écrit *Tu m'appartiens*.

— Oui, répondit vivement Susan. Savez-vous quelque chose sur cet homme ? »

Tiffany eut un petit rire. « Docteur Susan, si Karen nous écoute, je veux lui dire qu'elle a été bien avisée de laisser tomber ce type. C'était sûrement un minable. L'an dernier, un jour où on se promenait dans Greenwich Village, mon petit ami m'a offert pour rire une bague similaire. Elle faisait de l'effet, mais elle coûtait une dizaine de dollars, pas plus.

— A quel endroit l'avez-vous achetée ? demanda Susan.

— Oh ! là ! là ! Je ne m'en souviens plus exactement. C'était une de ces petites boutiques de souvenirs qui vendent des statues de la Liberté en plastique et des éléphants en cuivre. Vous voyez le genre...

— Tiffany, si jamais vous vous rappelez l'endroit, ou si un auditeur connaît cette boutique, je vous en prie, téléphonez-moi, dit Susan d'un ton pressant. Sinon, indiquez-moi les autres magasins où l'on pourrait trouver ces bagues, ajouta-t-elle.

— Le petit bonhomme qui tenait la boutique nous a dit qu'il les fabriquait lui-même, dit Tiffany. Écoutez, j'ai rompu avec mon copain, alors vous pouvez avoir la bague. Je vous l'enverrai par la poste.

— Pause publicitaire, prévint Jed dans les écouteurs de Susan

— Merci beaucoup, Tiffany, conclut hâtivement Susan. Maintenant, place à nos annonceurs. »

L'émission à peine terminée, Donald Richards se leva. « Encore merci, Susan, et pardonnez-moi de me sauver si vite. J'ai un rendez-vous qui m'attend. » Il hésita. « J'aimerais beaucoup dîner avec vous un de ces jours, dit-il simplement. Vous n'avez pas besoin de me répondre tout de suite. Je vous appellerai à votre cabinet. »

Il était parti. Susan resta un moment assise à sa place, rassemblant ses notes tout en réfléchissant au dernier appel. Était-il possible que la bague souvenir que Jane Clausen avait trouvée dans les affaires de Regina ait été achetée en ville ? Et si oui, cela prouvait-il que le responsable de sa disparition venait de New York ?

Encore plongée dans ses réflexions, elle se leva et alla jusqu'à la cabine de contrôle. Jed Geany introduisait une cassette dans une enveloppe. « Donald Richards est parti en coup de vent, dit-il. Il a sans doute oublié qu'il m'avait demandé un enregistrement des émissions. » Il haussa les épaules. « Je vais le mettre à la poste avec celle-ci. » Il désigna l'enveloppe adressée à Justin Wells. « Ce type a téléphoné pour avoir une bande de l'émission d'hier. Il dit que sa mère l'a ratée.

— C'est flatteur, fit observer Susan. A demain. »

Dans le taxi qui la ramenait à son cabinet, elle ouvrit le journal. A la page trois du *Post*, il y avait une photo de Carolyn Wells, une décoratrice, qui avait été blessée dans un accident hier après-midi dans Park Avenue. Susan lut l'article avec attention. C'était l'affaire dont ils avaient parlé aux infos de ce matin — celle où une vieille femme prétendait avoir vu quelqu'un pousser Carolyn.

Plus bas dans l'article, elle lut : « ... le mari, l'architecte renommé Justin Wells... »

Un instant plus tard, elle appelait la station de radio sur son portable. Elle joignit Jed au moment où il partait déjeuner.

Lorsque son taxi arriva à destination, elle était parvenue à convaincre Jed de faire porter à son cabinet l'enveloppe adressée au nom de Justin Wells.

Susan passa en revue la journée qui l'attendait. Elle avait des rendez-vous qui se succédaient pendant tout l'après-midi. Après, elle porterait elle-même la cassette à l'hôpital de Lenox Hill où, comme le lui avait dit une réceptionniste indiscrète, Justin Wells veillait au chevet de sa femme.

Peut-être refusera-t-il de me parler, se dit Susan en payant le chauffeur, mais une chose est sûre : j'ignore pour quelle raison il veut la bande de l'émission d'hier, en tout cas ce n'est pas parce que sa mère l'a ratée.

25

Jane Clausen n'était pas certaine d'être assez bien pour se rendre à la réunion de la fondation Clausen. Elle avait eu une nuit difficile, éprouvante, et elle aurait aimé passer la journée à se reposer chez elle.

Seule la conscience que son temps était compté lui donna l'énergie nécessaire pour se lever à l'heure habituelle, sept heures du matin, faire sa toilette, s'habiller et avaler le petit déjeuner léger que Vera, sa fidèle gouvernante, lui avait préparé.

En buvant lentement son café, elle prit le *New York Times* et commença à lire la première page, puis elle laissa retomber le journal. Elle ne parvenait pas à se concentrer sur les événements qui manifestement retenaient l'attention du reste de l'univers. Son univers à elle se rétrécissait comme une peau de chagrin et elle le savait.

Elle repensa à ce qui s'était passé la veille. Elle regrettait que Karen ne soit pas venue à son rendez-vous avec le Dr Chandler. Elle avait de nombreuses questions à poser à cette femme : « A quoi ressemblait l'homme que vous avez rencontré ? Avez-vous éprouvé un sentiment de danger ? »

Cette pensée lui était venue au milieu de la nuit. Regina était extrêmement intuitive. Si elle avait rencontré un homme et s'était sentie attirée par lui au point de changer son itinéraire, il devait nécessairement sortir de l'ordinaire.

« Sortir de l'ordinaire. » C'étaient ces mots qui la tracassaient à présent, parce qu'ils soulevaient une interrogation à propos de Douglas.

Douglas Layton, un membre de la famille Layton, portait un nom prestigieux, un nom que garantissaient ses antécédents. Il avait parlé avec affection de ses cousins de Philadelphie, dont les parents aujourd'hui décédés étaient contemporains de Jane. Elle avait connu ces Layton de Philadelphie quand ils étaient très jeunes et les avait perdus de vue au fil des années. Cependant, elle se souvenait fort bien d'eux, et à plusieurs reprises dernièrement, quand il y avait fait allusion, Doug avait confondu leurs noms. Elle s'était demandé s'il était aussi proche d'eux qu'il le prétendait.

Doug avait fait d'excellentes études universitaires. Il était très intelligent, personne n'en doutait. Hubert March, qui le préparait à sa succession, avait proposé de l'élire au conseil d'administration de la fondation.

Alors qu'est-ce qui me tracasse? Elle accepta d'un signe de tête le supplément de café que lui offrait Vera.

C'était l'incident d'hier. Le fait que Douglas Layton ait préféré se rendre à un autre rendez-vous plutôt que de rester avec elle dans le bureau du Dr Chandler.

Quand il a téléphoné hier soir, je lui ai manifesté mon mécontentement, se rappela Jane Clausen. Cela aurait dû clore le chapitre, pourtant il n'en était rien.

Que cachaient les apparences? Douglas Layton savait qu'il avait beaucoup à perdre en quittant le bureau de Susan Chandler avec cette excuse inventée de toutes pièces.

Car, visiblement, c'était une invention. Jane était certaine que ce prétendu rendez-vous était un mensonge. Mais pour quelle raison?

Ce matin au conseil d'administration, ils devaient décider de l'attribution d'un certain nombre de subventions importantes. Comment suivre les recommandations de quelqu'un dont vous commencez à douter? Si Regina était là, nous en aurions discuté ensemble. « Deux têtes valent mieux qu'une, maman. Nous en sommes la preuve, non ? » se plaisait à dire Regina. Nous formions une bonne équipe pour résoudre les problèmes.

Susan Chandler. Dès le premier instant, Jane avait trouvé la jeune psychologue extrêmement sympathique. Elle est à la fois intelligente et gentille, pensa-t-elle, se remémorant l'expression de compassion dans le regard de Susan. Elle a vu combien j'étais déçue hier, et elle a compris que je souffrais. Prendre une tasse de thé avec elle m'a soulagée. Je n'ai jamais très bien compris ce besoin qu'ont les gens de se précipiter chez un psy, mais elle m'est tout de suite apparue comme une amie.

Elle se leva. Il était l'heure d'aller à la réunion. Elle voulait prendre le temps d'étudier minutieusement toutes les demandes de subventions. Cet après-midi, je téléphonerai à Susan Chandler pour lui demander un rendez-vous, décida-t-elle.

Elle sourit d'un air absent. Je suis sûre que Regina m'approuverait.

26

Je dois reprendre la mer...
La cadence des mots résonnait comme un battement de tambour dans sa tête. Il s'imaginait sur le quai, présentant ses papiers d'identité à un aimable membre de l'équipage, écoutant ses paroles de bienvenue — « Heureux de vous accueillir à bord, monsieur ! » —, gravissant la passerelle d'embarquement, se laissant conduire à sa cabine.

Il réservait toujours l'une des meilleures

cabines de première classe, avec loggia privée. Une suite sur le pont supérieur ne lui aurait pas convenu — trop voyante. Il souhaitait seulement donner l'image du bon goût, d'une fortune bien assise et de la discrétion propre aux gens bien nés.

Naturellement, il n'avait aucun mal à y parvenir. Et après avoir poliment repoussé les premières manifestations de curiosité, il s'était aperçu que ses compagnons de voyage respectaient son intimité, appréciaient peut-être même sa réserve et dirigeaient leur attention vers des sujets plus dignes d'intérêt.

La situation ainsi bien établie, il était libre de se mettre en chasse et de choisir sa proie.

La première de ces croisières particulières avait eu lieu quatre ans auparavant. Aujourd'hui, le périple touchait presque à sa fin. Il n'en restait plus qu'une. Et le temps était venu de la trouver. Il y avait un bon nombre de bateaux appropriés qui allaient à l'endroit qu'il avait prévu pour la mort de cette dernière dame seule. Il avait décidé de l'identité qu'il emprunterait, celle d'un financier élevé en Belgique, fils d'une Américaine et d'un diplomate anglais. Il avait une nouvelle perruque poivre et sel, un postiche parfait qui modifiait totalement l'aspect de son visage.

Il brûlait d'impatience d'endosser ce nouveau rôle, de trouver l'élue, d'associer son destin à celui de Regina, dont le corps lesté de pierres reposait au fond de la baie grouillante de Kowloon Bay; il lui tardait de mêler son histoire à celle de Veronica, dont les ossements étaient en train de pourrir dans la vallée des Rois; à celle de Constance, qui avait pris la place de Carolyn à Alger; et de Monica à Londres; de toutes ses sœurs dans la mort.

Je dois reprendre la mer... Mais d'abord il y avait cette tâche inachevée à accomplir. Ce matin, en écoutant une fois encore l'émission du Dr Susan Chandler, il avait décidé qu'une des plumes dispersées par le vent devait sans tarder être éliminée.

27

Cinquante ans s'étaient écoulés depuis l'arrivée en Amérique d'Abdul Parki, frêle et timide adolescent de seize ans originaire de New Delhi. Il avait immédiatement commencé à travailler pour son oncle; sa tâche consistait à balayer le plancher et à astiquer les bibelots de cuivre qui emplissaient les rayons de la minuscule boutique de souvenirs située dans MacDougal Street au cœur de Greenwich Village. A présent Abdul en était propriétaire, mais peu de choses avaient changé. Le magasin semblait figé dans le temps. Même l'enseigne KHYEM SPECIALITY SHOP était une réplique exacte de celle que son oncle avait accrochée.

Abdul était toujours aussi frêle, et bien qu'il ait dû par la force des choses surmonter sa timidité, il avait conservé une retenue naturelle à l'égard de ses clients.

Les seuls avec lesquels il se laissait aller à parler étaient ceux qui appréciaient son travail et son habileté à fabriquer une petite collection de bagues et de bracelets bon marché. Et si naturellement il n'avait jamais manifesté son étonnement, Abdul s'interrogeait souvent sur cet homme qui à trois reprises était revenu acheter des bagues incrustées de turquoises portant l'inscription : *Tu m'appartiens.*

Abdul, qui était resté marié pendant quarante-cinq ans à sa femme aujourd'hui décédée, s'amusait à la pensée que ce client changeait régulièrement de petite amie. La dernière fois que l'homme était entré dans sa boutique, sa carte de visite était tombée de son portefeuille. Abdul l'avait ramassée et y avait jeté un coup d'œil avant de la lui rendre en s'excusant. Voyant l'expression de mécontentement de son client, il l'avait à nouveau prié de l'excuser, en l'appelant par son nom. Il avait tout de suite su qu'il venait de commettre un deuxième impair.

Il ne veut pas que je sache qui il est, et il ne reviendra plus — telle avait été la réaction immédiate et attristée d'Abdul. Et une année s'étant écoulée sans que l'homme réapparaisse, il supposait qu'il ne le reverrait plus.

Comme son oncle l'avait toujours fait avant lui, Abdul fermait son magasin à une heure tapante et partait déjeuner. Ce mardi-là, il tenait à la main la pancarte FERMÉ — DE RETOUR À 14 H et s'apprêtait à l'accrocher à la porte, quand son mystérieux client apparut soudainement, entra et le salua avec chaleur.

Abdul lui adressa un de ses rares sourires. « Cela fait longtemps que vous n'êtes pas venu, monsieur. Je suis heureux de vous revoir.

— Heureux aussi de *vous* revoir, Abdul. J'imaginais que vous m'aviez oublié, depuis le temps.

— Oh non, monsieur. » Il n'employa pas le nom de l'homme, soucieux de ne pas rappeler à son client la gaffe qu'il avait faite lors de leur dernière rencontre.

« Je parie que vous ne vous rappelez pas mon nom », dit son client d'un ton enjoué.

J'ai dû me tromper, pensa Abdul. Il ne m'en voulait pas, après tout. « Bien sûr que si, monsieur », dit-il. Avec un large sourire il lui en donna la preuve.

102

« Bravo, le félicita l'autre. Abdul, je vous le donne en mille. J'ai besoin d'une autre bague. Vous connaissez le modèle dont je parle. J'espère que vous en avez en stock.

— Je crois qu'il m'en reste trois, monsieur.

— Très bien, peut-être vais-je toutes les prendre. Mais je vous empêche d'aller déjeuner. Avant qu'un autre client ne se présente, nous devrions accrocher la pancarte et fermer la porte. Sinon vous n'arriverez jamais à vous échapper et je sais que vous êtes un homme d'habitudes. »

Abdul sourit encore, ravi de l'exceptionnelle bienveillance de ce fidèle client. De bon gré, il lui tendit la pancarte et le regarda pousser le verrou. Ce fut alors qu'il constata que, malgré le soleil et la douceur de la température, l'homme portait des gants.

Les articles faits à la main étaient disposés à l'intérieur de la vitrine du comptoir près de la caisse. Abdul s'en approcha et en sortit un plateau. « Deux d'entre elles sont ici, monsieur. Il y en a une autre à l'arrière du magasin, sur mon établi. Je vais la chercher. »

D'un pas pressé, il franchit le passage masqué par un rideau qui menait à sa petite réserve, dont un coin lui servait à la fois de bureau et d'atelier. La troisième bague était rangée dans une boîte. Il avait fini de la graver seulement la veille.

Trois filles à la fois, pensa-t-il, souriant intérieurement. Ce type ne chôme pas.

Abdul se retourna, la bague à la main, puis sursauta. Son client l'avait suivi dans la réserve.

« L'avez-vous trouvée ?

— La voici, monsieur. » Abdul la tendit, sans comprendre pourquoi subitement il se sentait nerveux et pris au piège.

A la vue de l'éclair soudain du couteau, il comprit. J'avais raison d'avoir peur, pensa-t-il, tandis qu'une douleur fulgurante le transperçait et qu'il glissait dans la nuit.

28

A trois heures moins dix, au moment où s'en allait le patient qu'elle avait reçu à deux heures, Susan Chandler reçut un coup de fil de Jane Clausen. Elle perçut immédiatement la tension que dissimulait l'intonation posée, policée, de sa voix lorsqu'elle lui demanda un entretien.

« Un entretien *professionnel*, précisa Mme Clausen. J'ai besoin de parler de certains de mes problèmes et il me semble que je pourrais sans mal les aborder avec vous. »

Sans laisser à Susan le temps de répondre, elle continua : « Je crains qu'il ne soit important que je vous voie dès que possible, aujourd'hui même, si vous le voulez bien. »

Susan n'eut pas besoin de consulter son agenda pour répondre. Elle avait des séances à trois heures et à quatre heures. Ensuite elle avait prévu d'aller à l'hôpital de Lenox Hill. Cette visite devrait attendre.

« Je pourrai vous recevoir à cinq heures. »

Dès qu'elle eut raccroché, Susan composa le numéro de l'hôpital. Quand finalement elle obtint le standard, elle expliqua qu'elle souhaitait joindre le mari d'une patiente qui était en réanimation.

« Je vous passe l'accueil du service », répondit l'opératrice.

Une femme répondit. Susan demanda si Justin Wells était là.

« Qui le demande ? »

Susan comprit la raison de l'hésitation qui pointait dans la voix de son interlocutrice. Les médias devaient le harceler. « Le Dr Susan Chandler, répondit-elle. M. Wells a demandé un enregistrement d'une émission de radio que j'ai faite hier, et j'aurais voulu la lui apporter moi-même, s'il est encore là vers six heures trente. »

Les bruits étouffés qu'elle entendit au bout de la ligne prouvaient que la femme avait couvert le récepteur de sa main. Susan parvint néanmoins à saisir la question qui était posée : « Justin, est-ce que tu as demandé une cassette de l'émission du Dr Susan Chandler hier ? »

Elle entendit distinctement la réponse : « C'est grotesque, Pamela. Quelqu'un me joue une mauvaise plaisanterie.

— Docteur Chandler, je pense qu'il s'agit d'une erreur. »

Avant que la femme ne raccroche, Susan ajouta hâtivement : « Je suis désolée. C'est mon réalisateur qui m'a communiqué le message. Je regrette sincèrement d'avoir dérangé M. Wells dans de telles circonstances. Puis-je vous demander des nouvelles de Mme Wells ? »

Il y eut un bref silence. « Priez pour elle, docteur Chandler. »

La communication fut interrompue, et un instant plus tard une voix électronique débitait : « Si vous désirez faire un autre appel, raccrochez et recommencez. »

Susan resta de longues minutes sans bouger, le regard fixé sur le téléphone. Cette demande de cassette était-elle vraiment une mauvaise plaisanterie, et si oui, pourquoi ? A moins que Justin Wells en ait fait réellement la demande et se sente obligé de dire le contraire à la personne qu'il appelait Pamela ? Et à nouveau, pourquoi ?

Ces questions attendraient. Janet lui annonçait l'arrivée de son rendez-vous de quinze heures.

29

Douglas Layton se tenait devant la porte entre-bâillée du petit bureau que se réservait Jane Clausen dans la suite de la fondation Clausen, au dixième étage du Chrysler Building. Il n'avait même pas besoin de tendre l'oreille pour saisir ce qu'elle disait au téléphone à Susan Chandler.

Et ce qu'il entendit l'emplit d'inquiétude. Il aurait juré que c'était *lui* le problème dont elle désirait s'entretenir.

Il savait qu'il avait tout gâché ce matin. Mme Clausen était arrivée tôt, et il lui avait apporté du café, espérant apaiser l'irritation qu'elle pouvait ressentir à son égard. Il prenait souvent un café avec elle avant les réunions de la fondation, consacrant ce temps à examiner les différentes demandes de subventions.

L'ordre du jour ouvert devant elle, Jane Clausen avait levé les yeux vers lui, avec un regard froid qui semblait le congédier. « Je ne désire pas de café, lui avait-elle dit. Allez-y. Je vous rejoins dans la salle du conseil. »

Pas même un rapide « Merci, Doug ».

Il y avait un dossier en particulier qui avait retenu l'attention de Jane Clausen, car elle l'apporta à la réunion, posant obstinément quantité de questions. Le dossier contenait des informations sur des sommes destinées à un orphelinat au Guatemala.

J'avais l'affaire bien en main, se rappela Douglas avec amertume, et puis j'ai fait une gaffe. Espérant parer à toute discussion, comme un imbécile il avait affirmé : « Cet orphelinat comptait particulièrement pour Regina, madame. Elle me l'a dit un jour. »

Douglas frissonna au souvenir du regard glacé que Jane Clausen lui avait décoché. Il avait tenté de se rattraper en ajoutant précipitamment : « Ou plutôt, vous avez mentionné qu'elle l'avait dit à l'une de nos premières réunions, madame. »

Comme à son habitude, Hubert March, le président, somnolait mais Douglas avait vu les visages interrogateurs des autres administrateurs se tourner vers lui au moment où Jane Clausen répliquait sèchement : « Non, je n'ai jamais dit ça. »

Et maintenant la voilà qui prenait rendez-vous avec le Dr Chandler à cinq heures. En entendant le déclic, Douglas Layton frappa à la porte et attendit. Mme Clausen resta un long moment sans répondre. Comme il s'apprêtait à frapper à nouveau, il entendit un faible râle et se rua à l'intérieur de la pièce.

Jane Clausen était renversée, la tête en arrière dans son fauteuil, le visage crispé par la douleur. Elle leva les yeux, secoua la tête et fixa un point derrière lui. Il comprit ce qu'elle voulait dire. Sortez et refermez la porte.

En silence, il obéit. Il était incontestable que son état empirait. Elle n'en avait plus pour longtemps.

Il alla directement à la réception. « Mme Clausen a une légère migraine, dit-il. Je pense qu'il vaut mieux la laisser se reposer et vous abstenir de lui passer les appels téléphoniques. »

De retour dans son propre bureau, il s'assit à sa table. S'apercevant qu'il avait les mains mouillées de sueur, il sortit un mouchoir de sa poche, les essuya, puis il se leva, sortit dans le couloir et se dirigea vers les toilettes pour hommes.

Là, il s'aspergea le visage d'eau froide, se recoiffa, resserra le nœud de sa cravate et s'observa dans la glace. Il s'était toujours félicité que son apparence — cheveux blond foncé, yeux gris, nez aristocratique — fût un pur produit du code génétique des Layton. Sa mère était plutôt jolie, mais il sourcilla au souvenir de ses grands-parents, aux traits bouffis et sans caractère.

Aujourd'hui, il ne doutait pas qu'avec son complet griffé Paul Stuart et sa cravate bordeaux et bleu il incarnait l'administrateur de confiance qui gérerait les affaires de *feu* Jane Clausen, de la manière qu'elle aurait souhaitée. Lorsqu'elle serait morte, il était certain que Hubert March lui confierait les rênes de la fondation.

Tout avait si bien marché jusqu'à présent. Pendant le temps qu'il lui restait à vivre, Jane Clausen ne devait pas se mêler des grands projets qu'il avait formés.

30

A Yonkers, Tiffany Smith n'en revenait toujours pas d'avoir pu parler au Dr Susan Chandler en personne, et mieux encore à la radio, en direct. Serveuse de nuit au Grotto, une trattoria de quartier, elle avait la réputation de ne jamais oublier le visage d'un client ni ce qu'il avait commandé lors d'un repas précédent.

Les noms, cependant, lui importaient peu, aussi ne se souciait-elle pas de les retenir. Plus facile d'appeler tout le monde « mon chou » ou « ma chérie ».

Depuis que sa copine de chambre s'était mariée, Tiffany vivait seule dans un petit appartement au premier étage d'une maison habitée par deux familles. Le matin, elle dormait généralement jusqu'à dix heures puis écoutait le Dr Susan au lit tout en savourant sa première tasse de café.

Comme elle le disait, « quand on est entre deux histoires d'amour, c'est réconfortant de savoir qu'un tas de femmes ont aussi des problèmes avec leur jules ». Vingt-cinq ans, mince comme un fil, blonde et frisée, l'œil vif, Tiffany montrait envers l'existence une attitude qui plaisait aux uns et déconcertait les autres.

La veille, en entendant la femme qui s'appelait Karen parler avec le Dr Susan de cette bague que lui avait offerte un type durant une croisière, elle avait immédiatement pensé à Matt Bauer, qui lui avait donné une bague similaire. Après leur rupture, elle avait prétendu que les mots gravés dans l'anneau, *Tu m'appartiens*, étaient ridicules et dignes d'un roman de gare, mais elle n'en était pas réellement convaincue.

Elle avait agi sous le coup d'une impulsion en téléphonant au Dr Susan ce matin, regrettant aussitôt d'avoir traité Matt de radin pour la seule raison que la bague n'avait coûté que dix dollars. En réalité c'était un charmant bijou, et elle reconnaissait avoir fait cette critique uniquement parce que Matt l'avait laissée tomber.

Au fil des heures, Tiffany évoqua cette journée qu'elle avait passée l'année précédente en compagnie de Matt dans Greenwich Village. A quatre heures de l'après-midi, se pomponnant avant de partir travailler, elle se rendit à l'évidence : elle avait oublié le nom de la boutique où ils avaient acheté la bague.

« Voyons, dit-elle à voix haute, nous sommes allés dans le Village pour déjeuner dans un restaurant japonais, puis nous sommes allés voir ce film idiot que Matt a trouvé génial et que j'ai fait semblant d'aimer. Pas un mot d'anglais, du charabia. Ensuite nous avons marché dans les rues et sommes passés devant la boutique de souvenirs, et j'ai dit : "Entrons voir." C'est alors que Matt m'a acheté un souvenir. C'était l'époque où il se comportait comme s'il m'aimait. Nous hésitions entre un singe de cuivre et un Taj Mahal en miniature, et le propriétaire nous a laissé tout le temps nécessaire pour nous décider. Il se tenait derrière la vitrine du comptoir où se trouvait la caisse quand ce type très chic est entré. »

Elle l'avait tout de suite remarqué, car elle venait de s'écarter de Matt qui regardait un autre objet et lisait l'étiquette. L'homme n'avait pas paru s'apercevoir de leur présence ; ils étaient derrière une sorte de paravent peint de chameaux et de pyramides. Elle n'avait pas pu entendre ce qu'il disait, mais le marchand avait retiré quelque chose de la vitrine.

Il était drôlement séduisant, songea Tiffany, se rappelant encore l'homme qu'elle avait vu dans la boutique ce jour-là. Le genre à fréquenter les gens dont elle lisait les faits et gestes dans les magazines. Pas comme ces minables qui s'empiffraient au Grotto. Elle revoyait son air surpris au moment où il s'était retourné et l'avait aperçue devant lui. Après son départ, le propriétaire de la boutique avait dit : « Ce monsieur m'a acheté plusieurs de ces bagues pour ses amies. Peut-être aimeriez-vous en voir une ? »

La bague était jolie, avait pensé Tiffany, et elle savait que Matt avait pu voir le montant affiché sur la caisse enregistreuse et constater qu'elle ne coûtait que dix dollars, aussi n'hésita-t-elle pas à lui dire qu'elle aimerait en avoir une.

Puis le marchand nous a montré l'inscription gravée, et Matt a rougi et bafouillé que c'était charmant, j'ai alors pensé que ça signifiait peut-être que j'avais enfin rencontré un garçon qui allait rester avec moi.

Tiffany souligna d'un trait ses sourcils et saisit son mascara. Mais ensuite nous avons rompu, se souvint-elle tristement.

Pensive, elle contempla la bague qu'elle conservait dans la petite boîte d'ivoire que son grand-père avait achetée pour sa grand-mère pendant leur lune de miel aux chutes du Niagara. Elle la sortit, la tint devant ses yeux et l'admira. Tout bien réfléchi, je ne l'enverrai pas au Dr Susan, décida-t-elle. Qui sait, peut-être Matt m'appellera-t-il un jour ? Peut-être n'a-t-il pas encore trouvé l'âme sœur ?

Mais j'ai promis au Dr Susan de la lui envoyer par la poste, se rappela-t-elle. Que faire ? J'ai une idée ! Ce qui semblait surtout intéresser le Dr Susan, c'était l'adresse de la boutique. Alors, au lieu d'envoyer la bague, il suffirait que je lui indique à peu près l'endroit où nous l'avons trouvée. Je me souviens qu'il y avait un sex-shop de l'autre côté de la rue, et je suis pratiquement certaine que c'était à peine à deux blocs d'une station de métro. Elle est intelligente. Elle devrait être capable de la trouver avec ces indications.

Soulagée d'avoir pris la bonne décision, Tiffany ajusta ses pendants d'oreilles bleus. Puis elle s'assit et rédigea un billet au Dr Susan, décrivant l'endroit où se situait la boutique d'après ses souvenirs, expliquant pourquoi elle conservait la bague, et elle signa : « Votre sincère admiratrice, Tiffany. »

Elle constata alors qu'elle était en retard, comme d'habitude, et ne prit pas le temps de poster la lettre.

Ce ne fut que plus tard qu'elle se souvint de son oubli, alors qu'elle déposait brutalement quatre portions de lasagnes devant des clients difficiles du Grotto. J'espère que ces emmerdeurs vont se brûler, pensa-t-elle — ils n'utilisent leur langue que pour râler.

Cette dernière réflexion lui donna une idée. Elle téléphonerait au Dr Susan demain, au lieu de lui écrire. A l'antenne, elle expliquerait qu'elle regrettait d'avoir fait cette plaisanterie à propos du prix de la bague, qu'elle avait dit ça uniquement parce que Matt Bauer lui manquait. Il était si gentil, le Dr Susan pourrait-elle lui suggérer un moyen de le retrouver ? Il n'avait pas répondu à ses appels au téléphone l'année passée, mais elle était sûre qu'il ne sortait pas avec une autre fille.

Tiffany vit d'un œil satisfait l'un des clients avaler une bouchée de lasagnes et s'emparer précipitamment de son verre d'eau. De cette façon, j'aurai peut-être un conseil gratuit, pensa-t-elle, ou peut-être que la mère de Matt ou une de ses amies écoutera l'émission, entendra son nom et le préviendra, et il sera flatté et me passera un coup de fil.

Qu'est-ce que j'ai à perdre ? se demanda-t-elle tout en se dirigeant vers une table de nouveaux arrivants, des clients dont elle ignorait le nom mais qui lui laissaient toujours un pourboire minable.

31

Alexander Wright habitait le petit immeuble de trois étages, 78ᵉ Rue, où il avait toujours vécu. Il était encore garni des meubles qu'y avait laissés sa mère, de lourdes tables, dessertes et bibliothèques victoriennes de bois sombre, plusieurs profonds canapés capitonnés et fauteuils recouverts de riches brocarts, des tapis persans anciens, de beaux objets d'art. Les visiteurs s'extasiaient devant l'élégance classique de cet hôtel particulier de la fin du siècle dernier.

Même le troisième étage, dont la plus grande partie avait été aménagée en salle de jeux pour Alex, était resté inchangé. Certains des meubles, fabriqués sur mesure par F.A.O. Schwartz [1], avaient même fait l'objet d'un article dans *Architectural Digest*.

Alex disait qu'il n'avait pas redécoré la maison pour une seule raison : il comptait se marier un jour, et il laisserait alors le choix des transformations à son épouse. Un jour où il faisait cette déclaration, un ami s'était moqué de lui : « Et si elle préfère le high-tech, le style rétro, ou la déco psychédélique ? »

Alex avait souri. « Aucun risque ; elle ne pourrait jamais atteindre le statut de fiancée. »

Il vivait plutôt simplement. Il ne s'était jamais senti à l'aise au milieu d'une flopée de domestiques, peut-être parce que sa mère et son père avaient la réputation d'être des employeurs difficiles. Le constant renouvellement du personnel, tout comme les chuchotements désobligeants concernant ses parents, avaient marqué son enfance. Aujourd'hui, il n'avait à son service que

1. F.A.O. Schwartz : célèbre magasin de jouets. *(N.d.T.)*

Jim, son chauffeur, et sa fidèle Marguerite, aussi efficace que discrète. Chaque matin, elle arrivait à huit heures trente exactement, à temps pour servir le petit déjeuner d'Alex, et elle restait pour préparer le dîner les soirs où il ne sortait pas, ce qui n'arrivait guère plus de deux fois par semaine.

Célibataire, séduisant, jouissant de l'attrait de la fortune des Wright, Alex était l'un des hôtes les plus demandés. Il gardait néanmoins une image publique discrète, car s'il appréciait les dîners entre amis, il détestait se mettre en avant, et évitait systématiquement les mondanités qui plaisaient tant à d'autres.

Le mardi, il passa la majeure partie de la journée à son bureau au siège de la fondation, puis en fin d'après-midi il joua au squash avec des amis à son club. N'ayant fait aucun projet pour la soirée, il avait demandé à Marguerite de lui préparer un en-cas.

En rentrant chez lui, à six heures trente, son premier geste fut donc d'aller voir ce qu'il y avait dans le réfrigérateur. Un bol de l'excellent bouillon de poulet de Marguerite qu'il suffisait de réchauffer au four à micro-ondes, une salade et du blanc de poulet déjà découpé en lamelles pour confectionner un sandwich.

Avec un hochement de tête approbateur, Alex se dirigea vers la bibliothèque, choisit une bouteille de bordeaux sur la table basse et s'en versa un verre. Il venait à peine de boire la première gorgée quand le téléphone sonna.

Le répondeur était branché, et il préféra filtrer les appels. Il haussa les sourcils en entendant Dee Chandler-Harriman s'annoncer. Sa voix, basse et agréable, était hésitante.

« Alex, j'espère que vous ne m'en voudrez pas. J'ai demandé à papa votre numéro personnel. Je voulais seulement vous remercier de votre gentillesse à la réception de Binky et de papa. J'ai traversé une période difficile récemment, et sans le savoir vous m'avez remonté le moral. Pour tenter de chasser mes idées noires, j'ai décidé de partir en croisière la semaine prochaine. Bref, merci encore. Je tenais à vous le dire. Oh, à propos, mon numéro de téléphone est le 301-555-6347. »

Je suppose qu'elle ignore que j'ai invité sa sœur à dîner, réfléchit Alex. Dee est ravissante, mais Susan est beaucoup plus intéressante. Il prit une autre gorgée de vin et ferma les yeux.

Oui, Susan Chandler *était* intéressante. A dire vrai, il n'avait cessé de penser à elle depuis ce matin.

32

Jane Clausen avait téléphoné à Susan peu avant quatre heures pour annuler son rendez-vous. « Je suis malheureusement obligée de me reposer, s'excusa-t-elle.

— Vous semblez souffrante, madame Clausen, dit Susan. Peut-être devriez-vous consulter votre médecin ?

— Non. Une heure de repos me remettra sur pied. Je regrette seulement de ne pouvoir m'entretenir avec vous aujourd'hui. »

Susan lui avait proposé de venir plus tard. « Je ne bougerai pas de mon bureau pendant un long moment. J'ai une quantité de paperasse en retard. »

Elle se trouvait donc encore à sa table de travail à six heures lorsque Jane Clausen se présenta. Le teint plombé de sa visiteuse convainquit Susan de la gravité de son état. La plus grande consolation pour cette femme serait d'apprendre la vérité sur la disparition de sa fille, pensa-t-elle.

« Docteur Chandler, commença Jane Clausen, un soupçon d'hésitation dans la voix.

— Je vous en prie, appelez-moi Susan. Ce "docteur Chandler" est tellement cérémonieux », fit Susan avec un sourire.

Jane Clausen hocha la tête. « J'ai du mal à abandonner de vieilles habitudes. Durant toute sa vie, ma mère a appelé notre voisine, qui était de surcroît sa meilleure amie, "madame Crabtree". Cette réserve excessive a déteint sur moi, je suppose ; tout comme sur Regina sans doute. Elle fuyait les mondanités. » Elle baissa les yeux un court instant puis regarda franchement Susan. « Vous avez rencontré mon avocat hier : Douglas Layton. Que pensez-vous de lui ? »

La question surprit Susan. C'est moi qui suis censée pousser les gens à parler, pensa-t-elle, un peu dépitée. Elle répondit néanmoins sans détour : « Il semblait nerveux.

— Et le fait qu'il ne reste pas avec moi vous a-t-il étonnée ?

— Oui.

— Pourquoi ? »

Susan n'eut pas à réfléchir longtemps. « Parce que vous veniez en principe pour rencontrer une femme susceptible d'éclaircir les circonstances de la disparition de votre fille — peut-être même de décrire un homme impliqué dans cette disparition. C'était un moment extrêmement important pour vous. J'aurais cru qu'il resterait à vos côtés pour vous apporter son réconfort. »

Jane Clausen approuva d'un signe de tête. « Bien vu. Susan, Douglas Layton a toujours prétendu qu'il ne connaissait pas ma fille. A présent, d'après une remarque qui lui a échappé ce matin, je suis convaincue du contraire.

— Pourquoi aurait-il menti ?

— Je l'ignore. J'ai procédé à certaines vérifications aujourd'hui. Les Layton de Philadelphie sont effectivement ses cousins au deuxième degré, mais ils se souviennent à peine de lui. Lui, pour sa part, se flatte volontiers d'être intime avec eux. Or il se trouve que son père, Ambrose Layton, n'était qu'un bon à rien qui a dilapidé son héritage en quelques années, avant de disparaître. »

Jane Clausen parlait lentement, plissant le front sous l'effet de la concentration. Elle pesait ses mots. « Il faut mettre au crédit de Douglas qu'il a fait des études brillantes à Stanford, puis à l'école de droit de Columbia. Il est certainement très intelligent. Son premier emploi chez Kane et Ross l'a amené à beaucoup voyager, et il a le don des langues, ce qui lui a permis de gravir aussi rapidement les échelons après avoir intégré la société de Hubert March. Il fait maintenant partie du conseil d'administration de notre fondation. »

Elle s'efforce d'être équitable, pensa Susan, mais elle n'est pas seulement inquiète — je crois qu'elle a peur.

« Le problème, Susan, c'est que Douglas a voulu me donner l'impression qu'il était très lié avec ses cousins. A la réflexion, je me rends compte qu'il s'en est vanté après m'avoir entendue dire que je les avais perdus de vue. Aujourd'hui, je me suis aperçue qu'il écoutait ce que je vous disais au téléphone. La porte était entrebâillée et j'ai vu son reflet dans la glace de la vitrine. J'ai été stupéfaite. Pourquoi se comportait-il ainsi ? Quelle raison avait-il de m'espionner ?

— Le lui avez-vous demandé ?

— Non. J'avais eu une brusque défaillance et je ne me sentais pas en état de l'affronter. Je ne veux pas le mettre sur ses gardes. J'ai l'intention de faire effectuer un audit sur les conditions d'attribution d'une de nos donations. Il s'agit de la construction d'un orphelinat au Guatemala dont nous avons examiné les modalités à la réunion d'aujourd'hui. Douglas doit se rendre sur place la semaine prochaine et présenter un rapport au prochain conseil d'administration. Lorsque j'ai émis un doute sur les sommes accordées, Douglas a laissé échapper que Regina lui avait dit qu'elle était particulièrement attachée à ce projet. Il en a parlé comme si la question avait fait l'objet d'une véritable discussion entre eux.

— Et pourtant il a nié l'avoir connue.

— Oui. Susan, j'avais besoin d'en discuter avec vous, car j'ai soudain entrevu une raison qui a pu pousser Douglas Layton à quitter précipitamment votre bureau hier. »

Susan devina ce que Jane Clausen allait lui dire — que Douglas Layton redoutait de se trouver face à face avec « Karen ».

Jane Clausen la quitta quelques minutes plus tard. « Je suppose que demain matin mon médecin va vouloir me faire hospitaliser, dit-elle au moment de partir. Je tenais à vous parler d'abord. Je sais que vous avez été procureur adjoint à une certaine époque. En réalité, j'ignore si je vous ai exprimé mes soupçons pour obtenir les éclaircissements d'une psychologue, ou pour demander à un ex-magistrat comment procéder à l'ouverture d'une enquête. »

33

Le Dr Donald Richards avait quitté le studio immédiatement après l'émission. Il se rendit compte que Rena lui aurait préparé à déjeuner.

Il trouva une cabine téléphonique et appela chez lui. « Rena, j'ai oublié de vous prévenir que j'avais une course urgente à faire.

— Docteur, pourquoi me faites-vous à chaque fois le même coup quand je vous cuisine quelque chose ?

— C'est le genre de question que ma femme me posait toujours. Pouvez-vous le tenir au chaud ? Je serai là dans une heure environ. » Il sourit en lui-même. Puis, sentant qu'il avait les yeux douloureux, il ôta ses lunettes et les glissa dans sa poche.

Quand il arriva à son domicile une heure et demie plus tard, Rena lui avait gardé son déjeuner prêt. « Je vais porter le plateau sur votre bureau, docteur », dit-elle.

La patiente qui avait rendez-vous à deux heures était une femme d'affaires de trente ans qui souffrait d'anorexie. C'était sa quatrième séance, et Donald l'écouta tout en prenant des notes sur son carnet.

Elle parvenait enfin à s'ouvrir à lui, racontait qu'elle avait souffert dans sa jeunesse d'être trop grosse et incapable de suivre un régime. « J'adorais manger, mais ensuite je me regardais dans la glace et je voyais le résultat. J'ai commencé à haïr mon corps, puis j'ai détesté la nourriture à cause de ce qu'elle me faisait.

— Détestez-vous encore la nourriture ?

— Elle me fait horreur, mais il m'arrive de penser que ce serait merveilleux d'apprécier un bon dîner. Je sors avec quelqu'un en ce moment, quelqu'un qui compte vraiment pour moi, et je sais que je risque de le perdre si je ne change pas. Il en a assez de me voir constamment repousser la nourriture au bord de mon assiette. »

La motivation, pensa Donald. C'est toujours le facteur décisif. Le visage de Susan Chandler lui traversa l'esprit.

A trois heures moins dix, après avoir reconduit sa patiente, il téléphona à Susan Chandler, calculant qu'elle devait comme lui espacer ses rendez-vous — une séance de cinquante minutes, suivie d'une pause de dix minutes avant le patient suivant.

La secrétaire de Susan lui annonça que le Dr Chandler était au téléphone.

« Je vais patienter.

— Je crains qu'elle n'ait un autre appel en attente.

— Je tente ma chance. »

A trois heures moins quatre, il était sur le point de renoncer; son propre patient se trouvait déjà dans la salle d'attente. Puis la voix de Susan, un peu essoufflée, lui parvint. « Docteur Richards ?

— Ce n'est pas parce que vous êtes au bureau que vous ne pouvez pas m'appeler Don. »

Susan rit. « Désolée. Je suis heureuse que vous appeliez. La matinée a été un peu agitée par ici, et je voulais vous remercier d'avoir si bien collaboré à l'émission.

— Et moi je voulais vous remercier de m'avoir si bien mis en avant. Mon éditeur a été ravi de m'entendre parler du livre sur les ondes pendant deux jours de suite. » Il regarda sa montre. « J'ai un patient qui m'attend et vous aussi sans doute, allons à l'essentiel. Êtes-vous libre pour dîner avec moi ce soir ?

— Pas ce soir. Je dois travailler tard.

— Demain soir ?

— Oui, ce sera avec plaisir.

— Disons vers sept heures, je vous téléphonerai demain à votre cabinet dès que j'aurai décidé où vous emmener. »

Voilà ce qu'on appelle un rendez-vous organisé, pensa-t-il. Trop tard maintenant.

« Je serai là tout l'après-midi », lui dit Susan.

Donald Richards nota l'heure — sept heures —, marmonna un rapide au revoir et raccrocha. Il savait qu'il devait se hâter pour recevoir son patient, mais il prit malgré tout un moment pour réfléchir à la soirée du lendemain, se demandant ce qu'il lui faudrait révéler à Susan Chandler.

34

Dee Chandler-Harriman avait calculé l'heure de son appel dans l'espoir de trouver Alexander Wright chez lui. Elle avait téléphoné depuis l'agence de mannequins de Beverly Hills à quatre heures moins le quart. C'est-à-dire sept heures moins le quart à New York, une heure à laquelle Alex était probablement rentré. Puisqu'il n'avait pas décroché, elle en avait conclu qu'il était sorti dîner et qu'il essaierait peut-être de la rappeler plus tard dans la soirée.

Dans cet espoir, Dee se rendit directement de son bureau à son appartement de Palos Verdes, et à sept heures se prépara sans entrain des œufs brouillés, des toasts et du café. Depuis deux ans, je n'ai pratiquement jamais passé une soirée chez moi, se dit-elle. Sans Jack, ça m'était impossible. J'avais besoin d'être avec des gens. Mais ce soir, c'étaient plus l'ennui et l'impatience qui lui pesaient que la solitude.

Je suis lasse de travailler, s'avoua-t-elle. J'ai envie de revenir à New York. Mais pas pour reprendre un autre job. « Je ne suis même pas capable de cuire correctement des œufs brouillés », se plaignit-elle tout haut en constatant que la flamme sous la poêle était trop forte et que les œufs prenaient rapidement une couleur brune. Elle revit Jack en train de s'affairer joyeusement aux fourneaux. Encore un domaine dans lequel Susan est meilleure que moi. C'est une bonne cuisinière.

Mais ce n'était pas toujours un talent indispensable. La femme qui épouserait Alexander Wright n'aurait pas à se soucier de recettes de cuisine ni de listes d'achats.

Elle décida de dîner dans le living-room et elle posait le plateau sur la table basse au moment où le téléphone sonna. C'était Alexander Wright.

Quand elle raccrocha dix minutes plus tard, Dee souriait. Il l'avait rappelée parce qu'il s'inquiétait à son sujet. Elle lui avait paru abattue et il s'était dit qu'elle avait peut-être envie de bavarder. Il lui raconta qu'il avait passé une agréable soirée avec Susan, et qu'il avait l'intention de l'inviter samedi soir à un dîner donné en l'honneur d'une récente donation de la fondation Wright à la Public Library de New York.

Dee se félicita d'avoir réagi aussi rapidement. Elle lui avait dit qu'en se rendant au Costa Rica, d'où elle partait en croisière, elle comptait s'arrêter à New York pour le week-end. Alex avait saisi l'allusion et il l'avait invitée également à la réception.

Après tout, se dit-elle en reprenant le plateau et son repas maintenant froid, il n'y a encore rien de sérieux entre Susan et lui.

35

Après le départ de Jane Clausen le mardi soir, Susan resta plongée dans ses papiers jusqu'à sept heures, puis téléphona à Jed Geany chez lui. « Il y a un problème, annonça-t-elle vivement. J'ai appelé Justin Wells pour lui porter moi-même la bande de l'émission d'hier, et il nie absolument l'avoir demandée.

— Dans ce cas, pourquoi aurait-il voulu qu'elle lui soit adressée personnellement ? interrogea Jed, avec logique. Écoutez, Susan. J'ignore qui appelait, mais le type était drôlement nerveux. Justin Wells préfère peut-être cacher son intérêt pour cet enregistrement. A moins que la raison pour laquelle il le voulait n'existe plus. C'est possible. Et maintenant il a peur de recevoir une facture de notre part. En réalité, au début, il a demandé uniquement la partie concernant les appels des auditeurs. Je crois que c'était la seule chose qui l'intéressait.

— La malheureuse qui a été renversée hier par une camionnette dans Park Avenue est sa femme, dit Susan.

— C'est bien ce que je disais. Il a d'autres soucis, le malheureux.

— Vous avez sans doute raison. A demain. » Elle raccrocha et resta songeuse. D'une manière ou d'une autre, je dois m'arranger pour rencontrer Justin Wells, décida-t-elle, et pour l'instant je vais écouter les appels qui ont eu lieu au cours de l'émission d'hier.

Elle sortit la cassette de son sac, l'introduisit dans le lecteur et appuya sur le bouton de l'avance accélérée. Au moment où débutaient les appels, elle interrompit le déroulement de la bande, poussa sur le bouton « marche » et écouta avec attention.

Tous les appels étaient banals, excepté celui de cette femme à la voix basse et tendue qui s'était présentée sous le nom de « Karen » et avait parlé de la bague aux turquoises.

Voilà sans doute l'appel qui intéresse Justin Wells — ou celui qui se fait passer pour lui, réfléchit-elle, mais j'ai eu une journée éreintante et je ne me sens pas capable de chercher pourquoi maintenant. Elle enfila son manteau, éteignit les lumières, ferma à clé la porte du bureau et s'avança dans le couloir vers l'ascenseur.

Ils devraient améliorer l'éclairage, pensa-t-elle. Le bureau de Nedda et le long couloir étaient plongés dans l'obscurité. Inconsciemment, elle pressa le pas.

Elle était fatiguée et fut tentée de héler un taxi. Résistant à son envie, elle se résolut courageusement à rentrer à pied chez elle. En chemin, elle repensa malgré elle à la visite de Jane Clausen et aux craintes qu'elle avait exprimées à propos de Douglas Layton. Mme Clausen était gravement malade. Cela affectait-il l'image qu'elle avait de Layton ?

Il était possible que Layton ait eu un rendez-vous impératif hier, songea-t-elle, et ce matin il peut simplement avoir attendu que Mme Clausen ait fini de téléphoner avant d'entrer dans son bureau.

Mais pourquoi Mme Clausen était-elle convaincue qu'il avait connu Regina et qu'il mentait sur ce point ? Le nom de Chris Ryan traversa soudain l'esprit de Susan. Chris, un ancien agent du FBI avec qui elle avait travaillé à l'époque où elle faisait partie des services du procureur du Comté de Westchester, avait maintenant sa propre société de surveillance. Il pourrait effectuer quelques discrètes investigations sur Layton. Dès demain, elle contacterait Mme Clausen pour lui faire part de cette suggestion.

Susan regardait autour d'elle tout en marchant. Le spectacle des rues étroites de Greenwich Village la fascinait toujours autant. Elle aimait la diversité des petits immeubles fin de siècle dans les rues paisibles, et les grandes artères embouteillées qui serpentaient ou changeaient de direction comme des torrents sinuant à travers la montagne.

Sur son trajet, elle chercha à repérer une boutique de souvenirs semblable à celle qu'avait mentionnée Tiffany, l'auditrice qui avait appelé ce matin. Susan n'avait guère pensé à elle dans la journée. Tiffany affirmait avoir aussi en sa possession une bague ornée de turquoises comme celle dont avait parlé « Karen », et disait que son petit ami l'avait achetée dans Greenwich Village. Pourvu qu'elle me l'envoie. J'aimerais pouvoir comparer avec celle que m'a confiée Mme Clausen. Si les deux bagues étaient identiques et avaient été fabriquées dans les parages, ce serait peut-être un premier pas vers l'explication de la disparition de Regina.

Rien de tel qu'une bonne marche pour vous éclaircir les idées, pensa Susan en atteignant enfin la porte de son immeuble. Dans son appartement, elle suivit son rituel habituel. Il était huit heures. Elle passa une confortable tenue d'intérieur et prit dans le réfrigérateur de quoi préparer la salade qu'elle avait prévue la veille avant le coup de téléphone d'Alexander Wright.

Ce soir, pas question de dîner dehors, décréta-t-elle en choisissant dans un placard un paquet de spaghettis. Tandis que l'eau chauffait et que la sauce tomate au basilic décongelait dans le four à micro-ondes, elle alla consulter son courrier électronique sur son ordinateur.

Rien de particulier, à part des commentaires

élogieux à propos du Dr Richards, et quelques propositions incitant Susan à l'inviter à nouveau. Machinalement, elle chercha s'il avait une adresse sur le Web.

C'était le cas. Avec un intérêt grandissant, Susan se focalisa sur les informations d'ordre personnel : Dr Donald Richards, né à Darien, Connecticut ; a grandi à Manhattan ; études préparatoires à l'université ; diplômé de Yale ; doctorats de médecine et de psychologie à Harvard ; maîtrise de criminologie à l'université de New York. Père : Dr Donald R. Richards, décédé. Mère : Elizabeth Wallace Richards, Tuxedo Park, Etat de New York. Enfant unique. Marié à Kathryn Carver (décédée).

Suivait une longue liste de publications, ainsi que des articles sur son livre *Femmes disparues*. Puis Susan tomba sur une information qui lui fit écarquiller les yeux. Une notice indiquait que le Dr Richards avait passé un an, entre sa première et sa dernière année à l'université, sur un paquebot de croisière autour du monde comme adjoint au commissaire de bord et, sous la rubrique « hobbys », qu'il faisait fréquemment de courtes croisières. Lui-même citait son bateau favori, le *Gabrielle*. Notant que c'était à son bord qu'il avait fait la connaissance de sa femme.

Susan regarda fixement l'écran. « Mais c'est le bateau à bord duquel se trouvait Regina lors de sa disparition ! » s'exclama-t-elle.

36

Pamela resta avec Justin Wells dans la salle d'attente du service de réanimation de Lenox Hill jusqu'à presque minuit. A ce moment-là, un médecin sortit de la salle et leur conseilla de rentrer chez eux. « L'état de votre épouse s'est relativement stabilisé, dit-il à Justin. Il peut rester sans changement pendant des semaines. Vous ne l'aiderez pas en tombant malade à votre tour.

— A-t-elle encore essayé de parler ? demanda Justin.

— Non. Et elle ne le fera pas de sitôt. Pas tant qu'elle restera dans ce coma profond. »

On dirait presque que Justin redoute qu'elle ne parle — pour quelle raison ? se demanda Pamela —, puis elle décida qu'elle était si fatiguée que son cerveau lui jouait des tours. Elle prit la main de Justin. « Partons, fit-elle fermement. Nous allons prendre un taxi et je te déposerai. »

Il hocha la tête et, tel un enfant docile, se laissa conduire hors de la pièce. Il ne dit pas un mot pendant les dix minutes du trajet jusqu'à l'angle de la Cinquième Avenue et de la 81e Rue ; il resta assis penché en avant, les mains jointes, la tête baissée comme si son corps robuste s'était vidé de toute énergie.

« Nous sommes arrivés, Justin », le prévint Pamela lorsque le taxi s'arrêta et que le portier de son immeuble lui eut ouvert la portière.

Il se tourna vers elle, le regard éteint. « Tout est de ma faute, dit-il. J'ai téléphoné à Carolyn un peu avant l'accident. Je sais que je l'ai bouleversée. Elle n'a probablement pas fait attention à la circulation. Si elle meurt, j'aurai le sentiment de l'avoir tuée. »

Avant que Pamela n'ait pu répondre, il était déjà

descendu du taxi. De toute façon, que pouvais-je lui dire? se demanda-t-elle. Si Justin a été repris d'un de ses accès de jalousie, il est certain que Carolyn aura été affolée.

Mais elle n'aurait pas été assez stupide pour lui montrer la bague et parler de l'homme qui la lui avait offerte. Alors pourquoi diable aurait-il voulu une cassette de l'émission *En direct avec le Dr Susan*? Ça n'avait vraiment aucun sens.

Comme son taxi attendait derrière une voiture qui cherchait désespérément à se garer, un autre scénario vint à l'esprit de Pamela. Serait-il possible que la vieille femme à la télévision ne se soit pas trompée, et qu'on ait poussé Carolyn? Et dans ce cas, Justin s'efforçait-il, pour des raisons qui lui étaient personnelles, de faire croire que dans son trouble Carolyn avait traversé sans faire attention?

Pamela se souvint alors d'un détail — qu'elle avait négligé à l'époque. Avant de partir en croisière, Carolyn avait dit : « Le manque de confiance de Justin dans notre relation est si profond que j'ai parfois peur de lui. »

37

Il lui arrivait d'effectuer de longues marches nocturnes. En particulier lorsque la tension s'accumulait au point qu'il lui fallait faire quelque chose pour la dissiper. Tout s'était passé plutôt facilement cet après-midi. Le vieux dans sa boutique de souvenirs était mort sans histoire. Rien à ce propos aux nouvelles du soir; lorsque le magasin n'avait pas rouvert dans l'après-midi, il était probable que personne ne s'était inquiété suffisamment pour aller voir s'il lui était arrivé quelque chose de particulier.

Ce soir, il n'avait eu d'autre but que de se promener au hasard des rues, aussi s'étonna-t-il de se retrouver près de Downing Street. Susan Chandler habitait dans Downing. Était-elle chez elle en ce moment ? Le fait qu'il eût marché jusque-là ce soir, presque machinalement, indiquait qu'il ne pouvait lui permettre de continuer à semer le désordre. Depuis hier matin, il avait dû supprimer deux personnes, Hilda Johnson et Abdul Parki, qu'il n'avait jamais eu l'intention de tuer. Une troisième, Carolyn Wells, allait mourir ou devrait être éliminée si elle se rétablissait. Car si elle était en état de parler, bien qu'elle ne connût pas son véritable nom, il était certain qu'elle dirait aux médecins et à la police que l'homme qui se faisait appeler Owen Adams pendant la croisière était celui-là même qui l'avait poussée.

Le risque était mince, puisque aucun des papiers d'identité d'Owen Adams ne permettait de remonter jusqu'à lui, néanmoins il ne pouvait laisser le processus s'engager. Le vrai danger était que Carolyn l'avait reconnu — et si elle se remettait, qui savait ce qui arriverait ! Ils pouvaient se rencontrer à un cocktail ou dans un restaurant. New York était une grande ville, mais les chemins s'y croisaient facilement. Tout était possible.

Bien entendu, aussi longtemps qu'elle restait dans le coma elle ne représentait pas de menace immédiate. Le danger immédiat venait plutôt de Tiffany, la serveuse qui avait téléphoné lors de l'émission du Dr Susan Chandler. En parcourant Downing Street, il se maudit lui-même. Il se souvenait de sa visite l'an dernier dans la boutique de Parki — il avait cru qu'il n'y avait personne dans le magasin. Du trottoir il n'avait pas pu voir le jeune couple qui se tenait derrière le paravent.

Dès l'instant où il les avait aperçus, il avait compris son erreur. La fille, une de ces jolies petites aguicheuses, l'avait dévisagé, indiquant clairement qu'elle le trouvait à son goût. C'eût été sans importance, sinon qu'il était sûr qu'elle le reconnaîtrait si elle le revoyait. Si Tiffany, la jeune fille qui avait téléphoné aujourd'hui à *En direct avec le Dr Susan*, et la fille de la boutique n'étaient qu'une seule et même personne, il ne restait plus qu'à la réduire au silence. Demain il trouverait un moyen d'apprendre de Susan Chandler si la dénommée Tiffany lui avait posté la bague, et dans l'affirmative, ce qu'elle avait écrit pour accompagner son envoi.

Une autre plume dispersée par le vent. Quand donc tout ça prendrait-il fin ? Une chose était certaine, il fallait en terminer avec Susan Chandler.

38

Le mercredi matin au poste de police, Oliver Baker se sentait à la fois nerveux d'être là et ravi de jouer le rôle de témoin. Il avait passé la soirée du lundi à raconter avec moult détails à sa femme et à ses filles que, s'il s'était tenu au bord du trottoir, il aurait pu être le premier à traverser et se serait retrouvé sous les roues de la camionnette. Ensemble, ils avaient regardé les informations de cinq, six et onze heures du soir, écouté Oliver répondre au journaliste qui interrogeait les piétons. « Sans la grâce de Dieu, j'y passais, voilà ce que j'ai pensé quand j'ai vu la camionnette la renverser. Je veux dire, j'ai vu l'expression de son visage. Elle était couchée sur le dos, et à cette minute-là elle a compris qu'elle allait être écrasée. »

Amène et empressé, Oliver à cinquante-cinq ans était chef de rayon dans un supermarché D'Agostino, un emploi qui le satisfaisait pleinement. Il était ravi de connaître les clients les plus huppés du magasin par leur nom, et de pouvoir poser des questions du genre : « Gordon est-il content de sa première année à l'école élémentaire, madame Lawrence ? »

Se voir à la télévision était l'une des expériences les plus grisantes qu'il eût jamais connues, et qu'on l'invite maintenant au poste de police pour discuter en détail de l'accident rendait l'affaire encore plus palpitante.

Il attendait sur un banc dans le poste du 19e district, serrant dans sa main le chapeau de tweed que son frère lui avait rapporté d'Irlande. Jetant un regard furtif autour de lui, il lui vint à l'esprit qu'on pourrait croire que lui-même avait des ennuis, ou qu'il avait un parent en prison. Cette pensée le fit grimacer, et il se promit d'en causer à Betty et aux filles ce soir.

« Le commissaire Shea va vous recevoir tout de suite, monsieur. » Le sergent de service lui désigna une porte fermée derrière son bureau.

Oliver se leva rapidement, arrangea le col de sa veste et, non sans appréhension, se dirigea vers le bureau du commissaire.

Lorsque retentit l'impératif « Entrez ! », il tourna la poignée et poussa lentement la porte, comme s'il craignait de heurter quelqu'un par mégarde. Mais, quelques minutes plus tard, assis en face du commissaire, se laissant emporter par son propre récit, Oliver oublia son embarras.

« Vous ne vous trouviez pas directement derrière Mme Wells, n'est-ce pas ? l'interrompit Shea.

— Non, monsieur. J'étais un peu sur la gauche.

— L'aviez-vous remarquée avant l'accident ?

— Pas vraiment. Il y avait beaucoup de monde au coin de la rue. Le feu venait de passer au rouge quand je suis arrivé, et le temps qu'il change à nouveau, la foule était encore plus nombreuse. »

Tout ça ne nous mène nulle part, pensa Tom Shea. Oliver Baker était le dixième témoin qu'il interrogeait, et comme dans la plupart des dépositions, son histoire différait un peu de celle des autres. Hilda Johnson était la seule à avoir certifié que Carolyn Wells avait été poussée ; et Hilda était morte. Le désaccord régnait sur un point précis parmi les personnes présentes : Mme Wells tenait-elle ou non quelque chose sous le bras ? Deux d'entre elles étaient pratiquement certaines d'avoir remarqué une enveloppe de papier kraft ; trois étaient hésitantes ; les autres étaient sûres que cette enveloppe n'existait pas. Seule Hilda avait été catégorique : quelqu'un l'avait arrachée à la victime juste avant de la pousser.

Oliver était impatient de poursuivre son récit. « Et croyez-moi, commissaire, j'ai fait de drôles de cauchemars la nuit dernière en pensant à cette pauvre dame étalée sur la chaussée. »

Shea eut un sourire de sympathie à l'adresse d'Oliver, l'encourageant à continuer.

« Vous savez, comme je le disais à Betty... » Il s'interrompit. « Betty, c'est ma femme. Donc, comme je lui disais, cette pauvre dame était probablement en train de faire une course, peut-être d'aller à la poste, et elle ne savait pas en quittant sa maison que peut-être elle ne la reverrait jamais.

— Pour quelle raison pensez-vous qu'elle allait à la poste ?

— Parce qu'elle tenait une enveloppe de papier kraft timbrée sous le bras.

— Vous en êtes sûr ?

— Certain. M'est avis que l'enveloppe a commencé à glisser parce que juste au moment où le feu a changé, la dame a tourné la tête et perdu l'équilibre. L'homme derrière elle a essayé de la retenir, je suppose, et c'est comme ça qu'il s'est retrouvé avec l'enveloppe à la main. La vieille femme s'est complètement gourée dans ses explications. Je me demande si cet homme a posté la lettre. C'est ce que j'aurais fait à sa place.

— L'avez-vous regardé, cet homme qui a pris l'enveloppe ? demanda Shea.

— Non. Je pouvais pas détourner mes yeux de Mme Wells.

— Et cet homme, a-t-il essayé de l'aider ?

— Non, je crois pas. Un tas de gens sont partis — une femme est quasiment tombée dans les pommes. Deux hommes se sont précipités pour porter assistance à la blessée, mais ils avaient l'air de savoir ce qu'ils faisaient, et criaient à tout le monde de reculer.

— Vous n'avez aucune idée de l'apparence de cet homme, celui qui a pris l'enveloppe pendant qu'il essayait peut-être d'empêcher Mme Wells de tomber ?

— Eh bien, il portait un pardessus, un Burberry ou quelque chose d'approchant. » Oliver n'était pas peu fier d'avoir précisé Burberry au lieu d'imperméable.

Oliver Baker parti, Tom Shea se renfonça dans son fauteuil et joignit les mains sur sa poitrine. Son instinct lui disait qu'il y avait un lien entre l'insistance de Hilda à affirmer que Carolyn Wells avait été poussée et son assassinat quelques heures plus tard. Mais aucun autre témoin n'avait corroboré la version de Hilda. Et il restait toujours la possibilité que l'apparition de Hilda à la télévision ait attiré l'attention d'un cinglé.

Dans ce cas, se dit-il, comme nombre de victimes des circonstances, Hilda Johnson et Carolyn Wells s'étaient simplement trouvées au mauvais endroit au mauvais moment.

39

Le mercredi matin, Douglas Layton arrêta sa stratégie. Il savait qu'il lui faudrait beaucoup œuvrer pour rentrer dans les bonnes grâces de Jane Clausen avant d'entreprendre ce voyage, mais pendant les heures blanches du petit matin il avait élaboré un plan.

Combien de fois, au long des années, sa mère en pleurs l'avait-elle supplié, malade d'inquiétude et d'angoisse, de ne pas s'attirer davantage d'ennuis. « Regarde comment ton père a gâché sa vie, Doug. Ne suis pas son exemple, disait-elle, suis celui de tes cousins. »

Il rejeta impatiemment ses couvertures et sortit du lit. Facile ! Suivre l'exemple de cousins qui étaient riches depuis des générations, qui n'avaient jamais eu à se soucier d'obtenir des bourses, pour lesquels l'entrée dans les meilleures écoles était pratiquement chose due.

Les bourses — il sourit à ce souvenir. Rester dans la course n'avait pas été une mince affaire. Heureusement qu'il s'était montré assez malin pour maintenir ses notes à un niveau adéquat, même s'il lui avait fallu s'introduire en douce dans les bureaux des professeurs pour jeter à l'avance un coup d'œil sur les principales épreuves.

Il revit le jour où le professeur de mathématiques en classe préparatoire l'avait surpris dans son bureau. Il s'en était sorti en la prenant à contre-pied, lui demandant pourquoi elle l'avait convoqué. Il avait raconté qu'on lui avait communiqué un message de sa part lui ordonnant de venir la voir. C'était elle qui avait fini par s'excuser, regrettant que des étudiants n'aient rien de mieux à faire à l'approche des examens que ce genre de blague idiote.

Il avait toujours su se tirer des situations difficiles par le baratin. Mais il ne s'agissait plus de notes d'examen à présent ; cette fois, l'enjeu était énorme.

Il savait que Mme Clausen prenait son petit déjeuner tôt dans la matinée, et à moins d'avoir une réunion ou un rendez-vous chez son médecin, vous pouviez être sûr qu'elle s'attardait à boire une deuxième tasse de café à une petite table près de la fenêtre du salon. Elle lui avait confié un jour que le spectacle du courant violent de l'East River lui apportait un certain réconfort. « L'existence entière obéit à un flux, Douglas, avait-elle dit. Quand la tristesse me prend, regarder la rivière me rappelle que je ne peux pas constamment contrôler le fil de ma vie. »

Elle l'avait toujours volontiers accueilli lorsqu'il lui demandait l'autorisation de passer chez elle afin d'examiner un dossier de subvention avant d'en discuter devant les membres de la fondation. Dans tous les cas sauf un, il l'avait honnêtement conseillée, et elle avait appris à lui faire confiance et à se reposer sur lui. Sur un point seulement, il lui avait fourni délibérément de fausses indications, et il l'avait fait si soigneusement qu'elle n'avait eu aucune raison de se méfier.

Jane Clausen n'avait personne d'autre sur qui s'appuyer, se redit-il tout en s'habillant, prenant soin de choisir un costume de ville classique. Voilà encore un détail à ne pas négliger — il était venu en veste de sport à la réunion de la veille. Une erreur ; Mme Clausen n'approuvait pas ce qu'elle considérait comme une tenue négligée aux réunions du conseil d'administration.

J'ai eu trop à penser, grommela Douglas en lui même. Jane Clausen est seule et elle est malade; il ne devrait pas être difficile de l'apaiser.

Dans le taxi qui le conduisait Beekman Place, il répéta soigneusement l'histoire qu'il allait lui servir.

Le concierge insista pour l'annoncer, bien que Douglas lui eût assuré qu'il était attendu. Quand il sortit de l'ascenseur, la gouvernante l'attendait à la porte de l'appartement qu'elle tenait entrouverte. D'un ton un peu tendu, elle l'informa que Mme Clausen se sentait fatiguée et lui proposa de laisser un message.

« Vera, il faut que je voie Mme Clausen, ne serait-ce qu'une minute, dit-il fermement, à voix basse. Je sais qu'elle est en train de prendre son petit déjeuner. Elle a eu un accès de faiblesse hier au bureau et a été contrariée lorsque je l'ai suppliée d'appeler un médecin. Vous la connaissez quand elle souffre. »

Devant l'air indécis de Vera, il chuchota : « Nous l'aimons tous les deux, n'est-ce pas, et nous souhaitons prendre soin d'elle. » La prenant par les coudes, il la força à s'écarter de la porte. En quatre enjambées il avait traversé le hall d'entrée et franchi les portes fenêtres qui donnaient sur la salle à manger.

Jane Clausen lisait le *Times*. Au bruit de ses pas, elle leva les yeux. Douglas eut deux impressions simultanées : la surprise qui à sa vue s'inscrivit sur le visage de la vieille dame se transforma en une expression proche de la peur. La situation est pire que je ne le pensais, se dit-il. Sa seconde impression fut que Jane Clausen n'éviterait pas plus longtemps un nouveau séjour à l'hôpital. Son teint était couleur de cendre.

Il ne lui laissa pas le temps de parler. « Madame Clausen, j'ai été consterné hier en constatant que vous m'aviez mal compris, dit-il d'un ton enjôleur. Je me suis trompé lorsque j'ai dit que Regina m'avait confié son attachement particulier à l'orphelinat du Guatemala, et bien sûr je me suis trompé quand j'ai suggéré que c'était vous qui me l'aviez rapporté. La vérité est qu'en me proposant de devenir membre du conseil M. March lui-même m'a beaucoup parlé de cet orphelinat, de la visite qu'y avait faite Regina et de sa compassion pour les souffrances de ces enfants. »

C'était sans grand risque. Naturellement, March ne se souviendrait pas d'avoir tenu ces propos, mais il craindrait également de les nier car il avait conscience de perdre la mémoire.

« C'est Hubert qui vous l'a dit ? demanda doucement Jane Clausen. Regina l'aimait comme un oncle. C'était exactement le genre de confidence qu'elle lui aurait faite. »

Douglas comprit qu'il était sur la bonne voie. « Comme vous le savez, je pars là-bas la semaine prochaine, afin que le conseil ait un rapport de première main sur les progrès accomplis à l'orphelinat. Je sais que votre état de santé est précaire en ce moment, mais peut-être aimeriez-vous m'accompagner et voir par vous-même le travail incomparable de l'orphelinat en faveur de ces pauvres enfants ? Si vous veniez, je suis certain que vos doutes sur la justesse de ces dons seraient dissipés. Et je vous promets de rester à vos côtés à tout instant. »

Il savait évidemment qu'il n'y avait pas la moindre chance que Jane Clausen puisse accomplir le voyage, cependant il fit mine d'attendre sa réponse.

Elle secoua la tête. « Si seulement je pouvais partir... »

Il eut l'impression que la glace fondait sous ses yeux. Elle a envie de me croire, se félicita-t-il. Il restait juste une dernière étape à franchir. « Je vous prie aussi de m'excuser de vous avoir laissée seule lundi dans le bureau du Dr Chandler, dit-il. J'avais effectivement un rendez-vous fixé de longue date que j'aurais dû annuler. Mais je ne pouvais pas joindre ma cliente, et elle venait du Connecticut pour me rencontrer.

— Je vous avais pris au dépourvu, admit Jane Clausen. J'ai peur que cela ne devienne une habitude chez moi. Hier, j'ai insisté pour obtenir immédiatement un rendez-vous professionnel avec quelqu'un. »

Ce quelqu'un était Susan Chandler et il le savait. Qu'avait-elle confié à cette femme ? Avait-elle parlé de lui ? Il était prêt à le parier.

Lorsqu'il partit quelques minutes plus tard, elle tint à le raccompagner. Comme ils approchaient du seuil de la porte, elle l'interrogea, l'air de rien : « Voyez-vous beaucoup vos cousins Layton ? »

Elle s'est renseignée, pensa Douglas. « Pas depuis plusieurs années, répondit-il sans hésiter. Quand j'étais petit, nous leur rendions visite régulièrement, Gregg et Corey étaient mes héros. Mais lorsque mes parents se sont séparés, nous nous sommes perdus de vue. Il m'arrive encore de penser à eux comme à des grands frères, encore que ni leur mère ni la mienne n'aient jamais montré beaucoup d'affection l'une envers l'autre. Je crois que la cousine Elizabeth ne tenait pas ma mère pour son égale sur le plan social.

— Robert Layton était un homme merveilleux. Elizabeth n'a jamais été facile. »

Douglas avait le sourire aux lèvres dans l'ascenseur qui le ramenait au rez-de-chaussée. Sa visite avait été un succès. Il était revenu dans les bonnes grâces de Jane Clausen, sa route était à nouveau tracée pour la présidence de la fondation Clausen. Une chose était certaine : dorénavant, et en tout cas tant que Jane Clausen serait en vie, il ne commettrait plus une seule erreur.

En quittant l'immeuble, il prit soin d'échanger quelques mots avec le concierge, et de donner un généreux pourboire au portier qui héla un taxi à son intention. Ce genre de petites attentions était toujours payant. L'un ou l'autre, voire les deux, pouvaient un jour faire une réflexion, dire que M. Layton était très aimable.

Une fois dans le taxi, toutefois, le sourire déserta le visage de Doug Layton. De quoi Jane Clausen avait-elle parlé avec le Dr Chandler ? Outre sa profession de psychologue, Susan Chandler avait également une formation juridique. Il ne pouvait s'empêcher d'être inquiet : elle serait la première à mettre le doigt sur un détail qui paraîtrait douteux.

Il jeta un coup d'œil à sa montre. Huit heures vingt. Il serait à son bureau avant neuf heures. Il aurait ainsi une bonne heure pour liquider un peu de paperasse avant d'écouter l'émission *En direct avec le Dr Susan.*

40

Le mercredi matin, Susan se réveilla à six heures, se lava les cheveux et les sécha rapidement. Blondasse, pensa-t-elle en se regardant dans la glace, arrangeant quelques mèches folles. Ils ont au moins le mérite de boucler naturellement et d'exiger le minimum de séances chez le coiffeur.

Elle contempla son reflet, se jugea sans complaisance. Les sourcils, trop épais. Tant pis. L'idée de les épiler lui faisait horreur. Le teint, rien à redire. Elle pouvait au moins s'enorgueillir de cela. Même la petite cicatrice sur son front, souvenir d'une coupure faite par le patin à glace de Dee un jour où elles étaient tombées ensemble, était aujourd'hui imperceptible. La bouche — comme les sourcils — trop généreuse; le nez, droit — satisfaisant; les yeux, noisette comme ceux de sa mère; le menton, volontaire.

Elle se remémora la remarque de sœur Béatrice quand elle était en classe de sixième au Sacré-Cœur. Sœur Béatrice avait dit à sa mère : « Susan est une nature obstinée, c'est une qualité. Dès qu'elle pointe le menton, je sais que quelque chose ne lui plaît pas et qu'elle va vouloir le rectifier. »

Pour l'instant, il y a beaucoup de choses qu'il faudrait rectifier, ou du moins examiner, pensa Susan, et j'ai la liste toute prête.

Elle prit le temps de se préparer un jus de pamplemousse et un café. Elle apporta la tasse et le verre dans sa chambre et les but tout en s'habillant. Un tailleur pantalon caramel et un cachemire à col roulé bordeaux — les deux achetés en solde. La météo de la veille au soir avait annoncé un temps mitigé, trop chaud pour un manteau et pas assez pour un tailleur. Cette tenue ferait l'affaire, décida-t-elle. De plus, si pour une raison quelconque elle était trop occupée dans la journée pour rentrer chez elle et se changer, l'ensemble conviendrait aussi pour dîner avec Donald Richards. Oui, le Dr Richards, dont le bateau de croisière préféré était le *Gabrielle*.

Afin de gagner du temps, elle renonça à sa marche quotidienne et prit un taxi jusqu'à son bureau où elle arriva à sept heures et quart. En pénétrant dans le building elle s'étonna de voir la porte du hall d'entrée ouverte et l'accueil désert. L'immeuble avait été vendu récemment, et elle se demanda si cette négligence n'amorçait pas une campagne insidieuse de la part des nouveaux propriétaires pour se débarrasser des actuels locataires afin d'augmenter les loyers. C'est le moment d'éplucher toutes les clauses de mon bail, se dit-elle en sortant de l'ascenseur pour se retrouver au dernier étage dans une obscurité totale. « C'est grotesque », murmura-t-elle, tâtonnant à la recherche des interrupteurs.

Même allumé, l'éclairage du couloir était insuffisant. Susan constata qu'il manquait deux ampoules. Qui donc s'occupait de l'entretien ? Elle nota de se plaindre auprès du gérant, mais une fois dans son cabinet son irritation se dissipa. Elle se mit aussitôt au travail, et pendant l'heure suivante rattrapa le retard qu'elle avait pris dans son courrier, puis elle se prépara à mettre en route le plan qu'elle avait imaginé la veille.

Elle avait décidé d'aller trouver Justin Wells à son agence pour discuter avec lui de la cassette et lui faire part de sa conviction que la mystérieuse « Karen » n'était autre que sa femme. Et s'il était absent, elle ferait écouter à sa secrétaire ou à la réceptionniste l'enregistrement de l'émission. La partie la plus intéressante de la bande était celle où « Karen » mentionnait sa rencontre avec un homme sur un bateau de croisière, un homme qui lui avait offert une bague apparemment identique à celle qu'on avait trouvée dans les effets de Regina Clausen. Si, comme elle le soupçonnait, c'était bien Justin Wells qui avait demandé la bande, alors la femme qui se faisait appeler Karen était peut-être connue de ses employés. Et pouvait-on considérer comme une simple coïncidence le fait que l'accident de la femme de Justin Wells soit survenu si peu de temps après l'appel téléphonique ?

Susan parcourut le reste de ses notes, soulignant les points qui la tracassaient encore. « La vieille dame témoin de l'accident de Carolyn Wells. » Hilda Johnson avait-elle raison quand elle déclarait que quelqu'un avait poussé Carolyn ? Et son assassinat, quelques heures plus tard, était-il lui aussi une coïncidence ? « Tiffany. » Elle avait dit au téléphone qu'elle possédait une bague en turquoises avec une inscription identique à celle qui ornait les bagues de Karen et de Regina. L'enverrait-elle ?

Je mentionnerai son nom aujourd'hui au cours de l'émission, pensa Susan. Cela l'incitera peut-être à rappeler, encore que je préférerais la voir. Si la bague ressemble aux autres, il faut absolument que je rencontre Tiffany. Elle doit à tout prix se rappeler où elle a été achetée. Peut-être acceptera-t-elle de demander à son ex-petit ami s'il s'en souvient ?

La note suivante sur sa liste concernait Douglas Layton. Jane Clausen avait été saisie d'une peur véritable, hier, lorsqu'elle avait parlé de lui. Douglas Layton s'était comporté bizarrement en partant ainsi à la hâte quelques minutes avant l'éventuelle arrivée de Karen. Avait-il craint de la rencontrer ? Et si oui, pourquoi ?

Le dernier point se rapportait à Donald Richards. Était-ce par pure coïncidence, encore, que son bateau de croisière favori fût le *Gabrielle*, et que son livre concernât des femmes disparues ? Y avait-il quelque chose d'insoupçonnable derrière cette apparence séduisante ?

Elle se leva de sa table de travail. Nedda était sûrement arrivée maintenant, et elle aurait dû café tout prêt. Susan ferma la porte de son cabinet et, glissant la clé dans sa poche, sortit dans le couloir.

Une fois de plus, la porte des bureaux de Nedda n'était pas fermée. Susan franchit la réception, longea le couloir, et se dirigea vers le coin-cuisine, guidée par les effluves alléchants du café. Elle y trouva son amie qui, obéissant à son penchant bien connu pour les sucreries, découpait un cake aux amandes qu'elle venait de faire réchauffer.

Nedda se retourna en entendant les pas de Susan, et un grand sourire illumina son visage. « J'ai vu de la lumière chez toi, j'étais certaine que tu allais apparaître. C'est à croire que tu sais toujours quand je m'arrête à la boulangerie. »

Susan prit une tasse dans le buffet et se dirigea vers la cafetière. « Pourquoi ne fermes-tu pas ta porte à clé lorsque tu es seule ici ?

— Je n'étais pas inquiète — je savais que tu allais arriver. Quelles nouvelles du front familial ?

— C'est calme, Dieu soit loué. Maman semble s'être remise de son coup de cafard. Charles a téléphoné pour me demander tout le bien que j'avais pensé de sa petite réception. D'ailleurs, j'ai hérité grâce à cette soirée d'une invitation assez intéressante. Un ami de Binky, Alexander Wright. Elégant, raffiné, tout à fait présentable. Il s'occupe de la fondation de sa famille. Un type très séduisant. »

Nedda haussa les sourcils. « Dieu du ciel, comme aurait dit ma mère, je suis très impressionnée. La fondation Wright distribue des fortunes tous les ans. J'ai rencontré Alex à plusieurs reprises. Un peu trop réservé, peut-être ; visiblement il déteste tenir la vedette, mais d'après ce que je sais il est du genre à mettre la main à la pâte, et ne se borne pas à toucher des jetons de présence. Il paraît qu'il supervise personnellement chaque demande importante de subvention. Son grand-père a commencé à faire fortune ; son père a transformé les millions en milliards, et l'on raconte qu'à leur mort l'un et l'autre n'avaient pas touché à leurs premières étrennes. Et bien qu'on dise Alex pragmatique, il semble fait d'une étoffe différente. Est-ce qu'il est amusant ?

— Il est charmant », répondit Susan avec une chaleur qui la surprit elle-même. Elle jeta un regard à sa montre. « Bon, je me sauve. J'ai deux ou trois coups de fil à passer. » Elle enveloppa une tranche de cake dans une serviette en papier et prit sa tasse. « Merci pour la ration de survie.

— Tu es toujours la bienvenue. Arrête-toi pour boire un verre de vin en partant ce soir.

— Merci, mais pas ce soir. Je suis invitée à dîner. Je te dirai tout sur *lui* demain. »

Lorsque Susan regagna son cabinet, Janet était arrivée et répondait au téléphone. « Oh, ne quittez pas, la voilà. » Elle couvrit l'appareil de sa main : « Alexander Wright. Il dit que c'est personnel. Et il a eu l'air très déçu en apprenant que vous n'étiez pas là. Je parie qu'il est mignon comme tout. »

Arrête un peu, se retint de répliquer Susan. « Dites-lui que je le prends tout de suite. » Elle referma sa porte plus violemment que nécessaire, posa la tasse et la part de cake sur son bureau et prit le téléphone. « Allô, Alex. »

Il y avait une note d'amusement dans sa voix. « Votre secrétaire a raison. J'étais déçu, mais je dois dire que jusqu'à présent personne ne m'avait qualifié de "mignon". Je suis flatté.

— Janet a l'exaspérante habitude de couvrir le récepteur avec sa main, puis de hausser le ton pour dire tout ce qui lui passe par la tête.

— Je suis néanmoins flatté. » Son ton changea. « J'ai tenté de vous joindre chez vous il y a une demi-heure. Je pensais que c'était une heure décente, imaginant que vous arriviez à votre bureau vers neuf heures.

— J'étais ici à sept heures trente. J'aime commencer tôt. L'avenir appartient à ceux... etc.

— Nous sommes de la même espèce. Je me lève tôt moi aussi. L'éducation de mon père. D'après lui, celui qui dormait au-delà de six heures ratait une chance de faire fortune. »

Susan songea à ce que Nedda venait de lui raconter sur le père d'Alex. « Partagez-vous ses idées ?

— Juste ciel, non ! A la vérité, lorsque je n'ai pas de réunion, il m'arrive de lire le journal au lit, uniquement parce que je sais qu'il aurait été furieux. »

Susan rit. « Attention. Vous parlez à une psychologue.

— Oh, j'avais oublié. En réalité, je plains mon père. Il est passé à côté de tant de choses dans l'existence. J'aurais aimé qu'il apprenne à respirer le parfum des fleurs. Par bien des aspects c'était un être exceptionnel... Bon, je n'ai pas téléphoné pour vous parler de lui, ou disserter sur mes habitudes de sommeil. Je voulais seulement vous dire que j'ai passé une soirée délicieuse avec vous lundi, et j'espère que vous êtes libre samedi soir. Notre fondation a octroyé un don à la Public Library en faveur du département des livres rares, et un dîner sera servi dans la rotonde McGraw de la bibliothèque principale, Cinquième Avenue. Il ne s'agira pas d'une grande réception — une quarantaine de personnes. J'avais l'intention de me faire excuser, mais c'est vraiment impossible, et si vous acceptiez de m'accompagner, cela rendrait les choses beaucoup plus agréables. »

Susan écouta, flattée par son ton charmeur.

« C'est très gentil. Oui, je suis libre, et je viendrai volontiers, dit-elle franchement.

— Formidable. Je passerai vous prendre vers six heures trente, si cela vous convient.

— Entendu. »

Il changea de ton, devint soudain hésitant. « A propos, Susan, j'ai eu votre sœur au téléphone.

— Dee ?

— Oui. J'ai fait sa connaissance à la réception de Binky après votre départ. Elle m'a appelé chez moi hier soir et m'a laissé un message, et je l'ai rappelée. Elle sera à New York ce week-end. Je lui ai dit que j'avais l'intention de vous inviter à ce dîner et lui ai demandé de se joindre à nous. Elle semblait un peu déprimée.

— C'est très attentionné de votre part », fit Susan.

Quand elle eut raccroché un instant plus tard, elle but son café refroidi et contempla sans appétit la tranche de gâteau. Elle se rappelait comment, sept ans auparavant, Dee avait téléphoné à Jack. Elle lui avait raconté qu'elle n'aimait pas ses nouvelles photos de presse et lui avait demandé d'y jeter un coup d'œil et de la conseiller.

Et, se souvint Susan avec un pincement au cœur, ce fut le commencement de la fin pour Jack et moi. L'histoire allait-elle se répéter ?

41

Tiffany avait mal dormi. Elle était trop excitée à l'idée de faire parvenir un message à son ex par le canal de l'émission *En direct avec le Dr Susan*. A huit heures le mercredi matin, elle finit par s'asseoir dans son lit, ses oreillers empilés dans le dos.

« Docteur Susan, dit-elle à voix haute, répétant ce qu'elle allait dire. Matt me manque. C'est pour ça que j'ai été si mesquine hier en parlant de la bague. Mais j'y ai repensé, et je regrette, je ne peux pas vous l'envoyer. La vérité c'est que j'y tiens, parce qu'elle me rappelle Matt. »

Elle espérait que le Dr Susan ne lui en voudrait pas d'avoir changé d'avis.

Tiffany contempla pensivement l'anneau orné de turquoises qui était maintenant passé à son annulaire. Elle soupira. A la réflexion, cette bague ne lui avait pas vraiment porté chance. Matt s'était inquiété du sens qu'elle attribuait à ces mots : *Tu m'appartiens.* La discussion avait dégénéré en une dispute qui les avait amenés à se séparer deux jours plus tard.

C'est vrai que je l'avais taquiné à ce sujet, se souvint Tiffany, dans un de ses rares accès d'introspection, mais nous avons passé de chouettes moments ensemble. Peut-être s'en souviendra-t-il, peut-être aura-t-il envie de revenir s'il m'entend parler de lui à la radio.

Elle se remit en mémoire ce qu'elle dirait au Dr Susan, révisa ses explications, insistant davantage sur Matt. « Docteur Susan, je veux m'excuser pour ce que j'ai dit hier et vous expliquer pourquoi je ne peux pas envoyer la bague comme je vous l'avais promis. Mon ex-petit ami, Matt, me l'a donnée en souvenir de cette belle journée à Manhattan. Nous avions fait un très bon déjeuner dans un restaurant japonais. »

Tiffany frissonna au souvenir du poisson gluant qu'il avait mangé ; elle avait tenu à ce qu'on fasse cuire le sien.

« Ensuite nous sommes allés voir un merveilleux film étranger... »

Une vraie barbe. Elle se souvint qu'elle s'était évertuée à ne pas bouger durant les scènes interminables où personne ne faisait rien, et lorsque finalement il se passait quelque chose, elle n'avait pas pu regarder, trop occupée à lire ces idiots de sous-titres. Un film stupide !

Mais c'était dans la salle de cinéma que Matt avait mêlé ses doigts aux siens et que ses lèvres avaient effleuré son oreille, en murmurant : « C'est *génial*, hein ? »

« Bref, docteur Susan, cette bague n'est peut-être qu'un souvenir, mais elle évoque pour moi plein de choses amusantes que nous avons faites ensemble. Et pas seulement ce jour-là, tous les autres aussi. »

Tiffany sortit de son lit et commença sans enthousiasme à faire sa gymnastique. C'était un autre de ses objectifs. Elle avait pris plusieurs kilos au cours de l'année passée. Elle voulait les éliminer, au cas où Matt téléphonerait et demanderait à la revoir.

A la fin de ses abdominaux, Tiffany avait mentalement fignolé son discours au Dr Susan et elle en était particulièrement satisfaite. Elle avait décidé d'y ajouter une précision. Elle dirait qu'elle était serveuse au Grotto dans Yonkers. Toni Sepeddi, son patron, lui en serait reconnaissant.

Et si Matt apprend que je garde la bague en souvenir de notre histoire, et que ça lui rappelle nos bons moments ensemble, alors il voudra peut-être recommencer. Comme disait sa mère : « Tiffany, tu accours et ils partent en courant. Tu pars en courant et ils accourent. »

42

La tension qui régnait dans les bureaux de Benner, Pierce et Wells, l'agence d'architectes située dans la 58ᵉ Rue Est, était presque palpable, pensa Susan qui attendait dans l'entrée aux murs lambrissés de bois, pendant qu'une jeune hôtesse fébrile dont le badge indiquait le nom BARBARA GINGRAS informait d'une voix hésitante Justin Wells de sa présence.

Elle ne fut aucunement surprise lorsque la jeune femme lui dit : « Docteur Susan, pardon, docteur Chandler, M. Wells ne vous attendait pas et je crains qu'il ne puisse vous recevoir maintenant. »

Se rendant compte que la jeune femme connaissait son nom à cause de l'émission de radio, Susan décida de jouer le tout pour le tout. « M. Wells a téléphoné à mon réalisateur pour lui demander une copie d'*En direct avec le Dr Susan* de lundi. Je désirais seulement la lui remettre en mains propres, Barbara.

— Alors il m'a crue ? s'exclama Barbara Gingras, triomphante. Je lui ai dit que Carolyn — c'est sa femme — vous avait appelée lundi. J'essaie toujours de ne pas rater votre émission, et je l'écoutais quand elle a téléphoné. Dieu sait que je connais bien sa voix. Mais M. Wells a paru très mécontent lorsque je lui en ai parlé, aussi n'ai-je pas insisté. Puis sa femme a eu cet horrible accident, et le pauvre a été bouleversé et je n'ai plus rien dit.

— C'est normal », dit Susan. Elle avait auparavant sélectionné l'appel de « Karen » sur la bande d'enregistrement. Elle mit en marche le lecteur de cassettes, le déposa sur le bureau de la réceptionniste. « Barbara, voulez-vous écouter un instant ? »

Elle baissa le son tandis que la voix angoissée de la femme qui disait se nommer Karen commençait à se faire entendre.

Tout excitée, Barbara hocha la tête. « Aucun doute, c'est Carolyn Wells. Et ce qu'elle dit a un sens. J'ai commencé à travailler ici au moment où

M. Wells et elle s'étaient séparés. Je m'en souviens parce qu'il était complètement paumé. Puis ils se sont raccommodés, et il était méconnaissable. Jamais vu quelqu'un de si heureux. Visiblement, il l'aime comme un fou. Maintenant, depuis l'accident, il n'est plus qu'une loque à nouveau. Je l'ai entendu dire à l'un de ses associés que d'après les médecins elle peut rester longtemps dans cet état, et qu'ils ne voulaient pas le voir tomber malade lui aussi. »

La porte du hall s'ouvrit et deux hommes entrèrent. Ils regardèrent Susan avec curiosité en passant devant la réception. Barbara Gingras parut soudain nerveuse. « Docteur Susan, il vaut mieux que je ne vous parle plus. Ce sont mes deux autres patrons, et je ne veux pas avoir d'ennuis. Et si M. Wells sort de son bureau et nous surprend en train de bavarder, il sera peut-être furieux contre moi.

— Je comprends. » Susan rangea le lecteur de cassettes. Ses soupçons étaient confirmés ; à présent elle avait besoin de réfléchir à la meilleure façon de procéder. « Une dernière chose, Barbara. Les Wells ont une amie qui s'appelle Pamela. Est-ce que vous la connaissez ? »

Barbara plissa le front sous l'effet de la concentration ; puis son visage s'éclaira. « Oh, vous voulez dire Pamela Hastings. Elle est professeur à Columbia. Mme Wells et elle sont très amies. Je sais qu'elle va souvent à l'hôpital avec M. Wells. »

Désormais, Susan avait appris tout ce qu'elle avait besoin de savoir. « Merci, Barbara.

— J'aime vraiment votre émission, docteur Susan. »

Susan sourit. « J'en suis ravie. » Elle lui fit un geste de la main et ouvrit la porte qui donnait sur le corridor. Là, elle sortit immédiatement son téléphone portable et composa le numéro des renseignements. « L'université de Columbia, le standard, s'il vous plaît. »

43

A neuf heures précises le mercredi matin, le Dr Richards s'était présenté à la réception au quinzième étage du 1440 Broadway. « J'étais l'invité du Dr Susan, hier et avant-hier, expliqua-t-il à la femme qui somnolait à moitié derrière le bureau de l'accueil. J'avais demandé les enregistrements des deux émissions, mais je suis parti sans les prendre. M. Geany est-il déjà arrivé ?

— Je crois l'avoir vu », répondit la réceptionniste. Elle décrocha le téléphone et composa un numéro. « Jed, il y a ici l'invité de l'émission de Susan. » Elle leva les yeux vers Donald Richards. « Quel nom m'avez-vous donné ? »

Je n'en ai donné aucun, pensa Donald. « Donald Richards. »

La femme marmonna le nom au téléphone, ajoutant que le Dr Richards disait avoir oublié des bandes qu'il avait demandées hier. Après avoir écouté un instant, elle raccrocha brusquement. « Il arrive tout de suite. Asseyez-vous. »

J'aimerais savoir de quelle école de charme elle sort, se dit Donald en choisissant un fauteuil près d'une table basse sur laquelle s'empilaient les journaux du matin.

Jed apparut quelques minutes plus tard, un paquet à la main. « Désolé d'avoir omis de vous rappeler hier, docteur. Je m'apprêtais à confier ces cassettes au service du courrier. Heureux de constater qu'elles vous intéressent toujours et que vous n'avez pas changé d'avis comme... comment s'appelle ce type ?

— Justin Wells ?

— C'est ça. Mais il va avoir une surprise, il les aura de toute façon. Susan est allée ce matin lui déposer la bande de l'émission à son bureau. »

Intéressant, se dit Donald, très intéressant. Ce n'est pas souvent que l'animatrice d'une émission de radio joue au coursier. Après avoir remercié Jed Geany, il rangea le petit paquet dans sa serviette, et un quart d'heure plus tard il sortait d'un taxi devant le garage au coin de sa rue.

Donald Richards roulait vers le nord sur Palisades Parkway en direction de Bear Mountain. Il alluma la radio et la régla sur *En direct avec le Dr Susan.* Il tenait à écouter l'émission.

Arrivé à destination, il attendit dans sa voiture la fin de l'émission. Puis il resta sans bouger plusieurs minutes avant de sortir et d'ouvrir le coffre. Il y prit une longue boîte et se dirigea vers le bord de l'eau.

L'air de la montagne était froid et paisible. La surface du lac miroitait sous le soleil d'automne, malgré les grandes taches sombres qui trahissaient la profondeur de l'eau. Les arbres alentour commençaient à changer de couleur, se paraient de jaune, d'orange et de rouge, plus flamboyants ici qu'en ville ou dans la proche banlieue.

Longtemps, il resta assis sur la berge, les mains jointes sur les genoux. Des larmes brillaient dans ses yeux, mais il ne s'en souciait pas. Il finit par ouvrir la boîte et en retira les roses aux longues tiges qui étaient serrées à l'intérieur. L'une après l'autre, il les lança dans l'eau, regarda les deux douzaines de fleurs flotter à la surface et s'éloigner en ondulant sous la poussée d'une faible brise.

« Au revoir, Kathryn. » Il prononça ces mots à voix haute, avec vénération, puis fit demi-tour et regagna sa voiture.

Une heure plus tard, il était devant la grille de Tuxedo Park, la luxueuse villégiature de montagne où les riches New-Yorkais se retrouvaient jadis pendant les vacances d'été. Aujourd'hui ils étaient nombreux, comme sa mère, à y habiter toute l'année. Le gardien lui fit signe de passer. « Content de vous voir, docteur Richards ! »

Il trouva sa mère dans son atelier. A soixante ans, elle s'était mise à la peinture, et après douze années d'efforts assidus, ses dons naturels s'étaient développés en un réel talent. Assise à son chevalet, elle lui tournait le dos, son corps mince et nerveux entièrement concentré sur son travail. Une robe du soir chatoyante était accrochée près de la toile.

« Maman. »

Il devina son sourire avant même qu'elle ne se retourne vers lui. « Donald, je commençais à désespérer de te voir. »

Un souvenir d'enfance lui revint brusquement en mémoire, un jeu auquel ils se livraient tous les deux lorsqu'il rentrait de l'école et montait dans l'appartement familial de la Cinquième Avenue. Sûr de trouver sa mère dans son petit bureau à l'angle nord-est de la terrasse, il s'y précipitait, faisant claquer délibérément ses semelles sur le parquet, appelant joyeusement « Maman, maman », impatient de l'entendre répondre : « N'est-ce pas Donald Wallace Richards, le plus gentil petit garçon de Manhattan ? »

Aujourd'hui, elle se leva et vint vers lui, les bras tendus, mais au lieu de le serrer contre elle, elle posa le bout des doigts sur ses épaules et frôla sa joue de ses lèvres. « Je ne veux pas te tacher de peinture, dit-elle en s'écartant un peu de lui, regardant son fils droit dans les yeux. Je commençais à m'inquiéter, je pensais que tu ne viendrais pas.

— Tu sais bien que j'aurais prévenu. » Il avait répondu sèchement, mais sa mère ne sembla pas l'avoir remarqué. Il ne voulait pas lui dire où il avait passé ces quelques heures avant d'arriver.

« Alors que penses-tu de mon dernier chef d'œuvre ? » Le prenant par le bras, elle le conduisit devant la toile. « Donne-moi ton avis. »

Il reconnut le sujet — l'épouse de l'actuel gouverneur. « La première dame de l'État de New York ! Formidable ! Les gens vont se battre dorénavant pour avoir leur portrait signé par Elizabeth Wallace Richards ! »

Sa mère effleura la manche de la robe accrochée près de la toile. « C'est sa robe pour le bal inaugural. Elle est superbe, mais, Seigneur, je vais perdre la vue à force de peindre ces maudites broderies de perles. »

Au bras l'un de l'autre, ils descendirent le large escalier, franchirent le hall et entrèrent dans la vaste salle à manger qui donnait sur le patio et les jardins.

« Les gens savaient ce qu'ils faisaient autrefois quand ils fermaient leur propriété dès la première semaine de septembre, fit remarquer Elizabeth Richards. Sais-tu que nous avons eu une chute de neige la nuit dernière, et nous sommes seulement en octobre !

— Il y a une solution toute trouvée à ce problème », répliqua Donald en l'aidant à s'asseoir.

Elle haussa les épaules. « Ne joue pas au psy avec moi. Certes, il m'arrive de regretter l'appartement — et la ville — mais c'est parce que je vis ici que j'arrive à travailler. J'espère que tu as faim.

— Pas spécialement.

— Eh bien tu ferais mieux de t'armer de ton couteau et de ta fourchette. Comme à son habitude Carmen s'est mise à ses fourneaux en ton honneur. »

Chaque fois qu'il venait à Tuxedo Park, la fidèle gouvernante de sa mère se surpassait pour lui préparer un de ses repas favoris. Aujourd'hui il eut droit au chili, spécialement relevé et épicé. Tandis qu'Elizabeth picorait sa salade de poulet, Donald fit honneur au plat. Lorsque Carmen vint remplir son verre d'eau, il devina qu'elle l'observait, attendant sa réaction.

« Excellent, déclara-t-il. Rena cuisine à merveille, mais votre chili est unique au monde. »

Carmen, réplique en plus mince de sa sœur, la propre domestique de Donald, eut un large sourire. « Monsieur Donald, je sais que ma sœur s'occupe bien de vous, mais je peux vous dire que c'est moi qui lui ai appris à cuisiner, et elle a encore quelques progrès à faire avant d'atteindre mon niveau.

— Elle n'en est pas loin. » Donald savait que Rena et Carmen se parlaient fréquemment. Il voulait à tout prix éviter de froisser Rena en couvrant Carmen de compliments qui seraient immédiatement répétés. Il jugea plus sage de changer de sujet. « Voyons, Carmen, quels sont les récents comptes rendus de Rena à mon sujet ?

— Je peux te répondre, intervint sa mère. Elle dit que tu travailles trop, ce qui ne change guère. Que tu avais l'air mort de fatigue la semaine dernière après avoir fait la promotion de ton livre, et que tu parais préoccupé. »

Don ne s'attendait pas à cette dernière remarque. « Préoccupé ? Pas plus que d'habitude. Bien sûr, il m'arrive d'avoir l'esprit absorbé par certaines choses. Quelques-uns de mes patients sont particulièrement perturbés. Mais je ne connais personne qui n'ait pas au moins *quelques* soucis dans l'existence. »

Elizabeth Richards haussa les épaules. « Ne nous lançons pas dans une discussion sémantique. Où étais-tu ce matin ?

— J'ai dû faire un saut au studio de la radio, répondit Donald sans s'étendre davantage sur la question.

— Tu as aussi modifié ton emploi du temps pour ne recevoir personne avant quatre heures de l'après-midi. »

Voilà que sa mère était au courant de ses faits et gestes, non seulement par l'intermédiaire de la fidèle Rena mais aussi par celui de sa secrétaire !

« Tu es encore allé au lac, n'est-ce pas ?

— Oui. »

Le visage de sa mère s'adoucit. Elle posa sa main sur la sienne. « Don, je n'ai pas oublié que c'est aujourd'hui l'anniversaire de la mort de Kathy, mais quatre ans se sont écoulés. Tu vas avoir quarante ans le mois prochain. Tu dois continuer ton chemin, refaire ta vie. Je voudrais tellement que tu rencontres une femme qui t'attende avec impatience le soir à la maison.

— Il est probable qu'elle travaillera aussi. Peu de femmes restent au foyer de nos jours, tu sais.

— Oh, arrête. Tu m'as très bien comprise. Je veux te voir heureux à nouveau. Et je vais être égoïste : je veux des petits-enfants. J'envie toutes mes amies qui exhibent les photos de leurs petits chéris. A chaque fois, je supplie le Seigneur de me donner cette joie à moi aussi. Don, même les psychiatres ont besoin d'aide pour surmonter une tragédie. Y as-tu jamais pensé ? »

Il resta la tête baissée, sans répondre.

Elle soupira. « Bon, c'est assez. Je ne vais pas t'ennuyer plus longtemps. Je sais que je ne devrais pas évoquer ce sujet, mais je suis inquiète. Quand as-tu pris des vacances pour la dernière fois ?

— Gagné ! » Le visage de Donald s'éclaira. « Je vais enfin pouvoir placer un mot. A la fin de la semaine prochaine, après une séance de signatures à Miami, je compte m'accorder six ou sept jours de repos.

— Don, tu adorais partir en croisière, autrefois. » Elizabeth Richards hésita. « Souviens-toi, Kathy et toi annonciez que vous alliez "prendre le large", et vous embarquiez au pied levé sur un paquebot de croisière. J'aimerais te voir refaire une de ces traversées. Cela vous semblait si divertissant alors ; ce pourrait l'être à nouveau. Tu n'es pas monté à bord d'un bateau depuis la mort de Kathy. »

Donald Richards croisa le regard bleu-gris empli d'une tendre et sincère inquiétude. Oh si, maman, pensa-t-il. Oh si, j'y suis monté.

44

Susan ne put joindre Pamela Hastings immédiatement. Son bureau à l'université de Columbia l'informa que Mme Hastings n'était pas attendue avant onze heures. Son premier cours avait lieu à onze heures un quart.

Elle s'est sans doute arrêtée à l'hôpital pour rendre visite à Carolyn Wells, réfléchit Susan. Il était neuf heures quinze, elle n'avait aucune chance de la joindre là-bas. Elle préféra laisser un message lui demandant de la rappeler après deux heures à son cabinet, en précisant qu'elle voulait l'entretenir d'une affaire urgente et confidentielle.

Une fois de plus, elle eut droit au regard réprobateur de Jed Geany lorsqu'elle arriva au studio dix minutes à peine avant l'heure de son passage à l'antenne.

« Vous savez, Susan, un de ces jours...

— Je sais. Un de ces jours vous allez commencer sans moi, et ça tournera mal. C'est un défaut congénital, Jed. Je suis toujours à la bourre. Je ne cesse de me le reprocher. »

Il se força visiblement à sourire. « Votre invité d'hier, le Dr Richards, est passé. Il voulait prendre les cassettes des deux émissions auxquelles il a participé. Je suppose qu'il avait hâte de les écouter et de constater ses talents à l'antenne. »

Je le vois ce soir, songea Susan. J'aurais pu les lui apporter. Pourquoi cette précipitation ? Mais elle n'avait pas le temps de s'en préoccuper pour l'instant. Elle pénétra dans le studio, sortit les notes qu'elle avait préparées et mit ses écouteurs.

Lorsque le technicien lui donna le signal « trente secondes », elle dit rapidement : « Jed, vous vous souvenez de l'appel de Tiffany, hier ? Je ne m'attends pas à avoir de ses nouvelles, mais si elle se manifeste, n'oubliez pas d'enregistrer son numéro de téléphone au moment où il apparaîtra sur l'écran.

— O.K.

— Dix secondes. »

Dans ses écouteurs, Susan entendit l'habituel « Et maintenant restez à l'écoute pour votre émission *En direct avec le Dr Susan* », suivi de l'indicatif. Elle prit une profonde inspiration et dit : « Bonjour, ici le Dr Susan Chandler. Aujourd'hui, nous allons nous mettre directement en rapport avec le standard et répondre à vos questions, aussi nous vous écoutons. Peut-être pourrons-nous ensemble trouver une solution au sujet qui vous préoccupe. »

Comme toujours, le temps passa rapidement. Certains des appels ne présentaient aucun intérêt.

« Docteur Susan, il y a une femme à mon bureau qui me rend dingue. Si je porte un nouvel ensemble, elle me demande où je l'ai acheté, et quelques jours plus tard, je la vois arriver avec exactement le même truc sur le dos. C'est arrivé au moins quatre fois.

— Cette personne a manifestement des problèmes de valorisation de soi, mais ils ne doivent pas vous affecter. Il existe un moyen simple et immédiat de vous en sortir, dit Susan. Ne lui dites pas où vous achetez vos vêtements. »

D'autres appels étaient plus complexes. « J'ai dû mettre ma mère de quatre-vingt-dix ans dans une maison de repos, expliqua une femme d'une voix lasse. Je l'ai fait à contrecœur, mais elle est impotente. Et aujourd'hui elle refuse de me parler. Je me sens si coupable que je suis complètement perturbée.

— Laissez-lui le temps de s'habituer, suggéra Susan. Allez la voir régulièrement. Sachez qu'elle a besoin de votre présence même si elle vous ignore. Dites-lui que vous l'aimez. Nous avons tous besoin de savoir que nous sommes aimés, particulièrement dans les périodes d'angoisse, comme celle que traverse votre mère en ce moment. Enfin, et c'est le plus important, cessez de vous faire des reproches. »

Le problème est que certains d'entre nous vivent plus longtemps qu'il n'est utile, pensa Susan tristement, tandis que d'autres, comme Regina Clausen et peut-être Carolyn Wells, voient leur vie abrégée.

L'émission arrivait à sa fin quand Jed annonça : « L'appel suivant vient de Tiffany, Yonkers, docteur Susan. »

Susan leva les yeux vers l'écran de contrôle. Jed faisait un signe de tête — il noterait le numéro de téléphone de Tiffany comme elle le lui avait demandé.

« Tiffany, je suis heureuse que vous rappeliez, commença Susan, mais elle ne put continuer.

— Docteur Susan, l'interrompit Tiffany précipitamment, j'ai failli renoncer à vous téléphoner parce que je risque de vous décevoir. Voyez-vous... »

Susan l'écouta avec consternation raconter pourquoi elle ne pouvait envoyer sa bague. On eût dit qu'elle débitait un discours longuement appris.

« Alors, comme je vous l'ai dit, docteur Susan, j'espère que vous n'êtes pas déçue, mais c'est un joli souvenir, et c'est Matt, mon ex-petit ami, qui me l'a donnée, et elle me rappelle tous les bons moments que nous avons passés ensemble...

— Tiffany, j'aimerais que vous m'appeliez à mon bureau », la coupa Susan. Elle avait la sensation de se répéter. N'avait-elle pas dit les mêmes mots à Carolyn Wells quarante-huit heures auparavant ?

« Docteur Susan, je ne changerai pas d'avis en ce qui concerne la bague, dit Tiffany. Mais si vous voulez, je peux vous dire que je travaille au...

— Je vous en prie, ne donnez pas le nom de votre employeur, dit fermement Susan.

— Je travaille au Grotto, le meilleur restaurant italien de Yonkers, poursuivit Tiffany d'un ton de défi, criant presque.

— Passez la publicité, Susan », aboya Jed dans les écouteurs.

— Je sais au moins où la trouver, marmonna Susan en elle-même tout en annonçant machinalement : « Et à présent place à nos annonceurs. »

L'émission terminée, elle entra dans la cabine de contrôle. Jed avait noté le numéro de Tiffany au dos d'une enveloppe. « Elle a peut-être l'air stupide, mais elle s'est quand même débrouillée pour offrir une publicité gratuite à son patron », fit-il remarquer d'un ton furieux. Faire sa propre promotion en cours d'émission était strictement interdit.

Susan plia l'enveloppe et la fourra dans la poche de sa veste. « Ce qui m'inquiète, c'est que Tiffany est visiblement paumée et qu'elle essaie de renouer avec son ex-petit copain ; elle semble très vulnérable. Mettons qu'un cinglé ait écouté l'émission et qu'une idée lui traverse la tête.

— Est-ce que vous comptez la contacter au sujet de cette bague ?

— Oui, probablement. J'ai uniquement besoin de la comparer à celle de Regina Clausen. Il y a sans doute peu de chances qu'elles proviennent du même endroit, mais je n'en serai convaincue qu'après l'avoir vérifié.

— Susan, ce genre de babioles se trouvent par centaines, tout comme les boutiques qui les vendent. Les types qui tiennent ces magasins prétendent tous qu'elles sont faites à la main, mais qui va les croire ? Pour dix dollars ? Impossible. Vous êtes trop intelligente pour l'ignorer.

— Je crains que vous n'ayez raison, admit Susan. Qui plus est... » Elle s'interrompit. Elle avait failli révéler à Jed qu'elle soupçonnait la femme de Justin Wells et la mystérieuse Karen de ne faire qu'une seule et même personne. Non, décida-t-elle, mieux vaut voir au préalable où mène cette information avant d'ébruiter l'histoire.

45

En remarquant que le petit magasin de souvenirs d'Abdul Parki n'était toujours pas ouvert le mercredi à midi, Nat Small commença à s'inquiéter. Sa propre boutique, Dark Delights, spécialisée dans les objets pornographiques, était située de l'autre côté de la rue en face de Khyem Speciality Shop, et les deux hommes se connaissaient depuis des années.

Nat, cinquante-cinq ans, un homme sec et nerveux au visage en lame de couteau et aux paupières tombantes, avait un passé louche et était capable de flairer les ennuis aussi distinctement que le premier venu flairait immédiatement le mélange d'alcool et de cigare refroidi qui composait son parfum personnel.

Personne n'ignorait dans MacDougal Street que sa pancarte annonçant qu'il ne vendait pas aux mineurs n'avait rien à voir avec la réalité. S'il n'avait jamais été arrêté, c'était parce que son instinct lui permettait de reconnaître au premier coup d'œil le flic en civil qui poussait la porte de son magasin. Au cas où un jeune client se trouvait alors dans les parages, prêt à faire un achat, Nat se mettait sur-le-champ à lui réclamer une pièce d'identité, en vociférant si nécessaire.

Il avait un principe immuable, et qui l'avait toujours servi : rester à l'écart de la police. C'est pourquoi il choisit de faire ses recherches de son côté lorsqu'il sentit son inquiétude grandir en constatant que la boutique de son ami restait fermée. En premier lieu, il tenta de lorgner à travers la porte du magasin d'Abdul ; ne voyant rien, il essaya de téléphoner au propriétaire. Bien entendu, il tomba sur l'habituel répondeur : « Laissez un message, nous vous rappellerons. » Tu parles, compte là-dessus et bois de l'eau fraîche. Tout le monde savait que le propriétaire se fichait comme d'une guigne de ce local et sauterait sur l'occasion pour mettre fin au bail à long terme qu'Abdul avait obtenu lors d'une des crises immobilières périodiques qui secouaient la ville.

Finalement, Nat prit une décision qui montrait l'étendue de son amitié pour Abdul : il appela le poste de police de quartier et fit part de son inquiétude. « Écoutez, on pourrait régler sa montre d'après les habitudes de ce petit bonhomme. Possible qu'il se soit senti patraque hier, car j'ai remarqué qu'il n'avait pas ouvert après le déjeuner. Peut-être qu'il est rentré chez lui et qu'il a eu une crise cardiaque ou un truc comme ça. »

La police alla inspecter le modeste appartement impeccablement tenu d'Abdul dans Jane Street. Un bouquet un peu fané fleurissait la photo de sa femme. Il n'y avait aucun autre indice de présence ni même de passage récent. Ils se résolurent donc à se rendre dans son magasin à titre de vérification.

C'est là qu'ils découvrirent le corps d'Abdul baignant dans son sang.

Nat Small ne fut pas soupçonné. La police le connaissait et le savait trop malin pour être mêlé à un meurtre ; par ailleurs, il n'avait aucun mobile. En réalité, c'était l'absence de mobile qui constituait l'aspect le plus troublant de l'affaire. Il y avait une centaine de dollars dans le tiroir-caisse et il ne semblait pas que l'assassin ait tenté de l'ouvrir.

Néanmoins, il s'agissait probablement d'un cambriolage, conclut la police. Et le meurtrier, *a priori* un drogué, avait été surpris, peut-être par l'arrivée fortuite d'un client. Si l'on s'en tenait à ce scénario, le tueur s'était caché dans l'arrière-boutique jusqu'au départ du client, puis il avait pris la fuite. Il avait été assez avisé pour accrocher la pancarte « fermé » et claquer la porte. Se donnant ainsi le temps suffisant pour prendre le large.

Ce que la police attendait de Nat et des autres commerçants alentour, c'étaient surtout des informations. Ils apprirent qu'Abdul avait ouvert sa boutique comme d'habitude le mardi matin à neuf heures, qu'on l'avait vu en train de balayer devant sa porte vers onze heures, après qu'un gosse eut répandu du pop-corn sur le trottoir.

« Nat, demanda l'inspecteur, pour une fois fais marcher tes méninges pour autre chose que tes cochonneries. Tu es situé de l'autre côté de la rue par rapport à Parki. Tu es toujours en train d'arranger tes saletés dans ta vitrine. As-tu vu quelqu'un entrer ou sortir de la boutique d'Abdul un peu après onze heures ? »

Lorsque la question lui fut posée au début de l'après-midi, Nat avait eu le temps nécessaire pour réfléchir et se souvenir. La journée de la veille avait été calme, comme tous les mardis en général. Vers midi, il avait disposé les présentoirs de nouveaux films X dans sa devanture. Sans y attacher d'importance particulière, il avait remarqué un homme bien habillé qui se tenait sur le trottoir devant sa boutique. Il avait l'air d'examiner ce qu'il y avait en vitrine. Mais au lieu d'entrer, l'homme avait traversé la rue et pénétré directement dans le magasin d'Abdul.

Nat aurait pu le décrire assez précisément, bien qu'il l'eût vu uniquement de profil et qu'il portât des lunettes de soleil. Mais même si ce type élégamment vêtu était entré chez Abdul vers une heure, ce n'était sûrement pas lui qui avait tué le pauvre petit bonhomme. Non, inutile d'en faire état devant les flics. Sinon, il finirait par passer l'après-midi au poste avec leur foutu dessinateur. Pas question.

Qui plus est, pensa Nat, cet homme ressemble à tous mes clients. Les mecs de Wall Street, les avocats et les toubibs qui m'achètent mes trucs, tous ces types partiraient comme des fusées s'ils apprenaient que je parle aux flics de quelqu'un de leur espèce.

« J'ai remarqué personne, déclara Nat aux flics. Mais je préfère vous prévenir, ajouta-t-il d'un ton vertueux, il faut que vous fassiez quelque chose au sujet des camés du quartier. Ils sont prêts à tuer leur grand-mère pour une piquouse. Et vous pouvez raconter au maire que c'est moi qui vous le dis ! »

46

Pamela Hastings craignait que les étudiants de sa classe de littérature comparée ne perdent leur temps ce jour-là. Deux nuits blanches ajoutées à son inquiétude pour son amie Carolyn l'avaient épuisée physiquement et intellectuellement. Et, par-dessus le marché, la pensée que l'accident de Carolyn n'était peut-être pas fortuit et que Justin ait pu être assez furieux ou jaloux pour tenter délibérément de la tuer l'empêchait de se concentrer. Elle était consciente que le cours d'aujourd'hui sur *La Divine Comédie* était à la fois incohérent et décousu, et elle fut soulagée d'en voir arriver la fin.

Pour couronner le tout, on lui avait communiqué un message la priant de joindre le Dr Susan Chandler. Que pourrait-elle dire au Dr Chandler ? Elle n'avait aucun droit de parler de Justin à une étrangère. Il lui faudrait cependant la rappeler, ne serait-ce que par correction.

Inondé de soleil, le campus de l'université de Columbia prenait les couleurs de l'arrière-saison. Une belle journée pour profiter de la vie, se dit Pamela avec ironie en traversant le parc. Elle héla un taxi et donna machinalement l'adresse de sa destination : « L'hôpital de Lenox Hill. » En moins de deux jours, le personnel du service des soins intensifs l'avait adoptée. L'infirmière de garde, à l'accueil, lui annonça sans attendre sa question : « Son état est stationnaire, mais toujours critique. Il y a une chance pour qu'elle sorte du coma. Tôt dans la matinée, elle a paru vouloir dire quelque chose, mais elle a perdu conscience à nouveau. C'est bon signe, cependant.

— Est-ce que Justin est là ?

— Il va arriver.

— Puis-je aller la voir ?

— Oui, mais pas plus d'une minute. Et n'hésitez pas à lui parler. Quoi qu'en disent les médecins, je suis convaincue que certains comateux perçoivent ce qui se passe autour d'eux. Le problème est qu'ils ne peuvent pas communiquer. »

Pamela passa discrètement devant trois box vitrés abritant d'autres patients dans un état désespéré avant d'atteindre celui où reposait Carolyn. Elle regarda son amie, le cœur serré devant le spectacle qu'elle offrait. Une intervention chirurgicale d'urgence avait été effectuée pour réduire l'oedème cérébral et elle avait la tête entourée de bandages. Quantité de tubes et de drains pénétraient son corps, un masque à oxygène lui recouvrait le nez, et les ecchymoses violettes qui marquaient son cou et ses bras témoignaient de la violence de l'impact de la camionnette.

Pamela ne parvenait toujours pas à concevoir qu'un accident aussi terrible ait pu suivre la joyeuse soirée qu'elle avait passée en compagnie de Carolyn quelques jours plus tôt.

Joyeuse jusqu'à ce que je commence à leur prédire l'avenir, se souvint-elle — Carolyn avait alors montré cette bague incrustée de turquoises...

Très doucement, elle posa sa main sur celle de Carolyn. « Hello, mon chou », murmura-t-elle.

Sentait-elle un léger frémissement, ou était-ce seulement le fruit de son attente d'une réaction ?

« Carolyn, tu vas t'en sortir. Ils disent que tu es sur le point de te réveiller. C'est formidable. » Pamela se mordit la lèvre. Elle avait failli dire que Justin était fou d'angoisse, mais elle avait peur maintenant de mentionner son nom. Et si c'était lui qui avait poussé Carolyn ? Si Carolyn s'était aperçue de sa présence derrière elle au coin de cette rue ?

« Win. »

Les lèvres de Carolyn avaient à peine remué, et le son qui s'en était échappé ressemblait davantage à un soupir qu'à un mot. Pourtant, Pamela fut certaine de l'avoir distinctement entendu.

Elle se pencha au-dessus de Carolyn, approchant ses lèvres de son oreille. « Mon chou, écoute-moi. Je crois que tu as dit "Win". Est-ce qu'il s'agit d'un nom ? Si oui, presse ma main. »

Une imperceptible pression lui répondit.

« Pam, est-ce qu'elle se réveille ? »

Justin était là, le visage rougi et tendu, les cheveux en bataille, comme s'il avait couru. Pamela ne voulut pas lui révéler ce qu'elle croyait avoir entendu. « Va chercher l'infirmière, Justin. Il me semble qu'elle essaie de parler.

— Win ! »

Cette fois le mot était clair, affirmatif même, et le ton implorant.

Justin Wells s'approcha du lit de sa femme. « Carolyn, je ne veux pas que tu partes avec un autre. Je me rachèterai. Je t'en prie, je me ferai soigner. Je te l'ai promis la dernière fois et je ne l'ai pas fait, mais cette fois-ci, je le ferai. Je te le promets. Mais reviens-moi, je t'en supplie. »

47

Bien qu'Emily Chandler eût conservé son inscription au Country Club de Westchester après
son divorce, elle y allait rarement de peur de tomber sur sa remplaçante, Binky. Mais comme elle
aimait jouer au golf, et que Binky n'y jouait pas,
sa seule crainte en fait était de la rencontrer au
club-house où elle avait coutume de retrouver ses
amis pour le déjeuner de temps à autre. Emily
avait donc trouvé un moyen d'éviter ces fâcheux
face-à-face.

Elle téléphonait au maître d'hôtel, lui demandait si « l'épouse trophée de monsieur » était
attendue, et si la réponse était négative, elle réservait une table.

C'était le cas ce mercredi, où elle avait donné
rendez-vous pour déjeuner à Nan Lake — une
amie de longue date, dont le mari, Dan, jouait
régulièrement au golf avec Charles.

Emily s'était habillée avec un soin particulier
pour cette occasion. Au cas où elle croiserait
Charles par hasard. Elle avait choisi un tailleur-
pantalon de Louis Féraud à petits carreaux bleu et
blanc qui seyait particulièrement à ses cheveux
blond cendré. Un peu plus tôt, alors qu'elle donnait un dernier coup d'œil à son reflet dans la
glace, elle s'était souvenue que les gens s'éton-
naient souvent qu'elle fût la mère de Dee.

« On dirait deux sœurs ! » s'exclamaient-ils,
réflexion qui la comblait de fierté, tout en sachant
qu'ils exagéraient.

Emily savait aussi que le temps était venu de
tourner la page du divorce, de continuer sa vie.
Par bien des côtés, elle avait réussi à surmonter la
blessure initiale et l'amertume qu'elle gardait au
cœur après ce qu'elle considérait encore comme

la trahison de Charles. Pourtant, même après quatre ans, il lui arrivait de se réveiller la nuit et de rester des heures durant sans dormir, emplie non pas de ressentiment mais d'une infinie tristesse, car Charles et elle avaient été heureux ensemble — vraiment heureux.

Nous profitions de la vie, pensa-t-elle, s'apprêtant à partir pour le club. Elle brancha le système d'alarme de la maison qu'elle avait achetée après leur rupture. Nous étions heureux. Nous étions amoureux. Nous faisions mille choses ensemble. On ne peut pas me reprocher de m'être laissée aller, j'ai toujours pris soin de mon corps. Emily monta dans sa voiture. Mon Dieu, pourquoi a-t-il changé si brusquement ? Pourquoi a-t-il voulu balayer d'un seul coup toute notre vie commune ?

Le sentiment d'abandon était si douloureux qu'elle savait, même si c'était inavouable, que les choses auraient été plus faciles si Charley-Charles était mort. Mais, avouable ou non, c'était un fait, et elle était prête à jurer que Susan s'en doutait, et probablement comprenait.

Que serait-elle devenue sans Susan ? Susan qui avait été à ses côtés dès le premier jour, alors qu'Emily doutait de pouvoir continuer à vivre. Il lui avait fallu longtemps pour y parvenir, mais elle savait aujourd'hui qu'elle était capable de se débrouiller seule.

Suivant les conseils de Susan, elle avait dressé une liste des activités auxquelles elle avait toujours eu envie de participer — et y avait ensuite consacré une partie de son temps. C'est ainsi qu'elle travaillait bénévolement à l'hôpital, et avait depuis peu la charge de la fête de charité annuelle organisée à son profit. L'année passée, elle avait pris une part active à la campagne pour la réélection du gouverneur.

Elle avait une autre occupation aussi, dont elle

ne parlait à personne, pas même à Susan, peut-être parce qu'elle représentait son engagement le plus important. Elle était infirmière bénévole dans un hôpital pour enfants atteints de maladies chroniques.

C'était une expérience réellement gratifiante et qui l'aidait à relativiser sa propre situation. Elle lui rappelait ce vieil adage si souvent confirmé : vous plaignez le sort du va-nu-pieds jusqu'au jour où vous rencontrez un cul-de-jatte. Après ses matinées à l'hôpital, elle rentrait chez elle et mesurait sa chance.

Elle arriva au club avant Nan et alla directement à sa table. Elle avait mauvaise conscience depuis dimanche dernier, le jour de son quarantième anniversaire de mariage avec Charles. Elle s'était sentie tellement démoralisée, tellement à plat, s'apitoyant sur elle-même. Ses pleurs avaient bouleversé Susan, et Dee n'avait rien arrangé en s'en prenant à sa sœur, l'accusant de ne pas comprendre ce que représentait la perte d'un être aimé.

Susan comprend bien plus de choses que Dee ne veut le croire, se dit Emily. A l'époque où nous nous sommes séparés, Charles et moi, Dee se trouvait en Californie avec Jack, heureuse et très occupée. Susan a dû surmonter la trahison de Jack et c'est elle qui m'a consolée au moment du divorce. Par ailleurs, Charley n'avait plus eu une minute à lui consacrer une fois Binky dans la place, et Susan en avait souffert. Elle avait toujours été la petite chérie de son papa.

« Serais-tu perdue dans les nuages ? fit une voix moqueuse.

— Nan ! » Emily se leva d'un bond et étreignit son amie. « Je rêvais, tu as raison. » Elle regarda affectueusement Nan. « Tu as l'air en pleine forme. »

À soixante ans, Nan, avec sa mince silhouette et ses cheveux bruns, était encore une très jolie femme.

Nan lui retourna le compliment. « Toi aussi, Em. Avouons-le, nous tenons le coup.

— C'est un combat pour la juste cause, acquiesça Emily. Un petit pli ici, une petite couture là. Il faut vieillir avec élégance, mais pas trop vite.

— Parlons sérieusement, est-ce que je t'ai manqué ? » demanda Nan. Elle avait passé plus d'un mois en Floride avec sa mère souffrante et était rentrée seulement depuis une semaine.

« Tu sais bien que oui. Il y a eu quelques journées difficiles ici », confia Emily.

Elles décidèrent d'ignorer les calories, pour une fois. Un verre de chardonnay et un club-sandwich, c'était ce qui leur convenait.

Le vin servi, elles entamèrent leur conversation.

Emily raconta à son amie son coup de cafard. « Ce qui m'a vraiment achevée, c'est que le Trophée ait donné ce cocktail le jour même de notre quarantième anniversaire de mariage — et que Charley l'ait laissée faire.

— Tu sais bien que c'était intentionnel, dit Nan. Typique de Binky. Je dois te confesser que même *moi* j'ai assisté à leur petite fête. Je suis restée peu de temps. Je n'y ai pas rencontré Susan. Elle était manifestement déjà partie. Elle n'y a sans doute fait qu'une apparition symbolique. »

Un soupçon d'inquiétude perçait dans la voix de Nan. Emily n'eut pas à attendre longtemps pour en connaître la raison.

« Em, c'est sûrement sans importance, tout compte fait, mais Binky ne peut pas supporter Susan. Elle sait que c'est Susan qui a poussé Charles à partir seul en vacances pour réfléchir après t'avoir annoncé son désir de divorcer. Que

171

Binky ait finalement mis le grappin sur l'homme qu'elle voulait n'a rien changé. Elle continue à en vouloir à Susan. »

Emily hocha la tête.

« Inversement, elle a l'air de beaucoup apprécier Dee. C'est pourquoi elle a invité Alexander Wright afin de les présenter l'un à l'autre. Seulement, Dee n'était pas encore là quand il est arrivé, et il a longuement parlé avec Susan, et d'après ce qu'on m'a rapporté, il l'a trouvée à son goût. Ce qui ne faisait certainement pas partie du plan de Binky.

— Ce qui signifie?

— Ce qui signifie que si Susan revoit Alex et que quelque chose de sérieux se noue entre eux, il faut qu'elle sache que Binky fera tout son possible pour se mettre en travers. Binky adore dresser les gens les uns contre les autres. C'est une manipulatrice-née.

— Les gens... tu veux dire Susan et Dee?

— Exactement. Pour que Binky ait été tellement furieuse, il faut qu'Alexander Wright se soit montré particulièrement élogieux à l'égard de Susan. Car, crois-moi, elle était hors d'elle. Bien sûr, je ne connais pas bien Alex. On dit qu'il n'est pas mondain pour un sou, mais je sais par contre que la fondation Wright — qu'il dirige — est particulièrement généreuse, et que si certains héritiers de grosses fortunes jouent surtout les play-boys, lui reste attaché aux vraies valeurs. Si tu veux mon avis, c'est exactement le genre d'homme à qui je voudrais voir Susan s'intéresser — puisque je n'ai pas pu la marier à Bobby. »

Bobby était le fils aîné de Nan. Susan et lui étaient amis d'enfance, mais il n'y avait jamais eu la moindre idylle entre eux. Bobby était marié à présent, mais Nan disait volontiers qu'Emily et elle avaient perdu toutes leurs chances d'avoir des petits-enfants communs.

172

« Je voudrais que Susan et Dee rencontrent l'une comme l'autre l'homme qui les rendra heureuses », dit Emily, sachant malheureusement que Dee, même sans les encouragements de Binky, n'hésiterait pas à séduire Alex si jamais elle le trouvait à son goût.

Elle savait aussi que Nan avait subtilement mais délibérément insinué la même chose. Son message était clair : il fallait avertir Susan des manœuvres de Binky, et signifier à Dee de laisser Alexander Wright tranquille.

« Et voilà maintenant un potin qui va *vraiment* t'intéresser, dit Nan, en se penchant vers son amie tout en regardant autour d'elle pour s'assurer qu'aucune oreille indiscrète ne traînait près de leur table. Charley et Dan ont fait une partie de golf hier. Charley songe à prendre sa retraite ! Il paraît que le conseil d'administration de Bannister Foods souhaite un président plus jeune et lui a offert d'énormes dédommagements. Charley a dit à Dan qu'il préférait partir de son plein gré plutôt que d'être remercié. Mais il n'y a qu'un problème. Lorsqu'il a abordé le sujet avec Binky, elle a piqué une crise. Elle lui aurait dit qu'elle avait envie d'un mari à la retraite comme d'un piano dans la cuisine. Traduction : "inutile et encombrant". » Nan se tut un instant et se renfonça dans son siège. Puis, écarquillant les yeux, elle poursuivit : « Crois-tu qu'il pourrait y avoir de l'eau dans le gaz ? »

48

Avant de quitter le studio, Susan téléphona à
son cabinet. Il y avait de fortes chances que son
rendez-vous d'une heure soit annulé. Sa patiente,
Linda, une rédactrice publicitaire de quarante ans
dont le chien venait de mourir, essayait de surmonter son abattement. Elle n'était venue que
deux fois, mais Susan savait déjà que l'origine des
problèmes de Linda n'était pas le chagrin naturel
causé par la perte de son animal préféré, mais le
récent et soudain décès de sa mère adoptive
qu'elle n'avait pas revue depuis longtemps.

Son intuition se révéla juste. Linda s'était
décommandée. « Elle est désolée, expliqua Janet,
mais elle a une importante réunion qui s'est décidée au dernier moment. »

Vrai ou faux, se dit Susan, notant de joindre
Linda plus tard au téléphone. « D'autres messages ? demanda-t-elle.

— Un seul. Mme Clausen voudrait que vous
l'appeliez après trois heures. Oh, vous avez une
superbe gerbe de fleurs sur votre bureau.

— Des fleurs ! De la part de qui ?

— L'enveloppe est fermée, naturellement je ne
l'ai pas ouverte, répondit Janet d'un ton pincé.
C'est sûrement personnel.

— Ouvrez-la et lisez-la-moi, s'il vous plaît. »
Susan leva les yeux au ciel. Janet était une excellente secrétaire par bien des côtés, mais ses commentaires étaient exaspérants.

Janet revint en ligne un instant plus tard. « Je
savais bien que c'était personnel, docteur. » Elle
commença à lire. "Merci pour cette charmante
soirée. En attendant samedi." C'est signé "Alex" ».

Susan se sentit soudain d'humeur joyeuse.
« Gentil de sa part, dit-elle, attentive à conserver

un ton détaché. Janet, puisque je n'ai rien de prévu jusqu'à deux heures, je pense que je vais aller faire un tour. »

Moins d'une minute plus tard, elle était dehors et hélait un taxi. Elle avait décidé d'aller au poste de police et de parler au responsable de l'enquête sur l'accident de Carolyn Wells. Maintenant qu'elle était certaine que Carolyn et « Karen » étaient la même personne, elle devait découvrir si la police avait attaché foi à la version de la vieille dame qui affirmait que Carolyn avait été poussée sous la camionnette.

L'article qu'elle avait lu dans le *Times* ce matin révélait que l'enquête concernant et l'accident de Carolyn et la mort de Hilda Johnson avait été confiée au 19e district.

C'était là qu'il fallait commencer à chercher des réponses à ses questions.

Malgré le témoignage d'Oliver Baker, certain que Carolyn Wells avait perdu l'équilibre et était tombée, Tom Shea n'était toujours pas convaincu. En raison de la déclaration de Hilda Johnson, sans doute trop divulguée, il doutait que la mort de la vieille femme soit une simple coïncidence, un crime fortuit. Plusieurs questions élémentaires se posaient. Primo, comment le meurtrier avait-il pu entrer dans l'immeuble ? Secundo, comment s'était-il introduit dans l'appartement ? Tertio, *pourquoi* dans l'appartement de Hilda, et *pourquoi* seulement dans le sien ?

En vingt-quatre heures, depuis que son corps avait été découvert, une équipe d'enquêteurs avait interrogé tous les occupants de l'immeuble sans exception. Douze étages de quatre appartements chacun. Ils en avaient fait rapidement le tour.

La plupart ressemblaient à Hilda — âgés, rési-
dant là depuis longtemps. Ils avaient été catégo-

riques : ils n'avaient ouvert à aucun livreur ni à personne d'autre dans la soirée du lundi. Ceux d'entre eux qui étaient entrés et sortis de l'immeuble pendant ce laps de temps juraient n'avoir vu aucun individu errer dans les parages, pas plus qu'ils n'avaient laissé entrer quelqu'un dans le hall au moment où eux-mêmes ouvraient la porte.

Hilda Johnson avait donc elle-même introduit quelqu'un d'abord dans l'immeuble, puis dans son appartement, en conclut Shea. C'était par conséquent une personne dont elle ne se méfiait pas. D'après ce qu'il savait de Hilda — et depuis qu'il était dans ce commissariat il en était venu à bien la connaître —, il voyait mal qui pouvait être cette personne. Si seulement j'avais été de service ce lundi-là, se dit-il pour la énième fois, pestant contre le destin. C'était son jour de repos, et il était allé avec sa femme voir leur fille au collège de Fairfield dans le Connecticut. Ce n'est qu'en regardant les informations de sept heures du soir que Tom avait appris l'accident et vu Hilda interviewée par un journaliste.

Si seulement j'avais appelé Hilda alors, regrettait-il. Si elle n'avait pas répondu au téléphone, j'aurais immédiatement flairé quelque chose de louche, et si je lui avais parlé, j'aurais peut-être obtenu une description de l'individu qu'elle prétendait avoir vu pousser Carolyn Wells.

Il n'était pas une heure de l'après-midi, et pourtant Tom se sentait complètement à plat — partagé entre la colère et le remords. Il était sûr que la mort de Hilda aurait pu être évitée, et maintenant il se retrouvait à la case départ, avec son assassinat à résoudre, plus un accident qui était peut-être une tentative de meurtre. Il était flic depuis vingt-sept ans, il n'avait pas le souvenir de s'être jamais senti aussi abattu.

Le téléphone sonna, interrompant les reproches qu'il s'adressait. Le sergent de service lui annonça qu'un certain Dr Susan Chandler voulait lui parler de l'accident de Carolyn Wells.

Espérant se trouver en présence d'un nouveau témoin, Tom Shea répondit vivement : « Faites-la entrer. » Un moment plus tard, Susan et lui s'observaient avec une attention circonspecte.

L'homme assis en face d'elle plut immédiatement à Susan — son visage mince aux traits bien dessinés, le regard vif et intelligent des yeux bruns ; les longs doigts sensibles qui tapotaient silencieusement le bureau.

Comprenant qu'elle n'avait pas affaire au genre de policier habitué à perdre son temps, elle alla droit au but. « Commissaire, je dois être de retour à mon cabinet à deux heures. J'ai mis vingt minutes pour venir jusqu'ici, je vais donc être brève. »

Elle brossa un rapide tableau de ses activités et s'amusa en voyant l'air légèrement sarcastique de Tom Shea, lorsqu'elle lui annonça qu'elle était psychologue, faire place à un sourire de connivence quand elle déclara avoir été pendant deux ans adjointe du procureur.

« Je m'intéresse à Carolyn Wells car je suis persuadée que c'est elle qui a téléphoné lundi matin durant mon émission de radio, et qu'elle détient des informations pouvant se révéler essentielles concernant Regina Clausen, une femme qui a disparu depuis plusieurs années. A la suite de son appel, Carolyn Wells avait pris rendez-vous avec moi à mon bureau. Elle ne s'est pas manifestée, mais plus tard elle a été renversée par une camionnette dans Park Avenue et il est possible qu'on l'ait poussée. Il faut que je sache s'il existe un rapport entre son... disons accident pour l'instant et l'appel téléphonique que j'ai reçu. »

Tom Shea se pencha en avant ; son visage trahissait un intérêt profond. Selon les dires d'Oliver Baker, l'adresse sur l'enveloppe que portait Carolyn Wells était inscrite en gros caractères, et il affirmait avoir vu « Dr », à la première ligne de l'adresse. Le Dr Susan Chandler lui apportait peut-être un début de piste, un rapport entre les affirmations de Hilda concernant le prétendu accident de Carolyn Wells et son propre meurtrier.

« Avez-vous reçu une enveloppe en papier kraft qu'elle vous aurait postée ? demanda Tom Shea.

— Pas jusqu'à hier. Le courrier n'était pas arrivé à l'heure où j'ai quitté mon cabinet ce matin. Pourquoi ?

— Parce que Hilda ainsi qu'un autre témoin ont vu Carolyn Wells tenant une enveloppe en papier kraft, et le deuxième témoin pense qu'elle était adressée à un docteur quelque chose. Attendiez-vous un paquet de sa part ?

— Non, mais elle a pu décider de poster la photo et la bague qu'elle avait promis de me remettre. Laissez-moi vous passer l'enregistrement de son appel. »

La bande défila et Susan regarda son interlocuteur, notant l'intensité de son expression.

« Vous êtes certaine que cette femme est Carolyn Wells ?

— Absolument.

— Vous êtes psychologue, docteur Chandler. Convenez-vous avec moi que cette femme a peur de son mari ?

— Je dirais plutôt qu'elle est inquiète de sa réaction s'il apprenait ce qu'elle m'a dit. »

Le commissaire Shea saisit son téléphone et aboya un ordre : « Cherchez si nous avons la trace d'une plainte contre un certain Justin Wells. Probablement d'ordre privé. Datant de deux ans.

— Docteur Chandler, dit-il à l'adresse de Susan, je ne vous remercierai jamais assez d'être venue nous trouver. Si je reçois le rapport que j'attends... »

Il fut interrompu par le téléphone. Il prit le récepteur, écouta et fit un signe de tête.

Il raccrocha et regarda Susan. « C'est bien ce que je pensais. Je savais que vos propos évoquaient quelque chose dans mon esprit. Docteur Chandler, il y a deux ans Carolyn Wells a déposé une plainte contre Justin Wells, qu'elle a ensuite retirée. Dans cette plainte, elle prétendait que son mari avait menacé de la tuer dans un accès de jalousie. Savez-vous si Wells a appris qu'elle avait appelé au cours de votre émission ? »

Susan n'avait d'autre choix que de dire l'exacte vérité. « Non seulement il l'a appris, mais il a téléphoné dans l'après-midi du lundi pour demander une bande de l'émission ; puis, lorsque je l'ai appelé à ce sujet, il a nié avoir jamais fait cette demande. J'ai voulu la lui remettre en mains propres à son agence ce matin et il a refusé de me recevoir. »

Il se leva. « Docteur Chandler, une fois encore merci de ces informations. Je dois vous prier de me confier cette bande. »

Susan se leva. « Naturellement. J'ai l'enregistrement original à la radio. Mais, commissaire, je voulais pour ma part vous demander de mener une enquête sur un lien éventuel entre l'homme que Carolyn Wells a rencontré à bord du bateau et la disparition de Regina Clausen. Il y avait une bague ornée de turquoises portant la mention *Tu m'appartiens* dans les effets de Regina Clausen. » Elle s'apprêtait à lui faire part des appels de Tiffany et de l'existence, selon la jeune fille, d'un marchand dans Greenwich Village qui vendait et peut-être fabriquait des bagues semblables, quand

Shea l'interrompit : « Docteur Chandler, il est avéré que Justin Wells était — et est probablement toujours — férocement jaloux de sa femme. Cet enregistrement prouve qu'elle en a peur. Il y a fort à parier qu'elle n'a rien dit à son mari des relations qu'elle a pu avoir avec cet homme rencontré sur le bateau. Je suppose qu'en entendant parler de l'émission, Wells est devenu fou de rage. Je veux lui parler. Je veux savoir où il se trouvait lundi après-midi entre quatre heures et quatre heures et demie. Je veux savoir qui l'a informé de l'appel survenu au cours de votre émission et ce qu'on lui a dit. »

Tout ce que disait le commissaire Shea était d'une imparable logique. Susan consulta sa montre ; elle devait retourner à son cabinet. Mais quelque chose la tracassait. Son instinct lui disait que même si Justin Wells, dans une crise de jalousie, avait poussé sa femme sous les roues de cette camionnette, cela n'excluait nullement l'existence d'un lien entre l'homme rencontré par Carolyn à bord du bateau et la disparition de Regina Clausen.

En quittant le poste de police, elle était décidée à suivre une piste de son côté. Elle irait trouver Tiffany, dont elle connaissait le numéro de téléphone et qui travaillait au Grotto, « le meilleur restaurant italien de Yonkers ».

49

Jim Curley fut convaincu qu'il y avait anguille sous roche quand, en sortant de la fondation Wright, son patron lui demanda de s'arrêter chez

Irene Hayes Wadley & Smyth, un fleuriste élégant dans Rockefeller Center. Mais plutôt que d'envoyer Jim dans le magasin, Alexander Wright l'avait prié d'attendre pendant que lui-même sortait de la voiture et entrait dans la boutique, une boîte sous le bras. Quinze minutes plus tard, il en était sorti suivi d'un employé portant un somptueux bouquet dans un grand vase.

Le vase tenait en équilibre dans un carton et Alex avait demandé à ce qu'il soit calé sur le plancher à l'arrière.

Avec un sourire, le fleuriste avait remercié Alex et refermé la portière. Ensuite, Alex avait dit d'un ton joyeux : « Prochain arrêt, Soho. » Devant l'air perplexe de son chauffeur il avait ajouté : « Avant que vous ne mouriez de curiosité, Jim, sachez que nous allons au cabinet de Susan Chandler. Plus précisément, c'est *vous* qui irez déposer ces fleurs. J'attendrai dans la voiture. »

Au cours des années, Jim avait livré des fleurs à de nombreuses et séduisantes jeunes femmes, mais jamais il n'avait vu Alex Wright les choisir personnellement.

Avec la familiarité qui résultait de nombreuses années de service, Jim dit : « Monsieur Alex, si je peux me permettre de donner mon opinion, j'aime beaucoup le Dr Chandler. C'est une femme charmante, et très séduisante. Il y a quelque chose de chaleureux et de naturel chez elle, si vous comprenez ce que je veux dire.

— Je comprends tout à fait, Jim, avait répondu Alexander Wright, et c'est aussi mon avis. »

Jim se gara à un emplacement interdit dans Houston Street, courut jusqu'à l'entrée de l'immeuble au coin de la rue, bondit dans un ascenseur au moment où la porte se refermait, et en arrivant au dernier étage, franchit rapidement le couloir qui menait à un bureau marqué d'un discret panneau : DR SUSAN CHANDLER. Là, il déposa les fleurs auprès de la réceptionniste, refusa le pourboire qu'elle lui offrait, et regagna précipitamment la voiture.

A nouveau, il profita de ses relations familières avec son patron pour demander : « Monsieur Alex, le vase qui se trouvait sur la table de l'entrée, n'est-ce pas le Waterford que votre mère avait rapporté d'Irlande ?

— Vous avez l'œil, Jim. L'autre soir, en raccompagnant Susan Chandler à sa porte, j'ai vu qu'elle avait un vase semblable en plus petit. J'ai pensé que celui-ci pourrait être un complément. Maintenant accélérez un peu. Je suis déjà en retard pour mon déjeuner au Plaza. »

A deux heures et demie, Alex était de retour à son bureau de la fondation Wright. A trois heures moins le quart, sa secrétaire lui annonça que Dee Chandler-Harriman le demandait au téléphone.

« Passez-la-moi, Alice », dit-il, une note de curiosité dans la voix.

Dee parla d'un ton mi-joyeux, mi-confus. « Alex, vous êtes probablement occupé à distribuer cinq ou six millions de dollars, je ne vais pas vous déranger longtemps.

— Je ne distribue pas de telles sommes tous les jours, lui assura-t-il. Que puis-je faire pour vous ?

— Rien de difficile, j'espère. Ce matin au lever du jour, j'ai pris une grande décision. Il est temps que je revienne à New York. Mes associés dans l'agence acceptent de racheter mes parts. Un voisin locataire dans mon immeuble a toujours eu envie d'acheter mon appartement, et il est prêt à le prendre immédiatement. Voilà donc la raison de mon appel : pouvez-vous me recommander un bon agent immobilier ? Je cherche à acheter un quatre ou cinq pièces dans l'East Side, de préférence entre la Cinquième et Park Avenue, à peu près à la hauteur de la 75e Rue.

— Je ne vais pas vous être d'une grande aide, Dee. J'habite la même maison depuis ma naissance, lui dit Alex. Mais je peux m'enquérir d'un agent pour vous.

— Oh, merci. Je ne voulais pas vous déranger, mais je me suis dit que vous ne m'en tiendriez pas rigueur. J'arrive à New York demain après-midi. Je pourrai ainsi commencer mes recherches dès vendredi.

— J'aurai trouvé quelqu'un d'ici là.

— Alors vous me donnerez son nom en prenant un verre avec moi demain soir. Je vous invite. »

Elle raccrocha sans lui laisser le temps de répondre. Il se renfonça dans son fauteuil. C'était une complication imprévue. Il avait perçu un changement dans la voix de Susan quand il lui avait annoncé qu'il avait invité sa sœur à la réception donnée à la bibliothèque. Voilà pourquoi il lui avait adressé ces fleurs aujourd'hui en entourant son choix d'un soin tout particulier.

« Il ne manquait plus que ça », grommela-t-il tout haut. Il se rappela alors que son père disait que d'un mal peut sortir un bien. La difficulté, se dit Alex, c'était de savoir comment s'y prendre dans le cas présent.

50

Jane Clausen pénétra d'un pas las et résigné dans la chambre de l'hôpital. Comme elle le redoutait, son médecin avait tenu à ce qu'elle suive un traitement immédiat. Le cancer que son organisme tentait en vain de combattre semblait déterminé à ne lui accorder ni la force ni le temps nécessaires pour accomplir les tâches qu'elle avait à exécuter. Jane aurait voulu pouvoir dire : « Ça suffit, plus de substances chimiques », mais elle n'était pas encore prête à mourir — pas tout de suite. Elle avait le sentiment qu'une question laissée en suspens était sur le point d'être résolue, maintenant qu'elle caressait l'espoir d'apprendre la vérité sur le sort de Regina. Si la personne qui avait téléphoné au Dr Chandler pendant l'émission finissait par se manifester et montrer la photo de l'homme qui lui avait offert cette bague, ils auraient enfin un point de départ.

Elle se déshabilla, suspendit ses vêtements dans la petite penderie et enfila la chemise de nuit et la robe de chambre que Vera avait préparées à son intention. Une nouvelle séance de chimiothérapie l'attendait le lendemain matin.

Lorsque le dîner fut servi, elle se contenta d'une tasse de thé et d'un toast, puis se mit au lit, avala un analgésique et commença à s'assoupir.

« Madame Clausen. »

Elle ouvrit les yeux ; le visage anxieux de Douglas Layton était penché au-dessus d'elle.

« Douglas. » Elle n'était pas certaine que sa venue lui fît plaisir, mais le voir si sincèrement soucieux lui procura du réconfort.

« J'ai téléphoné chez vous car nous avions besoin de votre signature pour une déclaration fiscale. Lorsque Vera m'a dit que vous étiez ici, je suis venu aussitôt.

— Je croyais avoir tout signé à la dernière réunion, murmura-t-elle.

— Une des pages vous a probablement échappé. Mais rien ne presse. Je ne veux pas vous ennuyer avec ça maintenant.

— C'est stupide. Donnez-la-moi. A la vérité,

j'étais si fatiguée à cette réunion que je m'étonne de ne pas en avoir oublié davantage. »

Elle mit ses lunettes et jeta un coup d'œil au formulaire que lui présentait Douglas. « Ah oui, bien sûr. » Prenant son stylo, elle apposa sa signature, avec application, s'efforçant d'écrire droit.

Ce soir, dans sa chambre d'hôpital faiblement éclairée, Jane Clausen se dit que Douglas était le digne parent des Layton qu'elle avait connus à Philadelphie. Une belle famille. Pourtant elle s'était méfiée de lui la veille. C'était l'ennui avec sa maladie et tous ces médicaments qui faussaient son jugement. Dès demain, elle téléphonerait au Dr Chandler et lui dirait qu'elle s'était trompée en soupçonnant Douglas — trompée, et montrée injuste envers lui.

« Madame Clausen, avez-vous besoin de quelque chose ?

— De rien, Douglas, merci.

— Puis-je venir vous voir demain ?

— Téléphonez d'abord. Je ne serai peut-être pas à même de recevoir des visiteurs.

— Je comprends. »

Jane Clausen sentit qu'il lui prenait la main et l'effleurait de ses lèvres.

Elle était endormie lorsqu'il quitta la chambre sur la pointe des pieds. De toute façon, même si elle avait été éveillée, l'obscurité qui régnait dans la pièce ne lui aurait pas permis de voir le rictus satisfait inscrit sur le visage de Douglas.

51

Après sa deuxième intervention dans *En direct avec le Dr Susan*, Tiffany se sentit contente d'elle-même. Elle avait fait passer son message, et il ne lui restait plus qu'à espérer que Matt en aurait vent. En tout cas, elle était certaine que son patron, Tony Sepeddi, serait ravi quand il apprendrait la publicité qu'elle avait faite à son restaurant.

Une pensée lui traversa l'esprit : et si Matt apparaissait au Grotto ce soir ? Tiffany s'inspecta dans la glace. Elle avait trop tardé pour se faire faire sa couleur ; les racines sombres de ses cheveux ressortaient. On aurait dit des rails de chemin de fer. Et sa frange était trop longue. Il risquerait de me prendre pour un chien de berger, pensa-t-elle amusée, en composant le numéro de son coiffeur.

« Tiffany ! Mon Dieu, on ne parle que de toi. Une cliente nous a dit hier que tu avais participé à *En direct avec le Dr Susan*, alors on a écouté l'émission aujourd'hui. Quand je t'ai entendue, j'ai crié à tout le monde de se taire. On a même arrêté les séchoirs. Tu étais formidable. Si chouette et si naturelle. Et tu peux dire au proprio du Grotto qu'il devrait t'augmenter. »

Le coiffeur de Tiffany avait accepté de la prendre sans rendez-vous. « Viens tout de suite. Tu es une célébrité. On va faire ce qu'il faut pour t'en donner l'apparence. »

Quarante-cinq minutes plus tard, Tiffany était installée devant un bac de rinçage, le crâne hérissé de papillotes. Il était quatre heures vingt lorsqu'elle se retrouva chez elle, une cascade de cheveux soyeux caressant ses épaules, ses ongles parfaitement manucurés, peints d'un bleu foncé que Jill lui avait conseillé.

Il faut que je sois partie d'ici un quart d'heure, se rappela-t-elle. Publicité ou pas, Tony était intraitable sur les horaires.

Elle prit malgré tout le temps de repasser le chemisier et la jupe qui la mettaient en valeur. Si jamais Matt s'amenait à l'improviste, ils pourraient terminer la soirée ensemble une fois son service terminé, aller prendre un dernier verre dans un endroit agréable.

Elle hésita à ôter de son doigt la bague qui avait fait temporairement d'elle une vedette, puis décida de la garder. Si Matt venait vraiment, et y faisait allusion, elle n'en ferait pas toute une affaire. Elle s'arrangerait simplement pour qu'il la voie...

Tiffany était sur le pas de la porte quand son téléphone sonna. Je n'ai pas le temps de répondre, se dit-elle.

Mais si c'était Matt qui appelait, pensa-t-elle, revenant brusquement sur sa décision. Elle franchit la petite salle de séjour à la hâte et entra dans sa chambre tout aussi exiguë, décrochant le téléphone à la troisième sonnerie.

C'était la mère de Matt. Elle ne s'embarrassa pas de préliminaires. « Tiffany, je préfère que vous ne parliez pas de mon fils à la radio. Matthew est sorti avec vous seulement quelques fois. Il m'a dit qu'il n'avait rien en commun avec vous. Le mois prochain il part s'installer à Long Island où il a accepté une nouvelle situation, et il va se fiancer à une charmante jeune fille qu'il fréquente depuis un certain temps. Soyez donc gentille de l'oublier, et ne parlez pas de vos petites sorties ensemble, surtout quand elles peuvent revenir aux oreilles de ses amis ou de sa fiancée. »

Un déclic définitif claqua aux oreilles de Tiffany.

Sous le choc, elle resta figée, le récepteur à la

main. *Fiancée ?* J'ignorais qu'il voyait quelqu'un, pensa-t-elle, sentant le désespoir l'envahir lentement.

« Si vous désirez faire un appel... »

La voix de l'opérateur semblait venir d'une autre planète. Tiffany raccrocha brusquement. Elle devait partir à son travail ; il ne lui restait plus une minute. Des larmes plein les yeux, elle se précipita en bas de l'escalier, ignorant le bonjour du fils de son propriétaire, un gamin de six ans qui jouait devant l'entrée.

Dans sa voiture, le chagrin la submergea et elle hoqueta, secouée de sanglots. Elle aurait aimé s'arrêter quelque part et pleurer tout son soûl, jusqu'à ce qu'elle eût retrouvé son calme.

Au lieu de quoi, elle arriva au Grotto, choisit un emplacement éloigné dans le parking et resta un moment assise dans la voiture. Puis elle sortit son poudrier. Allons, elle devait se reprendre. Elle ne pouvait arriver dans cet état, pas question qu'on la voie pleurer à cause d'un nul qui mangeait du poisson gluant et l'emmenait voir des films débiles. « Qui voudrait d'une pareille andouille, de toute façon ? » demanda-t-elle à voix haute.

Une nouvelle couche de poudre, un peu d'ombre à paupières, et un trait de rouge à lèvres réparèrent les dégâts, même si ses lèvres ne cessaient de trembler. *Bon, si tu ne veux pas de moi, moi je ne veux pas de toi*, pensa-t-elle farouchement. *Je te déteste, Matt ! Pauvre type !*

Cinq heures moins une. Elle arriverait peut-être à temps, après tout. Elle n'avait aucune envie d'entendre Tony crier contre elle.

En approchant de la porte de la cuisine du restaurant, elle passa devant la grande poubelle extérieure. Elle s'arrêta, la regarda. D'un seul geste, elle retira la bague de son doigt et la jeta au milieu de sacs en plastique remplis des restes du déjeuner. « Cette foutue bague ne m'a apporté que la poisse ! » Tiffany courut vers la porte de la cuisine, l'ouvrit et cria : « Salut, les enfants, est-ce que Tony a eu des échos de la publicité que j'ai faite à sa boîte aujourd'hui ? »

52

Susan avait à peine regagné son cabinet que son premier patient de l'après-midi arriva. Dans le taxi, elle était parvenue à faire le vide dans son esprit, à se débarrasser de tout ce qui ne concernait pas sa prochaine séance. Meyer Winter était un cadre à la retraite de soixante-cinq ans qui avait surmonté une attaque d'hémiplégie. Aujourd'hui, à l'exception de sa canne et d'une légère claudication, rien ne rappelait la longueur et la gravité de sa maladie.

Rien, sinon un état dépressif provoqué par la crainte d'une rechute.

La séance d'aujourd'hui était la dixième, et lorsque Meyer s'en alla, Susan considéra qu'il allait beaucoup mieux et s'en sentit gratifiée. C'était la façon dont elle réagissait personnellement à de semblables victoires qui la récompensaient d'avoir pris la décision, six ans plus tôt, de se consacrer à la psychothérapie plutôt qu'à la justice.

Meyer était à peine parti que Janet entra. « Une certaine Pamela Hastings a téléphoné. Elle est chez elle et aimerait vous parler dès que possible.

— Je la rappelle tout de suite.

— Ces fleurs sont encore plus belles que les précédentes », fit remarquer Janet.

Susan avait à peine vu le vase de fleurs posé sur la console de son bureau. Ses yeux s'agrandirent. « Il y a sûrement une erreur. Ce vase est un Waterford.

— Il n'y a pas d'erreur, lui assura Janet. J'ai voulu donner un pourboire à l'homme qui l'a livré, mais il a refusé. Il a dit qu'elles vous étaient adressées par son patron. Je suppose que c'était un chauffeur, ou quelqu'un de ce genre. »

Bien sûr, Alex a deviné quelque chose dans ma voix après m'avoir dit qu'il avait aussi invité Dee samedi soir. C'est l'explication d'un tel geste. Quelle finesse de sa part ! Et quelle *stupidité* de la mienne d'avoir laissé transparaître mes sentiments...

Le cadeau était magnifique, mais elle en éprouva moins de plaisir du fait qu'elle en comprenait la raison. Allait-elle appeler sans tarder Alex pour lui dire qu'elle ne pouvait accepter le vase ? Non — elle s'en occuperait plus tard. Il y avait des choses plus urgentes. Elle décrocha le téléphone.

La conversation fut brève, et se termina par la promesse de Pamela de retrouver Susan à son cabinet le lendemain matin à neuf heures.

Il ne restait à Susan que quelques secondes avant le rendez-vous suivant. Elle n'avait pas le temps de méditer sur un point qui l'avait frappée, à savoir que Pamela Hastings était bouleversée par autre chose que la gravité de l'état de son amie. Elle avait dit : « Docteur Chandler, j'ai une décision difficile à prendre. Elle concerne ce qui est arrivé à Carolyn Wells. Peut-être pouvez-vous m'aider. »

Susan aurait voulu la pousser à lui en dire davantage, mais la confidence risquait de déboucher sur une longue discussion, et il valait mieux attendre.

« Mme Mentis est arrivée », annonça Janet, passant la tête par la porte.

A quatre heures moins dix, Donald Richards téléphona. « Je voulais juste confirmer notre rendez-vous de ce soir, Susan. Sept heures au Palio, dans la 51e Ouest, d'accord ? »

Après cet appel, Susan calcula qu'il lui restait encore quelques minutes avant le patient suivant. Elle chercha le numéro de Jane Clausen et le composa rapidement. N'obtenant pas de réponse, elle laissa un message sur le répondeur.

Son dernier patient ne partit pas avant six heures cinq. Janet avait déjà quitté le bureau. Susan aurait aimé rentrer chez elle au moins pour quelques minutes, mais elle avait à peine le temps de se refaire rapidement une beauté sur place avant de sauter dans un taxi.

Elle avait tenté de joindre Tiffany chez elle plus tôt dans la journée, elle voulait lui demander de venir comparer sa bague avec celle que Jane Clausen avait découverte dans les affaires de Regina. Mais Tiffany se trouvait sûrement à son travail, et c'était probablement le coup de feu du dîner. Je l'appellerai plus tard en rentrant, se dit Susan. Tiffany avait dit qu'elle travaillait très tard le soir. Si je la rate, je la trouverai sans doute chez elle dans la matinée.

Susan frissonna. Pourquoi le fait de penser à Tiffany la mettait-il si mal à l'aise ?

53

Il ignorait le nom de famille de Tiffany, mais même s'il l'avait connu, même si elle avait été dans l'annuaire téléphonique de Yonkers, il eût été imprudent d'aller la rechercher jusque chez elle. Et inutile par surcroît. Elle lui avait déjà indiqué où la trouver.

Il téléphona au Grotto au milieu de l'après-midi et demanda à lui parler. Ainsi qu'il l'avait prévu, on l'informa qu'elle n'était pas là — elle arrivait à cinq heures.

Il avait depuis longtemps appris que le meilleur moyen d'obtenir des renseignements était d'énoncer une inexactitude. « Elle s'en va vers onze heures, n'est-ce pas ? avança-t-il.

— Minuit. C'est l'heure où ferment les cuisines. Vous voulez laisser un message ?

— Non, merci. Je vais tenter de la joindre chez elle. »

D'ici demain, si l'employé du Grotto qui venait de lui répondre se rappelait son appel téléphonique, il n'y attacherait aucune importance, pensant qu'il provenait d'un ami de Tiffany. N'avait-il pas laissé entendre qu'il connaissait le numéro personnel de la jeune fille ?

Il tua le temps en attendant son expédition à Yonkers. Mais il avait hâte de se trouver en sa présence. Il espérait beaucoup de cette rencontre. Tiffany l'avait regardé attentivement. Et comme nombre de gens travaillant dans la restauration, elle avait sans doute une bonne mémoire des visages. Encore heureux qu'elle n'ait pas raconté à Susan Chandler qu'elle avait vu un homme acheter une de ces bagues ornées de turquoises dans la boutique au moment où elle-même s'y trouvait.

Il imaginait la réaction immédiate de Susan :

« Tiffany, ce que vous me dites est extrêmement important, il faut que je vous rencontre... »

Trop tard, Susan, pensa-t-il. Dommage.

Et le petit ami de Tiffany — le dénommé Matt ?

Il se remémora en détail la scène dans la boutique de Parki. Il avait téléphoné à l'avance pour s'assurer que Parki avait une bague en stock. En entrant dans le magasin, il avait en main le montant exact, taxe comprise, et comme promis, Parki avait mis la bague de côté près de la caisse. Ce n'était qu'en se retournant au moment de partir qu'il avait remarqué le jeune couple. Il revoyait précisément cet instant. Oui, il était alors juste dans la ligne de mire de la fille. Elle l'avait clairement vu. Le garçon qui l'accompagnait était en train d'examiner le bric-à-brac sur les rayons et lui tournait le dos. Lui au moins ne posait pas de problème, grâce au ciel.

Parki avait été éliminé. Et ce soir, Tiffany serait hors d'état de nuire.

Un vers de « The Highwayman [1] », un poème qu'il avait appris dans son enfance, lui revint en mémoire : *Je viendrai vers toi cette nuit, même s'il me faut traverser l'enfer.*

Il eut un ricanement à cette pensée.

54

Tard dans l'après-midi du mercredi, en regagnant son agence après sa visite à l'hôpital, Justin Wells apprit avec consternation que le commis-

---

1. « The Highwayman », poème de Alfred Noyes, poète anglais (1880-1958). *(N.d.T.)*

saire Shea, du 19ᵉ district, le convoquait au poste de police afin de s'entretenir avec lui de l'accident de sa femme. Le message qu'il avait laissé se terminait de façon menaçante par ces mots : « Vous connaissez notre adresse. »

Justin n'avait jamais pu ni voulu s'appesantir sur le souvenir de cette terrible soirée où Carolyn avait déposé une plainte contre lui.

Je n'aurais jamais dû menacer de la tuer, se rappela-t-il en froissant le billet où était inscrit le message. Je n'ai jamais eu l'intention de lui faire du mal. Je l'ai seulement saisie par le bras quand elle a voulu quitter l'appartement. Je ne voulais pas le lui tordre. Mais elle a tenté de se dégager.

Elle avait couru se réfugier dans la chambre à coucher, avait fermé la porte à clé et appelé la police. La suite avait été un cauchemar pour lui. Le lendemain, elle avait laissé un billet le prévenant qu'elle retirait sa plainte et demandait le divorce. Puis elle avait disparu.

Il avait supplié Pamela Hastings de lui dire où Carolyn était partie, mais elle avait refusé de lui donner la moindre information. C'est alors qu'il avait eu l'idée d'appeler l'agence de voyages de Carolyn en prétextant avoir égaré le numéro où l'on pouvait la joindre, obtenant ainsi le nom du bateau sur lequel elle avait embarqué et où il l'avait contactée.

Exactement deux ans auparavant.

Parmi les promesses qu'il avait faites à Carolyn à cette époque figurait celle de commencer une psychothérapie, et il avait commencé — mais il n'avait pas supporté de se livrer à quelqu'un, même à une oreille aussi bienveillante que celle du Dr Richards, et ça s'était arrêté là.

Bien sûr, il n'en avait jamais dit mot à Carolyn. Elle croyait qu'il voyait toujours le Dr Richards.

Justin arpenta son bureau de long en large, se

souvenant que Carolyn lui avait paru différente pendant le week-end dernier : plus silencieuse, plus nerveuse. Il s'était senti gagné par le soupçon à nouveau. Puis elle était rentrée tard un soir de la semaine dernière — expliquant qu'elle avait examiné des plans avec le client dont elle décorait la maison à East Hampton.

Et le lundi, Barbara, la réceptionniste, lui avait dit en présence de ses associés qu'elle était sûre d'avoir entendu Carolyn à l'émission *En direct avec le Dr Susan* parler d'un homme qu'elle avait rencontré pendant qu'elle et son mari étaient séparés.

Il avait téléphoné à Carolyn, lui avait demandé des explications. Il savait qu'il l'avait bouleversée. Puis il avait quitté son bureau. Il ne voulait pas penser à la suite.

Maintenant, Carolyn était à l'hôpital, dans le coma, et elle tentait désespérément de prononcer le nom de quelqu'un. Un nom qui ressemblait à « Win ». Celui de l'homme qu'elle avait connu sur le bateau ?

A cette pensée, Justin eut l'impression que sa poitrine allait éclater. Il sentit des gouttes de sueur se former sur son front.

Il contempla le billet froissé dans sa main. Il devait joindre le commissaire Shea. Il préférait éviter qu'il rappelle à l'agence. Barbara lui avait lancé un drôle de regard en lui remettant le message.

Le souvenir de cette horrible nuit le rendait encore malade, deux ans après — les flics étaient venus l'arrêter, l'avaient emmené au poste, menotté comme un vulgaire voleur.

Justin souleva le téléphone, puis coupa la tonalité. Finalement, il se força à composer le numéro.

Une heure plus tard, il annonçait son nom au

sergent de service au commissariat du 19e district, conscient que certains des policiers présents se souviendraient sans doute de son visage. Les flics étaient généralement doués pour ça.

Puis il pénétra dans le bureau du commissaire Shea et l'interrogatoire commença.

« Des problèmes avec votre femme depuis la dernière fois, monsieur Wells ?

— Absolument aucun.

— Où étiez-vous lundi entre seize heures et seize heures trente ?

— Je faisais une balade à pied.

— Êtes-vous passé chez vous ?

— Oui, pourquoi ?

— Avez-vous vu votre femme ?

— Elle était sortie.

— Qu'avez-vous fait ensuite ?

— Je suis retourné à l'agence.

— Ne vous trouviez-vous pas au coin de la 81e Rue et de Park Avenue vers seize heures quinze ?

— Non, je suis descendu par la Cinquième Avenue.

— Connaissiez-vous Hilda Johnson ?

— Qui ? » Justin réfléchit. « Attendez. C'est la femme qui a dit que Carolyn n'avait pas perdu l'équilibre mais qu'on l'avait poussée. Oui, je l'ai vue à la télévision. Mais je crois que personne ne l'a crue.

— Exact, dit doucement Tom Shea. C'est elle qui a affirmé qu'on avait poussé votre femme sous les roues de la camionnette. Hilda était quelqu'un de très prudent, monsieur Wells. Elle n'aurait jamais ouvert la porte de son immeuble et encore moins celle de son appartement à quelqu'un, à moins qu'elle ne soit en confiance. »

Tom Shea se pencha vers Justin, comme s'il voulait faire une confidence : « Monsieur Wells, je connaissais bien Hilda. C'était une sorte de per-

196

sonnage dans le quartier. Je suis sûr qu'elle aurait ouvert la porte au mari de la femme qu'elle avait vue tomber sous la poussée de quelqu'un. Elle aurait été impatiente de lui raconter sa version des faits. Par hasard, vous n'auriez pas rendu visite à Hilda Johnson ce soir-là, monsieur Wells ? »

55

Donald Richards attendait au bar du Palio lorsque Susan arriva avec dix minutes de retard. Il coupa court à ses excuses.

« La circulation est épouvantable, et je viens moi-même de franchir la porte. Peut-être serez-vous contente d'apprendre que j'ai déjeuné avec ma mère aujourd'hui. Elle a écouté votre émission et vous l'avez beaucoup impressionnée. Elle m'a néanmoins reproché de vous avoir donné rendez-vous directement ici. De son temps, un gentleman allait toujours chercher une dame chez elle pour l'emmener au restaurant. »

Susan éclata de rire. « Avec les encombrements de Manhattan, le temps de passer me prendre dans le Village et de remonter ensuite au centre de la ville, nous aurions trouvé tous les restaurants fermés. » Elle regarda autour d'elle. Le bar en forme de fer à cheval était animé, flanqué de part et d'autre de petites tables, toutes occupées. Une superbe fresque représentant la célèbre course du Palio, peinte dans des dominantes de rouge, couvrait les quatre murs de la vaste salle haute de plafond. L'éclairage était tamisé, l'atmosphère à la fois chaleureuse et sophistiquée.

« C'est très agréable. Je n'étais jamais venue ici, dit-elle.

— Moi non plus, mais c'est un endroit apparemment à la mode. Le restaurant se trouve au premier étage. »

Donald donna son nom à l'hôtesse. « La réservation est confirmée. Nous pouvons monter par l'ascenseur. »

Susan s'efforça de dissimuler l'attention avec laquelle elle étudiait Donald Richards. Cheveux châtain foncé à reflets auburn — « couleur feuille-morte », aurait dit sa grand-mère Susie. Il portait des lunettes cerclées d'acier qui mettaient en valeur ses yeux bleu-gris — à moins qu'ils ne fussent simplement bleus et que la monture métallique n'en changeât subtilement la couleur.

Il s'était sûrement habillé avec un soin particulier pour la circonstance. Hier et lundi, il était venu au studio en simple blazer. Elle lui avait trouvé une allure décontractée, typique d'un intellectuel. Ce soir, il paraissait différent, vêtu d'un complet bleu marine d'excellente coupe, avec une cravate à rayures bleu et argent.

L'ascenseur arriva. Comme la porte se refermait, il fit remarquer : « Puis-je vous dire que vous êtes très séduisante ? Votre ensemble est ravissant.

— Je me demande s'il est assez chic pour vous, répliqua Susan. Vous vous êtes mis sur votre trente et un, aurait immanquablement dit ma grand-mère. »

C'est la deuxième fois en cinq minutes que je pense à grand-mère, s'étonna-t-elle. Que m'arrive-t-il ?

Ils sortirent au premier étage, où un maître d'hôtel les accueillit et les conduisit à leur table. Ils commandèrent un apéritif. Susan un chardonnay, Donald un dry, sans glace.

« Je prends rarement un alcool fort, expliqua-t-il, mais la journée a été rude. »

A cause du déjeuner avec sa mère ? Susan ne voulait pas se montrer trop curieuse. Il était psychiatre et ses tentatives pour le percer à jour ne lui échapperaient pas.

Elle brûlait pourtant de l'interroger, et cherchait un moyen naturel de lui poser des questions. Par exemple, pourquoi avait-il été aussi bouleversé quand un auditeur l'avait interrogé sur la mort de sa femme ? Lorsqu'elle avait mentionné la disparition de Regina Clausen au cours d'une croisière, n'eût-il pas été normal de sa part de dire qu'il était lui-même un habitué de ce genre de voyages ? Et d'après la biographie de Donald, le bateau sur lequel se trouvait Regina — le *Gabrielle* — était son paquebot préféré. Elle devait impérativement l'amener à en parler.

Le meilleur moyen d'orienter une conversation est de désarmer votre interlocuteur, de le mettre en confiance. Susan adressa à Donald un sourire chaleureux. « Une auditrice a téléphoné aujourd'hui. Après vous avoir écouté, elle est allée acheter votre livre et l'a lu avec beaucoup d'intérêt. »

Il lui rendit son sourire. « Je l'ai entendue. Une femme pleine de bon sens ! »

Il l'a entendue ? s'étonna Susan. Les psychiatres surchargés de travail écoutent rarement des émissions de deux heures à la radio.

Leurs apéritifs arrivèrent. Donald leva son verre. « Je bois au plaisir d'être en votre compagnie. »

C'était un toast banal. Néanmoins, Susan perçut une intention particulière derrière le compliment — une intensité dans le ton, un plissement des paupières, comme s'il l'examinait au microscope.

« Cher docteur, continua-t-il, je dois vous avouer quelque chose. J'ai consulté votre biographie sur Internet. »

Eh bien, nous voilà deux à l'avoir fait, pensa Susan. Nous sommes quittes, je suppose.

« Vous avez grandi dans le Comté de Westchester, n'est-ce pas ? demanda-t-il.

— Oui, d'abord à Larchmont puis à Rye. Mais ma grand-mère a toujours vécu à Greenwich Village, et je passais de nombreux week-ends chez elle lorsque j'étais enfant. J'ai toujours adoré ce quartier. Ma sœur est plus "banlieue chic" que moi.

— Parents ?

— Ils ont divorcé il y a trois ans. Et pas à l'amiable, malheureusement. Mon père a rencontré une autre femme dont il s'est complètement entiché. Ma mère a été anéantie, elle est passée par tous les stades — le chagrin, la colère, l'amertume et le refus. La panoplie complète.

— Et vous, qu'avez-vous ressenti ?

— De la tristesse. Nous formions une famille unie et heureuse, du moins le croyais-je. Nous faisions un tas de choses ensemble. Nous nous aimions. Après le divorce, *tout* a changé. Comme un bateau qui heurte un récif et coule, un naufrage dont tous les passagers auraient survécu, chacun sur un canot de sauvetage différent. »

Brusquement elle se rendit compte qu'elle en avait dit plus qu'elle ne le désirait. Grâce au ciel, il n'insista pas et changea de sujet.

« Une chose excite ma curiosité. Pour quelle raison avez-vous quitté votre poste de procureur adjoint pour reprendre vos études et passer un doctorat de psychologie ? »

Susan n'eut aucun mal à répondre à sa question. « J'avais l'impression de ne pas avoir trouvé ma voie. Face à des criminels endurcis, j'éprouvais une réelle satisfaction à les empêcher de nuire. Mais il m'est arrivé une fois de poursuivre une femme qui avait tué son mari parce qu'il était sur le point de la quitter. Elle fut condamnée à quinze ans. Je n'oublierai jamais l'expression stupéfaite, hébétée de son visage au moment où est tombée la sentence. Je n'ai pu m'empêcher de penser que si elle avait bénéficié à temps d'un soutien, si elle avait pu exprimer sa rage avant de se laisser détruire par elle...

— Un chagrin terrible peut déclencher une fureur tout aussi terrible, dit-il doucement. Sans doute vous êtes-vous représenté votre mère dans la même situation, songeant qu'elle aurait pu se trouver condamnée comme cette femme. »

Susan hocha la tête. « Pendant une courte période après la séparation, ma mère s'est montrée suicidaire et violente, surtout dans la façon dont elle parlait de mon père. J'ai fait de mon mieux pour l'aider. Il m'arrive de regretter le tribunal, mais je sais que j'ai pris la bonne décision en ce qui me concerne. Et vous ? Qu'est-ce qui vous a amené à exercer cette profession ?

— J'ai toujours voulu être médecin. Pendant mes études, j'ai compris l'influence du fonctionnement du cerveau sur la santé physique, et j'ai choisi cette voie. »

Le maître d'hôtel vint leur présenter la carte, et après moult hésitations, ils commandèrent leur repas.

Susan avait espéré mettre à profit cette interruption pour orienter la conversation davantage sur Donald, mais il revint sur le sujet de l'émission.

« Parler avec ma mère m'a rappelé autre chose aujourd'hui, dit-il sans paraître y attacher d'importance. Avez-vous eu des nouvelles de Karen, la femme qui a appelé lundi ?

— Non, aucune. »

Il rompit un petit pain. « Votre réalisateur a-t-il envoyé une copie de l'émission à Justin Wells ? »

Susan ne s'attendait pas à cette question. « Vous connaissez Justin Wells ? demanda-t-elle, incapable de dissimuler son étonnement.

— Je l'ai rencontré.

— Sur le plan professionnel ou personnel ?

— Professionnel.

— Le traitiez-vous pour une jalousie excessive et dangereuse à l'égard de sa femme ?

— Pourquoi me demandez-vous cela ?

— Parce que si la réponse est oui, je crois que vous avez une obligation morale de confier ce que vous savez à la police. Je n'avais pas l'intention de répondre évasivement à votre question, mais en vérité, bien que je n'aie plus eu de nouvelles de Karen, j'en ai appris davantage à son sujet. Il se trouve que cette personne est la femme de Justin Wells, que son vrai nom est Carolyn, et que c'est elle qui est tombée ou a été poussée sous les roues d'une camionnette quelques heures après m'avoir téléphoné. »

Le regard de Donald Richards trahit moins la surprise qu'une réflexion empreinte de gravité. « Vous avez sans doute raison, je devrais aller à la police, dit-il avec détermination.

— C'est le commissaire Shea du 19ᵉ district qui est chargé de l'enquête », lui indiqua Susan.

Je ne m'étais pas trompée, pensa-t-elle. Le lien évident entre ce qui est arrivé à Carolyn Wells et l'appel téléphonique qu'elle m'a adressé est la jalousie de son mari.

Elle songea à la bague avec son inscription romanesque. Le fait que Tiffany en ait trouvé une similaire à Greenwich Village ne signifiait sans doute pas grand-chose. Comme les statues de la Liberté en plastique, les Taj Mahal en ivoire, ou encore les médaillons en forme de cœur, c'était le genre de babioles vendues un peu partout dans les boutiques de souvenirs.

« Comment est votre entrée ? » demanda Donald.

Il était clair qu'il cherchait à changer de sujet. Susan en fut soulagée. C'était une question de déontologie. « Délicieuse. Je vous ai tout raconté de moi. Et vous ? Avez-vous des frères et sœurs ?

— Non, je suis enfant unique. J'ai été élevé à Manhattan. Mon père est mort il y a dix ans. C'est alors que ma mère a décidé d'aller s'installer à Tuxedo Park. Elle est peintre, douée, peut-être même très douée. Mon père était un marin-né, il m'emmenait souvent avec lui comme équipier. »

Susan pria le ciel qu'il se livre davantage. « J'ai appris avec intérêt qu'au cours d'une année sabbatique vous vous étiez embarqué comme commissaire de bord adjoint sur un bateau de croisière. L'influence de votre père, j'imagine ? »

Il eut l'air amusé. « Nous tenons tous les deux nos informations d'Internet, me semble-t-il ? C'est exact, je me suis beaucoup amusé cette année-là. J'ai fait le tour du monde, visité tous les grands ports, choisi ensuite des destinations moins classiques. J'ai pratiquement parcouru le globe.

— Quel est exactement le rôle d'un commissaire adjoint ?

— Organiser et coordonner les activités à bord. Tout ce qui va de la programmation des artistes rémunérés et de l'aide matérielle dont ils ont besoin, jusqu'à l'animation des séances de bingo et les bals costumés. Régler les petites querelles. Repérer les âmes solitaires ou malheureuses. Et j'en passe.

— D'après votre biographie, vous avez fait la connaissance de votre femme sur le *Gabrielle* ; il y est aussi précisé qu'il s'agit de votre paquebot préféré. C'était celui sur lequel voyageait Regina Clausen au moment où elle s'est volatilisée.

— Oui. Je ne l'ai jamais rencontrée, bien sûr, mais je peux comprendre pourquoi le *Gabrielle* lui avait été recommandé. C'est un merveilleux navire.

— Si vous aviez été au courant de la disparition de Regina Clausen, auriez-vous été tenté de l'inclure parmi les cas que vous analysez dans votre livre ? » Elle espéra que la question lui semblerait naturelle.

« Non, je ne crois pas. »

A un moment donné, il va me demander de mettre fin à l'interrogatoire, se dit Susan, décidée malgré tout à continuer. « J'aimerais savoir ce qui vous a donné l'idée d'écrire *Femmes disparues* ?

— Je me suis intéressé au sujet pour une raison précise. Il y a six ans, j'ai eu un patient dont la femme avait disparu. Un jour, elle n'est pas rentrée. Il l'a imaginée dans toutes sortes de situations — prisonnière, amnésique, assassinée.

— A-t-il fini par savoir ce qui lui était arrivé ?

— Oui, il y a deux ans. Il y avait un lac à un détour de la route près de leur maison. Un jour, un amateur de plongée sous-marine a aperçu une voiture au fond de l'eau — la voiture de cette femme. Elle était coincée à l'intérieur. Elle avait probablement raté le virage.

— Qu'est devenu votre patient ?

— Sa vie a changé. Il s'est remarié l'année suivante ; c'est aujourd'hui un homme complètement différent de celui qui était venu me demander de l'aider. A l'évidence, la perte de la femme qu'il aimait était d'autant plus douloureuse qu'il ignorait ce qui lui était arrivé... Cela m'a amené à étudier d'autres cas de femmes apparemment disparues sans laisser de traces.

— Comment avez-vous choisi les cas décrits dans votre livre ?

— J'ai rapidement compris que la plupart des disparitions avaient pour cause un acte criminel. A partir de là, j'ai analysé le type de situation dans lequel se trouvaient ces femmes, et suggéré ensuite quelques moyens d'empêcher que d'autres ne s'y retrouvent à leur tour. »

Pendant la conversation, les entrées avaient fait place au plat principal. Ils continuèrent à bavarder de choses et d'autres, faisant des commentaires sur la cuisine (excellente), des comparaisons avec certains de leurs restaurants de prédilection (New York est un paradis pour dîner en ville) — le tout mêlé de questions plus indiscrètes.

Donald Richards avala la dernière bouchée de sa sole et s'appuya au dossier de sa chaise. « Il me semble que je me suis prêté au jeu des questions et réponses, dit-il d'un ton bon enfant. Vous savez tout sur moi. Parlons un peu de vous, Susan. Comme je vous l'ai dit, je suis un marin. Quelle est votre distraction préférée ?

— J'aime beaucoup skier. Mon père est un skieur extraordinaire, et c'est lui qui m'a mise sur des planches. De même que vous faisiez de la voile avec votre père, le mien m'emmenait aux sports d'hiver. Ma mère a horreur du froid et ma sœur n'éprouvait aucun intérêt pour ce genre d'exercice, aussi m'a-t-il consacré beaucoup de temps.

— Vous skiez toujours avec lui ?

— Non. Je crains qu'il n'ait définitivement remisé ses skis.

— Depuis son remariage ?

— A peu près. » Susan vit avec soulagement le garçon s'approcher d'eux avec la carte des desserts. Elle avait cherché à cerner Douglas, et elle se retrouvait en train d'en dévoiler trop sur son propre compte.

Ils décidèrent de renoncer aux desserts et de passer directement au café. Donald Richards fit allusion à Tiffany. « L'entendre aujourd'hui m'a laissé une impression de tristesse. Elle est extrêmement vulnérable, ne pensez-vous pas ?

— Je dirais qu'elle a désespérément envie de tomber amoureuse, et d'être aimée, acquiesça Susan. On dirait que Matt a été pour elle ce qui ressemble le plus à une véritable relation. Elle a focalisé sur lui toutes ses attentes. »

Donald hocha la tête. « Et si Matt l'appelle, ce ne sera certainement pas pour la remercier de proclamer sur tous les toits qu'il lui a acheté une bague. C'est un truc à faire fuir les garçons. »

Encore un qui minimise l'importance de la bague, songea Susan. Les paroles de la chanson « Tu m'appartiens » lui revinrent en mémoire : *Voir les pyramides le long du Nil, regarder le soleil se lever sur une île...*

Lorsqu'ils quittèrent le restaurant, Donald héla un taxi. Il donna l'adresse de Susan. Puis il tourna vers elle un regard embarrassé. « Je ne suis pas devin. J'ai vu que vous étiez inscrite dans l'annuaire du téléphone... sous le nom de S.C. Chandler. Que veut dire le C ?

— Connelley. Le nom de jeune fille de ma mère. » Une fois arrivés devant l'immeuble de Susan, il fit attendre le taxi et monta avec elle à l'étage. « Votre mère serait ravie, fit Susan. Un parfait gentleman. » Elle pensa à Alexander Wright qui deux soirs plus tôt avait montré la même galanterie. Deux gentlemen en trois jours, se dit-elle. Pas mal.

Donald lui prit la main. « Je crois vous avoir dit combien j'appréciais votre compagnie. Je le redis, avec encore plus d'insistance. »

Il la regarda d'un air sérieux et ajouta : « Il ne faut pas vous effrayer d'un compliment, vous savez. Bonsoir. »

Il était parti. Susan ferma la porte à double tour et y resta appuyée pendant une minute, s'efforçant d'y voir clair dans ses sentiments. Puis elle alla écouter les appels sur son répondeur. Il y avait deux messages. Le premier était de sa mère. « Rappelle-moi n'importe quand jusqu'à minuit. »

Il était onze heures moins le quart. Sans s'intéresser au second message, et espérant qu'il n'était rien arrivé, Susan composa le numéro.

La nervosité de sa mère perçait dans sa voix. Elle répondit à peine aux premiers mots de Susan et lui expliqua précipitamment la raison de son appel. « Susan, c'est fou, et j'ai l'impression que l'on m'oblige à choisir entre mes deux filles, mais... »

Susan l'écouta lui expliquer plus ou moins clairement qu'Alexander Wright avait été ravi de faire sa connaissance à la réception de Binky, mais que Binky, en réalité, avait prévu de lui faire rencontrer Dee. « C'est vrai que Dee se sent seule et malheureuse en ce moment, mais je détesterais qu'elle t'empêche de nouer une relation qui te tiendrait à cœur. » La voix de sa mère devint presque inaudible. Il lui était manifestement pénible de continuer.

« Tu n'aimerais pas voir Dee se jeter une fois de plus à la tête d'un homme qui pourrait s'intéresser à moi, c'est ça, maman? Ecoute, j'ai passé une soirée fort agréable avec Alexander Wright, mais sans plus. Je suppose que Dee lui a téléphoné. En vérité, il l'a invitée à se joindre à nous à un dîner de gala samedi soir. Je ne suis pas en concurrence avec ma sœur. Le jour où je rencontrerai l'homme de ma vie, nous le saurons tous les deux et je n'aurai pas à craindre qu'il me quitte pour ma sœur dès qu'elle lui fera signe. Car si c'est ce genre de type, je n'en veux pas.

— Es-tu en train d'insinuer que je serais prête à reprendre ton père? protesta sa mère.

— Non, qu'est-ce que tu vas chercher ? Je comprends trop bien ton amertume à son égard. Mais pour beaucoup de gens, y compris moi, trahir la confiance de l'autre est une chose qui porte un coup mortel à une relation. Bref, qui vivra verra. Après tout, je ne suis sortie qu'une seule fois avec Alex. La deuxième rencontre sera peut-être d'un ennui mortel.

— Comprends que cette pauvre Dee est malheureuse, plaida sa mère. Elle m'a appelée dans l'après-midi pour m'annoncer son intention de revenir à New York. Nous lui manquons et elle en a assez de son agence de mannequins. Ton père lui offre un billet pour une croisière, elle part la semaine prochaine. J'espère que cela lui remontera le moral.

— Espérons-le. Bonsoir, maman, on se reparlera bientôt. »

Ensuite seulement elle écouta le second message ; il provenait d'Alexander Wright : « J'avais un dîner d'affaires qui vient d'être annulé et pour la deuxième fois j'ai la témérité de tenter ma chance au dernier moment. Un peu cavalier de ma part, je vous le concède, mais j'avais envie de vous voir. Je vous rappellerai demain. »

Le sourire aux lèvres, Susan fit repasser la bande. Voilà un compliment que je ne repousse pas, quoi qu'en dise le Dr Richards. Et je suis ravie que Dee parte en croisière la semaine prochaine.

Ce ne fut que plus tard, une fois couchée et sur le point de s'assoupir, que Susan se rappela son intention d'appeler Tiffany au Grotto. Elle avait seulement à la persuader de lui apporter sa bague afin de pouvoir la comparer avec celle de Regina Clausen. Elle alluma la lumière et regarda le réveil. Il était minuit moins le quart.

Je peux encore la joindre, se dit-elle. Si je l'invite à venir au studio demain, et lui propose de l'emmener déjeuner, elle acceptera peut-être.

Elle obtint le numéro du Grotto par les renseignements. Le téléphone sonna longtemps. « Grotto », dit enfin une voix sèche.

Susan demanda à parler à Tiffany, et attendit encore plusieurs minutes avant qu'elle n'arrive. A peine s'était-elle nommée que Tiffany s'écria : « Docteur Susan, je ne veux plus jamais entendre parler de cette stupide bague. La mère de Matt m'a ordonné de ne plus le mentionner; elle a dit qu'il allait s'installer à Long Island et se marier. J'ai jeté cette foutue bague! Sans vous offenser, j'aurais mieux fait de ne jamais écouter votre émission. Et je donnerais beaucoup pour que Matt et moi ne soyons jamais entrés dans cette minable boutique. Et j'aurais surtout préféré ne pas entendre le propriétaire de ce fichu magasin nous dire que le type qui venait de sortir avait acheté ces bagues pour ses petites amies. »

Susan se redressa dans son lit. « Tiffany, c'est très important. Avez-vous vu cet homme?

— Bien sûr que je l'ai vu. Drôlement bel homme. La classe! Pas comme Matt.

— Tiffany, il faut absolument que je vous parle. Venez en ville demain. Nous déjeunerons ensemble, et je vous en prie, dites-moi, est-il possible d'avoir cette bague?

— Docteur Susan, elle repose désormais sous des tonnes d'os de poulet et de pizzas, et elle va y rester. Je ne veux plus en parler. Je me sens trop bête d'avoir raconté à la planète entière à quel point Matt est génial. Quelle cloche! Ecoutez, je dois vous quitter. Mon patron me lance un regard noir.

— Tiffany, vous rappelez-vous l'endroit où vous avez acheté cette bague? implora Susan.

— Je vous l'ai dit, dans le Village. Le Village Ouest. Pas loin d'une station de métro. La seule chose dont je me souvienne exactement c'est qu'il y avait une boutique porno de l'autre côté de la rue. Il faut vraiment que je raccroche. Au revoir, docteur Susan. »

Complètement réveillée maintenant, Susan reposa lentement le récepteur. Tiffany avait jeté sa bague, ce qui était vraiment dommage, mais elle semblait se souvenir d'un homme qui en aurait acheté plusieurs. Je vais appeler Chris Ryan et lui demander de mener une petite enquête sur Douglas Layton. Je lui communiquerai le numéro personnel de Tiffany par la même occasion. Il pourra m'obtenir son adresse. Et s'il n'y parvient pas, je me rendrai demain au Grotto, « le meilleur restaurant italien de Yonkers ».

56

Tiffany était parvenue à faire bonne figure pendant toute la soirée, et elle avait même continué à plaisanter et envoyer des piques comme à son habitude. Heureusement, le Grotto était bondé et elle n'avait pas eu le temps de penser. A une ou deux occasions seulement, en allant aux toilettes par exemple et en voyant son reflet dans la glace, elle avait craint que le chagrin et la colère ne reviennent la submerger.

Vers onze heures, un individu était entré et s'était assis au bar. Elle avait senti son regard la déshabiller chaque fois qu'elle passait près de lui en faisant son service.

Pauvre débile !

Une demi-heure après, lui saisissant la main au passage, il lui avait demandé de venir boire un verre chez lui quand elle aurait terminé.

« Va te faire voir, minus ! » lui avait-elle répliqué.

Il lui avait alors serré la main si fort qu'elle n'avait pu retenir un cri. « Pas besoin de jouer les dures, lui avait-il lancé.

— Laisse tomber. » Joey, le barman, avait jailli de derrière son bar. « Tu as assez bu, avait-il dit. Paie ta note et décampe ! »

L'homme s'était levé. Il était grand, mais moins que Joey. Il avait jeté des pièces de monnaie sur le comptoir et était parti.

Ensuite, le Dr Susan avait téléphoné et Tiffany s'était rendu compte qu'elle n'en pouvait plus. Tout ce que je veux c'est rentrer chez moi et me mettre la tête sous les couvertures, s'était-elle dit.

A minuit moins cinq, Joey avait fait signe à Tiffany. « Ecoute, petite, quand tu seras prête à partir, je t'accompagnerai jusqu'à ta voiture. Ce type traîne peut-être dans les parages. »

Mais au moment où Tiffany boutonnait son manteau, sur le point de s'en aller, une équipe de bowling était arrivée et le bar s'était animé. Tiffany comprit que Joey ne pourrait pas se libérer avant une dizaine de minutes.

« Tout ira bien, Joey. A demain », lui lança-t-elle, et elle sortit rapidement.

Ce fut seulement une fois dehors qu'elle se souvint d'avoir garé sa voiture à l'autre extrémité du parking. La barbe ! Si ce bonhomme rôde dans le coin, il va m'embêter. Elle scruta attentivement les alentours. Il y avait quelqu'un plus loin, un homme qui venait apparemment de sortir de sa voiture et semblait se diriger vers le bar. Malgré la pénombre, elle vit qu'il ne s'agissait pas du minable qui avait tenté de la draguer. Celui-là était plus grand et plus mince.

Pourtant elle éprouvait une drôle d'impression, l'envie de déguerpir au plus vite. Elle marcha d'un pas pressé vers sa voiture, fouillant dans son sac à la recherche de ses clés. Ses doigts se refermèrent sur elles. Elle était presque arrivée.

Et subitement, le type qu'elle avait aperçu à l'autre bout du parking se trouva face à elle. Il tenait quelque chose à la main.

Un couteau! comprit-elle, et l'effroi la figea.

Non! pensa-t-elle interdite, en le voyant se diriger vers elle.

Pourquoi?

« Non, pitié! implora-t-elle. Je vous en supplie! »

Tiffany eut le temps de distinguer le visage de son agresseur, elle eut le temps, grâce à son excellente mémoire, de reconnaître l'homme si distingué qu'elle avait vu dans la boutique de souvenirs, celui qui avait acheté les bagues avec l'inscription *Tu m'appartiens.*

57

Il roulait sur le Cross Bronx Expressway pour regagner la ville. Il avait l'impression de ruisseler de sueur. Il l'avait échappé belle. Il enjambait le muret qui séparait le Grotto de la station-service où il avait garé sa voiture, quand il avait entendu une voix appeler : « Tiffany! »

Il avait laissé sa voiture de l'autre côté de la station-service, et le terrain étant en pente, il n'avait pas eu à mettre en route le moteur avant d'atteindre la route. Arrivé au croisement, il avait tourné sur la droite et s'était mêlé à la circulation. Il était probable que personne ne l'avait vu.

La semaine prochaine il en aurait terminé. Il choisirait quelqu'un pour aller « voir la jungle mouillée par la pluie », et sa mission serait accomplie.

Veronica, si confiante — elle avait été la première —, aujourd'hui enterrée en Egypte. « Voir les pyramides le long du Nil. »

Regina. Il avait su la séduire à Bali. « Regarder le soleil se lever sur une île. »

Constance, qui avait remplacé Carolyn à Alger. « Voir le marché du vieil Alger. »

« Survoler l'océan dans un avion d'argent. » Il revit Monica, la timide héritière qu'il avait rencontrée durant un vol vers Londres. Il se souvenait de la remarque qu'il lui avait faite en voyant le soleil miroiter sur l'aile de l'avion.

Les bagues certainement avaient été une erreur. Il le savait maintenant. Elles avaient représenté une sorte de clin d'œil personnel, tout comme le lien entre les différents noms qu'il avait utilisés durant ces voyages. Il aurait dû garder ses plaisanteries pour lui.

Mais Parki, qui fabriquait ces bagues, n'était plus de ce monde. Et Tiffany, qui l'avait vu acheter l'une d'elles, non plus. Comme Carolyn, elle l'avait reconnu à la fin. Soit, Tiffany l'avait vu sous son apparence véritable dans la boutique de souvenirs, malgré tout il était inquiétant qu'elle l'ait reconnu dans la lumière incertaine du parking.

Admettons, c'étaient des plumes dispersées par le vent, et il ne pourrait jamais les récupérer, mais elles s'envoleraient au loin, inaperçues. Malgré ses efforts pour rester en dehors du champ des appareils photo, il était inévitable qu'il se retrouve à l'arrière-plan de certains clichés pris à bord des bateaux de croisière. Des photos que les gens dans le monde entier avaient probablement fait encadrer, pour se rappeler leurs merveilleuses vacances... Des photos que personne ne remarquait sur les innombrables commodes de chambres à coucher, sur les murs des bureaux. L'idée lui parut à la fois amusante et inquiétante.

Carolyn Wells avait été sur le point d'envoyer à Susan Chandler une photo où il apparaissait. La pensée d'avoir échappé de si peu à la catastrophe ne cessait de le troubler. Il imaginait Susan ouvrant le paquet, ses yeux s'agrandissant sous l'effet de la stupéfaction et de l'effroi quand elle le reconnaîtrait.

Il atteignit enfin son garage. Il descendit la rampe, s'arrêta, sortit de sa voiture et fit un signe au gardien qui l'accueillait avec l'empressement réservé aux fidèles clients. Il était presque une heure, et il parcourut à pied le court trajet qui le séparait de chez lui, goûtant la fraîcheur vivifiante du vent sur son visage.

Dans une semaine, toute cette histoire prendrait fin, se promit-il. J'aurai entamé la dernière étape de mon voyage. Susan Chandler ne fera plus partie du paysage, et ce sera ma dernière croisière.

Une fois cette dernière tâche accomplie, il savait que la terrible brûlure qui le rongeait au plus profond de son être guérirait, et qu'enfin il serait l'homme que sa mère avait toujours espéré le voir devenir.

58

Tôt dans la matinée du jeudi, Pamela Hastings s'arrêta à l'hôpital pour prendre des nouvelles de Carolyn Wells, espérant que son état se serait amélioré. Il n'en était rien.

« Elle a appelé "Win" à nouveau, lui annonça Gladys, l'infirmière en chef de l'équipe du matin. Mais cela ressemblait davantage à "Oh, Win", comme si elle essayait de lui parler.

— Son mari l'a-t-il entendue ?

— Non. Il n'est pas venu depuis hier après-midi.

— Il n'est pas venu ? » Pamela semblait extrêmement surprise. « Savez-vous s'il a téléphoné ? Est-ce qu'il est malade ?

— Nous n'avons eu aucune nouvelle.

— Mais c'est insensé, fit Pamela, presque pour elle-même. Je vais l'appeler. Puis-je aller voir Carolyn ?

— Bien sûr. »

Deux jours et demi à peine s'étaient écoulés depuis l'accident, pourtant Pamela s'était si vite familiarisée avec le service des soins intensifs qu'il lui semblait avoir fait le trajet cent fois. Hier les rideaux étaient tirés autour du lit d'un vieux monsieur victime d'un infarctus. Aujourd'hui le lit était vide. Pamela ne posa pas de questions ; l'homme était probablement décédé dans la nuit.

Le côté du visage de Carolyn visible sous les pansements lui parut ce matin encore plus gonflé et meurtri que la veille. Elle n'arrivait toujours pas à croire que cette femme, enveloppée de bandages comme une momie, reliée à ses multiples sondes et intraveineuses, fût son amie si jolie et si gaie.

Ses mains étaient posées sur le couvre-lit. Pamela mêla ses doigts aux siens, notant l'absence de la modeste alliance en or à l'annulaire de sa main gauche. Ce geste lui rappela l'aversion de Carolyn pour les bijoux en général. Une ou deux broches, de rares boucles d'oreilles et le rang de perles de sa grand-mère, c'était le maximum qu'elle lui eût jamais vu porter.

« Carolyn, murmura-t-elle. C'est Pam. Je voulais seulement savoir comment tu t'en sortais. Tout le monde demande de tes nouvelles. Dès que tu iras mieux, fais-moi confiance, tu auras de la compagnie. Vickie, Lynn et moi préparons ton retour à la maison. Champagne, caviar, saumon fumé. Tout ce que tu voudras. La bande des quatre s'y connaît en matière de fête. D'accord ? »

Pamela savait qu'elle parlait pour ne rien dire, mais on lui avait dit que Carolyn pouvait l'entendre. Elle préféra ne pas mentionner Justin. Si c'était lui qui l'avait poussée, et qu'elle s'en soit aperçue, Carolyn serait terrifiée par le seul fait d'entendre sa voix, voire de sentir sa présence.

Mais que faire ? Si seulement elle pouvait reprendre conscience, ne serait-ce qu'un instant... « Je dois partir, Caro, dit-elle. Je reviendrai plus tard. Je t'aime. » Elle effleura la joue de Carolyn de ses lèvres ; ne sentit aucune réaction.

Essuyant ses larmes du revers de la main, elle quitta l'unité de soins intensifs. En passant devant la salle d'attente, elle fut stupéfaite d'y voir Justin, écroulé dans un fauteuil. Il n'était pas rasé et portait les mêmes vêtements que la veille. Leurs regards se croisèrent et il sortit dans le couloir. « Est-ce que Carolyn t'a parlé ?

— Non. Justin, que se passe-t-il, bon sang ? Pourquoi n'es-tu pas revenu la voir hier soir ? »

Il marqua un moment d'hésitation. « Parce que, même si je ne suis pas encore formellement inculpé, la police semble croire que c'est *moi* qui ai poussé Carolyn sous les roues de la camionnette. »

Il soutint le regard de Pamela. « Tu es bouleversée, hein, Pam ? Bouleversée mais pas surprise. Cette éventualité t'a traversé l'esprit, n'est-ce pas ? » Ses traits se décomposèrent et il éclata en sanglots. « Personne ne comprend donc ce que j'éprouve pour elle ? » Puis il secoua rapidement la tête et désigna la salle des soins intensifs. « Je ne veux pas y retourner. Si quelqu'un a poussé Carolyn et qu'elle s'en est rendu compte sans pourtant voir son agresseur, elle aussi pourrait croire que c'est moi. Et j'ai une question à vous poser à tous : si elle a vraiment eu une aventure avec ce type, ce "Win" dont elle ne cesse de murmurer le nom, pourquoi n'est-il pas là à ses côtés en ce moment ? »

59

Chris Ryan avait été membre du FBI pendant trente ans avant de prendre sa retraite et de créer sa propre petite agence de surveillance située dans la 52ᵉ Rue Est. A soixante-neuf ans, avec sa masse de cheveux gris, sa forte stature un peu trop enrobée, son expression affable et ses yeux bleu vif au regard malicieux, il eût fait un parfait Père Noël à l'école élémentaire de ses petits-enfants.

Son air jovial et son sens de l'humour l'avaient rendu très populaire, mais ceux qui avaient travaillé avec lui nourrissaient un profond respect pour ses dons d'investigation.

Susan et lui s'étaient liés d'amitié lorsque, à la suite d'un meurtre, la famille l'avait chargé de mener une enquête indépendamment de la police.

Alors adjointe du procureur, Susan s'était occupée de l'affaire, et les informations que Chris avait découvertes et partagées avec elle l'avaient aidée à obtenir les aveux du coupable.

Ryan était resté estomaqué à l'époque en apprenant sa décision d'abandonner son poste au bureau du procureur pour reprendre ses études. « Vous étiez née pour ce boulot, lui avait-il dit. Devenir une grande avocate d'assises. Pourquoi aller perdre votre temps à écouter une bande de pleurnicheurs pourris gâtés gémir sur leurs problèmes ?

— Croyez-moi, c'est un peu plus que ça, Chris », avait dit Susan en riant.

Ils dînaient encore ensemble de temps en temps, si bien que lorsque Susan l'appela le jeudi matin, Chris se réjouit. « Envie de vous faire inviter ? demanda-t-il immédiatement. Il y a un nouveau grill en bas de la rue. Au coin de la 49e Rue et de la Troisième Avenue. La viande est extra. L'idéal pour faire grimper joyeusement votre taux de cholestérol. Quand êtes-vous libre ?

— Le nouveau grill au coin de la 49e et de la Troisième, dites-vous ? C'est là qu'est situé Smith & Wollenski, non ? dit Susan. Et si ma mémoire est bonne, ils y sont depuis environ soixante-dix ans et certains croient même que vous en êtes le propriétaire. » Elle rit. « Je viendrai volontiers, Chris, mais je dois d'abord vous demander un service. Il me faut très rapidement des renseignements sur quelqu'un.

— Qui ?

— Un avocat, Douglas Layton. Fait partie du cabinet Hubert March et associés. Conseiller juridique et financier. Il est aussi l'un des directeurs de la société d'investissement de la famille Clausen.

— Pas mal. Avez-vous l'intention de l'épouser ?

— Pas du tout ! »

Ryan se renversa dans son fauteuil pivotant tandis que Susan lui fournissait plus de détails, expliquait que Jane Clausen lui avait confié ses doutes concernant Layton. Il l'écouta ensuite avec attention relater les événements survenus depuis l'émission de lundi au cours de laquelle la disparition de Regina Clausen avait été évoquée pour la première fois.

« Et vous dites que ce type s'est barré alors que vous attendiez la visite à votre cabinet de cette dénommée Karen ?

— Oui. Et hier Layton a dit quelque chose à Mme Clausen laissant supposer qu'il connaissait sa fille — un fait qu'il a toujours nié.

— Je vais plancher sur le sujet, promit Chris Ryan. On n'a rien eu d'intéressant ces temps derniers. Juste pister quelques bonshommes pour le compte de futures épouses à moitié névrosées. Personne ne fait plus confiance à personne de nos jours. » Il prit un bloc et un stylo. « Le compteur commence à tourner. A quelle adresse dois-je envoyer la facture ? »

L'hésitation dans la voix de Susan ne lui échappa pas. « Ce n'est pas aussi simple, je le crains. J'ai eu ce matin un message de Mme Clausen annonçant qu'elle devait être hospitalisée pour quelques séances supplémentaires de chimiothérapie. Elle a ajouté qu'elle pensait avoir été injuste en faisant état de ses soupçons à l'encontre de Douglas Layton. Visiblement, elle préférerait que j'oublie toute l'affaire, mais je ne peux pas. Je ne crois pas qu'elle se soit montrée injuste, et je suis inquiète. C'est donc à moi qu'il faut envoyer la facture », conclut Susan.

Chris Ryan grommela. « Heureusement que j'ai ma pension du FBI. Chaque premier jour du mois, j'envoie des baisers à la photo de notre ancien et célèbre patron J. Edgar Hoover. Considérez que c'est conclu. Je vous rappellerai, Susie. »

60

La secrétaire de Douglas Layton, Leah, femme de bon sens, examina son patron d'un œil désapprobateur. On dirait qu'il a traîné toute la nuit dehors, pensa-t-elle comme Layton passait devant elle en marmonnant un vague bonjour.

Elle se dirigea de son propre chef vers la machine à café, remplit une tasse, frappa à la porte de Douglas et entra sans attendre de réponse. « Sans vouloir vous materner, Doug, dit-elle, j'ai l'impression qu'un café ne vous ferait pas de mal. »

Visiblement il n'était pas d'humeur à plaisanter ce matin. Il y avait une note d'irritation dans sa voix quand il répondit : « Je sais, Leah. Vous êtes la seule secrétaire au monde qui fasse du café pour son patron. »

Elle allait lui faire remarquer qu'il avait l'air épuisé, mais décida qu'elle en avait déjà assez dit. Il semble aussi avoir pris quelques verres de trop, pensa-t-elle. Il ferait mieux de prendre garde, c'est plutôt mal vu dans la maison.

« Appelez-moi quand vous en voudrez un autre, dit-elle sèchement en déposant la tasse devant lui.

— Leah, Mme Clausen a été hospitalisée, fit simplement Douglas. Je l'ai vue hier soir. Je crains qu'il ne lui reste peu de temps à vivre.

— Oh, je suis désolée. » Leah se sentit brusquement coupable. Elle savait que pour lui Jane Clausen était beaucoup plus qu'une simple cliente. « Partirez-vous quand même au Guatemala la semaine prochaine ?

— Oh, absolument. Mais je ne vais pas attendre pour lui montrer la surprise que je voulais lui faire à mon retour.

— A propos de l'orphelinat ?

— Oui. Elle ignore avec quelle rapidité ils ont travaillé là-bas pour rénover les vieux bâtiments et construire la nouvelle aile. M. March et moi-même pensions qu'elle serait heureuse de les voir terminés. Elle ne sait toujours pas que les gens qui dirigent l'orphelinat nous ont suppliés de lui donner le nom de Regina.

— C'est vous qui en avez eu l'idée, n'est-ce pas ? »

Il sourit. « Peut-être. En tout cas, c'est moi qui ai suggéré non seulement de rebaptiser l'orphelinat, mais d'en faire la surprise à Mme Clausen. Bien que l'inauguration soit prévue pour la semaine prochaine, je crois qu'il ne faut pas tarder plus longtemps à lui montrer les photos. Donnez-moi le dossier, s'il vous plaît. »

Ensemble ils examinèrent les photos grand format qui représentaient les étapes de la construction de la nouvelle aile de l'orphelinat. Sur les plus récentes apparaissait le bâtiment terminé, une élégante construction en L aux murs blancs et au toit de tuiles vertes. « Une capacité de deux cents enfants, dit Douglas. Équipé d'une clinique ultramoderne. Vous n'imaginez pas le nombre de nourrissons sous-alimentés qui arrivent là. J'ai proposé d'ajouter une résidence sur le terrain, pour que les futurs parents adoptifs puissent passer un certain temps avec les enfants qu'ils se préparent à accueillir. »

Il ouvrit le tiroir de son bureau. « Voici la stèle qui sera dévoilée le jour de l'inauguration. Elle sera placée là. » Il posa son doigt à un point précis sur la pelouse devant l'édifice. « On la verra depuis la route et en arrivant par l'allée. »

Il baissa la voix. « J'avais l'intention d'en demander une reproduction à la gouache à un artiste local après l'inauguration, mais je crois que nous devrions la faire réaliser immédiatement. Demandez à Peter Crown de s'en occuper. »

Leah étudia la superbe sculpture en forme de berceau. Elle portait, gravée en lettres dorées, l'inscription : FOYER REGINA CLAUSEN.

« Oh, Douglas, Mme Clausen va être tellement heureuse ! s'exclama Leah, les yeux embués. Il sera sorti au moins quelque chose de positif de cette tragédie.

— En effet », approuva Douglas Layton avec ferveur.

61

Il était neuf heures dix quand la secrétaire de Susan l'appela sur l'interphone : « Mme Pamela Hastings demande à vous voir, docteur. » Susan commençait à craindre que Pamela Hastings n'annule son rendez-vous, aussi fut-ce avec soulagement qu'elle pria Janet de l'introduire immédiatement.

Le visage de sa visiteuse trahissait son inquiétude — le front était creusé de rides profondes, les lèvres serrées. Mais dès qu'elle se mit à parler, Susan se sentit instinctivement attirée par sa personnalité à la fois chaleureuse et intelligente.

« Docteur Chandler, j'ai dû vous paraître très grossière l'autre soir lorsque vous avez appelé à l'hôpital. Mais j'ai été tellement surprise quand vous vous êtes annoncée...

— Et sans doute encore plus lorsque vous avez appris la raison de mon appel. » Susan lui tendit la main. « Je vous en prie, appelons-nous par nos prénoms, si vous n'y voyez pas d'inconvénient.

— Au contraire. » Pamela serra la main que lui tendait Susan et s'assit tout en jetant un regard derrière elle. Elle approcha sa chaise du bureau de Susan, comme si elle craignait que des oreilles étrangères ne surprennent ce qu'elle allait dire.

« Je suis désolée d'être en retard et je ne peux m'attarder. J'ai passé tellement de temps à l'hôpital ces deux derniers jours que j'ai négligé de préparer mon cours de onze heures.

— Et pour ma part, je dois être à l'antenne dans moins de cinquante minutes, dit Susan, je crois donc que nous ferions mieux d'aller droit au but. Avez-vous écouté l'enregistrement de l'appel de Carolyn Wells au cours de mon émission de lundi ?

— La bande que Justin nie vous avoir réclamée ? Non.

— J'en ai confié une copie à la police, hier. Je vais en faire une autre à votre intention car, même si je suis convaincue que l'appel provient de Carolyn Wells, j'aimerais vérifier qu'il s'agit bien de sa voix. Auparavant, laissez-moi vous rapporter ce qu'elle a dit. »

Tandis qu'elle faisait un résumé de la disparition de Regina Clausen et de l'appel de « Karen », Susan vit l'inquiétude grandir sur le visage de sa visiteuse.

A la fin de l'exposé, Pamela dit : « Je n'ai pas besoin d'entendre la bande. J'ai vu un anneau incrusté de turquoises et portant cette inscription vendredi dernier. Carolyn me l'a montré. » Rapidement, elle raconta à Susan la petite fête donnée en l'honneur de son quarantième anniversaire.

Susan ouvrit le tiroir latéral de son bureau et en tira son sac. « La mère de Regina Clausen écoutait l'émission et elle a entendu l'appel de Carolyn. Elle m'a ensuite téléphoné et m'a apporté une bague qu'on a retrouvée dans les affaires de sa fille. J'aimerais que vous l'examiniez. »

Elle ouvrit son sac, y chercha son portefeuille et en sortit la bague qu'elle tendit à Pamela.

Pamela Hastings pâlit. Elle regarda fixement la bague, sans même chercher à la prendre, et parvint enfin à dire : « C'est la copie de celle que Carolyn m'a montrée. Y a-t-il une inscription gravée à l'intérieur de l'anneau, avec ces mots : *Tu m'appartiens*?

— Oui. Tenez, regardez-la de près. »

Pamela Hastings secoua la tête. « Non, je ne veux pas y toucher. Vous allez certainement me prendre pour une folle, mais je suis douée — pour mon bonheur ou mon malheur — d'une intuition particulière, une sorte de seconde vue, appelez ça comme vous voudrez. Dès le moment où j'ai touché la bague de Carolyn, l'autre soir, je lui ai conseillé de s'en débarrasser au plus vite, je l'ai avertie qu'elle pouvait lui être fatale. »

Susan eut un sourire rassurant. « Je ne pense pas que vous soyez folle. Je respecte tout à fait ce genre de don. Et bien que je ne l'explique pas, je suis convaincue de sa réalité. Dites-moi, que ressentez-vous en présence de cette bague ? » Elle la lui tendit à nouveau.

Pamela Hastings eut un mouvement de recul et détourna le regard. « Je ne peux pas y toucher. Je regrette. »

La réponse qu'attendait Susan était claire : la bague était également annonciatrice de mort.

Un silence embarrassé s'installa entre les deux femmes, que Susan fut la première à rompre : « Il y avait une véritable frayeur dans la voix de Carolyn Wells quand elle m'a appelée lundi dernier. Je vais être franche. On aurait dit qu'elle avait peur de son mari. L'inspecteur de police qui a écouté la bande a eu la même impression. »

Pamela resta silencieuse un moment avant de répondre. « Justin est très possessif envers Carolyn », dit-elle doucement.

Il était clair qu'elle choisissait ses mots soigneusement. « Possessif, et peut-être *jaloux* au point de lui faire du mal ?

— Je ne sais pas. » L'angoisse transparaissait dans ses paroles, comme si elles lui étaient arrachées de force. Elle leva les mains dans un geste presque suppliant. « Carolyn est inconsciente. Quand elle se réveillera — si elle se réveille —, nous aurons peut-être une version entièrement différente de ce qui s'est passé, mais on dirait qu'elle cherche à prononcer un nom.

— Le nom de quelqu'un que vous ne connaissez pas ?

— A plusieurs reprises elle a articulé clairement le mot "Win". Et tôt dans la matinée, d'après l'infirmière, elle a dit : "Oh, Win."

— Vous avez la certitude qu'il s'agit d'un nom ?

— Je le lui ai demandé pendant que j'étais auprès d'elle. Je lui tenais la main, et elle a pressé légèrement ma paume. Pendant un instant j'ai vraiment cru qu'elle allait reprendre conscience.

— Pamela, dit Susan, nous sommes toutes les deux pressées par le temps, mais il y a une autre question que je dois vous poser. Pensez-vous Justin Wells capable de s'attaquer à sa femme dans un accès de jalousie ? »

Pamela réfléchit. « Je crois qu'il en *a été* capable. Peut-être l'est-il encore, je n'en sais rien. Il est fou de douleur depuis lundi soir, et voilà maintenant que la police veut l'interroger. »

Susan se rappela la vieille femme, Hilda Johnson, qui affirmait avoir vu quelqu'un pousser Carolyn devant la camionnette — et qui avait été assassinée quelques heures plus tard. « Etiez-vous à l'hôpital lundi soir avec Justin Wells ? »

Pamela Hastings hocha la tête. « J'y suis restée de cinq heures et demie de l'après-midi jusqu'à six heures le lendemain matin.

— Est-il resté là pendant tout ce temps ?

— Naturellement. » Pamela hésita. « Non, pas tout le temps. Lorsque Carolyn est sortie de la salle d'opération — il était à peu près dix heures et demie du soir —, je me souviens que Justin est allé faire un tour à pied. Il commençait à souffrir de migraine et voulait prendre l'air. Il est resté absent moins d'une heure. »

Hilda Johnson habitait à quelques minutes du Lenox Hill, se souvint Susan. « Comment était Justin lorsqu'il est revenu à l'hôpital ? demanda-t-elle.

— Beaucoup plus calme. Presque trop calme, si vous voyez ce que je veux dire. En fait, il semblait presque en état de choc. »

62

Le jeudi matin à neuf heures trente, le commissaire Tom Shea interrogeait à nouveau le témoin Oliver Baker dans son bureau du commissariat principal du 19ᵉ district. Cette fois-ci, Baker était visiblement nerveux. Ses premiers mots furent : « Commissaire, Betty — c'est ma femme — a les nerfs en pelote depuis que vous avez téléphoné hier soir. Elle s'est mis dans la tête que vous me croyez coupable d'avoir poussé cette pauvre femme, et que vous cherchez à me faire parler de l'accident pour me piéger. »

Tom Shea observa le visage de Baker. Les joues tombantes, la bouche étroite et le nez mince semblaient ne faire qu'une masse contractée comme s'il craignait de recevoir un coup. « Monsieur Baker, dit-il avec une patience teintée de lassitude, nous vous avons fait venir uniquement pour vérifier s'il n'existe pas d'autres détails, même mineurs, dont vous pourriez vous souvenir.

— Je ne suis pas soupçonné ?

— Absolument pas. »

Oliver Baker poussa un énorme soupir de soulagement. « Vous permettez que je téléphone à Betty ? Elle était au bord de la crise de nerfs quand j'ai quitté la maison. »

Tom Shea décrocha le téléphone. « Quel est votre numéro ? » Il le composa, et dès qu'on lui répondit, demanda : « Madame Baker ? Bon, je suis heureux de vous parler. Ici le commissaire Shea du 19e district. Je tiens à vous assurer personnellement que si j'ai convoqué à nouveau votre mari, c'est uniquement parce qu'il est un témoin important qui nous a été très utile. Parfois les témoins se souviennent de petits détails plusieurs jours après un incident, et c'est ce que nous espérons apprendre d'Oliver. A présent, je vais vous le passer une minute, et je vous souhaite une bonne journée. »

Ce fut un Oliver Baker rayonnant qui saisit le téléphone que lui tendait Tom Shea. « Tu as entendu, mon chou ? Je suis un témoin important. C'est sûr et certain. Si les filles t'appellent de l'école, tu peux leur dire que leur père ne va pas finir au trou. Ha ! ha ! Tu parles que je rentre à la maison juste après le boulot. Bye-bye ! »

J'aurais dû le laisser s'inquiéter, regretta Tom Shea en reposant le récepteur. « Maintenant, monsieur Baker, passons en revue quelques points. Vous avez déclaré avoir vu quelqu'un prendre l'enveloppe en papier kraft que tenait Mme Wells ?

— Non, pas *prendre*. Comme je vous l'ai dit, j'ai cru qu'il essayait de la retenir et de rattraper l'enveloppe.

— Et vous n'avez aucun souvenir de l'apparence de cet homme ? Vous n'avez pas vu son visage, ne serait-ce qu'une seconde ?

— Non. La femme, Mme Wells, s'est à moitié retournée. C'était elle que je regardais parce que j'ai eu l'impression qu'il lui arrivait quelque chose, qu'elle était en train de perdre l'équilibre. Et puis j'ai vu cet homme, avec l'enveloppe à la main.

— Vous êtes *certain* que c'était un homme ? demanda vivement Shea. Pourquoi en êtes-vous si sûr ?

— J'ai vu son bras, vous comprenez, la manche de son manteau, sa main. »

Peut-être allons-nous enfin arriver quelque part, espéra Tom Shea. « Quelle sorte de manteau portait-il ?

— Un genre de pardessus. Mais de belle qualité, je peux vous le dire. Les beaux vêtements, ça se voit tout de suite, hein ? Je peux pas l'assurer, mais je parie que c'était un Burberry.

— Un Burberry ?

— Oui.

— J'ai ça dans mes notes. Vous l'avez dit la dernière fois. Avez-vous remarqué s'il portait une bague ? »

Baker secoua la tête. « Pas la moindre bague. Comprenez, commissaire, que toute cette histoire s'est passée en une seconde, et que j'avais les yeux rivés sur cette malheureuse. Je voyais que la camionnette allait la heurter. »

Un imperméable de style Burberry, se dit Shea.

Nous allons vérifier ce que Justin Wells portait à son bureau ce jour-là. Il se leva. « Désolé de vous avoir dérangé, monsieur Baker, et merci d'être revenu ce matin. »

Assuré maintenant qu'on ne le considérait pas comme un suspect, Baker ne semblait pas pressé de s'en aller. « Je ne sais pas si ça peut vous aider, commissaire, mais...

— *Tout* peut nous aider, le pressa Tom Shea. De quoi s'agit-il ?

— Écoutez, je peux me tromper, mais j'ai cru voir que l'homme qui prenait l'enveloppe portait une montre avec un bracelet de cuir sombre. »

Une heure plus tard, l'inspecteur Marty Power se présentait à l'agence de Justin Wells. Ce dernier n'était pas là, mais l'inspecteur, dépêché par Shea, recueillit quelques informations en bavardant avec la réceptionniste, Barbara Gingras. En moins de trois minutes, il apprit que Barbara avait entendu Carolyn Wells dans l'émission *En direct avec le Dr Susan*, et qu'elle en avait parlé à M. Wells quand il était rentré au bureau après le déjeuner.

« Je crois que ça l'a tout retourné, lui confia-t-elle, car il est sorti peu après sans me dire quand il reviendrait.

— Vous souvenez-vous s'il portait un manteau en sortant ? »

Barbara se mordit la lèvre et plissa le front. « Voyons. Le matin, il était vêtu de son manteau de tweed. Il s'habille très bien et je remarque toujours ce qu'il porte. Vous comprenez, mon petit ami, Jake, est à peu près de la taille de M. Wells et il a des cheveux noirs comme lui, alors quand je veux lui offrir quelque chose de chic, j'essaie de m'inspirer des tenues de mon patron. »

Barbara sourit à l'inspecteur. « Pour vous dire

la vérité, c'était l'anniversaire de Jake la semaine dernière, et je lui ai acheté une chemise rayée bleu et blanc avec un col et des poignets blancs, et M. Wells a exactement la même. Elle m'a coûté une fortune mais Jake l'adore. Et la cravate... »

Se souciant comme d'une guigne de la cravate offerte à Jake en cadeau d'anniversaire, Marty Power l'interrompit : « Pouvez-vous affirmer que Justin Wells portait un manteau de tweed lundi ?

— Absolument. Mais attendez. Il y a autre chose. Quand M. Wells est sorti le lundi après-midi, il était effectivement vêtu de son manteau de tweed, mais à son retour, il portait son Burberry. Je n'y avais pas réfléchi auparavant, mais je suppose qu'il est passé chez lui. »

Le dernier détail dont Barbara l'informa intéressa particulièrement l'inspecteur : M. Wells avait toujours au poignet une montre munie d'un bracelet de cuir sombre.

63

Alexander Wright avait des rendez-vous prévus pour toute la journée du jeudi, aussi demanda-t-il à son chauffeur de passer le prendre à neuf heures moins le quart. Jim saluait toujours son patron avec entrain, mais ne parlait ensuite que s'il sentait le moment approprié.

Il arrivait qu'Alexander Wright ait visiblement envie de bavarder, et ils discutaient alors de tout et de rien, de politique, du temps, ou des petits-enfants de Jim. Il arrivait aussi que « M. Alex » lui dise bonjour aimablement, ouvre sa serviette ou le

New York Times, et reste silencieux pendant la presque totalité du trajet.

Quelle que soit la façon dont se déroulait la journée, Jim était content. Son dévouement envers Alexander Wright était inconditionnel, depuis le jour, voilà deux ans, où il avait fait en sorte que la petite-fille de Jim entre à Princeton. Elle avait été reçue grâce à son propre mérite, mais en dépit d'une bourse et d'une aide financière, la charge était trop lourde pour la famille.

M. Alex, lui-même ancien élève de Princeton, avait tenu à ce qu'elle y fasse ses études. « Vous plaisantez, Jim ? s'était-il indigné. Sheila ne peut pas refuser d'aller à Princeton. Tout ce qui n'est pas couvert par sa bourse, je m'en occupe. Dites-lui seulement de me faire un geste de la main aux matches de football. »

Ce n'était pas la même chanson à l'époque, vingt-cinq ans plus tôt, où Jim junior était entré à l'université. J'ai demandé une augmentation au père de M. Alex, se souvint Jim, et il m'a dit que je devais déjà m'estimer heureux d'avoir un job.

Jim sut immédiatement que la matinée serait plutôt silencieuse. Après un « Bonjour, Jim », Alexander Wright ouvrit sa serviette et en sortit un dossier. Il l'étudia sans prononcer un mot pendant que la voiture se frayait un chemin dans le flot de la circulation sur l'East River Drive en direction de Wall Street. A la hauteur du pont de Manhattan, cependant, il rangea son dossier et commença à parler. « Je me passerais volontiers de ce voyage la semaine prochaine, Jim.

— Dans quelle partie de la Russie allez-vous, monsieur Alex ?

— A Saint-Pétersbourg. Belle ville, et le musée de l'Ermitage est magnifique. L'ennui, c'est que je n'aurai pas une minute pour y faire un tour. Je me demande même si j'aurai le temps de finaliser le projet de l'hôpital que nous construisons là-bas. Le site qu'ils ont choisi me laisse un peu perplexe. »

Ils approchaient de la sortie de la voie express ; Jim se concentra sur la conduite et attendit d'avoir changé de file pour demander : « Vous pourriez vous offrir quelques jours de vacances, il me semble. » Regardant dans le rétroviseur, il vit avec étonnement un sourire presque enfantin éclairer le visage d'Alexander Wright.

« Je le pourrais, mais la vérité est que je n'en ai pas envie. »

C'est à cause de Susan Chandler, pensa Jim. Je parie qu'il s'intéresse vraiment à elle. Il ne pourrait faire meilleur choix, et pourtant je ne l'ai vue qu'une seule fois.

Jim croyait dur comme fer au coup de foudre, cet éclair qui vous frappe à l'instant de la première rencontre. Il l'avait lui-même expérimenté quarante ans plus tôt, le jour où il avait rendez-vous avec une inconnue qui se trouva être Moira. A la minute où il avait regardé son visage, où il avait vu ces yeux bleus, il était tombé amoureux d'elle.

Le téléphone de la voiture sonna. Quand son patron était là, Jim ne répondait jamais à moins qu'il ne l'en prie — pratiquement tous les appels étaient personnels. Il entendit la voix chaude d'Alexander Wright prendre un ton plus réservé. « Oh, Dee, comment allez-vous ? Je suis en voiture. On m'a renvoyé votre appel depuis la maison... Vous avez pris le vol de nuit ? Vous devez être morte de fatigue... Bien sûr, mais croyez-vous que vous tiendrez le coup ?... Entendu. Je vous retrouverai au St. Regis à cinq heures. L'agent immobilier à qui j'ai demandé de vous contacter, je suppose... Bon. Je vais téléphoner à Susan et lui demander de venir nous retrouver ce soir. »

Il raccrocha et composa un autre numéro.

Jim l'entendit demander le Dr Chandler, puis dire, avec une note d'agacement dans la voix : « J'avais espéré la joindre avant son départ pour le studio. Voulez-vous vous assurer qu'elle ait mon message dès son retour à son cabinet ? »

Jim vit dans le rétroviseur Alexander Wright faire la moue au moment où il raccrochait. Qui diable est cette Dee, se demanda-t-il, et qu'est-ce qui le tracasse ?

S'il avait pu lire dans les pensées d'Alex, Jim aurait su que son patron était fâché que la secrétaire de Susan ne lui ait pas communiqué son message plus tôt, avant qu'elle ne parte au studio. Il aurait su aussi qu'il était furieux d'avoir laissé son renvoi d'appel branché chez lui, permettant ainsi à une personne importune de le contacter.

64

Susan arriva au studio dix minutes avant le début de l'émission. Comme à l'accoutumée, elle passa la tête dans le bureau de Jed Geany, prête à l'entendre lui rappeler qu'un de ces jours ils commenceraient sans elle, suivi d'un : « Ne dites pas que je ne vous ai pas prévenue ! »

Mais aujourd'hui le visage qu'il levait vers elle était lugubre. « Je commence à croire que nous jetons un sort aux auditrices qui nous appellent, Susan.

— Qu'est-ce que vous entendez exactement par là ?

— Vous n'êtes pas au courant ? Tiffany, la serveuse du restaurant de Yonkers, a été poignardée la nuit dernière au moment où elle quittait son service.

— Elle a été *quoi ?* » Susan se sentit assommée, comme si quelqu'un l'avait frappée de tout son poids. Elle s'agrippa au rebord du bureau de Jed.

« Allons, reprenez-vous. » Sur ce conseil, il se leva. « Vous avez l'antenne dans deux minutes. Et il faut vous attendre à ce qu'un grand nombre d'auditeurs appellent à ce sujet. »

Tiffany ! Susan se rappela son coup de téléphone de la veille, elle était si désireuse de retrouver son petit ami, tellement blessée que la mère de Matt l'ait sommée de ne plus citer son fils sur les ondes. Donald Richards et moi avons parlé de sa solitude. Mon Dieu, pensa Susan, la pauvre gosse !

« Souvenez-vous, vous avez tenté de l'empêcher de donner le nom de son lieu de travail, dit Jed. Eh bien, il semble qu'un type soit allé la trouver là-bas. Il a voulu la draguer. S'est foutu en rogne quand elle l'a rabroué. C'est un cheval de retour. Avec un casier d'un kilomètre de long.

— Est-on sûr que c'est lui ? demanda Susan, encore hébétée de stupeur.

— D'après ce que j'ai entendu, les flics l'ont pris sur le fait. Encore qu'il n'ait rien avoué pour l'instant, pas encore. Venez, allons au studio. Je vais vous apporter une tasse de café. »

Susan tint le coup jusqu'à la fin de l'émission. Comme prévu, les lignes furent submergées d'appels concernant Tiffany. Pendant une pause publicitaire, Susan demanda à Jed d'appeler le Grotto et elle parla elle-même au propriétaire, Tony Sepeddi.

« Joey, notre barman, avait conseillé à Tiffany d'attendre, il voulait l'accompagner jusqu'à sa voiture, expliqua Tony, la voix étranglée par l'émotion. Mais il a eu quelque chose à faire et elle est partie. Quand il s'est aperçu qu'elle n'était plus là, il a couru dehors pour voir s'il ne lui était rien arrivé. C'est alors qu'il a vu un type filer en direction de la station-service voisine. Lorsqu'on a découvert le corps de Tiffany, l'individu en question s'était volatilisé, mais Joey est pratiquement sûr que c'est celui qui l'avait embêtée au bar. »

Ont-ils mis la main sur le vrai suspect? Cela ne ressemble pas à un incident isolé, pensa Susan. Carolyn Wells m'a téléphoné, et quelques heures après elle était renversée par une voiture; elle est en vie, mais tout juste. Hilda Johnson a juré devant le monde entier qu'elle avait vu quelqu'un pousser Carolyn, et quelques heures plus tard elle était assassinée. Tiffany avait vu un homme en train d'acheter une bague ornée de turquoises et portant l'inscription *Tu m'appartiens,* et elle l'avait elle aussi raconté. Et la voilà poignardée à son tour. Des coïncidences? Je n'en crois rien. Mais est-ce que l'homme détenu par la police a tué Tiffany? Et Hilda Johnson? Et a-t-il poussé Carolyn Wells?

En terminant son émission, Susan s'adressa à ses auditeurs : « Je vous remercie d'avoir été nombreux à nous appeler. Lors des quelques occasions où Tiffany s'est confiée à nous, nous avons tous eu l'impression de commencer à la connaître. Aujourd'hui, je sais que vous éprouvez le même regret que moi. Si seulement Tiffany avait attendu que le barman la raccompagne à sa voiture. Les "si seulement" ne manquent pas dans nos existences, et peut-être avons-nous une leçon à tirer de tout ça. L'agresseur de Tiffany s'est-il rendu dans ce bar parce qu'elle avait précisé hier à l'antenne l'endroit où elle travaillait? Nous l'ignorons, mais si c'est le cas, cette tragédie démontre qu'il ne faut jamais divulguer ni son adresse personnelle ni son lieu de travail. »

Susan sentit sa voix se briser au moment où elle

concluait : « Nous garderons en mémoire le souvenir de Tiffany. Notre émission est terminée. Je vous retrouverai demain. »

Elle rendit l'antenne et quitta immédiatement le studio pour regagner son cabinet. Elle avait besoin de consulter le dossier du patient qu'elle allait recevoir, mais elle espérait aussi avoir le temps de téléphoner à une ou deux personnes.

Penaude, Janet lui fit part des deux appels d'Alexander Wright. « Vous m'aviez recommandé de prendre les messages pendant la visite de Mme Hastings, et ensuite vous avez filé si vite que je n'ai pas pensé à vous dire de rappeler M. Wright. Il a laissé un autre message.

— Je vois. » Dans le premier message, il désirait que Susan le rappelle avant l'émission. Susan lut et relut le deuxième. Ma chère sœur, pensa-t-elle. Je t'aime bien, mais il y a des limites. Non seulement tu te fais inviter au dîner de samedi soir, mais tu t'arranges aussi pour le voir ce soir.

Sous les yeux de Janet, Susan déchira les deux notes et les jeta d'un geste rageur dans la corbeille.

« Docteur Chandler, je vous en prie, lorsque vous parlerez à M. Wright, dites-lui combien je regrette mon oubli. Il avait vraiment l'air fâché contre moi. »

Savoir qu'il avait manifesté un certain mécontentement réconforta quelque peu Susan, même si elle n'avait aucunement l'intention de rejoindre Alex et Dee ici ou là. « S'il rappelle, je le lui dirai », fit-elle tout haut, feignant une indifférence qu'elle n'éprouvait pas.

Il était midi trente. Elle disposait d'une demi-heure avant son prochain rendez-vous. Ce qui me laisse dix minutes pour passer quelques coups de fil, se dit-elle.

Le premier fut pour la police de Yonkers. A

l'époque où elle travaillait au bureau du procureur du Comté de Westchester, elle y avait connu plusieurs inspecteurs. Elle joignit l'un d'eux, Pete Sanchez, et lui expliqua pourquoi elle s'intéressait au meurtre de Tiffany Smith.

« Pete, cela me brise le cœur qu'elle soit morte parce qu'elle m'a parlé à l'antenne. »

Elle apprit par Sanchez que la police était convaincue de tenir le tueur, et qu'ils ne donnaient pas longtemps avant que le suspect, Sharkey Dion, ne se mette à table.

« Sûr qu'il nie, Susan, lui dit Pete. Ils nient tous. Vous le savez. Écoutez, un type entrait au Grotto au moment où ils foutaient dehors ce salaud et il l'a entendu jurer qu'il reviendrait s'occuper d'elle.

— Cela ne prouve pas qu'il l'ait tuée. A-t-on trouvé l'arme ? »

Pete Sanchez soupira. « Pas encore. »

Susan lui parla alors de la bague, mais Pete ne parut pas s'y intéresser. « Hummm. Donnez-moi votre numéro de téléphone ; je vous avertirai quand Dion aura signé ses aveux. Ne vous mettez pas martel en tête avec cette affaire. Le vrai coupable dans cette tragédie, c'est ce fichu système de libération sur parole qui permet à un type ayant un casier judiciaire long comme le bras de sortir de prison. Il n'a fait que huit ans sur une peine de vingt-cinq ans. Devinez pour quel crime ! Homicide ! »

Pas convaincue pour autant, Susan raccrocha et resta un moment plongée dans ses pensées. La bague est l'élément qui relie tout l'ensemble, pensa-t-elle. Regina Clausen en avait une et elle est morte. Carolyn Wells en avait une et elle va peut-être mourir. Tiffany en avait une et elle a été assassinée. Pamela Hastings, une femme intelligente et sans doute douée de prémonition, a refusé de toucher la bague de Regina, et quelques jours auparavant elle avait prévenu Carolyn Wells qu'elle pourrait lui être fatale.

Hier soir, Tiffany m'a dit que sa bague était enfouie sous des tonnes de pizzas et d'os de poulet. Sans doute une benne à ordures. Mais pourquoi des tonnes?

Avait-elle voulu parler d'une benne municipale? Si c'était le cas, il s'agissait le plus vraisemblablement de celle qui se trouvait dans les parages du Grotto. Les suppositions se bousculaient dans l'esprit de Susan. Combien de fois la benne du Grotto était-elle vidée en temps normal? La police y avait-elle mis les scellés dans le but de rechercher l'arme du crime?

Elle chercha le numéro de téléphone du Grotto et un moment plus tard s'entretint avec Tony Sepeddi. «Écoutez, docteur Chandler. Je n'arrête pas de répondre à des questions depuis minuit, dit-il. La benne se trouve dans le parking et elle est vidée tous les matins. Mais ce matin, justement, la police y a fait apposer les scellés. Je suppose qu'ils recherchent l'arme. D'autres questions? Je suis pratiquement mort, moi aussi.»

Susan ne donna qu'un autre coup de téléphone avant d'étudier le dossier de son patient. Destiné à Pete Sanchez, une fois encore, l'implorant de faire passer la benne au peigne fin, non seulement pour y chercher l'arme du crime, mais aussi pour y trouver une bague incrustée de turquoises et portant l'inscription *Tu m'appartiens*.

65

Le jeudi était toujours une journée chargée pour Donald Richards, et comme toujours il avait commencé tôt. Son premier patient était le dirigeant d'une société internationale ; il venait le voir chaque jeudi à huit heures, et était suivi à neuf, dix et onze heures par d'autres patients réguliers. Plusieurs d'entre eux exprimèrent leur consternation en apprenant qu'il allait s'absenter le lundi de la semaine suivante, pour une tournée de dédicaces.

A midi, en s'arrêtant pour avaler un rapide déjeuner, il était déjà fatigué, et l'après-midi qui l'attendait n'était pas moins chargé. A une heure, il avait rendez-vous avec le commissaire Shea au poste de police du 19e district afin de l'entretenir de Justin Wells.

Au moment où Rena posait devant lui un potage à la tomate, il alluma la télévision pour prendre les informations locales. La nouvelle principale concernait le meurtre d'une jeune serveuse à Yonkers, et la caméra montrait les lieux du crime.

« Voici le parking de la trattoria le Grotto dans Yonkers où Tiffany Smith, vingt-cinq ans, a été tuée à coups de poignard peu après minuit, disait le présentateur. Sharkey Dion, un criminel actuellement en liberté conditionnelle, qui avait été expulsé du restaurant plus tôt dans la soirée pour avoir importuné Mlle Smith, est actuellement en garde à vue et sera probablement inculpé du meurtre. »

« Docteur, n'est-ce pas la jeune femme qui a parlé l'autre jour dans l'émission à laquelle vous avez participé ? demanda Rena, visiblement émue.

— C'est elle, en effet », répondit lentement Donald Richards. Il regarda l'heure. Susan était sans doute de retour à son cabinet maintenant. Elle avait certainement appris la nouvelle de la mort de Tiffany et s'attendait à ce qu'il l'appelle.

Je lui téléphonerai dès mon retour du commissariat, décida-t-il en repoussant sa chaise. « Rena, votre potage est sûrement délicieux, mais je n'ai pas très faim pour l'instant. » Ses yeux s'attardèrent sur l'écran, tandis que la caméra se déplaçait pour s'arrêter sur un escarpin à talon aiguille rouge vif qui dépassait du drap recouvrant la dépouille mortelle de Tiffany Smith.

Une pauvre fille pathétique, songea-t-il en éteignant le poste. Susan va être désespérée. D'abord Carolyn Wells et ensuite Tiffany. Je parie qu'elle s'accuse du malheur survenu à ces deux femmes.

Il était quatre heures moins cinq lorsqu'il réussit enfin à joindre Susan. « Je suis vraiment navré, dit-il.

— Cela me peine horriblement, lui répondit Susan. J'espère seulement que si ce Sharkey Dion est réellement le meurtrier, il n'est pas allé dans ce bar parce qu'il avait entendu Tiffany à l'antenne.

— D'après les informations de midi, la police semble persuadée qu'il est l'assassin. Susan, je doute beaucoup qu'un individu comme Sharkey Dion écoute une émission de conseils psychologiques. Je crois plus probable qu'il se trouvait par hasard dans ce bar.

— S'il est réellement le meurtrier, répéta Susan d'une voix sans timbre. Donald, j'ai une question à laquelle je voudrais que vous répondiez. Pensez-vous que Justin Wells ait poussé sa femme sous cette camionnette?

— Non, je ne le pense pas, répondit fermement Donald. Je crois qu'il s'agit plus vraisemblablement d'un accident. Je me suis entretenu avec le commissaire Shea aujourd'hui et c'est ce que je lui ai dit. Je lui ai dit que n'importe quel psychiatre, examinant Justin Wells, arriverait à la même conclusion. Il est exact qu'il est obsédé par sa femme, mais cette obsession tient en majeure partie à une angoisse extrême de la perdre. Selon moi, jamais il ne pourrait lui faire du mal délibérément.

— Vous estimez donc que Hilda Johnson, le témoin qui disait avoir vu quelqu'un pousser Carolyn Wells, s'est trompée?

— Pas nécessairement. On ne peut écarter la possibilité que Justin Wells ait suivi Carolyn, voulu savoir ce qu'il y avait dans cette enveloppe, et qu'il lui ait fait involontairement perdre l'équilibre. Il a été bouleversé quand on lui a rapporté les propos tenus par sa femme au cours de votre émission. N'oubliez pas que le jour où Karen — ou Carolyn — vous a appelée, elle avait promis de vous confier une photo de l'homme qu'elle avait rencontré. On peut naturellement supposer que cette photo se trouvait dans l'enveloppe.

— Le commissaire Shea abonde-t-il dans votre sens?

— Je ne l'affirmerais pas, mais je l'ai averti que si quelqu'un d'autre a poussé Carolyn Wells, volontairement ou non, et que Justin Wells apprend de qui il s'agit, sa colère sera telle qu'il sera alors capable de tout, y compris d'un meurtre. »

Leur conversation se poursuivant, Donald Richards devina au ton presque éteint de Susan combien elle était affectée par les récents événements. « Écoutez-moi, Susan, dit-il, cette épreuve a été épouvantable pour vous. Croyez-moi, je sais ce que vous ressentez. J'ai été particulièrement heureux de dîner avec vous hier soir. Je tenais à vous le dire et c'est dans cette intention que je vous ai appelée. Pourquoi ne pas recommencer ce soir ? Nous irons dans un restaurant près de chez vous. Et cette fois, je viendrai vous chercher.

— Ce n'est malheureusement pas possible, lui répondit Susan. J'ai des recherches personnelles à effectuer et j'ignore combien de temps cela me prendra. »

Il était quatre heures. Donald Richards savait que son dernier patient l'attendait déjà. « Je ne suis pas mauvais pour les recherches, dit-il vivement, prévenez-moi si je peux vous aider. »

La mine rembrunie, il raccrocha. Susan avait poliment mais fermement refusé son aide. Qu'est-ce qu'elle avait en tête ?

C'était une question qu'il ne pouvait laisser sans réponse.

66

Visiblement exténuée par les effets de la chimiothérapie, Jane Clausen parvint à sourire faiblement. « C'est uniquement de l'épuisement, Vera », dit-elle.

Elle voyait bien que sa fidèle domestique hésitait à la laisser. Elle voulut la rassurer. « Ne vous inquiétez pas. Tout ira bien. Je vais juste me reposer.

— J'allais oublier, madame, dit Vera d'un ton soucieux, je suppose que vous allez recevoir un appel du Dr Chandler. Elle a téléphoné avant que je ne quitte la maison et je lui ai dit que vous étiez à l'hôpital. Elle a l'air gentille.

— Elle est très gentille.

« — Je n'aime pas vous laisser seule, soupira Vera. J'aurais aimé rester auprès de vous, vous tenir compagnie. »

J'ai de la compagnie, pensa Jane Clausen, tournant les yeux vers la table de chevet où trônait une photographie encadrée de Regina que Vera lui avait apportée à l'hôpital. Regina y posait aux côtés du commandant du *Gabrielle*.

« Je vais m'endormir dans cinq minutes, Vera. Partez, maintenant.

— Bonne nuit, madame. N'hésitez pas à m'appeler si vous avez besoin de quelque chose », ajouta Vera, la gorge serrée.

Après son départ, Jane Clausen tendit la main et saisit la photographie. *La journée n'a pas été fameuse, Regina. Je suis au bout du rouleau et je le sais. Et pourtant j'ai l'impression que quelque chose me retient. Je ne sais pas exactement quoi. On verra.*

Le téléphone sonna. Jane Clausen reposa la photo et décrocha, s'attendant à entendre la voix de Douglas Layton.

C'était Susan Chandler, et à nouveau l'intonation chaleureuse de sa voix lui rappela Regina. Elle ne put lui cacher qu'elle avait passé une mauvaise journée. « Mais demain sera beaucoup moins pénible, ajouta-t-elle, et Douglas Layton m'a annoncé à mots couverts qu'il avait une surprise pour moi. Je suis impatiente de savoir quoi. »

Il y avait une vivacité fugitive dans le ton de Jane Clausen, et Susan n'eut pas le cœur de lui avouer qu'à son insu elle faisait procéder à une enquête concernant Layton. Elle dit plutôt : « Je serais heureuse de passer vous voir dans les prochains jours — naturellement, si vous pensez qu'une visite vous ferait plaisir.

— Rappelons-nous demain, proposa Jane Clausen. Nous verrons comment se présente la journée. Pour le moment, je vis au jour le jour. » Elle ajouta soudain : « Ma fidèle Vera m'a apporté une photo de Regina. Regarder les photos de ma fille m'emplit souvent d'une extrême tristesse. Mais ce soir, j'en ai éprouvé du réconfort. N'est-ce pas étrange ? » Puis elle s'excusa : « Docteur Chandler, je peux vous assurer que vous êtes une fine psychologue. Il est rare que je dévoile mes sentiments profonds, pourtant je n'ai eu aucun mal à me confier à vous.

— Avoir près de soi l'image d'un être cher peut vous apporter un grand soutien, dit Susan. Vous trouvez-vous aussi sur la photo ?

— Non, c'est un de ces tirages que font les photographes sur les bateaux de croisière et qui sont ensuite exposés à l'intention des passagers. D'après la date marquée au dos, je sais qu'elle a été prise sur le *Gabrielle*, deux jours seulement avant que Regina ne disparaisse. »

La conversation prit fin sur la promesse de Susan de téléphoner le lendemain. Alors qu'elle lui disait au revoir, juste avant de reposer le téléphone sur son support, elle entendit Jane Clausen s'exclamer avec un plaisir évident : « Oh, Doug, comme c'est gentil d'être passé me voir. »

Susan raccrocha avec un soupir, puis, légèrement penchée en avant, elle se massa les tempes du bout des doigts. Il était six heures, et elle ne s'était pas levée de sa table de travail. Le bol de soupe auquel elle n'avait pas touché, et qui aurait dû faire office de déjeuner, lui rappela la raison de son début de migraine.

Le bureau était silencieux. Janet était partie depuis longtemps. Susan avait parfois l'impression qu'une sirène d'alarme se déclenchait dans la tête de sa secrétaire sur le coup de cinq heures, étant donné son empressement à quitter les lieux tous les soirs à cette heure pile.

A chaque jour suffit sa peine, pensa-t-elle, se demandant pourquoi cette citation lui venait à l'esprit à cet instant précis. La réponse était facile. Ce jour-là avait commencé avec un fait douloureux : le meurtre de Tiffany.

Je mettrais ma main au feu que Tiffany serait encore en vie si elle n'avait pas parlé de cette bague à l'antenne ! Elle se leva et s'étira avec lassitude. J'ai faim. Après tout, peut-être aurais-je dû rejoindre Alex et Dee. Parions que Dee ne va pas le laisser filer après s'être fait offrir un verre.

Alex avait rappelé. « Vous avez bien eu mon message, n'est-ce pas ? Je sais que votre secrétaire a oublié de vous communiquer le premier ce matin. »

Elle s'était sentie confuse d'avoir omis de le rappeler. « Alex, pardonnez-moi. Je n'ai pas eu une minute de la journée, avait-elle dit, s'excusant ensuite de ne pouvoir accepter son invitation pour le soir même. Je serais une piètre compagnie. » Dieu savait qu'elle ne mentait pas.

S'apprêtant à partir, elle remarqua que la lumière était allumée chez Nedda. Elle n'avait pas eu l'intention de passer la voir, mais impulsivement elle s'arrêta, voulut ouvrir la porte du cabinet et constata avec satisfaction que cette fois-ci elle était fermée à clé.

Pourquoi ne pas entrer un instant ? pensa-t-elle, et elle frappa au carreau. Cinq minutes plus tard, elle grignotait avec Nedda un morceau de fromage accompagné d'un verre de chardonnay.

Elle mit rapidement son amie au courant des événements puis ajouta : « Quelque chose me vient soudain à l'esprit. C'est curieux, Mme Clausen et Donald Richards m'ont tous les deux parlé de photographies aujourd'hui. Mme Clausen en possède une de sa fille qui a été prise sur le *Gabrielle*, et le Dr Richards m'a rappelé que l'autre jour, durant l'émission, Carolyn Wells avait promis de me donner une photo montrant l'homme qu'elle avait rencontré pendant sa croisière, celui qui avait voulu lui faire quitter le bateau à Athènes.

— Où veux-tu en venir, Susan?

— A ceci — je me demande si l'organisme, ou les organismes qui prennent ces photos durant les croisières archivent leurs négatifs. Donald Richards a passé beaucoup de temps sur des bateaux de ce genre. Peut-être lui poserai-je la question. »

67

Pamela Hastings avait passé le jeudi à son bureau de l'université de Columbia, rattrapant le retard pris dans son travail. A deux reprises, elle avait téléphoné à l'hôpital et s'était entretenue avec l'infirmière qu'elle connaissait plus particulièrement. Elle en avait obtenu des nouvelles d'un optimisme prudent : certains signes montraient que Carolyn sortait lentement du coma.

« Nous allons enfin savoir ce qui lui est réellement arrivé, dit Pamela.

— Pas obligatoirement, la prévint l'infirmière. Nombreuses sont les victimes d'une blessure à la tête comme la sienne qui n'ont aucun souvenir des circonstances de l'accident qui leur est arrivé, même si elles ne souffrent d'aucune autre perte de mémoire. »

Dans l'après-midi, l'infirmière l'informa que

Carolyn avait à nouveau essayé de parler. « Toujours ce seul mot : "Win" ou "Oh, Win". Mais n'oubliez pas que l'esprit réagit parfois bizarrement. Il peut s'agir de quelqu'un qu'elle a connu dans son enfance. »

Après sa deuxième conversation avec l'infirmière, Pamela s'était sentie inquiète et d'une certaine façon coupable. *Justin est convaincu que Carolyn appelle quelqu'un d'important pour elle, et je commence à croire qu'il a raison. Mais lorsque j'ai parlé au Dr Chandler, j'ai indiqué que je le croyais* capable *de s'en être pris à elle. Finalement, qu'est-ce que je crois vraiment ?*

Quand elle fut enfin prête à quitter son bureau et à partir pour l'hôpital, elle comprit pourquoi elle craignait de s'y rendre ce soir — elle avait honte de se retrouver face à Justin.

Assis tout au fond de la salle d'attente des soins intensifs, il lui tournait le dos. Il y avait d'autres personnes aujourd'hui dans la salle, les parents d'un adolescent hospitalisé d'urgence à la suite d'un accident survenu durant un match d'entraînement de football. Lorsque Pamela demanda de ses nouvelles, la mère du garçon lui annonça joyeusement qu'il était hors de danger.

Hors de danger. Les mots la glacèrent. *Carolyn est-elle hors de danger ? Si elle sort du coma et se retrouve installée dans une chambre normale, cela signifie qu'elle ne sera plus sous surveillance constante. Justin aura accès à elle en permanence. Supposons qu'elle n'ait aucun souvenir de l'accident et que ce soit Justin qui ait tenté de la tuer...*

En traversant la pièce pour rejoindre Justin, elle se sentit submergée par un flot d'émotions contradictoires. Elle avait pitié de cet homme qui aimait Carolyn, peut-être trop intensément ; honte de le soupçonner de l'avoir agressée; et peur, une peur sourde qu'il puisse vouloir recommencer.

Lorsqu'elle lui frappa sur l'épaule, il leva les yeux vers elle. « Ah, l'amie fidèle, fit-il, la police ne t'a pas encore convoquée? »

Pamela se laissa tomber dans un fauteuil à côté de lui. « Qu'est-ce que tu racontes, Justin? Pourquoi la police voudrait-elle me parler?

— Je pensais que tu aurais quelque chose à ajouter aux preuves qui s'accumulent. Ils ont demandé à me revoir hier soir, pour me demander pourquoi j'avais troqué mon manteau pour un Burberry dans l'après-midi du lundi. Ils me soupçonnent d'avoir voulu tuer Carolyn. Tu n'as rien à ajouter pour resserrer le nœud coulant, ma très chère? »

Elle préféra ne pas entrer dans son jeu. « Justin, cette attitude ne nous mènera nulle part. Comment as-tu trouvé Carolyn aujourd'hui?

— J'ai été la voir, mais seulement en présence de l'infirmière. La prochaine fois, tu sais, on m'accusera de vouloir arracher la perfusion. » Il enfouit son visage dans ses mains et secoua la tête. « Mon Dieu, je n'arrive pas à y croire. »

Une infirmière apparut à la porte. « Le Dr Susan Chandler est au téléphone, dit-elle. Elle aimerait vous parler, monsieur Wells. Vous pouvez la prendre ici. » Elle désigna le poste de la salle d'attente.

« Eh bien, moi je ne désire pas lui parler, répliqua-t-il sèchement. Tout a commencé le jour où Carolyn a téléphoné durant son émission.

— Justin, je t'en prie. » Pamela se leva et se dirigea vers le téléphone. « Elle cherche uniquement à t'aider. » Elle décrocha le combiné et le lui tendit.

Il la regarda longuement avant de le lui prendre des mains. « Docteur Chandler, dit-il, pourquoi me harcelez-vous? Il me semble qu'en premier lieu ma femme ne serait pas à l'hôpital en ce moment si elle n'avait pas décidé de vous poster je ne sais quoi. N'avez-vous pas fait assez de dégâts comme ça? S'il vous plaît, laissez-nous vivre en paix. »

Il allait raccrocher mais il interrompit son geste et resta la main en l'air.

« *Je ne pense pas un seul instant que vous ayez poussé votre femme devant cette camionnette!* » La voix de Susan était si forte que Pamela l'entendit de l'autre bout de la salle.

Justin Wells porta à nouveau le récepteur à son oreille. « Et pourquoi dites-vous ça?

— Parce que je pense que quelqu'un d'autre a essayé de la tuer, et je pense que cette personne a aussi assassiné Hilda Johnson qui était témoin de l'accident de votre femme, ainsi que Tiffany Smith, une jeune fille qui a également téléphoné durant mon émission. Il faut absolument que je vous rencontre. Je vous en prie. Vous détenez peut-être un élément dont j'ai besoin. »

Quand il eut raccroché, Justin Wells se tourna vers Pamela. Son visage ne reflétait plus qu'une immense lassitude. « C'est sans doute un piège pour fouiller l'appartement sans mandat, mais je vais l'y retrouver à huit heures. Pam, elle m'a dit qu'elle croit Carolyn toujours en danger, à cause de ce type qu'elle a rencontré en croisière, pas à cause de moi. »

68

En pénétrant dans le bar du St. Regis, Alexander Wright n'eut pas besoin des regards admiratifs des gens attablés autour d'eux pour être conscient que Dee Chandler-Harriman était une très belle femme. Elle portait une veste de velours et un pantalon de soie noirs ; pour seuls bijoux un unique rang de perles et des pendants d'oreilles en perles et diamants. Ses cheveux étaient relevés naturellement en un chignon torsadé d'où s'échappaient quelques fines mèches qui venaient négligemment balayer la peau claire de son visage. Un maquillage subtil rehaussait le bleu profond de ses yeux.

Une fois qu'ils furent assis, Alex se détendit. Lorsqu'il avait parlé à Susan plus tôt dans la journée, elle avait paru sincèrement fatiguée, expliquant qu'il lui restait du travail à terminer ce soir et qu'elle ne pourrait pas se joindre à eux.

Quand il avait tenté de la faire changer d'avis, elle avait ajouté : « Alex, en plus de mon programme quotidien à la radio, j'ai une clientèle privée qui occupe tous mes après-midi, et si j'aime faire cette émission, ce sont mes patients qui sont ma raison d'être. Les deux me prennent pratiquement tout mon temps. » Puis elle lui avait promis de ne pas se décommander pour le samedi soir, ajoutant qu'elle serait ravie de venir.

Au moins ne semble-t-elle pas contrariée que j'aie invité Dee, pensa-t-il en regardant autour de lui, et je suppose qu'elle a compris que je ne suis pas à l'origine de cette petite réunion. Se forçant à concentrer son attention sur Dee, il s'avoua que ce dernier point lui importait particulièrement.

Dee lui parlait de la Californie. « J'aimais bien la vie là-bas, dit-elle de sa voix chaude au timbre sourd et enjôleur. Mais New York est New York, et je suis avant tout une New-Yorkaise — et il arrive un moment où nous avons tous envie de rentrer chez nous. A propos, l'agent immobilier que vous m'avez recommandé est épatant.

— Avez-vous vu des appartements qui vous conviendraient?

— Un seul. Il a pour avantage que les propriétaires sont prêts à le louer pendant un an avec option d'achat. Ils partent à Londres et ne sont pas encore certains de vouloir s'y installer définitivement.

— Où est-il situé?

— 78e Rue, à deux pas de la Cinquième. »

Alex haussa les sourcils. « Vous pourrez venir m'emprunter du sucre. J'habite 78e Rue, entre Madison et Park. » Il sourit. « Peut-être le saviez-vous déjà? »

Dee eut un petit rire qui découvrit ses dents parfaites. « Ne vous flattez pas ainsi. Interrogez donc l'agent immobilier, il vous dira combien d'endroits nous avons visités dans l'après-midi. Mais j'ai une faveur à vous demander, et je vous en prie, ne refusez pas. Accepteriez-vous d'y faire un saut avec moi en sortant d'ici? J'aimerais beaucoup avoir votre avis. » Elle le regarda droit dans les yeux.

« J'ignore si mon avis vaut grand-chose, répondit Alex calmement. Mais je viendrai avec plaisir. »

Voilà une femme extrêmement persuasive, reconnut-il une heure plus tard, quand, après avoir sincèrement admiré l'appartement convoité par Dee, il se retrouva en train de lui faire visiter sa propre maison.

Dans le salon, elle montra un intérêt particulier pour les portraits de sa mère et de son père. « Hmmm, ils n'étaient pas très souriants, n'est-ce pas? »

Alex réfléchit. « Voyons... je crois me souvenir d'un rapide sourire de mon père quand j'avais dix ans. Ma mère était encore moins enjouée.

— Bon, mais d'après ce que je sais, c'étaient des gens très charitables, dit Dee. Et en les voyant tous les deux, on voit tout de suite d'où vous tenez votre physique.

— La réponse qui s'impose est que la flatterie peut vous ouvrir toutes les portes. Avez-vous des projets pour le dîner ?

— A moins que vous n'en ayez.

— Aucun. Je regrette seulement que Susan soit trop occupée pour se joindre à nous. » Il ajouta intentionnellement : « Mais nous nous verrons samedi, et j'espère souvent par la suite. A présent, je vais m'occuper d'une réservation. Je reviens dans un instant. »

Dee sourit intérieurement en sortant son poudrier et en rectifiant son rouge à lèvres. Le regard en coin que lui avait lancé Alex en quittant la pièce ne lui avait pas échappé.

Il commence à s'intéresser à moi, à s'y intéresser sérieusement. Elle regarda autour d'elle. Un peu austère ; je pourrais certainement faire quelque chose de formidable de cet endroit.

69

L'inspecteur de police de Yonkers, Pete Sanchez, commençait à douter qu'ils arrivent à mettre le meurtre de Tiffany Smith sur le dos de Sharkey Dion. L'affaire lui avait paru évidente au début, mais il était clair que s'ils ne trouvaient pas le couteau utilisé pour tuer Tiffany et ne parvenaient pas à remonter jusqu'à Dion, et que si ce dernier ne craquait pas, n'avouait pas, leur histoire était franchement mal partie.

Le problème majeur était que Joey, le barman du Grotto, n'était pas à cent pour cent certain que c'était Sharkey qu'il avait vu disparaître derrière la station-service. En l'état actuel des choses, si l'affaire venait devant un tribunal, la défense anéantirait son témoignage. Pete imaginait sans mal le scénario :

En fait, il apparaît que M. Dion a simplement demandé à Mlle Smith de sortir avec lui. Est-ce un crime ?

Joey avait rapporté que Sharkey avait fait du gringue à Tiffany, puis qu'il lui avait pris la main, resserrant son étreinte quand elle avait tenté de se dégager. « Elle a protesté, et il ne l'a pas lâchée quand elle a voulu se libérer », avait-il dit.

Sanchez secoua la tête. Au pire, ça peut lui valoir des poursuites pour harcèlement sexuel, mais pas pour meurtre, pensa-t-il. En ce moment même, une équipe passait au crible la montagne d'ordures contenue dans la benne qu'ils avaient retirée du parking du Grotto. Pourvu qu'ils y trouvent l'arme du crime...

Son autre espoir était qu'un quidam appelle sur le numéro spécial et apporte quelque chose de concret pour étayer leurs soupçons. Le propriétaire du Grotto avait offert dix mille dollars de récompense pour une information susceptible de faire inculper le meurtrier de Tiffany Smith. Dix mille dollars pour la racaille qui traînait en compagnie de Sharkey, c'était une grosse somme. La moitié d'entre eux étaient des toxicos. La plupart de ces minables vendraient leur propre mère pour une dose de crack. Que ne feraient-ils pas pour un tel paquet de fric ?

A six heures trente, il reçut deux appels successifs. Le premier émanait d'un indicateur connu sous le nom de Billy. D'une voix étouffée, il raconta à Pete qu'après avoir été vidé du Grotto, Sharkey s'était amené dans un endroit appelé The Lamps. Là, il s'en était jeté deux vite fait, avait dit au barman et à un autre mec qu'il retournait s'occuper de la gonzesse qui s'était foutue de lui.

The Lamps, réfléchit Pete. Une boîte mal famée. A seulement cinq minutes du Grotto. « A quelle heure en est-il parti ? aboya-t-il.

— A minuit moins cinq. Il a dit que la fille terminait son service à minuit.

— T'es un pote, Billy », dit Pete d'un ton joyeux.

Un moment plus tard, le chef de l'équipe chargée du triage des ordures appela : « Pete, tu te souviens de cette bague incrustée de turquoises que tu nous as demandé de chercher ? Nous l'avons trouvée. Elle était au milieu d'un tas de lasagnes. »

En quoi ça peut m'intéresser ? pensa Pete. C'est sûr que Sharkey ne l'a pas offerte à Tiffany. Mais je peux toujours prévenir Susan que nous l'avons.

70

Une fois qu'elle eut joint Justin à l'hôpital et décidé de le retrouver à son appartement, Susan alla avaler un hamburger, des frites et un café au comptoir de la cafétéria près de son cabinet. C'est exactement la façon de manger que je déteste, pensa-t-elle, avec une pointe de regret au souvenir des délicieux repas qu'elle avait récemment savourés en compagnie d'Alexander Wright et de Donald Richards. Et je parie à dix contre un que

Dee va s'arranger pour qu'Alex l'invite à dîner ce soir.

Elle prit une frite, la trempa dans le ketchup et la grignota lentement. Pas si mauvais au fond, se dit-elle, suffisant en tout cas pour me faire un peu oublier que ma grande sœur est une fois de plus en train de séduire un homme qui s'intéresse à moi.

Non que j'éprouve une forte attirance pour Alex, médita-t-elle en prenant une bouchée de hamburger. Il est trop tôt pour ça. Non, mais c'est une question d'honnêteté et de loyauté, ces anciennes vertus qui semblent être passées de mode dans notre famille, conclut-elle en son for intérieur, mesurant la peine qu'elle éprouvait devant le comportement de sa sœur.

Sentant une boule lui monter dans la gorge, et craignant que les larmes ne lui viennent aux yeux, elle secoua la tête. Ça suffit de pleurnicher !

Elle but son café très chaud, suivi d'une grande gorgée d'eau. Rien de tel qu'une bonne brûlure pour vous empêcher de vous apitoyer sur vous-même.

A dire vrai, ce ne sont pas mes problèmes avec Dee qui me tracassent, se dit-elle. C'est Tiffany, cette pauvre gosse. Elle avait soif d'être aimée, et elle n'en aura jamais l'occasion. Et à moins que Pete Sanchez ne me montre les aveux écrits de l'individu qu'ils ont arrêté, je continuerai à être convaincue que sa mort a un rapport avec la bague, et non avec un type qui a été jeté hors du restaurant parce qu'il a voulu la draguer.

Tu m'appartiens. Tiffany disait que la bague portait cette inscription. Comme celle que l'on a trouvée dans les bagages de Regina. Comme celle que Carolyn Wells avait promis de me confier. Ni le commissaire Shea ni Pete Sanchez ne s'étaient intéressés à ces bagues, mais ces meurtres avérés, probables ou restés à l'état de tentative, sont tous liés d'une manière ou d'une autre à elles, et à ces croisières auxquelles ont participé Regina et Carolyn. De ça, Susan ne démordait pas.

Elle regarda sa montre, puis accepta une seconde tasse de café et demanda l'addition. Justin Wells était d'accord pour la recevoir dans son appartement de la Cinquième Avenue à huit heures. Elle avait juste le temps d'y aller.

Susan ne savait pas quel homme exactement elle s'attendait à voir en la personne de Justin Wells. Pamela Hastings, le commissaire Shea et Donald Richards le décrivaient tous comme quelqu'un d'une jalousie excessive. Je m'imaginais sans doute lui trouver un air peu rassurant, pensa-t-elle en pénétrant dans son appartement, croisant le regard inquiet d'un séduisant quadragénaire. Le cheveu brun, les épaules larges, un corps athlétique — bel homme, c'est indiscutable, décida-t-elle en l'observant. Si l'apparence était un critère, ce serait sûrement la dernière personne au monde que l'on croirait encline à des crises de jalousie.

Mais, mieux que personne, je dois savoir que les apparences sont trompeuses, pensa-t-elle en lui tendant la main.

« Entrez, docteur Chandler. Pam est également ici. Avant d'aller plus loin, cependant, je voudrais m'excuser de la façon dont je vous ai parlé tout à l'heure.

— Appelez-moi Susan, dit-elle, et ne vous excusez pas. Comme je vous l'ai dit, vous avez raison de croire que si votre femme est à l'hôpital aujourd'hui, c'est avant tout parce qu'elle a téléphoné lors de mon émission. »

La salle de séjour reflétait la présence dans les lieux d'un architecte et d'une décoratrice. De fines colonnes cannelées la séparaient de l'entrée, et la pièce elle-même, avec son plafond orné de moulures, avait une cheminée de marbre délicatement sculptée, un parquet ciré recouvert d'un tapis persan aux motifs discrets, des canapés et des fauteuils confortables et des tables et lampes anciennes.

Pamela Hastings accueillit cordialement Susan. « C'est très aimable à vous de venir ici, docteur, dit-elle. Je ne puis vous dire ce que votre présence signifie pour moi en particulier. »

Elle a l'impression d'avoir trahi Justin Wells, pensa Susan en l'entendant. Elle lui adressa un sourire rassurant. « Ecoutez, je sais que vous êtes épuisés tous les deux, aussi irai-je droit au but. Lorsque Carolyn m'a téléphoné lundi, elle a dit qu'elle apporterait à mon bureau une bague incrustée de turquoises et une photo de l'homme qui la lui avait offerte. Nous savons aujourd'hui qu'elle a pu changer d'avis et décider de les envoyer par la poste. Ce que j'espère, c'est qu'elle a ramené et conservé de sa croisière d'autres choses — des souvenirs, n'importe quoi — susceptibles de nous fournir des indications concernant l'homme mystérieux qu'elle a mentionné, celui qui a tenté de la convaincre de quitter le bateau pour aller à Alger. Elle a dit, ne l'oubliez pas, que lorsqu'elle avait essayé de le joindre à l'hôtel où il était censé descendre, personne n'avait jamais entendu parler de lui.

— Vous comprendrez que Carolyn et moi ne nous soyons pas étendus sur ce voyage, dit Justin Wells sans détour. Nous avions vécu des moments douloureux et désirions tous les deux tirer un trait sur cette séparation.

— Justin, c'est bel et bien la question, dit Pamela. Carolyn ne t'avait pas montré la bague. Et elle ne t'avait évidemment pas montré la photo de cet homme. Ce que le Dr Chandler aimerait savoir, c'est s'il existe d'autres souvenirs qu'elle t'aurait également cachés. »

Le visage de Justin Wells s'empourpra. « Docteur, comme je vous l'ai dit au téléphone, j'accepte volontiers que vous cherchiez ici tout ce qui nous permettrait de découvrir l'homme dont Carolyn a été victime. »

Susan nota l'accent menaçant de sa voix. Donald Richards avait raison. Justin Wells serait capable de tuer quiconque se serait attaqué à sa femme.

« Commençons », dit-elle.

Carolyn s'était aménagé un endroit où travailler dans l'appartement, une vaste pièce meublée d'un grand secrétaire, d'un divan, d'une table à dessin et de classeurs. « Elle a aussi un bureau à l'extérieur, expliqua Justin Wells à Susan. Mais en réalité c'est ici qu'elle conçoit la plupart de ses projets, et c'est ici naturellement qu'elle traite tout son courrier personnel. »

Susan nota la tension de sa voix. « Le secrétaire est-il fermé à clé? demanda-t-elle.

— Je l'ignore. Je n'y touche jamais. » Justin Wells se détourna comme si l'émotion s'emparait de lui à la vue du secrétaire où s'asseyait si souvent sa femme.

Pamela Hastings posa une main sur son bras. « Justin, tu devrais nous attendre à l'extérieur, proposa-t-elle. C'est trop douloureux pour toi.

— Tu as raison, c'est trop douloureux. » Il alla jusqu'à la porte avant de se retourner. « Mais j'insiste ; que cela me soit pénible ou non, je veux savoir, absolument tout savoir de ce que vous découvrirez qui pourrait se révéler utile, dit-il d'un ton presque accusateur. Ai-je votre parole ? »

Les deux femmes hochèrent la tête. Dès qu'il

eut disparu dans l'entrée, Susan se tourna vers Pamela Hastings. « Au travail. »

Susan fouilla le secrétaire pendant que Pamela feuilletait les dossiers dans les classeurs. Comment réagirais-je si cela m'arrivait? se demanda Susan. En dehors des dossiers de mes patients, qui sont confidentiels, qu'est-ce que je n'aimerais pas voir tomber dans des mains étrangères?

La réponse lui vint immédiatement : le billet que Jack lui avait écrit après lui avoir avoué son amour pour Dee. Elle se souvenait encore de certains passages : « Ce qui me rend affreusement triste c'est de t'avoir fait de la peine, et j'aurais tellement voulu qu'il n'en soit pas ainsi. »

Il est temps de brûler cette lettre, décida Susan.

Elle avait le sentiment de se comporter en voyeur, à fouiller ainsi dans les papiers personnels d'une femme qu'elle ne connaissait pas. Carolyn Wells avait un côté fleur bleue, se dit-elle. Dans le tiroir du bas, elle découvrit des dossiers marqués : « Maman », « Justin », « Pam ».

Susan y jeta un coup d'œil rapide. Ils contenaient des cartes de vœux, des notes, des photos. Dans le dossier marqué « Maman », elle trouva un faire-part de décès vieux de trois ans. Le parcourant, elle apprit que Carolyn était enfant unique et que son père était mort dix ans avant sa mère.

Sa mère était décédée depuis un an seulement lorsque Carolyn s'était séparée de son mari et avait fait cette croisière. Il était probable qu'elle était émotionnellement fragile et extrêmement sensible face à une personne apparemment attentionnée.

Susan essaya de se rappeler exactement ce que lui avait dit sa propre mère à propos de sa rencontre avec Regina Clausen lors d'une assemblée générale d'actionnaires. Elle avait indiqué que Regina semblait se réjouir à la pensée de partir en croisière, soulignant que son père était mort à l'âge de quarante ans, et que peu auparavant il avait regretté de ne jamais avoir pris de vacances.

Deux femmes vulnérables, songea Susan en refermant le dernier dossier. C'est clair. Mais il n'y a rien qui puisse nous aider là-dedans. Levant les yeux, elle vit que Pamela avait presque fini d'examiner les trois tiroirs du classeur. « Vous avez trouvé quelque chose ? » demanda-t-elle.

Pamela haussa les épaules. « Rien du tout. D'après ce que je peux constater, Carolyn conservait ici un minidossier de ses projets les plus récents : lettres personnelles des clients, photos des lieux aménagés, etc. » Elle s'interrompit. « Ah ! Nous y voilà peut-être. » Elle brandit un dossier intitulé *Seagodiva*. « C'est le bateau sur lequel Carolyn est partie en croisière. »

Elle emporta le dossier jusqu'au secrétaire et approcha une chaise. « C'est notre dernier espoir », murmura Susan tandis qu'elles se mettaient toutes deux à le feuilleter.

Mais le contenu était à première vue sans intérêt. Essentiellement le genre de documents que l'on garde en souvenir, le programme de la croisière, les bulletins quotidiens du *Seagodiva* signalant les activités à bord, les informations concernant l'itinéraire et les escales.

« Mumbai, le nouveau, ou plutôt l'ancien nom réhabilité de Bombay, fit remarquer Pamela. C'est là que Carolyn s'est embarquée. Oman, Haïfa, Alexandrie, Athènes, Tanger, Lisbonne — les ports où le bateau relâchait.

— C'est Alger que Carolyn devait visiter avec l'homme mystérieux, dit Susan. Regardez la date. Une escale était prévue à Tanger le 15 octobre. Il y aura exactement deux ans la semaine prochaine.

— Carolyn est rentrée le 20, précisa Pamela. Je le sais car c'était l'anniversaire de mon mari. »

Susan parcourut le manifeste du bord. Au dos de l'un des bulletins, il y avait une note écrite au crayon. « Voir le marché du vieil Alger. »

C'est une phrase de la chanson « Tu m'appartiens », se souvint-elle. Puis elle remarqua une indication gribouillée en bas de la page. Elle se pencha pour la déchiffrer. On lisait vaguement : « ... Win, Palace Hotel, 555-0634. »

Elle se tourna vers Pamela. « A mon avis, il s'agit de l'homme avec qui elle avait rendez-vous, dit-elle calmement.

— Seigneur, cela signifierait-il que c'est lui qu'elle appelle maintenant ?

— Je l'ignore. Si seulement la photo qu'elle devait me montrer se trouvait encore dans ce dossier. Je parie que c'est là qu'elle la conservait. » Susan parcourut des yeux le secrétaire comme si elle s'attendait à voir la photo se matérialiser. Elle remarqua un fragment de papier glacé bleu près d'une paire de ciseaux.

« Carolyn a-t-elle une femme de ménage ? interrogea-t-elle.

— Oui, elle vient les lundis et vendredis matin de huit à onze. Pourquoi ?

— Parce que Carolyn m'a téléphoné peu avant midi. Priez pour que... » Sans terminer sa phrase, Susan s'empara de la corbeille à papiers sous le bureau. Elle en vida le contenu par terre. Des fragments de papier glacé bleu s'éparpillèrent, suivis d'une photographie aux bords découpés.

Susan la ramassa et l'examina. « C'est Carolyn, avec le commandant du bateau, n'est-ce pas ?

— Oui, c'est bien ça, dit Pamela, mais pourquoi l'a-t-elle découpée ?

— Elle avait probablement l'intention de m'envoyer seulement la partie de la photo représentant l'homme qui lui avait donné la bague. Elle ne voulait pas être impliquée ou identifiée.

— Et le reste de la photo a disparu.

— Il a peut-être disparu, rectifia Susan en rassemblant les morceaux de papier glacé, mais regardez bien ! Le nom de l'agence londonienne chargée des prises de vue est imprimé sur la pochette, avec les instructions pour commander des épreuves supplémentaires. »

Elle repoussa sa chaise et se leva. « Je vais appeler ces gens et s'ils ont encore le négatif de cette photo, je me le procurerai. Pamela, dit-elle, criant presque sous l'effet de l'excitation, vous rendez-vous compte que dans ce cas, nous allons peut-être découvrir l'identité d'un tueur en série ? »

71

Nat Small s'aperçut qu'il regrettait plus qu'il ne l'aurait cru Abdul Parki, son ami et voisin de la boutique de souvenirs. A peine trois jours plus tôt, lundi dernier, voyant Parki devant son magasin, en train de balayer le trottoir, il l'avait interpellé, l'invitant en riant à venir faire le ménage du côté de Dark Delights.

Avec son sourire timide, mi-rieur, mi-grimaçant, Parki lui avait répliqué : « Nat, tu sais que je ferais n'importe quoi pour toi, mais il en faudrait plus que moi et mon balai pour nettoyer ton repaire ! » Ils avaient bien rigolé. Puis mardi, il avait revu Parki devant sa boutique ; cette fois il balayait du popcorn qu'un gosse avait répandu. Ensuite, plus rien ; il n'avait plus jamais revu Parki. Nat Small était fâché que la police et les médias aient donné si peu d'importance à la mort de Parki. Bien sûr, ils avaient mentionné le meurtre à la télé, avec un flash de dix secondes sur le magasin, mais un grand ponte de la Mafia avait été arrêté le même jour, et c'était lui qui avait tenu la vedette. Non, tout le monde se fichait de Parki : « Un crime sans doute lié à la drogue », avaient-ils conclu, apparemment satisfaits d'en rester là.

Depuis, Khyem Speciality Shop avait un aspect abandonné. On dirait que la boutique est fermée depuis des années, pensa Nat. Il y avait même un écriteau « A louer » sur la porte. J'espère que je ne vais pas voir un concurrent s'y installer, se dit-il. C'est déjà assez dur comme ça.

Le jeudi soir, Nat ferma boutique à neuf heures. Avant de partir, il apporta quelques modifications à la devanture. Alors qu'il regardait dans la rue à travers la vitre, il repensa soudain à l'attitude de cet homme bien sapé qui s'était arrêté mardi dernier, vers une heure, devant cette même vitrine, et qui avait ensuite traversé la rue pour entrer chez Parki. J'aurais peut-être dû en parler aux flics, après tout, se dit-il. Mais non, ça n'aurait servi qu'à leur faire perdre leur temps. Le type était probablement entré pour ressortir immédiatement. Il avait davantage le style à traîner dans les rayons de Dark Delights qu'à acheter des babioles à Khyem Speciality Shop. Les trucs de Parki n'intéressaient que les touristes, et l'homme qu'il avait vu n'avait certes rien d'un touriste.

Nat eut une grimace amusée au souvenir du cadeau stupide que lui avait fait Parki l'année précédente — un poussah à tête d'éléphant assis sur un trône.

« Tu es un bon ami, Nat, lui avait dit Parki avec son accent chantant. J'ai fabriqué ça pour toi. C'est Ganesh, le dieu-éléphant. Il y a une légende sur lui. Par accident, Shiva, son père, lui avait coupé la tête quand il avait cinq ans, et lorsque sa mère lui demanda de la remplacer, le père se trompa et lui mit une tête d'éléphant. La mère protesta, dit que son fils était tellement laid qu'il ferait fuir tout le monde, alors le père déclara : "J'en ferai le dieu de la sagesse, de la prospérité et du bonheur. Tu verras, tout le monde l'aimera." »

Nat savait que Parki avait mis toute son application à sculpter cette figurine. Et comme la plupart des objets qu'il fabriquait lui-même, elle était incrustée de turquoises.

Nat cédait rarement à un élan sentimental, mais en l'honneur de son ami assassiné, il alla dans sa réserve chercher le dieu-éléphant et le plaça dans la vitrine, la trompe pointant en direction de la boutique de Parki. Je le laisserai là en attendant que quelqu'un loue l'emplacement, décida-t-il. En mémoire d'un chic petit bonhomme.

Partagé entre la tristesse et une certaine satisfaction du devoir accompli, Nat Small mit le verrou et rentra chez lui. Qui sait, ce serait peut-être un marchand de bagels qui prendrait la place de Parki. Ce serait non seulement pratique, mais excellent pour les affaires.

72

Donald Richards avait dit à Rena qu'il dînerait dehors, puis, peu désireux de se retrouver seul, il avait à l'improviste téléphoné à Mark Greenberg, un ami psychiatre qu'il avait consulté à l'époque de la mort de sa femme. Par chance, Greenberg était libre. « Betsy va à l'opéra avec sa mère, avait-il dit, je me suis défilé. »

Ils se retrouvèrent chez Kennedy, dans la 57ᵉ Ouest. Greenberg, proche de la cinquantaine, l'allure du parfait intellectuel, attendit que leurs apéritifs fussent servis avant d'interroger Donald. « Don, nous n'avons pas parlé de médecin à patient depuis longtemps, comment ça va ? »

Donald sourit. « Je ne tiens pas en place. Je présume que c'est bon signe.

— J'ai lu ton livre. Très bon. Dis-moi pourquoi tu l'as écrit.

— C'est la seconde fois que l'on me pose cette question en deux jours, répondit Don. Le sujet m'intéressait. J'ai eu un patient dont la femme avait disparu. Il devenait fou. Il y a deux ans, quand on a retrouvé la voiture de sa femme avec son corps à l'intérieur, il a enfin pu reprendre le cours de son existence. Elle avait quitté la route et était tombée dans un lac. La mort dans ce cas avait été accidentelle. Dans mon livre, la plupart des exemples analysés concernent des victimes d'un guet-apens. Mon but en l'écrivant était de prévenir les femmes des dangers qui les entourent, et de leur montrer comment éviter les situations qui ont attiré ces victimes dans un piège.

— Un moyen de te racheter ? Tu t'accuses toujours de la mort de Kathy, n'est-ce pas ? interrogea doucement Greenberg.

— Je voudrais croire que je commence à m'en sortir, mais la blessure n'est pas complètement refermée. Mark, tu m'as toi-même entendu le répéter cent fois. Kathy n'avait pas envie de faire cette photo. Elle se sentait patraque. Puis elle m'a dit : "Je sais ce que tu penses, Don. Ce n'est pas correct vis-à-vis des autres de se décommander à la dernière minute." Je critiquais toujours son habitude d'annuler ses rendez-vous à la dernière minute, en particulier lorsqu'il s'agissait d'engagements. Cette fois-là, le fait de m'avoir écouté lui a coûté la vie. »

Il porta son verre à ses lèvres et but une longue gorgée.

« Mais Kathy ne t'avait pas annoncé qu'elle croyait être enceinte, lui rappela Greenberg. C'est toi au contraire qui l'aurais poussée à rester à la maison si elle t'avait dit qu'elle se sentait nauséeuse.

— Non, elle ne m'a rien dit. En y repensant par la suite, je me suis souvenu qu'elle n'avait pas eu ses règles depuis six semaines. » Donald haussa les épaules. « Il y a encore des jours difficiles, mais ça va mieux. A l'approche des quarante ans, je commence peut-être à comprendre qu'il est temps de me détacher du passé.

— Et si tu faisais une croisière, même courte ? Il me semble que ce serait un pas important pour toi.

— C'est mon intention, en réalité. Je vais terminer la promotion du livre à Miami la semaine prochaine, et une fois là-bas je compte chercher un voyage en mer idoine.

— Excellente nouvelle ! Une dernière question : est-ce que tu sors avec quelqu'un en ce moment ?

— J'ai dîné avec une amie hier soir. Susan Chandler, une psychologue. Elle anime une émission de radio quotidienne et elle exerce en même temps. Très séduisante et intéressante.

— J'imagine que tu as l'intention de la revoir ? »

Donald sourit. « Mettons que j'ai des projets la concernant, Mark. »

Il était dix heures lorsque Donald rentra chez lui. Il hésita à appeler Susan au téléphone, puis décréta qu'il n'était pas trop tard pour tenter sa chance.

Elle répondit dès la première sonnerie.

« Susan, vous sembliez plutôt abattue cet après-midi. Comment vous sentez-vous à présent ?

— Oh, mieux, je suppose. Je suis contente que vous appeliez, Don. Je voulais justement vous demander quelque chose.

— Je vous en prie.

— Vous avez fait beaucoup de croisières, n'est-ce pas ? »

Donald se rendit compte qu'il serrait le téléphone entre ses doigts. « Avant mon mariage, et après. Ma femme et moi adorions partir en mer.

— Et vous avez navigué sur le *Gabrielle* ?

— Oui.

— Je n'ai aucune habitude des croisières, ne m'en veuillez pas. Je crois savoir qu'il y a une équipe de photographes à bord, et qu'ils sont là pour vous mitrailler du matin au soir.

— Absolument. C'est une activité très lucrative.

— Savez-vous s'ils gardent les négatifs des photos prises au cours des précédentes croisières ?

— Je n'en ai pas la moindre idée.

— Auriez-vous par hasard des photos qui auraient été prises à bord du *Gabrielle* ? Je recherche le nom d'une agence de photos qui travaille — ou a travaillé — pour le *Gabrielle*.

— J'ai certainement gardé quelques photos de l'époque où Kathy et moi partions en croisière.

— Pourriez-vous vérifier ? Je vous en serais sincèrement reconnaissante. Je pourrais faire cette demande à Mme Clausen, mais je ne veux pas l'inquiéter avec ça.

— Ne quittez pas. »

Donald Richards posa le téléphone et alla jusqu'au placard où il avait rangé les photos et souvenirs de son mariage. Il prit sur le rayon du haut un carton marqué « Vacances » et l'apporta près du téléphone.

« Patientez un instant, dit-il à Susan. Si j'ai une

photo, elle se trouve certainement dans le carton que j'ai entre les mains. Je suis heureux de vous savoir à l'autre bout du fil. Remuer de vieux souvenirs est assez déprimant.

— C'est précisément ce que nous venons de faire dans l'appartement de Justin Wells, lui dit Susan.

— Vous étiez avec Justin Wells ? » Il ne chercha pas à dissimuler sa surprise.

« Oui. Il m'a semblé que je pourrais l'aider. »

Elle ne m'en dira pas plus, comprit Donald. Il avait trouvé ce qu'il cherchait, une pile de pochettes en papier glacé bleu.

Il ouvrit la première, et regarda une photo de Kathy et de lui-même à leur table à bord du *Gabrielle*. Derrière eux, il y avait une large baie vitrée où s'encadrait le soleil couchant au-dessus de l'horizon.

Il sortit la photo de la pochette et la retourna. Au dos se trouvaient les instructions concernant les commandes de tirages supplémentaires. Il les lut calmement à l'intention de Susan.

« Un coup de chance ! s'exclama-t-elle. C'est la même agence qui s'occupait des photos sur les deux bateaux. Désormais, je pourrai peut-être obtenir une épreuve de la photo que Carolyn devait nous communiquer.

— Vous voulez dire la photo de l'homme qui lui a donné la bague ? »

Susan ne répondit pas directement. « Il n'y a peut-être pas lieu d'être optimiste. Il est possible qu'ils n'aient plus le négatif.

— Écoutez, je pars la semaine prochaine pour la dernière tournée de signatures, dit Donald. Je m'en vais lundi, mais j'aimerais réellement vous voir avant mon départ. Si nous nous retrouvions dimanche pour le brunch, le déjeuner ou le dîner ? »

Susan rit. « Disons pour le dîner. Je suis prise dimanche après-midi. »

Après avoir raccroché quelques minutes plus tard, Donald s'attarda auprès du téléphone, le regard rivé sur les photos des voyages qu'il avait faits avec Kathy. Il avait l'impression soudaine qu'il s'agissait d'une période lointaine de sa vie.

Un changement manifeste s'opérait en lui. D'ici une semaine peut-être verrait-il se dissiper tous les tourments des quatre dernières années.

73

Dix heures passées. Susan soupira. La journée avait été longue, malheureusement la nuit le serait moins. Dans six heures à peine il lui faudrait se réveiller pour téléphoner.

A quatre heures du matin à New York, il était neuf heures à Londres. Elle appellerait alors Ocean Cruise Pictures Ltd. pour s'informer de la possibilité de commander des photos prises sur le *Gabrielle* et le *Seagodiva* pendant les croisières auxquelles Regina Clausen et Carolyn Wells avaient participé.

Malgré l'heure tardive, elle décida de prendre une douche, espérant effacer les traces de la fatigue accumulée depuis le début de la matinée. Elle laissa la vapeur l'envelopper, savourant l'agréable picotement de l'eau chaude sur son corps. Puis elle se sécha vigoureusement, drapa ses cheveux mouillés dans une serviette-éponge, enfila une chemise de nuit et une robe de chambre et, revigorée, alla dans la cuisine se préparer un chocolat chaud qu'elle boirait au lit.

Pouce pour aujourd'hui, décréta-t-elle, réglant le réveil sur quatre heures.

Quand la sonnerie retentit, Susan poussa un grognement de protestation et se réveilla péniblement. Comme toujours avant de se coucher, elle avait ouvert les fenêtres et fermé le chauffage, si bien que sa chambre ressemblait à une glacière, comme aurait dit sa grand-mère.

Elle se redressa dans son lit, s'emmitoufla dans les couvertures et prit le téléphone, un carnet et un crayon. Avec une impatience grandissante, elle composa la longue suite de numéros qui la mettrait en communication avec le studio de photos à Londres.

« Ocean Cruise Pictures Ltd. Bonjour. »

Susan s'attendit à entendre le début des inévitables instructions recommandant de presser tel ou tel numéro si vous vouliez entrer en communication avec un être vivant. Au lieu de quoi, une voix lui demanda : « Que puis-je faire pour vous ? »

Quelques instants plus tard, elle s'entretenait avec le service des tirages. « Nous pouvons en effet vous procurer les photos prises durant ces croisières, madame. Nous conservons généralement les épreuves des croisières autour du monde un peu plus longtemps que les autres. »

Mais lorsque Susan eut connaissance de la quantité de photos prises entre Bombay et Athènes sur le *Seagodiva,* et entre Perth et Hong Kong sur le *Gabrielle,* elle resta interdite.

« Vous savez, les deux paquebots étaient certainement pleins, expliqua l'homme à l'autre bout du fil. Si vous avez sept cents personnes à bord et qu'environ cinq cents d'entre elles voyagent en couple, il reste néanmoins un grand nombre de passagers solitaires, et nous essayons de prendre plusieurs photos de chaque personne. Nous avons des photographes qui opèrent au moment de l'embarquement, et beaucoup de passagers veulent être photographiés aux différentes escales, et avec le commandant, et à leur table, et à toutes les mondanités, comme le bal costumé. Vous voyez que les occasions de photos-souvenirs ne manquent pas. »

Des centaines de photos à douze dollars pièce, calcula Susan; une fortune! « Attendez, dit-elle. La photo que je désire sur le *Seagodiva* montre au premier plan une femme avec le commandant. Pourriez-vous examiner les négatifs et faire un tirage de toutes les photos où une femme seule pose à côté du commandant?

— Pendant la traversée entre Bombay et Athènes en octobre il y a deux ans?

— Exactement.

— Nous vous demanderons bien entendu un paiement d'avance.

— Naturellement. » Je prierai mon cher père de leur envoyer la somme depuis son bureau, pensa Susan. Je le rembourserai plus tard.

« Écoutez, dit-elle, j'ai besoin de cette photo le plus tôt possible. Si le virement est fait aujourd'hui, pouvez-vous m'adresser les photos par express dans la nuit?

— Demain, plutôt. Vous rendez-vous compte qu'il peut y avoir au moins quatre cents épreuves?

— Je sais.

— Je suis sûr que nous pourrions vous faire un prix. Malheureusement il faudrait que vous en discutiez avec M. Mayhew, qui ne sera là qu'en fin d'après-midi. »

Susan l'interrompit. « Ce n'est pas ce qui m'importe pour l'instant. Donnez-moi les coordonnées de la banque où le virement doit être effectué. L'opération sera faite à trois heures, heure anglaise, au plus tard.

— Oh, dans ce cas, je ne pense pas que nous aurons fini le travail avant demain. Mais vous aurez les photos lundi. »

C'était à prendre ou à laisser.

Elle parvint à se rendormir après son appel téléphonique, mais pas pour longtemps. A huit heures, elle était déjà habillée et prête à partir. Elle avait hésité à attendre jusqu'à neuf heures afin de joindre son père à son bureau, mais elle n'était pas sûre de l'y trouver ce matin-là. Espérant tomber sur lui et non sur Binky, elle l'appela à leur domicile à Bedford.

La nouvelle employée de maison répondit. M. et Mme Chandler passaient le week-end dans leur appartement de New York, dit-elle à Susan. « Ils sont partis hier soir. »

Une bénédiction pour vous, pensa Susan. Binky avait la réputation de faire fuir tous les domestiques.

Elle téléphona à l'appartement et fit la grimace en entendant la voix de sa belle-mère. Le ton n'avait rien d'enjoué ce matin. « Mon Dieu, Susan, cela ne pouvait-il pas attendre ? Ton père est sous sa douche. Je vais lui demander de te rappeler plus tard.

— S'il te plaît », dit Susan sèchement.

Un quart d'heure plus tard, son père la rappelait. « Susan, Binky est confuse. Elle était endormie quand elle t'a répondu, et n'a même pas pensé à demander de tes nouvelles. »

Oh, pitié, mon pauvre papa, pensa Susan, es-tu si aveugle que tu ne voies pas qu'elle me fait surtout savoir, au cas où je ne l'aurais pas compris, que je l'ai réveillée. « Dis-lui que je ne me suis jamais portée aussi bien, mais papa — je veux dire Charles —, j'ai besoin d'un service.

— Tout ce que tu voudras ma petite fille.

— Formidable. J'aimerais que tu vires cinq mille trois cents dollars à Londres dès que possible. Je peux téléphoner à ton bureau et communiquer les informations à ta secrétaire si tu veux, mais il est impératif que ce soit fait immédiatement. Je te rembourserai, naturellement. Il faut simplement que je transfère des fonds depuis mon compte d'épargne, et l'opération peut prendre quelques jours.

— Ne t'en fais pas. Je suis heureux de pouvoir t'aider, mon petit. Mais il n'y a rien d'embêtant, j'espère. Ça ressemble à un cas d'urgence. Tu n'es pas malade, au moins ? Tu n'as pas d'ennuis ? »

Il parle comme un vrai père, songea Susan. « Non, rien de tout cela. Je fais une petite enquête policière bénévole. Pour un ami. Il nous faut identifier quelqu'un d'après des photos prises au cours d'une croisière.

— Tu me rassures. Donne-moi les informations ; je vais m'en occuper tout de suite. Tu sais, Susan, j'aimerais que tu fasses appel à moi plus souvent. Cela me fait vraiment plaisir. Je ne te vois pas assez et tu me manques. »

Susan sentit une vague de nostalgie l'envahir puis se dissiper dès qu'elle entendit la voix de Binky à l'arrière-plan.

Son père eut un petit rire indulgent. « Il faut que je te quitte maintenant, chérie. Binky a besoin de sommeil pour rester belle, et elle voudrait que je la laisse se rendormir. »

Le vendredi matin, Chris Ryan se cala dans son vieux fauteuil pivotant et examina les rapports préliminaires concernant Douglas Layton que lui avaient communiqués ses informateurs.

Le premier rapport recoupait ses propres renseignements : le passé universitaire de Douglas Layton était conforme à ce qu'il avait avancé, il n'était donc pas un de ces types qui prétendent être diplômés d'un collège dont ils n'ont vu que des photos. Le document suivant, cependant, indiquait clairement qu'il y avait quelque chose de bizarre chez Layton : il avait occupé quatre postes différents après être sorti diplômé de la faculté de droit, et s'il semblait posséder toutes les qualités requises pour devenir associé dans une société, il n'en avait jamais rien été.

Chris haussa les sourcils en prenant connaissance de la situation actuelle de Douglas Layton. Son avenir est désormais assuré, pensa-t-il. Un poste d'administrateur à la fondation Clausen vous ouvrait toutes les portes, et la perspective d'un job en or, spécialement le jour où le vieil Hubert March, qui apparemment le traitait comme son héritier présomptif, prendrait sa retraite. D'après ce que m'a dit Susan, il est aux petits soins pour Mme Clausen.

Tout en étudiant le rapport, il en souligna certains passages pour y revenir plus tard. Un point significatif en ressortait : pour quelqu'un que l'on payait à la fois pour gérer et dépenser des sommes d'argent considérables, Layton ne paraissait pas posséder grand-chose. Qu'est-ce que ça cache ? marmonna Chris en lui-même. Voilà un garçon de trente-cinq ou trente-six ans, célibataire, sans responsabilités apparentes. Il a travaillé dans des sociétés réputées avec un gros salaire, et pourtant il est loin d'être riche ; sa voiture est en leasing ; il loue son appartement. Les dépôts dans ses comptes bancaires couvrent à peine ses dépenses mensuelles. Il n'a pas de compte d'épargne.

Alors que fait Layton de son fric ? Il pourrait être toxicomane, naturellement. Et dans ce cas, comme tous les accros, il doit trouver un moyen de financer son vice, et probablement pas uniquement avec son salaire.

Chris eut un sourire froid. Il y avait là-dedans matière à justifier une enquête approfondie. Il aimait ce moment particulier où il flairait une trace et se mettait en chasse. Je vais passer un coup de fil à Susan, décida-t-il. Elle veut toujours suivre les affaires dès le début, et sera certainement contente d'apprendre qu'elle avait raison — en ce qui concerne Douglas Layton, il y a quelque chose de pourri au royaume du Danemark.

Arrivée à son cabinet, Susan trouva un appel de Pete Sanchez sur son répondeur. Avec un sentiment de triomphe, elle l'écouta annoncer qu'ils avaient trouvé la bague. Une découverte qui pouvait être importante, pensa-t-elle.

Elle resta assise à son bureau pendant quelques minutes, reconstituant mentalement certaines pièces du puzzle. Il était possible que ces bagues ne soient pas la clé permettant d'élucider ces crimes, mais visiblement elles reliaient toutes les victimes entre elles. Et si elle ne se trompait pas, la mort de Tiffany avait pour cause non pas le fait qu'elle *possédât* la bague, mais la crainte qu'elle puisse identifier l'homme qui en avait acheté plusieurs semblables dans une boutique de souvenirs du Village.

Je vais tester mon hypothèse sur Pete et voir comment il réagit, se dit-elle en s'emparant du téléphone.

Elle sut au ton de voix de Pete Sanchez qu'il était d'excellente humeur. « Le procureur est en train de cuisiner notre homme, lui annonça-t-il réjoui. Un de mes indicateurs a trouvé deux témoins qui l'ont entendu proférer des menaces contre Tiffany, il a même dit qu'il allait retourner au Grotto s'occuper d'elle. Il va bientôt craquer. Dites-moi, qu'est-ce qu'il y a avec cette foutue bague ? »

Susan choisit ses mots soigneusement. « Pete, je peux me tromper complètement, mais je crois que ces bagues sont liées à l'affaire. On a trouvé l'une d'entre elles dans les effets personnels d'une femme qui a disparu sans laisser de traces il y trois ans. Lundi, une autre femme m'a appelée durant mon émission à la radio, disant qu'elle voulait m'en montrer une semblable. Nous supposons qu'elle a changé d'avis et s'apprêtait à l'envoyer par la poste quand elle a été renversée par une camionnette. La police enquête encore, mais il semble qu'on l'ait poussée. Tiffany pour sa part m'avait aussi promis de me faire parvenir sa bague, ensuite elle a changé d'avis et décidé de la garder pour des raisons sentimentales, mais celui qui l'a assassinée n'en savait rien, et en outre, je ne suis pas sûre... »

Sanchez la coupa. « Susan, l'homme qui a tué Tiffany est sous les verrous. Je ne vois pas ce qu'une bague avec des turquoises a à voir avec cette affaire. Nous savions qu'elle vous avait parlé de son ex-petit copain, un garçon du nom de Matthew Bauer, et nous avons pris des renseignements sur lui. Mercredi soir il était avec ses parents à Babylon, chez sa fiancée. Ils devaient mettre au point les détails du mariage. Ils y sont allés en voiture et sont rentrés tous ensemble bien après minuit. Il n'y a donc rien de son côté.

— Pete, faites-moi confiance. Cette bague peut être significative. L'avez-vous avec vous ?

— Ici même.

— Attendez. » Susan prit son sac et tira de son portefeuille la bague que Jane Clausen lui avait confiée. « Pete, pouvez-vous me décrire la bague qui est en votre possession ?

— Bien sûr. Des petits fragments de turquoise incrustés dans un anneau bon marché. Susan, ces trucs se trouvent à la pelle.

— Y a-t-il une inscription à l'intérieur ?

— Ouais. Difficile à déchiffrer. OK, je lis : *Tu m'appartiens.* »

Susan ouvrit d'un geste sec le premier tiroir de son bureau et fouilla à l'intérieur à la recherche de sa loupe. Elle plaça la bague de Regina sous la lumière afin de l'examiner de près. « Pete, avez-vous une loupe ?

— Quelque part dans mon fourbi, je présume.

— Accordez-moi encore un peu de patience. Je voudrais comparer les lettres à l'intérieur des anneaux. Celui que j'ai a un grand *T* majuscule, une large boucle sur le *m* et le *a* est tout petit.

— Le *T* et le *a* ressemblent à votre description. Il n'y a pas de boucle au *m*, cependant, signala Pete. Susan, de quoi s'agit-il, bon sang ?

— Pete, écoutez-moi, supplia Susan. S'il vous plaît, traitez la bague comme une pièce à conviction, demandez à votre labo d'en faire des photos agrandies sous tous les angles, ensuite faxez-les-moi. Encore une chose — je voudrais parler à Matthew Bauer moi-même. Pouvez-vous me donner son numéro de téléphone ?

— Susan, ce garçon n'a rien à se reprocher.

— Je n'en doute pas. Soyez gentil, Pete. Je vous ai rendu pas mal de services quand j'étais au bureau du procureur. »

Il y eut un moment de silence à l'autre bout de la ligne, puis la voix de Pete Sanchez se fit entendre : « Vous avez un crayon ? Voilà le numéro. » Il écouta Susan répéter le numéro et dit d'un ton sec : « Susan, je suis convaincu que nous tenons l'assassin de Tiffany Smith, mais si vous avez d'autres tuyaux, je veux que vous me les communiquiez. »

— C'est entendu », promit Susan.

Elle avait à peine raccroché que Janet lui annonça un appel de Chris Ryan, qui la mit au courant de ce qu'il avait appris jusqu'à présent sur Douglas Layton.

Il conclut ses observations en disant : « Susie, nous tenons une piste. »

Oui, pensa Susan, et plus compliquée que vous ne le supposez. Elle lui demanda de continuer à la tenir informée, puis avertit Janet qu'elle attendait un fax de Yonkers.

76

Pendant un bref instant le vendredi matin, Carolyn Wells parut sur le point de reprendre conscience. Son esprit était enveloppé d'un brouillard qu'elle tentait désespérément de percer. Elle avait l'impression de flotter, d'être plongée dans une mer sombre et trouble. Tout était flou. Même la douleur — et elle souffrait beaucoup — était diffuse, présente dans tout son corps.

Où était Justin? Elle avait besoin de lui. Que s'était-il passé? Que lui était-il arrivé? Pourquoi cette douleur? Elle avait tellement de mal à rassembler ses souvenirs. Il lui avait téléphoné... Il était en colère contre elle... elle avait parlé d'un homme qu'elle avait rencontré sur le bateau... C'était à ce sujet que Justin lui avait téléphoné... Justin, ne sois pas fâché. Je t'aime... il n'y a jamais eu personne d'autre, cria-t-elle, mais naturellement personne ne l'entendit. Elle était toujours sous l'eau.

Pourquoi se sentait-elle si mal? Où était-elle? Elle remontait lentement à la surface. « Justin », murmura-t-elle.

Elle ne vit pas l'infirmière qui se penchait au-dessus de son lit. Elle voulait seulement dire à Justin de ne pas avoir de peine, de ne pas lui en vouloir. « Justin, je t'en prie, non! » implora-t-elle, avant de s'enfoncer à nouveau, loin de la douleur, dans le flot accueillant de la nuit.

Tenue de rapporter chaque mot prononcé par Carolyn, l'infirmière du service téléphona au commissaire Shea du 19ᵉ district. Son appel fut transféré dans la pièce où le commissaire écoutait pour la énième fois Justin Wells rapporter par le menu tout ce qu'il avait fait dans l'après-midi du lundi — il avait téléphoné à sa femme, lui avait exprimé sa colère au sujet de l'émission de radio, était rentré chez lui dans l'intention de lui parler en personne, et ne l'ayant pas trouvée, avait changé de manteau et regagné l'agence. A aucun moment il ne l'avait vue.

Shea écouta ce que lui disait l'infirmière et se tourna vers Justin. « Monsieur Wells, j'aimerais que vous écoutiez ça. »

Les lèvres de Justin Wells se crispèrent et son visage s'empourpra en entendant l'infirmière répéter d'une voix hésitante les paroles de Carolyn.

« Merci », fit-il doucement. Il reposa le combiné et se leva. « Suis-je en état d'arrestation ? »

— Pas encore.

— Bon, vous me trouverez à l'hôpital. Lorsque ma femme aura pleinement repris conscience, elle aura besoin de moi. Qu'elle se rappelle ou non ce qui lui est arrivé, je peux vous affirmer une chose : quels que soient vos efforts pour me faire accuser, Carolyn sait bien que je me tuerais plutôt que de lui faire le moindre mal. »

Tom Shea attendit que Justin fût parti, puis appela le sergent de service. « Envoyez un agent, une femme de préférence, à l'hôpital de Lenox Hill, ordonna-t-il. Dites-lui de s'assurer que Justin Wells ne reste jamais seul avec sa femme dans la chambre. »

Il demeura ensuite plongé dans ses réflexions, passant en revue toute l'affaire, rechignant à recevoir encore une fois Oliver Baker qui avait demandé un nouveau rendez-vous. Mais il s'avérait que Baker était un témoin important. Il avait vu l'enveloppe que Carolyn Wells tenait sous son bras et qu'on lui avait soustraite ; il était certain que l'homme qui s'en était emparé portait un Burberry.

Peut-être Baker avait-il gambergé davantage, d'où la demande de rendez-vous. Tom Shea avait été l'une des rares personnes à s'être rendue à l'enterrement de Hilda Johnson quelques heures plus tôt, et il brûlait de voir Justin Wells traduit en justice. Quel inconnu Hilda aurait-elle fait entrer chez elle la nuit, sinon le mari de cette femme qu'elle avait vue poussée sous la camionnette ?

Justin Wells était coupable — Shea n'avait aucun doute sur la question. Et il enrageait que le meurtrier de Hilda soit sorti de la pièce peu de minutes auparavant, toujours libre.

77

Il n'aurait pu annuler ses rendez-vous de la matinée sans provoquer des commentaires, surtout alors qu'il s'apprêtait à s'absenter prochainement. En conséquence il ne put écouter qu'une partie de l'émission de Susan. Naturellement, les auditeurs étaient encore désireux de parler de la mort de Tiffany.

« Docteur Susan, mon ami et moi espérions qu'elle allait se réconcilier avec Matt. On voyait qu'elle l'aimait vraiment... »

« Docteur Susan, croyez-vous que Matt puisse être son agresseur ? Je veux dire qu'ils se sont peut-être revus et disputés... »

« Docteur Susan, j'habite Yonkers, et le type qu'ils ont arrêté est vraiment dangereux. Il a fait de la prison pour meurtre. Nous sommes tous persuadés que c'est lui qui a fait le coup... »

« Docteur Susan, Tiffany portait-elle la bague aux turquoises quand elle a été assassinée ? »

Cette dernière question était intéressante, et elle le troubla. Portait-elle la bague ? Il ne le pensait pas, mais il aurait préféré l'avoir vérifié.

Susan avait répondu aux questions comme il s'attendait à ce qu'elle le fasse : à sa connaissance, Matt n'était absolument pas suspect ; il n'avait été fait aucune mention de la bague dans les médias ; il fallait toujours respecter la présomption d'innocence, même dans les cas où un suspect avait déjà été condamné.

Il devinait ce que ses propos signifiaient. Susan n'était pas convaincue par la thèse de la police concernant le meurtrier. Elle était trop astucieuse pour ne pas relier la mort de Tiffany aux autres. L'esprit d'un procureur ne reste jamais inactif.

Ni le mien, songea-t-il avec une méchante satisfaction. Il n'était pas inquiet. Il avait décidé du moment précis où il éliminerait Susan. Il ne lui restait qu'à mettre au point les détails.

Dans le compartiment secret de sa serviette, il transportait les bagues ornées de turquoises qu'il avait subtilisées dans la boutique de Parki — trois, plus celle de Carolyn Wells qu'il avait l'intention d'envoyer par la poste à Susan. Une seule lui suffisait, naturellement. Les autres, il les jetterait dans la mer lorsqu'il en aurait fini avec l'ultime dame solitaire. Il aurait aimé en glisser une au doigt de Susan après l'avoir tuée, mais cela donnerait lieu à trop de spéculations. Non, il ne pouvait pas risquer de la laisser à son doigt, il la lui mettrait peut-être pendant un instant, le temps de savourer la certitude qu'elle, comme les autres, lui appartenait.

78

« Au revoir, le Dr Chandler vous retrouvera lundi sur l'antenne. »

Le signal rouge au-dessus de la porte du studio s'éteignit, et Susan leva les yeux vers la cabine de contrôle où Jed retirait ses écouteurs. « C'était comment ? demanda-t-elle anxieusement.

— Parfait. Excellente participation des auditeurs. Vous êtes toujours bonne — vous le savez — mais plus particulièrement aujourd'hui. Quelqu'un a-t-il dit quelque chose qui vous a ennuyée ? »

Susan rassemblait ses notes. « Non. Mais je me sentais affreusement distraite. »

Le ton de Jed s'adoucit. « Ces deux derniers

jours ont été difficiles. Je sais. Mais la situation s'améliore. Vous êtes arrivée au studio avec vingt minutes d'avance, et le week-end arrive ! »

Susan lui adressa une grimace. « C'est malin, dit-elle en se levant de son fauteuil. A lundi. »

Dès son arrivée, Janet tendit à Susan les fax en provenance de Yonkers. « L'inspecteur Sanchez a téléphoné, il voulait savoir s'ils étaient bien passés, dit-elle. Il est drôle. Il a dit de le tenir au courant de tout ce que vous apprendrez, sinon la prochaine fois il n'ôtera pas les lasagnes de la pièce à conviction avant de la photographier.

— C'est entendu. Merci, Janet. Oh, pouvez-vous commander le menu habituel pour moi, et dites-leur de se dépêcher. Mme Price arrive dans vingt minutes.

— Je me suis déjà occupée de votre déjeuner, docteur », dit Janet avec un accent de reproche.

Il semble que j'agace tout le monde aujourd'hui, se dit Susan en entrant dans son bureau. D'abord Binky, maintenant Janet. Quel sera le suivant ? se demanda-t-elle. Elle s'assit à son bureau, y posa les fax des agrandissements et les compara avec la bague que Jane Clausen lui avait confiée.

Le photographe avait visiblement fait un effort particulier, parvenant même à obtenir une vue assez nette de l'inscription à l'intérieur de l'anneau. Comme elle s'y attendait, il y avait des similarités remarquables entre la bague de la photo et celle qui avait appartenu à Regina Clausen.

J'avais raison, pensa-t-elle. Tout tourne autour des bagues. Celle de Regina a forcément été fabriquée par la personne qui a exécuté celle de Tiffany, donc elle a été très vraisemblablement achetée dans cette boutique du Village dont m'a parlé Tiffany. Et je suis prête à parier que Tiffany a été assassinée parce que quelqu'un l'a entendue parler à l'antenne de cette bague.

Janet pénétra dans le bureau, le plateau-repas à la main. Elle le plaça devant Susan; et lorsque Susan reposa la bague, elle la prit et l'examina. « C'est vraiment romanesque, dit-elle, plissant les yeux pour lire l'inscription. Ma mère adore les vieilles chansons, et "Tu m'appartiens" est l'une de ses préférées. »

D'une voix basse et presque sans fausse note, elle se mit à chanter : « *Voir les pyramides le long du Nil... Regarder le soleil se lever sur une île.* » Elle s'arrêta, fredonna quelques mesures. « Il y a ensuite une phrase sur un "marché dans le vieil Alger", et une autre sur des photos et des souvenirs. J'ai oublié cette partie, mais c'est vraiment une jolie chanson.

— Oui, très jolie », acquiesça Susan, perdue dans ses pensées. Comme un signal d'alarme permanent, les paroles de la chanson résonnaient dans sa tête. Qu'avaient-elles donc de si spécial ? Elle reprit la bague et la glissa dans son portefeuille.

Il était une heure moins dix. Elle aurait dû se préparer pour la prochaine séance, mais elle ne voulait pas attendre jusqu'à deux heures pour joindre Matthew Bauer, seul maintenant à pouvoir lui indiquer l'emplacement de la boutique de souvenirs dans le Village.

Ce fut la mère de Matt qui répondit au téléphone. « Docteur Chandler, mon fils est à son travail. Nous avons déjà parlé à la police. Je suis sincèrement navrée de la mort de Tiffany, mais cette affaire n'a rien à voir avec Matthew qui n'est sorti avec elle que quelques fois. Elle n'était pas son genre. Mes amis m'ont rapporté ce qu'elle a dit lors de votre émission et vous comprendrez que ces appels étaient très embarrassants pour lui. J'ai téléphoné à Tiffany hier et lui ai annoncé le prochain mariage de Matthew. Mercredi soir, nous avons dîné avec la famille de sa fiancée — des gens charmants, très bien. Je n'ose imaginer leur réaction si le nom de Matthew venait à apparaître publiquement dans cette affaire. Vraiment, je... »

Susan interrompit le torrent de paroles. « Madame Bauer, le meilleur moyen pour Matthew de rester en dehors de tout ça est de me parler confidentiellement. Voulez-vous me dire où je puis le trouver ? »

A regret, Mme Bauer lui dit qu'il travaillait à la Metropolitan Life Insurance Company à Manhattan et lui communiqua le numéro de son bureau. Susan téléphona, apprit que Matthew Bauer était en rendez-vous à l'extérieur et ne reviendrait pas avant trois heures de l'après-midi. Elle laissa un message, lui demandant de rappeler de toute urgence.

Elle attaquait son déjeuner quand Pete Sanchez téléphona. « Susan, à titre d'information, sachez que les choses avancent. Notre bonhomme a non seulement avoué qu'il était retourné au Grotto pour s'occuper de Tiffany, mais il admet maintenant qu'il est allé dans le parking du restaurant. Il prétend cependant qu'il en est parti effrayé, parce qu'un type traînait dans le coin.

— Peut-être dit-il la vérité.

— Allons, Susan ! Vous avez travaillé au bureau du procureur. Les criminels disent toujours la même chose : "Je le jure, Votre Honneur. Le type qui a fait le coup s'est enfui par là !" Susan, à quoi s'attendre d'autre quand on a affaire à ces truands ? »

Le vendredi en fin d'après-midi, Chris Ryan
était parvenu à rassembler des faits concrets ainsi
que de nombreuses rumeurs concernant Douglas
Layton.

Les faits prouvaient qu'il était un joueur invé-
téré, jouissant d'une réputation douteuse à Atlantic City, et connu pour avoir perdu au moins une
demi-douzaine de fois des sommes considérables.
Voilà pourquoi il n'a pas un sou en banque,
conclut Chris.

Selon la rumeur, Layton était interdit sur plusieurs des compagnies de bateaux de croisière à
cause de sa réputation de tricheur. On disait aussi
qu'il avait été forcé de démissionner de deux
sociétés d'investissements, à la suite de plaintes
concernant son attitude condescendante à l'égard
du personnel de sexe féminin.

A cinq heures moins dix, Chris Ryan réfléchissait aux informations qu'il avait recueillies
quand Susan téléphona. « J'ai quelques trucs intéressants sur Layton, lui dit-il. Pas de quoi
l'accuser, mais intéressant quand même.

— J'ai hâte d'en savoir plus, mais d'abord j'ai
quelque chose à vous demander. Peut-on obtenir
la liste de toutes les boutiques porno du Village?

— Vous plaisantez, Susan. Personne dans ce
genre de métier ne s'amuse à acheter une page de
l'annuaire du téléphone.

— Je m'en suis aperçue. Et les boutiques de
souvenirs?

— Consultez toutes les rubriques en partant
d'"Antiquités" jusqu'à "Fripier". »

Susan rit. « Vous m'êtes d'une grande aide,
Chris. Maintenant, dites-moi ce que vous avez
découvert sur Douglas Layton. »

La semaine avait été passionnante pour Oliver Baker. Sa brève apparition à la télévision le lundi après-midi avait changé sa vie. Subitement, il était devenu une sorte de célébrité. Les clients du supermarché voulaient tous lui parler de l'accident. La femme qui travaillait dans la teinturerie voisine faisait l'empressée autour de lui comme s'il était une vedette. Il eut même droit à un signe de tête de ce pisse-froid de banquier qui ne lui avait jamais adressé la parole de sa vie.

Chez lui, Oliver était un héros aux yeux de Betty et des filles. Même la sœur de Betty, qui le gratifiait généralement d'une moue méprisante dès qu'il émettait une opinion, l'appela pour qu'il lui raconte personnellement en quoi consistait une déposition au poste de police. Naturellement, elle n'en resta pas là. Elle s'étendit en long et en large sur le meurtre de cet autre témoin, la vieille femme qui avait prétendu qu'il ne s'agissait pas d'un accident. Et elle conclut en le mettant en garde : « Et fais attention qu'il ne t'arrive pas la même chose. » Il n'était pas inquiet, bien sûr, mais il ne pouvait s'empêcher d'y penser.

A dire vrai, Oliver était content d'être en contact avec la police, et il aimait particulièrement le commissaire Shea. Pour lui, Shea représentait l'autorité et il se sentait à l'aise et en sécurité avec lui. Il avait beaucoup apprécié de se retrouver assis dans son bureau, seul avec lui, Tom Shea buvant chacune de ses paroles.

Le vendredi, la page six du *Post* rapporta que l'architecte Justin Wells était interrogé à propos de l'accident de sa femme, et l'article était accompagné d'une photo qui le montrait en train de quitter l'hôpital.

Ce matin-là, Oliver avait gardé le *Post* sur son comptoir, ouvert à la page de l'article. Peu avant midi, il avait téléphoné au commissaire Shea pour lui dire qu'il aimerait le voir après son travail.

Voilà pourquoi le vendredi soir à cinq heures trente, Oliver Baker était de retour dans le bureau du commissaire, la photo du journal à la main. Heureux d'être à nouveau au siège du pouvoir, il expliqua pourquoi il avait sollicité un autre entretien. « Commissaire, plus je regarde la photo de cet homme, plus je suis persuadé que c'est lui que j'ai vu prendre l'enveloppe pendant — c'est ce que j'ai cru à ce moment-là — pendant qu'il essayait de retenir la femme qui était en train de tomber devant la camionnette. »

Oliver croisa le regard bienveillant de Tom Shea. « Commissaire, j'ai peut-être été plus choqué que je ne le croyais, dit-il. C'est pour ça que j'ai effacé son visage de ma mémoire au début, vous ne croyez pas ? »

81

Matthew Bauer aimait son travail à la Metropolitan Life. Il espérait un jour occuper un siège à la direction et, cette ambition en tête, travaillait assidûment pour placer des contrats d'assurance auprès des petites entreprises — sa spécialité. A vingt-cinq ans sa stratégie donnait déjà des résultats. On avait fait appel à lui pour le séminaire de gestion et à présent il était fiancé à la nièce de son patron, Debbie, qui serait la femme parfaite pour l'accompagner sur la route du succès. Mieux encore, il en était sincèrement amoureux.

C'est pourquoi il était visiblement anxieux lorsqu'il retrouva Susan à cinq heures trente dans un café de Grand Central Station.

Susan éprouva immédiatement de la sympathie pour le jeune homme à l'air franc qui se tenait devant elle, et son inquiétude lui parut naturelle. Elle le crut quand il lui exprima sa tristesse à la pensée de ce qui était arrivé à Tiffany, et elle comprit son refus d'être mêlé à une enquête criminelle.

« Docteur Chandler, dit-il, je ne suis sorti avec Tiffany que deux ou trois fois. Trois pour être précis. La première fois, je dînais au Grotto et je lui ai fait un peu de gringue, elle m'a alors invité à l'accompagner au mariage d'une de ses amies.

— Vous n'aviez pas envie d'y aller ?

— Pas vraiment. Tiffany était amusante, mais je me suis vite rendu compte qu'il n'y avait aucune étincelle entre nous, si vous comprenez ce que je veux dire, et je me suis aperçu qu'elle, de son côté, cherchait une relation durable, non une sortie de temps en temps. »

Se rappelant la voix intense, pleine d'espoir de Tiffany, Susan hocha doucement la tête.

La serveuse apporta leurs cafés, et Matthew Bauer but une gorgée avant de poursuivre : « Au mariage de son amie, j'ai mentionné un film que j'avais envie de voir. Il venait de remporter un prix important à Cannes, et il y avait des articles dithyrambiques dans la presse. Tiffany m'a dit qu'elle aussi mourait d'envie de le voir.

— Et naturellement, vous l'avez invitée. »

Matt acquiesça. « Oui. Il passait dans un petit cinéma du Village. J'ai vite senti que Tiffany le trouvait assommant, bien qu'elle prétendît le contraire. Nous avions été déjeuner avant de voir le film. Je lui avais demandé si elle aimait la cuisine japonaise, et elle m'avait répondu qu'elle adorait le sushi. Docteur Chandler, elle est devenue verte à la vue du contenu de son assiette. Elle m'avait laissé commander pour elle, et j'avais présumé qu'elle savait que le sushi était du poisson cru. Ensuite nous avons marché sans but, en faisant du lèche-vitrines. Je suis incapable de distinguer une rue du Village d'une autre, et Tiffany était comme moi.

— C'est alors que vous êtes entrés dans la boutique de souvenirs ? » demanda Susan. Mon Dieu, faites qu'il se souvienne de l'endroit, implora-t-elle intérieurement.

« Oui. En fait, c'est Tiffany qui s'y est arrêtée parce qu'elle avait repéré quelque chose dans la vitrine. Elle a dit qu'elle avait passé une journée formidable et désirait un souvenir de notre sortie, et nous sommes entrés.

— Vous n'y teniez pas tellement, n'est-ce pas ?

Il haussa les épaules. « Pas vraiment.

— Qu'est-ce qui vous a frappé dans cette boutique, Matt ? » Susan s'interrompit. « A moins que vous ne préfériez qu'on vous appelle Matthew ? »

Il sourit. « Pour ma mère, c'est Matthew. Pour le reste du monde, c'est Matt.

— Très bien, Matt, qu'est-ce qui vous a frappé dans cette boutique ? »

Il réfléchit un instant. « Elle était bourrée de babioles, mais néanmoins bien tenue. Le propriétaire — ou l'employé, je ne sais pas — était indien, et le plus amusant c'est qu'en plus des habituelles statues de la Liberté, T-shirts et badges *I love New York*, il y avait plein de singes et d'éléphants en cuivre, de Taj Mahal et de dieux hindous — ce genre de bricoles. »

Susan ouvrit son sac et en sortit la bague de Regina Clausen. La tenant au creux de sa main, elle la montra à Matt. « Reconnaissez-vous ceci ? »

Il l'examina soigneusement, sans la prendre. « Y

a-t-il gravé *Tu m'appartiens* à l'intérieur de l'anneau?

— Oui.

— Dans ce cas, d'après mes souvenirs, c'est la bague que j'ai offerte à Tiffany, ou une autre exactement pareille. »

Et exactement pareille à celle de Carolyn, pensa Susan. Elle dit : « Selon Tiffany, vous avez choisi cette bague après avoir vu un homme en acheter une, un homme dont le vendeur vous a raconté qu'il en avait déjà acheté plusieurs. Est-ce exact ?

— Oui, mais en réalité je n'ai jamais vu ce type, précisa Matt. Si ma mémoire est exacte, la boutique était minuscule et il y avait une sorte de paravent de bois qui m'empêchait de voir le comptoir. Je me rappelle aussi que j'étais en train de lire une notice accompagnant une figurine — un corps d'homme avec une tête d'éléphant ; d'après le texte, elle représentait le dieu de la sagesse, de la prospérité et du bonheur. J'ai pensé que ce serait un joli souvenir, mais lorsque je me suis retourné vers Tiffany, elle était en conversation avec le vendeur à la caisse. Elle regardait la bague incrustée de turquoises et il lui disait que le client qui venait de partir en avait acheté plusieurs. Je lui ai montré la statuette qui ne l'intéressa pas — c'était la bague qu'elle voulait en souvenir. »

Il sourit. « Elle était drôle. Lorsque je lui ai lu la légende du dieu-éléphant, elle a dit qu'il ressemblait trop à ses clients du Grotto et qu'elle doutait fort qu'il lui apporte la prospérité. Je l'ai remis à sa place et j'ai acheté la bague. »

Le sourire de Matt s'effaça et il secoua la tête. « Elle ne coûtait que dix dollars, mais on aurait cru que je venais de lui acheter une bague de fiançailles. Pendant tout le trajet jusqu'au métro, elle m'a tenu la main en fredonnant "Tu m'appartiens". »

— L'avez-vous souvent revue par la suite ?

— Une seule fois. Elle téléphonait sans cesse chez moi, et quand elle tombait sur le répondeur, elle chantait quelques mesures de la chanson. J'ai fini par l'inviter à prendre un verre et je lui ai dit qu'elle accordait trop d'importance à cette bague, que nous avions passé d'agréables moments ensemble mais qu'il valait mieux en rester là. »

Il termina son café et jeta un coup d'œil à sa montre. « Docteur Chandler, je regrette, mais il va falloir que je vous quitte. J'ai rendez-vous avec ma fiancée à six heures trente. » Il demanda l'addition.

« Je vous en prie, c'est pour moi », dit Susan. Intentionnellement, elle n'avait pas demandé où se trouvait la boutique de souvenirs. Elle conservait un petit espoir que Matt ait malgré tout entrevu l'acheteur de la bague et que le fait d'évoquer ce qui s'était passé dans le magasin fasse surgir de son inconscient un détail concernant l'emplacement de la boutique.

Quand elle lui posa la question, il put seulement lui préciser que le film passait dans un cinéma proche de Washington Square, que le restaurant de sushi se trouvait à environ quatre blocs du cinéma, et qu'ils étaient près de la station de métro située entre la 4ᵉ Rue Ouest et la Sixième Avenue lorsqu'ils avaient vu la boutique de souvenirs.

Susan avait besoin d'un dernier renseignement qui pourrait peut-être la mettre sur une piste. « Matt, Tiffany a mentionné un sex-shop de l'autre côté de la rue, en face de la boutique de souvenirs. Vous en souvenez-vous ? »

Il secoua la tête tout en se levant. « Non, pas du tout. Croyez-moi, docteur, j'aurais voulu vous être plus utile. » Il marqua un moment d'hésitation. « Vous savez, sous ses apparences un peu frustes,

Tiffany était une chic fille. Pleine d'humour. Chaque fois que je repense à sa réflexion sur la ressemblance entre les clients du Grotto et le dieu-éléphant, j'ai envie de rire. J'espère vraiment qu'ils trouveront celui qui lui a fait ça. Au revoir. »

Susan paya l'addition, ramassa son sac et prit un taxi pour se rendre au coin de la 4e Rue Ouest et de la Sixième Avenue. En route, elle consulta sa carte de Greenwich Village. Bien qu'elle y habitât depuis plusieurs années, elle ne connaissait pas encore parfaitement ce quartier. Elle avait l'intention de partir de la station de métro et de parcourir les rues au petit bonheur jusqu'à ce qu'elle trouve une boutique de souvenirs spécialisée dans les objets hindous, située en face d'un sex-shop. C'était assez simple à première vue ; mais combien en existait-il ?

Je pourrais demander son aide à Chris Ryan, pensa-t-elle, mais le Village n'est pas tellement étendu, et j'aimerais me débrouiller seule. Si jamais elle retrouvait cette boutique, elle entrerait et tenterait d'amadouer le vendeur indien. Puis, dès qu'elle aurait la photo de Carolyn Wells où apparaissait l'homme à la bague, elle irait demander au vendeur s'il le reconnaissait.

Elle n'en était pas encore là, mais le cercle se resserrait autour du meurtrier. Elle en avait l'intuition.

82

Carolyn sentait la douleur se réveiller, et elle avait très peur. Elle ne savait pas où elle était, et quand elle tentait de parler, ses lèvres restaient paralysées. Elle essaya de lever la main, mais quelque chose l'en empêchait.

Elle voulait demander pardon à Justin. Où était-il? Pourquoi ne venait-il pas la voir?

Quelque chose fondait sur elle dans l'obscurité. Quelque chose qui allait lui faire mal! Où était Justin? Il l'aiderait. Elle put enfin bouger les lèvres, entendit les mots qui sortaient de sa gorge. « Non... pitié... non! » Puis un voile s'étendit sur elle, et elle eut l'impression de s'enfoncer à nouveau, fuyant l'insupportable douleur.

Si elle avait été consciente, elle aurait entendu le cri d'angoisse de Justin au moment où l'alarme des moniteurs retentissait et où s'affichait le code 9, mais elle n'entendit rien.

Pas plus qu'elle ne vit l'expression accusatrice de l'officier de police qui faisait face à Justin de l'autre côté du lit.

83

Le vendredi soir, Alexander Wright rentra chez lui peu avant sept heures. Afin de se mettre à jour avant son départ en voyage, il était resté enfermé dans son bureau, allant jusqu'à déjeuner à sa table de travail, ce qu'il détestait.

Après une journée aussi chargée, il avait hâte de passer une soirée tranquille et alla aussitôt dans son dressing enfiler un pantalon de toile et un pull. Une fois encore, il se félicita d'avoir enfin résolu le problème d'espace.

Quelques années plus tôt, la pièce qui lui servait aujourd'hui de dressing avait été prise sur une chambre attenante à la sienne, et elle était assez spacieuse pour contenir sans peine son abondante garde-robe. Il y avait un élément qu'il appréciait tout spécialement : la table sur laquelle était posée en permanence une valise ouverte, prête à l'emploi. Au-dessus était encadrée une liste de tout ce qu'il lui fallait emporter selon les climats et les occasions.

La valise était déjà à moitié pleine de vêtements qui avaient été lavés ou nettoyés au retour d'un voyage : sous-vêtements, chaussettes, mouchoirs, pyjamas, une robe de chambre, des chemises habillées.

Pour les voyages de plus longue durée, comme celui qu'il s'apprêtait à entreprendre en Russie, Alex préférait faire sa valise lui-même. Si, pour une raison quelconque, il était trop occupé, Jim Curley, et lui seul, s'en chargeait. Il n'était pas près d'oublier le jour où sa domestique Marguerite avait oublié d'y mettre sa chemise de smoking, un oubli dont il s'était aperçu à Londres, au moment de s'habiller pour un dîner de gala.

Enfilant ses pieds nus dans de confortables mocassins, il sourit au souvenir de la réaction de Jim : « Votre père, Dieu ait son âme, l'aurait fichue à la porte sans hésiter. »

Avant de quitter la pièce, Alex jeta un coup d'œil à la liste, se rappelant qu'octobre était généralement glacial en Russie et qu'il serait judicieux de sa part d'emporter son manteau le plus chaud.

Il descendit au rez-de-chaussée, se versa un scotch, ajouta des glaçons, et tournant et retournant son verre, dut admettre qu'il n'était pas dans son assiette. Depuis la veille, il n'avait cessé de penser à la froideur de Susan au téléphone lorsqu'il lui avait annoncé son intention de prendre un verre avec Dee.

Comment s'en sortirait-il demain, à la réception de la Public Library, avec Dee à un bras et Susan

à l'autre ? La situation risquait d'être embarras-
sante.

Un sourire éclaira soudain son visage. J'ai une
idée, je vais inviter Binky et Charles à se joindre à
nous. Il y aura quatre tables de dix. Je placerai
Dee, Binky et Charles à une autre table, décida-
t-il. Ainsi les choses seront claires aux yeux de
Susan. « Et de Dee », dit-il à voix haute.

84

Les noms des rues qu'elle avait parcourues se
répétaient comme un écho dans son esprit : Chris-
topher, Grove, Barrow, Commerce, Morton.
Contrairement au damier de la partie haute de
Manhattan, les rues du Village suivaient un
schéma irrégulier. Finalement, Susan abandonna,
acheta le *Post,* et s'arrêta au Tutta Pasta dans Car-
mine Street pour avaler un morceau.

Elle grignota du pain chaud trempé dans de
l'huile d'olive accompagné d'un verre de chianti
tout en lisant son journal. A la page trois était
publiée une photo de Tiffany extraite de son
album de classe, suivie d'un article relatant les
progrès de l'enquête sur son assassinat. Une arrestation était imminente, annonçait le journaliste.

Puis, à la page six, Susan vit avec stupéfaction
la photo de Justin Wells et lut qu'il était interrogé
sur les circonstances de l'accident de sa femme.

Je n'arriverai jamais à convaincre quelqu'un
qu'il existe un lien entre les deux affaires, à moins
de découvrir cette maudite boutique et de parler
au vendeur, se résigna-t-elle. Et de lui montrer, si
Dieu le veut, cette photo de la croisière qui est

censée arriver lundi. Jusqu'ici, je n'ai pas encore trouvé l'endroit que je cherche, se dit-elle, mais je reviendrai à la première heure demain matin.

Elle arriva chez elle à dix heures et d'un geste las laissa tomber son sac sur la table de l'entrée. Je me demande pourquoi je transporte tout ce barda, s'interrogea-t-elle en redressant les épaules. Ça pèse le poids d'un cadavre.

Voilà une pensée de circonstance, ajouta-t-elle en elle-même comme la photo de Tiffany surgissait dans son esprit. Elle ressemblait à ce que j'imaginais, pensa-t-elle tristement. Les yeux trop faits, les cheveux crêpés à mort, mais mignonne quand même, et piquante.

Elle se dirigea sans entrain vers son répondeur ; le signal clignotait. Alexander Wright avait téléphoné. « Juste un petit salut. J'attends demain soir avec impatience. Au cas où nous ne serions ni l'un ni l'autre joignables pendant la journée, je viendrai vous chercher à six heures et demie. »

Il laisse entendre qu'il est chez lui ce soir, pensa Susan. C'est parfait.

L'appel suivant provenait de sa mère. « Il est neuf heures et demie. J'essaierai de t'avoir plus tard, chérie. »

Sans doute au moment où je serai sous ma douche, se dit Susan, qui préféra rappeler sans attendre.

Le ton de sa mère indiquait clairement qu'elle était contrariée. « Susan, savais-tu que Dee non seulement projette de revenir s'installer à New York, mais qu'elle a déjà loué un appartement ?

— Non. » Susan resta un instant songeuse avant d'ajouter : « N'est-ce pas un peu précipité ?

— Certainement. Dee n'a jamais été patiente, mais ce qui me choque plus particulièrement, c'est qu'elle a emmené le Trophée avec elle aujourd'hui pour signer le bail.

— Elle a emmené Binky? Pour quelle raison?

— Pour avoir l'opinion d'une autre femme, paraît-il. Je lui ai rappelé que je ne suis pas aveugle et que j'aurais moi aussi aimé le voir, mais Dee m'a répondu qu'une autre personne s'intéressait à l'appartement et qu'il fallait se décider rapidement.

— C'est peut-être vrai, maman. Allons, ne te mets pas dans tous tes états. Cela n'en vaut pas la peine. Tu seras ravie d'avoir Dee à New York à nouveau.

— Bien sûr, dit sa mère un peu radoucie. Mais je suis ennuyée... Ecoute, tu te souviens sûrement de notre discussion de l'autre soir. »

Que le ciel me vienne en aide, pria Susan. « Maman, si tu penses à Alex Wright, je suis sortie exactement une fois avec lui. On ne peut tout de même pas prétendre que nous sommes très liés.

— Je sais. Cependant, je trouve ce retour précipité à New York un peu insolite, même pour Dee. Et autre chose, Susan : si tu as besoin d'argent, il n'est pas nécessaire de t'adresser à ton père. Je sais le mal qu'il t'a fait. J'ai moi aussi de l'argent en banque, ne l'oublie pas.

— Qu'est-ce que tu racontes?

— N'as-tu pas demandé à Charley-Charles de virer de l'argent à Londres pour toi?

— Comment es-tu au courant?

— Pas par ton père, certainement. C'est Dee qui me l'a dit. »

Et elle l'a appris par Binky, je présume. Je m'en fiche, mais c'est agaçant! « Maman, je n'ai pas besoin d'argent. Seulement, je devais commander quelque chose aujourd'hui même pour l'avoir immédiatement, et je n'avais pas le temps de faire transférer de l'argent sur mon compte courant, aussi ai-je demandé à papa de s'en occuper pour moi. Je le rembourserai la semaine prochaine.

— Pourquoi? Il est riche comme Crésus et il offre une croisière à Dee. Ne sois pas si fière, Susan. Accepte l'argent qui t'est dû. »

Une minute plus tôt, tu me disais de ne pas accepter d'argent de lui. « Maman, je viens de rentrer et je suis vannée. Je te téléphonerai demain ou dimanche. As-tu des projets pour le week-end?

— J'ai rendez-vous avec quelqu'un que je ne connais pas. Incroyable, non? C'est Helen Evans qui a manigancé ça. Qui eût cru qu'à mon âge j'attendrais ce genre de chose avec impatience? »

Le ton réjoui de sa mère amena un sourire sur les lèvres de Susan. « Excellente nouvelle, fit-elle sincèrement. Amuse-toi bien. »

Pas de douche ce soir, décida-t-elle en raccrochant. Après une journée pareille, j'ai besoin de me plonger dans un bain chaud. Il n'y a pas une parcelle de mon être, au physique comme au mental, qui ne soit pas préoccupée, triste, irritée ou douloureuse.

Quarante minutes plus tard, elle ouvrit les fenêtres, son dernier geste avant de se mettre au lit. En regardant en contrebas, elle remarqua que la rue était déserte hormis un piéton solitaire, dont elle distinguait à peine la silhouette.

Il ne risque pas d'aller loin à cette vitesse, pensa-t-elle. S'il marchait encore plus lentement, il ferait du surplace.

85

Malgré — ou à cause de — son épuisement, Susan dormit mal. A trois reprises durant la nuit, elle se réveilla, prêtant l'oreille malgré elle, à l'affût d'un bruit, d'un craquement signalant une présence étrangère dans l'appartement. La première fois, elle crut entendre la porte d'entrée s'ouvrir. L'impression était si nette qu'elle se leva et courut à la porte, pour découvrir qu'elle était fermée au verrou. Se moquant d'elle-même, elle alla malgré tout vérifier les fenêtres du living-room, du bureau et de la cuisine.

Elle regagna sa chambre, encore poursuivie par une sensation de danger, mais cependant déterminée à ne pas fermer les fenêtres de sa chambre. J'habite au deuxième étage. A moins que Spider-man ne vadrouille dans le coin, il est peu probable que quelqu'un escalade le mur.

La température avait brutalement chuté depuis qu'elle s'était couchée, et il faisait un froid glacial dans la chambre. Elle remonta les couvertures jusqu'à son cou, se remémorant le rêve qui l'avait troublée au point de la réveiller. Elle y avait vu Tiffany s'échapper en courant par une porte et s'élancer dans un espace mal éclairé. Elle tenait à la main l'anneau incrusté de turquoises et le jetait en l'air. Une main sortait alors de l'ombre et s'emparait de la bague, et Tiffany criait : « Non ! Ne la prenez pas ! Je veux la garder. Peut-être que Matt va m'appeler. » Puis ses yeux s'agrandissaient de terreur et elle poussait un hurlement.

Susan frissonna. Et aujourd'hui Tiffany est morte parce qu'elle m'a téléphoné. Oh, mon Dieu, c'est trop injuste !

Soudain le store de la fenêtre battit, agité par une rafale de vent. Voilà ce qui m'a alarmée, comprit-elle, et elle hésita un instant à se lever et à fermer également la fenêtre. Au lieu de quoi, elle se blottit dans son lit et se rendormit rapidement.

Lorsqu'elle se réveilla une deuxième fois, Susan se dressa brusquement sur son lit, certaine d'avoir vu quelqu'un à la fenêtre. Reprends ton sang-froid, se sermonna-t-elle, retapant son lit avant de se recoucher et de remonter les couvertures presque sur sa tête.

La troisième fois, il était six heures du matin. Même dans le sommeil son cerveau n'avait cessé de fonctionner, et elle s'aperçut qu'entre les moments d'insomnie, son subconscient était resté hanté par le manifeste de bord du *Seagodiva*. Elle l'avait trouvé dans le dossier de Carolyn Wells, et Justin Wells l'avait autorisée à l'emporter.

Lorsqu'elle se réveilla, donc, son esprit était entièrement occupé par le fait que Carolyn avait vaguement gribouillé le mot « Win » sur l'un des bulletins d'information du bateau. Ce Win était presque certainement l'homme qu'elle avait eu l'intention d'accompagner à Alger, se dit Susan. J'aurais dû examiner tout de suite la liste des passagers. Nous savons que l'individu qu'elle a rencontré était l'un d'eux, donc son nom a dû être enregistré.

Complètement réveillée à présent, sans plus aucun espoir de se rendormir, Susan décida qu'un café lui éclaircirait les idées. Elle alla le préparer, emporta sa tasse jusqu'à son lit, cala les oreillers derrière son dos et commença à étudier le manifeste du bord. « Win » était sans doute un diminutif. Parcourant les noms des personnes inscrites, elle chercha parmi eux des Winston ou des Winthrop ; aucun de ces noms n'apparaissait sur la liste.

C'était peut-être un surnom. Certains passagers portaient des noms qui auraient pu convenir, comme Winne ou Winfrey. Mais Winne et Winfrey étaient tous les deux inscrits avec leurs épouses.

L'initiale du second prénom était rarement inscrite sur le manifeste. Si l'homme qu'elle recherchait portait le nom de Win en deuxième prénom, la liste n'était guère utile.

301

Elle nota que dans le cas des couples mariés, les noms étaient enregistrés par ordre alphabétique, c'est-à-dire que Mme Alice Jones était suivie de M. Robert Jones, et ainsi de suite. Eliminant les couples mariés, Susan cocha les noms d'hommes qui n'étaient ni suivis ni précédés d'un nom de femme. Le premier inscrit sur le manifeste qui semblait voyager seul s'appelait M. Owen Adams.

Intéressant, pensa-t-elle en parvenant au bout de la liste ; parmi les six cents passagers, il y avait cent vingt-cinq femmes seules, mais seulement seize hommes qui apparemment n'étaient pas accompagnés. Ce qui réduisait considérablement la recherche.

Ce fut alors qu'une autre idée la traversa : se pourrait-il que le manifeste du *Gabrielle* soit contenu dans les effets de Regina Clausen ? Et dans ce cas, était-il possible que l'un des seize hommes du *Seagodiva* ait également fait la croisière sur le deuxième bateau ?

Susan rejeta les couvertures et se dirigea vers la douche. Même si Mme Clausen n'est pas en état de me recevoir, il faut que je sache si elle détient la liste des passagers du *Gabrielle*, et si on la lui a remise avec les effets de Regina, j'insisterai pour qu'elle demande à sa gouvernante de me la confier.

Des plumes qui flottent au vent. Des plumes égarées. Elles s'éparpillaient, dansaient, se riaient de lui. Il savait maintenant qu'il ne pourrait jamais les rassembler toutes. Demandez-le au

Dr Susan si vous n'y croyez pas, pensa-t-il furieux. Il aurait voulu trouver un moyen de hâter son projet, mais il était trop tard. Les étapes avaient été fixées, et on ne pouvait rien y changer. Il partirait à la date prévue, mais il ferait ensuite demi-tour, et c'est alors qu'il la supprimerait.

La nuit dernière, alors qu'il passait devant son immeuble, elle était venue à sa fenêtre. Il savait qu'elle ne pouvait pas l'avoir vu distinctement, mais c'était un risque qu'il ne devait plus prendre.

Une fois de retour à New York, il trouverait un moyen de se débarrasser d'elle. Il ne la suivrait pas, il ne s'arrangerait pas pour qu'elle soit victime d'un accident de la circulation, comme Carolyn Wells. Le résultat n'avait pas été concluant, car bien qu'elle fût dans le coma, avec peu de chances d'en réchapper, Carolyn constituait toujours une menace. Non, il lui faudrait piéger Susan quand elle serait seule, comme il l'avait fait pour Tiffany — c'était la meilleure solution.

Encore qu'il puisse exister un autre moyen...

Cet après-midi, déguisé en coursier, il irait inspecter l'immeuble où elle travaillait, il étudierait le système de sécurité du hall d'entrée et le plan de l'étage où était situé son cabinet. On était samedi, il y aurait peu de monde. Peu de regards curieux pour l'observer.

L'idée de tuer Susan sur son lieu de travail était intensément satisfaisante. Il l'honorerait de la même fin que celle qu'il avait accordée à Veronica, Regina, Constance et Monica — la même fin que celle qui attendait son ultime victime, une voyageuse désirant voir « la jungle mouillée par la pluie ».

Il la maîtriserait, la ligoterait et la bâillonnerait, et ensuite, sous ses yeux emplis d'effroi, il déplierait lentement le long sac de plastique puis, centimètre par centimètre, faisant durer le supplice, il l'enfilerait sur elle. Une fois qu'il l'aurait enveloppée de la tête aux pieds, il scellerait le haut et le bas du sac. Il resterait peu d'air à l'intérieur — juste assez pour qu'elle ait le temps de se débattre pendant quelques minutes. Lorsqu'il verrait le plastique se plaquer peu à peu sur son visage, lui clore la bouche et les narines, il s'en irait.

Cependant, il ne pourrait pas se débarrasser du corps de Susan comme il avait fait disparaître les autres. Ceux-là, il les avait enterrés dans le sable, ou lestés de pierres, les regardant s'enfoncer dans des eaux troubles. Il lui faudrait laisser Susan Chandler sur place, mais il se consolerait en pensant qu'une fois cet obstacle éliminé, la prochaine — et dernière — victime partagerait le rituel funéraire de ses sœurs dans la mort.

87

Susan quitta son appartement à neuf heures et alla directement à pied jusqu'à la Septième Avenue. De là, elle explora les blocs qui partaient en biais vers l'Hudson, en commençant par West Houston et St. Luke's Place, puis Clarkson et Morton Street. Elle n'irait pas plus loin à l'ouest que Greenwich Street, qui était parallèle aux avenues, avant de tourner au nord jusqu'au bloc suivant et de se diriger ensuite vers l'est jusqu'à la Sixième Avenue. Une fois là, elle repartirait vers l'ouest par la rue suivante.

Bien que la plupart de ces rues fussent en grande partie résidentielles, elle y avait trouvé plusieurs boutiques de souvenirs. Mais dans aucune elle n'avait vu le moindre objet de style indien. Elle songea à demander dans certaines d'entre elles si quelqu'un connaissait le genre de magasin qu'elle recherchait, mais se ravisa. Si elle réussissait enfin à trouver cette échoppe de malheur, elle préférait que le vendeur indien ne soit pas averti de sa venue.

A midi, utilisant son téléphone portable, elle appela Jane Clausen à l'hôpital Sloane-Kettering. A son grand étonnement, Mme Clausen accepta immédiatement de la recevoir. A la vérité, elle paraissait même souhaiter sa visite. « Si vous êtes libre plus tard dans l'après-midi, je serais très heureuse de vous voir, Susan.

— Je serai là à quatre heures », promit Susan.

En guise de déjeuner, elle s'acheta un bretzel et un Coca-Cola, et s'arrêta pour manger dans Washington Square Park. Bien qu'elle l'eût allégé, le sac qu'elle portait à l'épaule lui paraissait de plus en plus lourd, et elle commençait à avoir mal aux pieds.

Le temps avait été couvert et froid durant la matinée, mais le soleil était apparu en début d'après-midi et les rues jusque-là presque désertes grouillaient de monde. La vue de tous ces gens — habitués du Village ou promeneurs — réconforta Susan. Elle avait toujours aimé Greenwich Village. C'est un quartier unique, pensa-t-elle. Grand-mère Susie a eu de la chance d'y passer son enfance.

Était-ce par une journée semblable que Tiffany et Matt s'étaient promenés dans le coin un an auparavant? se demanda-t-elle. Elle décida de continuer ses recherches en explorant la zone qui s'étendait à l'est de la Sixième Avenue et de tourner dans MacDougal. En quittant Washington Square, elle se remémora sa conversation avec Matthew Bauer. Elle sourit au souvenir de sa réflexion au sujet du dieu-éléphant que Tiffany avait comparé aux clients du Grotto.

Le dieu-éléphant.

Susan s'arrêta si brusquement qu'un jeune garçon derrière elle la heurta. « Pardon », marmonna-t-il.

Susan ne lui répondit pas. Elle avait les yeux fixés sur la devanture d'une boutique qu'elle venait de trouver sur son passage. Elle jeta un rapide coup d'œil à l'entrée, au-dessus de laquelle était accrochée une enseigne ovale indiquant DARK DELIGHTS.

Dark Delights, d'obscurs plaisirs en effet, se dit Susan en contemplant à nouveau la vitrine. Un porte-jarretelles de satin rouge reposait sur une pile de cassettes vidéo aux titres suggestifs. Une gamme d'accessoires supposés « érotiques » étaient éparpillés tout autour, mais Susan n'y prêta pas attention. Son regard était rivé sur un objet au milieu de l'étalage : un dieu-éléphant incrusté de turquoises, la trompe dressée vers la rue.

Elle pivota sur elle-même. De l'autre côté de la rue elle vit un écriteau « A louer » dans la vitrine de Khyem Speciality Shop.

Oh non! faillit-elle s'exclamer. Se frayant un chemin à travers les voitures, elle traversa la chaussée en direction de la boutique, s'arrêta devant la porte et regarda à l'intérieur. Bien qu'encombrée de marchandises, la petite pièce avait un air abandonné. Il y avait un comptoir avec une caisse enregistreuse juste dans l'axe de l'entrée. A gauche, on voyait un grand paravent peint qui servait de cloison. Sans doute l'écran décrit par Matt, celui derrière lequel il se tenait avec Tiffany au moment où l'homme était entré dans la boutique pour acheter une bague ornée de turquoises.

Mais où était passé le propriétaire ou le vendeur qui se trouvait sur place ce jour-là ?

Une personne devait le savoir. Susan retraversa précipitamment la rue jusqu'au sex-shop. La porte était ouverte et les affaires semblaient marcher. Un homme était en train de payer à la caisse, et deux adolescents débraillés aux longs cheveux raides attendaient derrière lui.

Ses achats terminés, l'homme dévisagea Susan en sortant, mais détourna la tête lorsqu'elle le fixa à son tour. Quelques minutes plus tard, les deux garçons sortirent à leur tour, mais évitèrent de la regarder en passant devant elle. Ces gosses n'ont certainement pas l'âge légal pour acheter ces saletés, pensa-t-elle, sentant renaître le procureur en elle.

N'apercevant aucun autre client à l'intérieur, elle entra. Il n'y avait apparemment qu'un seul employé, un bonhomme maigrichon et laid, à l'air aussi minable que le décor.

Il l'examina nerveusement tandis qu'elle s'approchait du comptoir. Elle comprit instantanément qu'il la prenait pour une policière en civil venue lui chercher des noises pour vente illégale à des mineurs.

Je l'ai mis sur la défensive, pensa-t-elle. Dommage que je ne puisse l'y maintenir. Elle désigna du doigt Khyem Speciality Shop de l'autre côté de la rue. « Depuis quand ce magasin est-il fermé ? » demanda-t-elle.

Le changement fut immédiat dans l'attitude de l'homme. Toute trace de nervosité disparut de son expression et un sourire bref et condescendant releva les coins de sa bouche.

« Ma p'tite dame, vous ignorez donc ce qui est arrivé ? Abdul Parki, le propriétaire des lieux, a été assassiné mardi après-midi.

— *Assassiné !* » Susan ne tenta pas de cacher sa consternation. Encore un, pensa-t-elle, un de plus. Tiffany avait parlé du propriétaire du magasin dans mon émission.

« Est-ce que vous connaissiez Parki ? demanda l'homme. C'était un brave petit bonhomme. »

Elle secoua la tête, s'efforçant de reprendre contenance. « Une amie m'a recommandé cette boutique, répondit-elle prudemment. Quelqu'un lui avait offert un de ces anneaux ornés de turquoises qu'il fabriquait. Regardez. » Susan ouvrit son sac et en retira la bague de Regina Clausen.

Le regard de l'homme alla de la bague à Susan. « Ouais, c'est une des bagues de Parki, pour sûr. Il était cinglé de turquoises. Oh, à propos, je m'appelle Nat Small. Je suis le propriétaire de cet endroit.

— Et moi Susan Chandler. » Elle lui tendit la main. « Si je comprends bien, il était un de vos amis. Comment a-t-il été tué ?

— Poignardé. Les flics pensent que c'est un coup des toxicos du quartier, même s'ils n'ont rien trouvé, pour autant qu'on puisse le vérifier... C'était vraiment un chic type. Vous vous rendez compte, il est resté là presque une journée entière avant qu'on le découvre. C'est moi qui ai prévenu les flics en voyant qu'il ouvrait pas le mercredi. »

Susan lisait une tristesse sincère sur le visage de Nat Small. « Mon amie dit aussi qu'il était très gentil, fit-elle. Y a-t-il eu des témoins ?

— Personne n'a rien vu. » Nat Small secoua la tête et détourna les yeux.

Il me dissimule quelque chose, pensa Susan. Je dois l'amener à me dire ce qu'il sait. « En vérité, la jeune femme qui m'a parlé de Parki a été poignardée mercredi soir, dit-elle doucement. Je crois que la personne qui a les a tués, Parki et elle, est un client qui avait acheté plusieurs de ces bagues ornées de turquoises au cours des trois ou quatre dernières années. »

Le teint brouillé de Nat Small devint encore plus terreux. « Parki m'avait parlé de ce type. Il disait que c'était un vrai gentleman.

— L'a-t-il décrit ? »

Small secoua la tête. « Rien de plus. »

Susan prit un risque. « Je crois que vous savez quelque chose que vous ne me dites pas, Nat.

— Vous vous trompez. » Son regard se dirigea vers la porte. « Écoutez, ça m'ennuie pas de parler avec vous, mais vous faites peur à mes clients. Y a un type qui attend dehors, et je sais qu'il n'entrera pas tant que vous êtes là. »

Susan le regarda droit dans les yeux. « Nat, Tiffany Smith avait vingt-cinq ans. Elle a été poignardée alors qu'elle quittait son travail mercredi soir. J'anime une émission de radio dans laquelle elle était intervenue par téléphone le même jour. Elle avait parlé d'une boutique de souvenirs du Village où son ami lui avait acheté une bague ornée de turquoises. Elle avait décrit le magasin. Et je suis convaincue que c'est la raison pour laquelle elle est morte — à cause de ce qu'elle a dit. Et je vous parie que c'est aussi parce qu'il aurait pu identifier cet homme que Parki est mort. Nat, je devine que vous savez quelque chose que vous me cachez. Il faut me le dire avant que quelqu'un d'autre ne meure. »

A nouveau, Nat Small jeta un regard inquiet en direction de la porte comme s'il avait peur de quelque chose. « J'veux pas être mêlé à ça, murmura-t-il.

— Nat, si vous savez quelque chose, vous y êtes *déjà* mêlé. Je vous en conjure, dites-le-moi. De quoi s'agit-il ? »

Il chuchota presque. « Mardi après-midi, juste avant une heure, il y avait un type qui traînait dans les environs et regardait ma vitrine — comme celui qui est dehors en ce moment. Je me suis imaginé qu'il essayait de repérer un truc qu'il voulait, ou peut-être même qu'il hésitait à entrer — il avait vraiment l'air du mec bon chic bon

309

genre —, mais tout d'un coup il a traversé la rue en direction de la boutique de Parki. Ensuite, il y a eu un client qui s'est amené ici, et j'ai plus fait attention.

— Avez-vous déclaré à la police ce que vous aviez vu?

— C'est justement ce que j'ai pas fait. La police m'aurait fait éplucher leurs bouquins de photos d'identité, ou décrire l'homme pour leur dessinateur, et ç'aurait été du temps perdu. Ce n'était pas le genre à être fiché, et j'suis pas bon pour faire exécuter des dessins. J'ai vu l'homme de profil. Très chic, à peine quarante ans. Il portait une casquette, un imper et des lunettes de soleil, mais j'ai quand même bien vu son profil.

— Pourriez-vous le reconnaître s'il vous arrivait de le revoir?

— Ma p'tite dame, dans mon métier, faut savoir reconnaître les gens. Si je savais pas repérer la bobine d'un flic en civil, je pourrais me faire choper, et si j'suis pas capable d'identifier un camé, je risque de me faire descendre. Écoutez, maintenant il faut que vous partiez d'ici. Vous foutez en l'air mes affaires. Les types vont jamais entrer et m'acheter mes trucs avec une élégante comme vous dans les parages.

— Entendu, je m'en vais. Mais Nat, dites-moi — reconnaîtriez-vous cet homme si je vous montrais sa photo?

— C'est sûr. Bon, vous partez, oui ou non?

— Tout de suite. Oh, encore une chose, Nat. Ne parlez pas de ça — à personne. Pour votre propre sécurité, n'en parlez pas.

— Vous me prenez pour un idiot? Bien sûr que j'en parlerai pas. Juré. Maintenant, filez et laissez-moi me faire un peu de blé, O.K. ? »

88

En entrant dans la chambre d'hôpital de Jane Clausen à trois heures trente, Douglas Layton trouva la vieille dame assise dans un fauteuil. Elle portait une robe de chambre de cachemire bleu clair, et était enveloppée d'une couverture.

« Douglas, dit-elle, d'une voix où l'on décelait une extrême lassitude. Est-ce que vous m'apportez ma surprise ? J'ai en vain essayé de deviner de quoi il s'agissait.

— Fermez les yeux, madame. »

Avec un sourire crispé, elle obéit. « Je ne suis pas une enfant, vous savez », murmura-t-elle.

Alors qu'il s'apprêtait à l'embrasser sur le front, il recula. Une grave erreur. Quelle stupidité de sa part de vouloir franchir les limites !

« J'espère que cela vous plaira », dit-il. Il leva vers elle le dessin qui représentait l'orphelinat avec son monument commémoratif gravé au nom de Regina.

Jane Clausen ouvrit les yeux et examina longuement le dessin. Seule une larme au coin de l'œil gauche trahit son émotion. « C'est merveilleux, murmura-t-elle. Je n'aurais pu imaginer plus bel hommage à Regina. Mais vous tous, quand avez-vous décidé de donner à mon insu le nom de Regina à l'orphelinat ?

— Ce sont les administrateurs de l'orphelinat qui ont eu cette idée. Ce sera annoncé lors de l'inauguration de la nouvelle aile à laquelle je dois assister la semaine prochaine. Nous avions l'intention d'attendre mon retour et de vous montrer en même temps cette pointe sèche et les photos de la cérémonie, mais je me suis dit que vous seriez contente de voir le dessin dès maintenant.

— Bref, vous vouliez que je le voie avant de

mourir, c'est ça? fit Jane Clausen le plus naturellement du monde.

— Non, ce n'est pas ce que j'ai voulu dire,
madame.

— Doug, n'ayez pas cet air contrit. Je *vais* mourir. Nous le savons vous et moi. Et ce cadeau
m'emplit de bonheur. » Elle sourit tristement.
« Savez-vous ce qui me réconforte aussi? »

Il s'agissait d'une question de pure forme, il ne
l'ignorait pas. Il retint son souffle, espérant qu'elle
allait le remercier de sa délicatesse, de son
dévouement envers la fondation.

« Ce qui me réconforte, c'est que l'héritage de
Regina servira aux autres. En un certain sens,
c'est comme si elle vivait au milieu de ces êtres
dont les vies sont transformées grâce à elle.

— Je peux vous promettre, madame, que
chaque cent dépensé au nom de Regina sera
affecté avec le plus grand soin.

— Je n'en doute pas. » Elle resta un instant
silencieuse, puis regarda Douglas qui se tenait
près d'elle, l'air tendu. « Douglas, je crains que
Hubert ne commence à perdre la mémoire.
J'aimerais qu'une organisation différente se mette
dès maintenant en place. »

Layton attendit. C'était pour entendre ce qui
allait suivre qu'il était venu.

On frappa doucement à la porte. Susan Chandler jeta un regard dans la chambre. « Oh,
madame Clausen, j'ignorais que vous aviez une
visite. Je vais attendre à l'extérieur.

— Pas du tout. Entrez, Susan. Vous connaissez
Douglas Layton, n'est-ce pas? Vous vous êtes rencontrés lundi à votre bureau. »

Susan se rappela ce que lui avait dit Chris Ryan
à propos de Layton. « Oui, je me souviens, dit-elle
d'un ton froid. Comment allez-vous, monsieur
Layton?

— Très bien, docteur Chandler. » Elle sait quelque chose, se dit-il. Je ferais mieux de rester dans les parages. Elle n'osera rien dire sur moi en ma présence.

Il sourit à Susan. « Je vous dois des excuses, je me suis sauvé de votre bureau l'autre jour comme s'il y avait le feu, mais j'avais une cliente qui arrivait du Connecticut. »

Il est tout sucre tout miel, pensa Susan tout en s'asseyant sur le siège qu'il lui présentait. Elle avait espéré le voir partir, mais il prit une autre chaise, signifiant clairement son intention de poursuivre sa visite.

« Douglas, je ne vous retiens pas, dit alors Jane Clausen. Je dois m'entretenir de deux ou trois choses avec Susan, et ensuite j'aurai malheureusement besoin de me reposer.

— Je comprends. » Il se leva vivement, avec une attitude pleine de sollicitude, mais ne s'éloigna pas.

Très chic, entre trente-cinq et quarante ans... Susan se remémora la description faite par Nat Small de l'homme qui traînait devant son magasin le jour où Parki avait été assassiné. Une description qui pouvait s'appliquer à des douzaines d'hommes. Et le fait qu'il ait menti à propos d'une conversation avec Regina Clausen n'en fait pas automatiquement son meurtrier, réfléchit-elle, honteuse de s'être livrée à des conclusions hâtives.

On frappa a nouveau et l'infirmière passa la tête par l'entrebâillement de la porte. « Madame Clausen, le docteur va venir vous examiner dans une minute.

— Oh, mon Dieu, Susan, je crains de vous avoir fait venir ici pour rien. Pourriez-vous me rappeler demain dans la matinée ?

— Bien sûr.

— Avant que vous ne partiez, je voudrais vous

montrer la surprise que Doug vient de me faire. »
Elle désigna du doigt le dessin encadré. « C'est un
orphelinat au Guatemala qui sera dédié la
semaine prochaine à Regina. »

Susan l'examina de près. « C'est magnifique,
dit-elle sincèrement. Il semblerait qu'il y ait un
besoin urgent d'installations de ce type dans beaucoup de pays, tout particulièrement en Amérique
centrale.

— En effet, affirma Douglas. Et la fondation
Clausen apporte son aide à leur construction. »

En se levant pour partir, Susan remarqua une
pochette de papier glacé bleu sur la table de chevet. Elle paraissait identique à celle qu'elle avait
trouvée déchirée en morceaux dans la corbeille à
papiers de Carolyn Wells. Elle s'en approcha.
Ainsi qu'elle s'y attendait, le logo de l'agence
Ocean Cruise Pictures était imprimé sur le rabat.
Elle se tourna vers Mme Clausen. « Me permettez-
vous de jeter un coup d'œil ?

— Bien sûr. C'est probablement la dernière
photo qui ait été prise de Regina. »

La femme qui apparaissait sur la photo ne pouvait être que la fille de Jane Clausen. Mêmes yeux,
même nez droit, même implantation de cheveux.
Regina avait été prise debout à côté du commandant. La photo obligée d'une croisière, pensa
Susan, mais celle-ci est excellente. Lors de ses
recherches pour son émission, elle avait vu des
portraits de Regina Clausen reproduits dans les
coupures de presse, mais aucune ne lui avait semblé aussi flatteuse.

« Regina était très séduisante, fit-elle remarquer
à Jane Clausen.

— C'est vrai. D'après la date de la pochette,
cette photo a été prise deux jours avant sa disparition. Elle paraît très heureuse. Cette constatation
a été une consolation pour moi, mais aussi une

source de tourment. Je me demande si son bonheur n'était pas lié à la confiance qu'elle avait accordée à la personne responsable de sa disparition.

— Vous ne devriez pas considérer les choses de cette façon, dit Douglas Layton.

— Je suis désolé de vous interrompre. » Le médecin se tenait dans l'embrasure de la porte. Manifestement, il désirait les voir partir.

Susan ne pouvait plus se permettre d'attendre le départ de Douglas. « Madame Clausen, dit-elle précipitamment, avez-vous le souvenir qu'il y ait eu une liste des passagers de la croisière parmi les effets trouvés dans la cabine de Regina ?

— Je suis certaine d'en avoir vu une dans l'enveloppe qui contenait des informations relatives à la croisière. Pourquoi, Susan ?

— Parce que, si c'était possible, j'aimerais beaucoup vous l'emprunter pendant quelques jours. Peut-être pourrais-je passer la prendre chez vous demain ?

— Si c'est important, il vaudrait mieux que vous l'ayez tout de suite. J'ai tenu à ce que Vera prenne quelques jours de congé pour rendre visite à sa fille, et elle doit partir très tôt demain matin.

— J'irais volontiers la chercher maintenant, si vous n'y voyez pas d'inconvénient, dit Susan.

— Pas du tout. Docteur Markey, excusez-moi de vous faire attendre. » Jane Clausen paraissait soudain plus alerte. « Douglas, donnez-moi mon sac, je vous prie. Il est dans le tiroir de la table de chevet. »

Elle sortit son portefeuille et y prit une carte. Après y avoir rapidement écrit quelques indications, elle la tendit à Susan.

« Je sais que Vera est encore là, et je vais l'appeler pour la prévenir de votre passage. Mais prenez quand même ce mot, avec mon adresse. Nous nous reparlerons demain. »

Douglas Layton partit en même temps que Susan. Ils descendirent ensemble par l'ascenseur et sortirent dans la rue. « Je serais heureux de vous accompagner, proposa-t-il. Vera me connaît.

— Non, tout ira bien. Voilà un taxi. Au revoir. »

Comme à l'habitude ça roulait mal, et il était cinq heures lorsqu'elle atteignit Beekman Place. Sachant qu'elle aurait à peine le temps de rentrer chez elle et de se préparer pour la soirée, elle essaya en vain de persuader le chauffeur de l'attendre pendant qu'elle montait rapidement à l'étage.

Heureusement, Jane Clausen avait téléphoné à Vera. « Voilà les affaires de Regina, expliqua cette dernière en conduisant Susan dans la chambre d'amis. Les meubles proviennent de son appartement. Parfois, Mme Clausen reste assise ici toute seule. C'est à vous briser le cœur. »

C'est une belle chambre, jugea Susan. Élégante, tout en gardant un aspect confortable et accueillant. Les pièces révèlent la personnalité de ceux qui les décorent.

Vera ouvrit le premier tiroir d'un secrétaire ancien et en sortit une enveloppe marron de grand format. « Tous les documents trouvés dans la cabine de Regina y sont réunis. »

A l'intérieur étaient rassemblés le même genre de papiers divers et variés que ceux rapportés par Carolyn de sa croisière. En plus de la liste des passagers, il y avait une demi-douzaine de bulletins d'information du bateau, avec des renseignements concernant les escales et quantité de cartes postales représentant les ports en question. Regina les avait sans doute achetées en souvenir des endroits qu'elle avait visités. Il était vraisemblable qu'elle les aurait postées avant d'atteindre Hong Kong si elle avait eu l'intention de les envoyer.

Elle enfouit le manifeste du bord dans son sac, puis décida de jeter un coup d'œil aux cartes postales et aux bulletins d'information. Elle parcourut les cartes, s'arrêta sur l'une d'elles représentant un restaurant en plein air à Bali. Une table qui surplombait la mer avait été entourée d'un trait.

Regina avait-elle dîné dans ce restaurant ? se demanda Susan. Si oui, qu'avait-il de spécial ? Elle feuilleta les bulletins jusqu'à ce qu'elle trouvât celui concernant Bali.

« Je vais emporter cette carte et ce bulletin, dit-elle à Vera. Je suis sûre que Mme Clausen n'y verra pas d'inconvénient. J'irai la voir demain et la mettrai au courant. »

Il était cinq heures vingt quand elle parvint enfin à trouver un taxi, et six heures moins dix lorsqu'elle ouvrit la porte de son appartement. Quarante minutes pour me préparer pour la soirée du siècle, et je ne sais même pas ce que je vais mettre.

89

Dans la salle d'attente des soins intensifs, Pamela Hastings tentait de consoler un Justin Wells en larmes. « J'ai cru que j'allais la perdre, répétait-il, la voix brisée par l'émotion. J'ai cru que j'allais la perdre.

— Carolyn est une battante, elle s'en sortira, dit Pamela d'un ton rassurant. Justin, un certain Dr Donald Richards a téléphoné à l'hôpital pour demander des nouvelles de Carolyn et s'enquérir de toi. Il a laissé son numéro. N'est-ce pas le psychiatre que tu avais consulté à une époque, lorsque vous aviez des problèmes, Carolyn et toi ?

— Le psychiatre que j'étais *censé* consulter, dit Justin. Je ne l'ai vu qu'une seule fois.

— Il a dit qu'il serait heureux de t'aider. » Elle s'interrompit, incertaine de la façon dont il allait réagir à ce qu'elle s'apprêtait à ajouter. « Justin, puis-je l'appeler ? Je crois que tu as besoin de parler à quelqu'un. » Elle le vit se raidir.

« Pam, tu crois toujours que c'est moi qui ai agressé Carolyn, hein ?

— Non, je ne le crois pas, dit-elle avec fermeté. Je te le dirais, sinon. Je crois que Carolyn va s'en sortir, mais je sais aussi qu'elle n'est pas encore hors de danger. Si — Dieu nous en garde... — elle ne s'en sort pas, tu auras terriblement besoin d'être aidé. Laisse-moi l'appeler. »

Justin hocha lentement la tête. « D'accord. »

Lorsqu'elle regagna la salle d'attente quelques minutes plus tard, Pamela souriait. « Il arrive, Justin, dit-elle. Il a l'air réellement gentil. Je t'en prie, laisse-le t'aider, s'il le peut. »

90

« Je crois avoir résolu un problème épineux, Jim », annonça Alexander Wright d'un ton joyeux.

Pas besoin d'être grand clerc pour savoir que le patron était d'excellente humeur. Il a l'air en pleine forme, pensa Jim en jetant un coup d'œil dans le rétroviseur, et mieux encore, il paraît heureux.

Ils étaient en route pour Downing Street où ils allaient chercher Susan Chandler avant de se rendre au dîner de la Public Library dans la Cinquième Avenue. Alex avait insisté pour partir tôt, craignant qu'ils ne fussent retardés par les encombrements. Mais la circulation était plus fluide que d'habitude dans la Septième Avenue, et ils firent rapidement le trajet. « Quel genre de problème avez-vous résolu, monsieur Alex ? questionna Jim.

— En invitant à ce dîner le père et la belle-mère du Dr Chandler, je leur ai demandé de s'arrêter au St. Regis pour y prendre sa sœur. C'eût été peu délicat de faire mon entrée avec une dame à chaque bras.

— Oh, vous auriez pu, monsieur Alex.

— La question n'est pas de pouvoir, Jim. La question est : est-ce que je le souhaitais ? Et la réponse est non. »

En clair, pensa Jim, cela signifie qu'il désire s'occuper de Susan, et non de Dee. D'après ce qu'il avait vu de ces deux jeunes femmes, il comprenait son patron. Indiscutablement, Dee était d'une beauté exceptionnelle. Il l'avait remarqué l'autre soir en les conduisant au restaurant. Et elle semblait gentille aussi. Mais, aux yeux de Jim, il y avait chez sa sœur quelque chose de spécialement attirant. Elle était plus naturelle, le genre de personne que vous pouvez inviter chez vous sans avoir à vous excuser de la modestie des lieux, pensa-t-il.

A six heures cinq, ils se garaient devant le petit immeuble où habitait Susan. « Jim, comment vous débrouillez-vous pour trouver à chaque fois une place de stationnement ? demanda Alexander Wright.

— L'habitude, monsieur Alex. Voulez-vous que je mette la radio ?

— Non, je monte la chercher.

— Vous êtes en avance.

— Ça ne fait rien. Je patienterai sagement dans l'entrée. »

« Vous êtes en avance, dit Susan d'un ton consterné dans l'interphone.

— Je ne vous dérangerai pas, promit Alex. J'ai horreur d'attendre dans une voiture. J'ai l'impression d'être un chauffeur de taxi. »

Susan rit. « Bon, montez. Vous regarderez la fin du bulletin de six heures. »

C'est bien ma chance, pensa-t-elle. Ses cheveux étaient encore enveloppés dans une serviette. Sa tenue, une veste de smoking noire et une longue jupe étroite, était suspendue au-dessus de la baignoire dans la salle de bains, afin que la vapeur en efface les plis. Elle portait un peignoir de bain en éponge mousseuse blanche qui lui donnait l'air d'un lapin en peluche.

Alex éclata de rire à sa vue lorsqu'elle lui ouvrit la porte. « Vous avez l'air d'avoir dix ans ! »

Elle lui adressa une grimace. « Ne dites pas n'importe quoi et allez écouter les nouvelles. »

Elle ferma la porte de sa chambre, s'assit à sa coiffeuse et prit son sèche-cheveux. Je serais mal partie si je ne savais pas me coiffer toute seule, se dit-elle. Encore que le résultat soit loin d'atteindre la superbe chevelure de ma chère sœur. « Mon Dieu, l'heure tourne », murmura-t-elle en augmentant la chaleur du séchoir.

Un quart d'heure plus tard, elle se contemplait dans la glace. Sa coiffure était parfaite, un maquillage soigné dissimulait les traces de fatigue dues au manque de sommeil, les plis avaient disparu de sa jupe, tout semblait en ordre. Et pourtant, elle ne se sentait pas dans son état normal. S'était-elle trop inquiétée, trop pressée, ou quoi ? se demanda-t-elle en prenant son sac du soir.

Elle trouva Alex dans le bureau, en train de

regarder la télévision comme elle le lui avait conseillé. Il leva les yeux vers elle et sourit. « Vous êtes exquise, dit-il.

— Merci.

— Je sais tout ce qui s'est passé à New York aujourd'hui. Je vous le raconterai dès que nous serons dans la voiture.

— Chouette ! »

Elle est superbe, se dit Jim Curley en ouvrant la portière. Vraiment superbe. Tout en remontant vers le haut de la ville en direction de la Public Library, il gardait les yeux braqués sur la circulation, mais n'en écoutait pas moins la conversation qui se déroulait à l'arrière.

« Susan, il y a un point sur lequel je veux être clair, dit Alexander Wright. Je n'avais pas l'intention d'inviter votre sœur à dîner ce soir.

— Je vous en prie, ne vous tracassez pas pour ça. Dee est ma sœur et je l'aime.

— Je n'en doute pas. Mais je présume que vous n'aimez pas beaucoup Binky, et j'ai peut-être fait une erreur en l'invitant elle aussi, ainsi que votre père. »

Oh ! là ! là ! pensa Jim.

« J'ignorais qu'ils venaient, dit Susan, un soupçon d'agacement dans la voix.

— Susan, comprenez-moi, je voulais seulement être seul avec vous ce soir. Comme je vous l'ai dit, je n'avais pas l'intention d'inviter Dee et j'ai pensé qu'en demandant à votre père et à Binky de se joindre à nous et d'aller chercher Dee, je mettrais les choses au point. »

Il ne s'en sort pas mal, pensa Jim. A votre tour, Susan. Donnez-lui une chance, à ce garçon.

Il l'entendit rire. « Alex, ne m'en veuillez pas. Je crois que je me suis mal fait comprendre. Je ne voulais pas jouer les susceptibles. Il faut me pardonner. J'ai eu une journée épouvantable.

— Racontez-moi.

— Pas maintenant, mais merci de vous en préoccuper. »

Bon, je crois que ça ira, soupira Jim soulagé.

« Susan, j'aborde rarement ce genre de sujet, mais je comprends ce que vous ressentez envers Binky. J'ai moi-même eu une belle-mère, encore que ce fût un peu différent dans mon cas. Mon père s'est remarié après la mort de ma mère. Elle s'appelait Gerie. »

C'est bien la première fois que je l'entends parler d'elle, pensa Jim.

« Comment vous entendiez-vous avec elle ? » interrogea Susan.

Mieux vaut ne pas poser la question, répondit Jim *in petto*.

91

Ce n'était certes pas la première fois que Susan pénétrait dans l'annexe de la Public Library située dans la Cinquième Avenue, pourtant elle ne se rappelait pas avoir déjà vu la rotonde McGraw où avait lieu la réception. C'était un espace magnifique. Avec ses hauts murs de pierre et ses fresques monumentales, elle vous donnait l'impression de remonter le temps, d'être transporté dans un autre siècle.

Malgré l'élégance du décor, et bien qu'elle appréciât réellement la compagnie d'Alexander Wright, Susan s'aperçut vite qu'elle était distraite et incapable de se détendre. Je devrais profiter de cette agréable soirée, et pourtant j'ai l'esprit préoccupé par les propos d'un individu douteux, propriétaire d'une boutique porno, et qui peut-être pourrait identifier le meurtrier de Regina Clausen, de Hilda Johnson, de Tiffany Smith et d'Abdul Parki, l'homme qui a tenté d'assassiner Carolyn Wells.

Trois de ces noms étaient venus s'ajouter à la liste au cours de la dernière semaine.

Y en avait-il d'autres ?

Y en aurait-il d'autres ?

Pourquoi était-elle si convaincue que la réponse était oui ?

Je n'aurais peut-être pas dû quitter le bureau du procureur, se dit-elle en buvant lentement un verre de vin, prêtant une oreille distraite à Gordon Mayberry, un vieux monsieur qui lui vantait la générosité de la fondation Wright envers la Public Library.

Dès leur arrivée, Alex l'avait présentée à un certain nombre de gens apparemment importants. Elle ne savait si elle devait en être amusée ou flattée, car il était clair que c'était une façon de montrer qu'elle était son invitée pour la soirée.

Dee, son père et Binky avaient fait leur apparition quelques minutes après eux. Dee, éblouissante dans un fourreau blanc, l'avait embrassée chaleureusement. « Sue, sais-tu que je reviens m'installer ici définitivement ? Nous allons en profiter, toi et moi. Tu m'as manqué, tu sais. »

Je suis certaine qu'elle est sincère, s'était dit Susan. C'est pourquoi ses petites manigances avec Alex sont franchement déloyales.

« Avez-vous vu le livre qui va être remis à Alex ce soir ? lui demanda Gordon Mayberry.

— Non, je ne l'ai pas vu, répondit Susan, s'obligeant à se concentrer.

— Un tirage limité, naturellement. Un exemplaire en sera remis à chaque invité, mais peut-être aimeriez-vous y jeter un coup d'œil avant le dîner. Vous aurez ainsi un aperçu du travail considérable que la fondation Wright a accompli au cours de ses seize années d'existence. » Il désigna un pupitre éclairé près de la porte d'entrée de la rotonde. « Il est exposé là. »

Le livre était ouvert en son milieu, mais Susan revint aux pages du début. Sur la jaquette étaient reproduits les portraits du père et de la mère d'Alex, Alexander Lawrence et Virginia Wright. Ils ne devaient pas être rigolos tous les jours, pensa-t-elle en étudiant leurs visages sévères. Un coup d'œil à la table des matières lui indiqua que les premières pages contenaient un rapide historique de la fondation Wright ; puis le livre était divisé en chapitres, selon la nature des œuvres de bienfaisance : hôpitaux, orphelinats, recherche.

Elle le feuilleta au hasard, puis, songeant à Jane Clausen, elle chercha le chapitre concernant les orphelinats. Elle avait parcouru la moitié des pages consacrées à ce thème, quand la photo d'un orphelinat attira son regard. Sans doute un bâtiment typique pour cet usage, pensa-t-elle. Et un environnement tout aussi typique.

« Remarquable, n'est-ce pas ? »

Alex se tenait à ses côtés.

« Très impressionnant, je l'avoue, répondit-elle.

— Eh bien, si vous pouvez vous arracher à votre lecture, le dîner va être servi. »

Malgré le raffinement du repas, Susan avait l'esprit tellement distrait qu'elle mangea sans plaisir. Le pressentiment qui l'habitait était si fort qu'il s'apparentait presque à une présence physique. Ce Nat Small, le propriétaire du sex-shop — elle ne cessait de penser à lui. Si jamais il venait à l'esprit du tueur que Nat l'avait remarqué en train de rôder devant sa vitrine, il supprimerait

Nat de la même façon. Carolyn Wells peut ne pas se remettre, ou si elle se remet, elle peut avoir perdu tout souvenir de ce qui lui est arrivé. Dans ce cas, Nat serait le seul à être capable d'identifier l'homme qui a tué Parki et les autres, et qui a poussé Carolyn.

Soudain consciente qu'Alex lui posait une question, elle revint au moment présent : « Oh non, tout va bien. Et la cuisine est exquise. C'est moi qui n'ai pas très faim. »

Après-demain, je vais sans doute recevoir les photos de la croisière de Carolyn. Que vais-je y découvrir ? Quand Carolyn a téléphoné durant mon émission et mentionné la photo, elle a précisé que l'homme qui l'avait invitée à visiter Alger se trouvait à l'arrière-plan. Et la croisière de Regina ? Peut-être existait-il d'autres photos, plus précises, sur lesquelles il figurait. J'aurais dû les commander en même temps, se reprocha-t-elle. Il faut que je les obtienne avant qu'il ne soit trop tard — avant que quelqu'un d'autre ne soit tué.

La remise du livre eut lieu durant une pause au milieu du dîner. La directrice de la Public Library parla de la générosité de la famille Wright, et du soutien qu'elle apportait à l'achat et à la préservation des livres rares. Elle évoqua aussi « la modestie et le dévouement d'Alexander Wright qui se consacre entièrement à la gestion de la fondation sans en tirer aucune gloire personnelle ».

« Vous voyez quel type bien je suis », lui chuchota Alex en se levant pour recevoir le livre que la directrice s'apprêtait à lui remettre.

Alex était un excellent orateur, naturel, charmant, à l'humour subtil. Lorsqu'il se rassit, Susan murmura : « Alex, vous ne voyez pas d'inconvénient à ce que je change de place avec Dee pour le dessert ?

— Il est arrivé quelque chose ? »

— Non, pas du tout. Un problème d'entente familiale, ce genre de chose. Dee s'ennuie, avec ce Gordon Mayberry qui lui tient la jambe. Si je vole à son secours, peut-être serons-nous plus proches, qui sait ? Et je dois aussi m'entretenir avec mon cher père. »

Le petit rire amusé d'Alex la suivit tandis qu'elle se dirigeait vers la table voisine et demandait à Dee d'échanger sa place avec la sienne. Il y a une autre raison, s'avoua-t-elle — si je dois continuer à sortir avec Alex, je veux m'assurer que Dee ne sera pas dans le circuit. Et s'il doit y avoir compétition, je veux mettre les choses au point dès le début. Pas question de revivre la situation que j'ai connue avec Jack.

Elle attendit que Mayberry cherche une oreille attentive auprès de Binky pour se tourner vers son père. « Papa — excuse-moi, Charles —, tu vas me croire complètement cinglée, mais il faudrait que lundi à la première heure, tu vires vingt-cinq mille dollars de plus à cette agence de photos à Londres. »

Elle vit son expression passer de l'étonnement à l'inquiétude. « Je vais le faire, bien sûr, mon petit, mais es-tu certaine de ne pas avoir d'ennuis ? Quoi qu'il en soit, je suis prêt à t'aider. »

Bien sûr que je vais t'aider. Que je peux t'aider.

Le fond de l'histoire, c'est qu'en dépit de Binky, malgré son antipathie à mon égard, papa ne me laissera jamais tomber, pensa Susan. Je ne dois pas l'oublier. « Je te promets que je n'ai aucun ennui, dit-elle, mais il faut que cela reste entre nous. Je m'occupe de quelqu'un. »

Nat Small est probablement en danger. Et il n'est peut-être pas le seul. Il y a peut-être une autre personne destinée à recevoir une de ces bagues portant l'inscription *Tu m'appartiens.*

Pourquoi les paroles de cette chanson la pour-suivaient-elles? *Regarder le soleil se lever sur une île...*

Bien sûr! Ces mots étaient écrits sur le bulletin d'information du *Gabrielle* qu'elle avait trouvé ce matin même dans les affaires de Regina Clausen.

J'aurai les photos du *Seagodiva* lundi. Je demanderai à Nedda la permission d'utiliser la grande table de conférence dans son bureau pour les étaler. Lundi soir donc, je devrais avoir trouvé la photo de Carolyn. Si l'agence peut faire les tirages des photos du *Gabrielle* dans l'après-midi du mardi, je les recevrai dès mercredi. Je prendrai le temps qu'il faudra pour les examiner, même si je dois y passer la nuit.

Binky était parvenue à dévier la conversation de Gordon Mayberry vers quelqu'un d'autre. « De quoi parlez-vous tous les deux? » interrogea-t-elle, se tournant vers Susan et Charles.

Susan saisit le clin d'œil complice de son père lorsqu'il répondit : « Susan me confiait son envie de collectionner des œuvres d'art, chérie. »

92

Pamela Hastings arriva à l'hôpital de Lenox Hill le dimanche à midi, et longea les couloirs devenus familiers qui menaient au service des soins inten-sifs. Elle trouva Justin dans la salle d'attente, hir-sute, pas rasé, et à moitié endormi.

« Tu n'es même pas rentré chez toi hier soir », lui reprocha-t-elle.

Il leva ses yeux rougis vers elle. « Je n'ai pas pu. Ils me disent que son état s'est plus ou moins sta-bilisé, mais j'ai toujours peur de la quitter, même quelques heures. En revanche, je n'ai pas l'intention de rentrer dans sa chambre. Ici, ils ont l'impression que vendredi Carolyn a commencé à sortir du coma, puis qu'elle s'est probablement souvenue de ce qui lui était arrivé, et que la panique l'a fait sombrer à nouveau. Elle est restée consciente assez longtemps, toutefois, pour dire : "Non... pitié... non! Justin."

— Cela ne signifie pas nécessairement : "Pitié, ne me pousse pas sous une voiture, Justin", dit Pamela en s'asseyant à côté de lui.

— Va l'expliquer à la police. Et aux médecins, et aux infirmières du service. Je te jure que si je tente de m'approcher de Carolyn, ils croiront que j'ai l'intention de débrancher ses appareils. »

Il ouvrait et refermait convulsivement ses mains. Il n'est pas loin de s'écrouler, pensa Pamela. « As-tu au moins dîné avec le Dr Richards hier soir ? demanda-t-elle.

— Oui. Nous sommes allés à la cafétéria.

— Comment cela s'est-il passé ?

— Ça m'a aidé. Et, naturellement, je me rends compte maintenant que j'aurais dû continuer à le consulter il y a deux ans. Connais-tu ce vieux dicton, Pam ?

— Lequel ?

— "Qui perd un clou perd un fer, qui perd un fer perd un cheval, qui perd un cheval perd la course." Quelque chose de ce genre.

— Justin, ce que tu dis n'a aucun sens.

— Au contraire. Si je m'étais fait soigner la tête, je n'aurais pas réagi aussi violemment en apprenant que Carolyn avait appelé pendant l'émission de radio. Si je ne l'avais pas bouleversée avec mon coup de téléphone, elle serait peut-être allée à son rendez-vous avec Susan Chandler. Conclusion, elle aurait pris un taxi devant la maison et ne se serait pas rendue à pied à la poste.

« — Justin, arrête ! Tu vas te rendre cinglé avec des raisonnements pareils. » Elle lui prit la main. « Ecoute, tu n'es pas responsable de cet horrible accident, et tu dois cesser de te culpabiliser.

— C'est exactement ce que m'a dit Donald Richards : "Arrêtez !" » Les larmes lui vinrent aux yeux et un sanglot monta dans sa gorge.

Pamela entoura ses épaules de son bras et lui caressa les cheveux. « Tu as besoin de prendre l'air. Si nous restons ici tous les deux, les gens vont finir par jaser, dit-elle doucement.

— Ne me dis pas que George va me tomber dessus, lui aussi. Quand revient-il ?

— Ce soir. Et maintenant je veux que tu rentres chez toi. Mets-toi au lit, dors au moins cinq heures, puis prends une douche, rase-toi, change-toi et reviens à l'hôpital. Quand Carolyn se réveillera, elle aura besoin de toi, et si elle te voit dans cet état, elle s'inscrira immédiatement pour une autre croisière. »

Pamela retint sa respiration, espérant qu'elle n'était pas allée trop loin, mais elle fut récompensée par un sourire. « Tu es une véritable amie », finit par lui dire Justin.

Elle se dirigea avec lui vers l'ascenseur. En chemin, elle s'arrêta et le força à aller voir Carolyn. L'officier de police les suivit dans le box.

Justin prit la main de sa femme, embrassa sa paume et la referma. Il ne dit pas un mot.

Lorsque les portes de l'ascenseur se furent refermées sur lui, Pamela s'apprêta à regagner la salle d'attente, mais fut retenue par l'infirmière du service. « Elle a encore parlé, il y a à peine quelques minutes, juste après votre départ.

— Qu'a-t-elle dit ? demanda Pamela, redoutant presque d'entendre la réponse.

— La même chose. "Win, oh Win."

— Soyez gentille, n'en dites rien à son mari.

— Bien sûr. S'il m'interroge, je dirai seulement qu'elle cherche à parler et que c'est bon signe. »

Pamela dépassa la salle d'attente et se dirigea vers un téléphone. Avant son départ pour l'hôpital, Susan Chandler l'avait appelée, expliquant qu'elle s'efforçait de retrouver un nom semblable à Win sur la liste des passagers du *Seagodiva*. « Demandez-leur d'écouter attentivement si Carolyn répète ce nom, lui avait-elle recommandé. Peut-être en dira-t-elle davantage. Il pourrait s'agir d'un surnom ou du diminutif de Winston ou de Winthrop, par exemple. »

Susan n'était pas chez elle, Pamela laissa un message sur le répondeur : « Carolyn a de nouveau essayé de parler. Elle a répété les mêmes mots — "Win, oh Win" ».

93

« Le dimanche matin, Regina et moi assistions souvent à la messe à Saint-Thomas, ensuite nous allions prendre un brunch, raconta Jane Clausen à Susan. La musique est merveilleuse dans cette église. Après la disparition de Regina, j'ai mis plus d'un an à pouvoir y retourner.

— Je reviens juste du service de dix heures quinze à Saint-Patrick, dit Susan. Là aussi, la musique est superbe. » Elle était venue à pied depuis la cathédrale. C'était encore une belle journée d'automne, et en chemin elle s'était demandé ce que Tiffany Smith avait fait le dimanche précédent. Avait-elle eu le pressentiment que c'était son dernier dimanche, que sa vie allait s'interrompre peu de jours après ? Bien sûr que non !

Comment aurait-elle pu avoir des pensées aussi morbides !

Jane Clausen savait manifestement qu'elle n'avait plus beaucoup de temps devant elle. Susan avait l'impression que chacun de ses mots trahissait cette issue inéluctable. Aujourd'hui, elle était adossée à ses oreillers dans le lit, un châle autour des épaules. Son teint avait retrouvé un peu de couleur, mais Susan se doutait que la fièvre n'y était pas pour rien.

« C'est vraiment gentil à vous de venir me revoir, dit Jane. Les dimanches à l'hôpital passent toujours si lentement. Et hier je n'ai pas eu la possibilité de vous parler en privé, comme je le souhaitais. Douglas Layton s'est montré très attentionné, très gentil. Je vous ai dit que je pensais l'avoir mal jugé précédemment, et que mes doutes à son sujet n'étaient pas fondés. Par ailleurs, si je prends la décision à laquelle je songe — c'est-à-dire demander à l'actuel directeur de la fondation de se retirer et de confier les rênes à Douglas —, je lui donnerai pratiquement tout pouvoir sur des sommes d'argent considérables. »

Ne faites pas ça ! se retint de crier Susan.

Jane Clausen poursuivit : « Je sais que je suis en ce moment trop sensible à des manifestations de sollicitude, d'affection ou d'attention — appelez ça comme vous voudrez. »

Elle se tut un instant, prit le verre d'eau posé à côté du lit, en but quelques gorgées et continua : « C'est pourquoi, avant de prendre cette décision, j'aimerais vous demander de mener une enquête sérieuse sur Douglas Layton. J'abuse de vous, j'en suis consciente, je ne vous connais que depuis une semaine. Pourtant, en si peu de temps, j'en suis venue à vous considérer comme une amie fidèle. Vous avez le don de mettre les gens en confiance, vous savez. C'est sans doute pourquoi vous réussissez si bien dans votre métier.

— Je vous en prie, je suis trop heureuse de faire ce que je peux. Et merci de vos compliments. » Susan comprit que ce n'était pas le moment de révéler à Jane Clausen que Douglas faisait déjà l'objet d'une investigation, et que les premières informations soulevaient de sérieux doutes à son sujet. Elle choisit ses mots avec soin. « Je pense en effet qu'il est toujours sage de se montrer prudent avant tout changement majeur. Je vous promets de m'en occuper.

— Merci. C'est un grand soulagement pour moi. »

Les yeux de Jane Clausen semblaient s'agrandir de jour en jour. Ce matin, ils avaient un regard presque étincelant, et néanmoins paisible. Susan se souvint de la tristesse qu'elle y avait lue quelques jours auparavant; aujourd'hui une expression différente les habitait. Elle sait ce qui l'attend et elle l'accepte, se dit-elle. Susan chercha un moment comment formuler la demande qu'elle se disposait à faire, mais résolut de remettre ses explications à plus tard. « Madame Clausen, j'ai apporté mon appareil photo. Me permettez-vous de faire quelques clichés du dessin de l'orphelinat ? »

Jane Clausen drapa son châle plus étroitement autour de ses épaules. Elle l'arrangea avec soin avant de répondre. « Il y a une raison à votre demande, n'est-ce pas, Susan ? Laquelle ?

— Puis-je attendre demain pour vous répondre ?

— Je préférerais le savoir tout de suite, naturellement, mais je patienterai, et je me réjouirai à la pensée d'avoir une nouvelle visite. Mais, Susan, dites-moi une chose avant de partir : avez-vous eu des nouvelles de la jeune femme qui avait téléphoné durant votre émission, cette personne qui disait posséder une bague semblable à celle de Regina ? »

Susan choisit ses mots. « Vous parlez de "Karen"? Oui et non. Elle se nomme en réalité Carolyn Wells. Elle a eu un grave accident quelques heures après nous avoir téléphoné, et je n'ai pas eu l'occasion de lui parler car elle est dans le coma.

— C'est affreux.

— Elle a plusieurs fois appelé un certain Win. C'est peut-être le nom de l'homme qu'elle a rencontré durant sa croisière, mais je ne peux l'affirmer. Madame Clausen, Regina vous a-t-elle jamais téléphoné depuis le *Gabrielle*?

— A plusieurs reprises.

— A-t-elle jamais mentionné quelqu'un du nom de Win?

— Non, elle n'a jamais désigné par son nom un seul de ses compagnons de voyage. »

La fatigue était perceptible dans la voix de Mme Clausen. « Je vais prendre ces photos et vous laisser, dit Susan. J'en ai pour quelques minutes à peine. Vous avez besoin de vous reposer, maintenant. »

Jane Clausen ferma les yeux. « Ce traitement m'abrutit complètement. »

Le dessin était dressé sur le meuble en face du lit. Utilisant son flash, Susan prit quatre photos avec son Polaroïd, les regarda se développer l'une après l'autre. Estimant qu'elle en avait suffisamment, elle rangea son appareil dans son sac et se dirigea vers la porte sur la pointe des pieds.

« Au revoir, Susan, dit Jane Clausen d'une voix lourde de sommeil. Vous savez, vous venez d'éveiller un souvenir très agréable. A mes débuts dans le monde, j'avais pour cavalier un beau jeune homme du nom d'Owen. Cela fait des années que je n'ai pas pensé à lui, mais à l'époque j'étais très amoureuse de lui. Bien sûr, c'était il y a des siècles! »

Owen. Susan sursauta. Seigneur, voilà ce que cherche à dire Carolyn. Non pas « Oh, Win », mais *Owen* [1].

Il y avait un Owen Adams parmi les passagers du *Seagodiva*. C'était le premier homme voyageant seul qu'elle avait coché sur la liste.

Vingt minutes plus tard, Susan entrait en trombe dans son appartement, se précipitait vers le secrétaire de son bureau et saisissait la liste des passagers du *Gabrielle*. Pourvu qu'il y soit, pensat-elle, pourvu qu'il y soit.

Il n'y avait aucun « Owen Adams » d'inscrit, comme elle put le constater immédiatement, mais imaginant que l'homme qu'elle recherchait pouvait voyager sous un faux nom, elle reprit la liste depuis le début.

Elle était presque arrivée à la fin quand elle le trouva. L'un des rares passagers à avoir mentionné son second prénom : Henry Owen Young. Il y avait certainement un rapport entre les deux.

94

Alexander Wright appela Susan chez elle à dix heures, à onze heures et à midi, avant de l'avoir enfin au téléphone à une heure. « J'ai tenté en vain de vous joindre plus tôt, mais vous étiez sortie, dit-il.

— Vous auriez pu laisser un message.

— Je n'aime pas parler aux machines. Je voulais vous inviter à partager un brunch avec moi.

1. Phonétiquement, Owen se prononce [Owin] en anglais. *(N.d.T.)*

— Merci, mais je n'aurais pas été libre, lui répondit Susan. Je suis allée voir une amie à l'hôpital. A propos, Alex, existe-t-il des plans standard pour les orphelinats en Amérique centrale ?

— Standard ? Je ne vois pas très bien ce que vous entendez par là, mais je ne crois pas, non. Si vous faites allusion à leur aspect général, toutefois, de même que pour les hôpitaux et les écoles, il y a des caractéristiques communes à toutes ces institutions. Pourquoi ?

— Parce que j'ai entre les mains une illustration que je souhaiterais vous montrer. A quelle heure partez-vous demain ?

— Tôt, j'en ai peur. C'est pourquoi je voulais vous voir aujourd'hui. Pouvons-nous dîner ensemble ce soir ?

— Je regrette, je suis prise.

— Eh bien, il ne me reste plus qu'à traverser toute la ville. Serez-vous chez vous à un moment de la journée ?

— Tout l'après-midi.

— Je pars tout de suite. »

Je sais que j'ai raison, pensa Susan en raccrochant. Ces deux constructions ne sont pas seulement similaires, elles sont un même et unique bâtiment. Mais j'en aurai ainsi la certitude. Le livre de la fondation Wright était posé sur son bureau, ouvert à la page où figurait l'orphelinat du Guatemala qui avait attiré son attention. Il était en tout point semblable au dessin qui se trouvait dans la chambre d'hôpital de Jane Clausen. Mais il s'agit d'un dessin, non d'une photographie. Peut-être Alex remarquera-t-il certaines caractéristiques que je n'ai pas repérées ?

En examinant les photos, Alex vit effectivement qu'un détail avait échappé à Susan, mais loin de distinguer un bâtiment d'un autre, il confirmait plutôt qu'il s'agissait bien d'une même construction. Dans le dessin appartenant à Mme Clausen, l'illustrateur avait peint un petit animal sur la porte d'entrée de l'orphelinat. « Regardez, dit Alex. C'est une antilope. Maintenant, examinez la photo dans le livre. Elle s'y trouve également. L'antilope fait partie du blason familial ; nous en faisons toujours sculpter une sur la porte des édifices que nous subventionnons. »

Ils étaient assis côte à côte devant la table de travail de Susan.

« Mais comment le nom de Regina Clausen pourrait-il se retrouver à l'entrée d'un de vos bâtiments ? s'exclama Susan.

— Ce dessin est une supercherie, Susan. Si vous voulez mon avis, quelqu'un empoche l'argent qui était censé financer cet édifice.

— Je dois m'en assurer. » Susan songea à Jane Clausen, à sa déception et sa tristesse quand elle apprendrait que Douglas Layton l'avait trompée.

« Susan, vous semblez réellement inquiète, dit Alex.

— En effet, mais pas pour moi-même. » Elle se força à sourire. « Si nous prenions un café ? Pour ma part, j'en ai franchement besoin.

— Avec plaisir. D'ailleurs, je suis curieux de savoir si vous faites du bon café. »

Susan referma le livre de la fondation Wright. « Demain, j'irai montrer cette photo à Mme Clausen. Elle doit être prévenue le plus tôt possible. » Elle contempla sa table dont le désordre avait certainement sauté aux yeux d'Alex.

« Je suis moins brouillon d'habitude, expliqua-t-elle. J'ai dû mener deux projets à la fois, et les papiers se sont empilés. »

Alex prit la brochure contenant la liste des passagers du *Seagodiva* et l'ouvrit. « S'agit-il d'une croisière à laquelle vous avez participé ?

— Non, je ne suis jamais partie en croisière. » Elle espéra qu'il ne s'étendrait pas sur le sujet. Elle ne voulait parler à personne de ce qu'elle avait entrepris, pas même à lui.

« Ni moi non plus, dit-il en reposant la brochure sur la table. J'ai le mal de mer. »

En buvant son café, il lui raconta que Binky avait téléphoné pour l'inviter à déjeuner. « Je lui ai demandé si vous seriez présente et quand elle m'a répondu non, j'ai refusé.

— Je crains que Binky n'ait pas beaucoup d'affection pour moi, dit Susan. Et je ne peux décemment pas le lui reprocher. J'ai pratiquement supplié papa à deux genoux de ne pas l'épouser.

— J'ai fait exactement la même chose avec mon père et Gerie. Cela n'a servi à rien, et pour la même raison que Binky ne vous supporte pas, Gerie n'a jamais pu me voir en peinture. »

Il se leva. « Il faut que je parte. J'ai laissé mes affaires en pagaille et je dois les ranger moi aussi. » Arrivé à la porte il se retourna. « Susan, je vais rester absent pendant huit ou dix jours, dit-il. Sortez autant que vous le voulez pendant ce temps, mais ensuite, ne prenez pas trop d'engagements. D'accord ? »

Au moment où Susan refermait la porte derrière lui, le téléphone sonna. C'était Dee. Elle appelait pour lui dire au revoir. « Je pars demain pour le Costa Rica. J'embarquerai là-bas. Je compte faire le voyage jusqu'à Callao. La soirée d'hier était super, hein ?

— Formidable.

— J'ai appelé Alex pour le remercier, mais il était sorti. »

Le ton interrogateur de sa sœur n'échappa pas à Susan, mais elle n'avait pas l'intention de lui raconter qu'Alex était venu chez elle, encore moins de lui expliquer les raisons de sa visite. « Peut-être pourras-tu le joindre plus tard. Amuse-toi bien, Dee. »

Elle raccrocha tristement, sachant que la raison qui la retenait d'accepter les attentions d'Alex était sa crainte de voir se développer quelque chose entre lui et Dee, surtout si Dee persistait à le poursuivre. Et Susan n'avait aucune envie de connaître à nouveau la douleur de perdre un homme au profit de sa sœur.

95

Donald Richards s'était senti nerveux pendant toute la journée. Tôt dans la matinée du dimanche, il avait couru dans Central Park. Ensuite il était rentré chez lui et avait préparé une omelette au fromage, se souvenant qu'à l'époque où il était marié c'était lui qui se mettait aux fourneaux le dimanche ; aujourd'hui il en avait perdu l'habitude et ne se donnait pratiquement plus jamais la peine de cuisiner. Il lut le *Times* tout en mangeant, mais après s'être versé une deuxième tasse de café, il se sentit définitivement incapable de se concentrer, posa son journal et se dirigea vers la fenêtre.

Son appartement donnait sur le parc. Il était onze heures et le temps vif et ensoleillé avait déjà attiré dehors une foule de citadins. En contrebas dans la rue, il pouvait voir courir des douzaines de joggeurs. Des fous du roller passaient comme l'éclair au ras des promeneurs. Il y avait des couples et des familles au complet. Donald observa une vieille femme en train de s'installer sur un banc, le visage tourné vers le soleil.

Il s'éloigna de la fenêtre et alla dans sa chambre. Il devait faire sa valise en vue de son voyage, et cette perspective l'ennuyait profondément. Il en aurait bientôt terminé, pourtant. Encore une semaine de tournée promotionnelle pour le livre, et il pourrait enfin prendre une semaine pour lui. L'agence de voyages lui avait faxé une liste de bateaux de croisière avec des places disponibles en première classe à des dates correspondant à son emploi du temps.

Il se pencha sur son bureau pour y jeter un coup d'œil.

Il était deux heures quand il arriva à Tuxedo Park. Sa mère rentrait d'un déjeuner à son club et le trouva assis sur les marches du perron. « Don, mon chéri, pourquoi ne m'as-tu pas prévenue de ta visite ?

— Quand je me suis mis au volant de ma voiture, je n'étais pas encore certain de venir. Tu es très élégante, maman.

— Toi aussi. Je t'aime bien en pull, cela te rajeunit. » Elle aperçut la valise près de lui. « Tu viens t'installer ici, mon chéri ? »

Il sourit. « Non, je voulais seulement te demander de ranger ça quelque part au grenier. »

Ce sont les photos de Kathy, pensa-t-elle. « Il ne manque pas de place dans le grenier pour une valise — ou pour n'importe quoi d'autre, d'ailleurs, se contenta-t-elle de répondre.

— Tu ne me demandes pas ce qu'elle contient ?

— Si tu veux que je le sache, tu n'as qu'à me le dire. J'imagine que cela a un rapport avec Kathy.

— J'ai retiré de l'appartement absolument tout ce qui appartenait à Kathy et que je conservais encore. Tu n'es pas choquée ?

— Don, je suppose que tu avais besoin de ces souvenirs jusqu'à présent. Mais je te sens prêt désormais à reconstruire ta vie — et tu sais que Kathy ne peut plus en faire partie. A l'approche de la quarantaine, beaucoup de gens prennent sérieusement la mesure de leur passé et de leur avenir. Au fait, tu as une clé de la maison. Pourquoi n'es-tu pas entré?

— J'ai vu que ta voiture n'était pas là, et je me suis soudain rendu compte que je n'avais pas envie d'entrer dans une maison vide. » Il se leva et s'étira. « Je vais prendre une tasse de thé avec toi, si tu veux bien, et je repartirai. J'ai un dîner ce soir. Deux dans la semaine avec la même personne. Qu'en dis-tu? »

A sept heures précises, il appela Susan à l'interphone de son immeuble. « C'est devenu une véritable habitude chez moi d'être en retard, s'excusa-t-elle en l'introduisant dans son appartement. Mon réalisateur n'a cessé de m'enguirlander pendant toute la semaine, me reprochant d'arriver au studio à la minute où nous passions à l'antenne. Une ou deux fois, je suis rentrée à mon cabinet juste à temps pour recevoir mon patient — et vous savez comme moi que l'on ne fait pas attendre les gens qui suivent une psychothérapie. Et ce soir — eh bien, je vais être tout à fait honnête : il y a deux heures, j'ai fermé les yeux dans l'intention de me reposer quelques minutes et je viens de me réveiller. J'ai dormi comme une souche

— Ce qui prouve que vous en aviez besoin.

— Je vais vous servir un verre de vin si vous m'accordez un quart d'heure pour me préparer, proposa Susan.

— Volontiers. »

Elle le vit inspecter son appartement. « C'est joli chez vous, docteur Chandler, dit-il. Une de mes patientes est agent immobilier. Elle me dit qu'au moment précis où elle pénètre dans une maison, elle se sent en harmonie ou non avec les gens qui l'habitent.

— C'est une chose que je peux comprendre, dit Susan. En tout cas, je ne sais quelle sorte d'harmonie dégage cet endroit, mais je m'y sens bien. Maintenant, laissez-moi aller vous chercher ce verre de vin, et vous pourrez tout regarder autour de vous pendant que je me change. »

Donald la suivit dans la cuisine. « Ne vous mettez pas sur votre trente et un. Moi-même, je ne me suis pas habillé. Je suis passé voir ma mère et elle m'a dit que j'étais très bien en pull, je me suis donc contenté de passer une veste. »

Il y a quelque chose d'étrange chez Donald Richards, pensa Susan en boutonnant le col de son chemisier bleu et en saisissant sa veste à chevrons. Je ne sais pas quoi exactement, mais il y a quelque chose chez lui qui m'échappe.

Elle passa de sa chambre dans l'entrée et s'apprêtait à lancer un « Je suis prête », quand elle vit Donald debout devant le secrétaire de son bureau, en train d'examiner les deux listes de passagers des bateaux de croisière.

Il l'avait certainement entendue, car il leva les yeux vers elle. « Vous avez des raisons particulières de collectionner ce genre de documents, Susan ? » demanda-t-il tranquillement.

Elle ne répondit pas tout de suite, et il les reposa. « Pardonnez-moi si j'ai outrepassé votre permission de tout regarder autour de moi. Vous avez là un très beau secrétaire XIXe, et j'ai eu envie de l'admirer de plus près. Ces listes ne m'ont pas paru confidentielles.

— Vous m'avez dit avoir fait des croisières à bord du *Gabrielle*, n'est-ce pas ? » dit Susan. Il lui déplaisait qu'il eût examiné les papiers qui se trouvaient sur son secrétaire, mais elle décida de passer outre.

« Souvent. C'est un paquebot magnifique. » Il se dirigea vers elle. « Vous êtes très séduisante, et j'ai une faim de loup. Allons-y. »

Ils dînèrent dans un petit restaurant de poisson dans Thompson Street. « Le père d'un de mes patients en est le propriétaire, expliqua-t-il. C'est intime et je suis devenu un habitué.

— C'est intime et délicieux, lui dit Susan plus tard, tandis que le garçon desservait. La dorade royale était exquise.

— Le saumon aussi. » Il se tut, but une gorgée de vin. « Susan, j'ai quelque chose à vous demander. Je suis passé à l'hôpital hier et aujourd'hui en fin d'après-midi, pour voir Justin Wells. Il m'a dit que vous l'aviez rencontré également.

— C'est exact.

— C'est tout ce que vous avez à en dire?

— C'est tout ce que je *devrais* dire, sauf que je suis absolument convaincue que sa femme n'a pas été blessée par accident et qu'il n'est en rien coupable.

— Vous l'entendre dire n'a pu que lui remonter le moral à un moment où il en avait désespérément besoin.

— J'en suis heureuse. Je l'aime bien.

— Moi aussi, mais comme je vous l'ai confié l'autre soir, j'espère qu'il fera vraiment une psychothérapie — avec moi ou avec un autre —, une fois sa femme rétablie. A propos, ils m'ont annoncé à l'hôpital qu'elle montrait des signes de guérison. Mais pour le moment, le poids de la culpabilité que s'est imposé Justin est trop lourd. Vous connaissez le scénario qu'il a inventé? Il s'imagine que s'il n'avait pas bouleversé sa femme en lui téléphonant, elle serait venue vous voir comme convenu, et qu'elle aurait dans ce cas pris un taxi au lieu d'aller à pied à la poste et de finir sous les roues de cette camionnette. »

Donald haussa les épaules. « Bien entendu, je n'aurais probablement plus un seul client si les gens n'étaient pas rongés par la culpabilité. C'est une chose que je peux tellement comprendre. Ah, voilà nos cafés. »

Le garçon déposa les tasses devant eux.

Susan avala une gorgée et demanda brusquement : « Etes-vous vous-même rongé par la culpabilité, Don ?

— Je l'étais, oui. Je ne désespère pas de m'en débarrasser un jour. Vous avez dit l'autre soir quelque chose qui m'a touché. Vous m'avez dit qu'après le divorce de vos parents, il vous a semblé que vous vous retrouviez tous embarqués dans des canots de sauvetage différents. Pourquoi ?

— Holà, n'essayez pas de m'analyser ! protesta Susan.

— Je vous le demande en ami.

— Bon, je vais vous répondre. C'est ce qui arrive couramment dans le cas d'un divorce : chacun plaide en sa faveur. Ma mère avait le cœur brisé et mon père clamait à qui voulait l'entendre qu'il n'avait jamais été aussi heureux. Pour moi, ce fut une remise en question de toutes ces années où j'avais vécu dans l'illusion que nous étions une famille heureuse.

— Et votre sœur ? Etes-vous proches l'une de l'autre ? Inutile de répondre. Il suffit de voir l'expression de votre visage. »

Susan se livra presque malgré elle : « Il y a sept ans, j'étais sur le point de me fiancer, et Dee est arrivée. Devinez qui l'a emporté et a épousé le beau jeune homme ?

— Votre sœur.

— Gagné. Ensuite Jack s'est tué dans un

343

accident de ski, et la revoilà qui fait les yeux doux à une personne que je vois de temps en temps. Sympathique, non ?

— Aimez-vous toujours Jack ?

— Je ne crois pas que vous cessiez d'aimer un être qui vous a été très cher. Je ne pense pas non plus qu'il faille à tout prix effacer une partie de son passé, c'est de toute façon impossible. En revanche, et c'est ce que j'essaie de dire à ma mère, il faut oublier la douleur et aller de l'avant.

— C'est ce que vous avez fait ?

— Oui, je crois que oui.

— Etes-vous attachée à ce nouveau soupirant ?

— Il est beaucoup trop tôt pour le dire. Et maintenant, si nous parlions de la pluie et du beau temps, ou mieux, dites-moi pourquoi vous sembliez tellement intéressé par ces listes de passagers. »

L'expression chaleureuse quitta le regard de Donald. « D'accord, à condition que vous m'expliquiez pourquoi vous avez encerclé deux noms, Owen Adams et Henry Owen Young.

— Owen est un de mes prénoms préférés, répondit seulement Susan. Il est tard, Don. Vous partez demain matin et une journée chargée m'attend. »

Elle songea au coup de fil qu'elle allait passer dès huit heures du matin à Chris Ryan, et aux photos qu'elle devait recevoir de Londres dans l'après-midi.

« Le fait est que je ne finirai sans doute pas avant neuf heures du soir. »

Le lundi matin, Chris Ryan aimait arriver tôt à son bureau. Le dimanche était consacré à la famille, et généralement au moins deux de ses six enfants venaient les voir, lui et sa femme, avec leur progéniture, et ils restaient à dîner.

Autant que sa femme, il se réjouissait de recevoir ses petits-enfants et de constater qu'ils se plaisaient en leur compagnie, mais parfois, en s'écroulant le soir dans son lit, Chris pensait avec soulagement que les gens dont il aurait à s'occuper le lendemain ne se battaient pas pour savoir qui aurait la grande bicyclette, ou qui avait dit un gros mot en premier.

La réunion familiale de la veille avait été particulièrement épuisante ; résultat, Chris n'avait poussé la porte de son bureau qu'à huit heures vingt. Il écouta ses messages et s'aperçut que plusieurs d'entre eux exigeaient une réponse immédiate. Le premier datait de dimanche, il provenait d'un de ses informateurs à Atlantic City et contenait des indications intéressantes sur Douglas Layton. Le deuxième avait été laissé par Susan Chandler plus tôt dans la matinée. « Chris, ici Susan ; rappelez-moi le plus vite possible. »

Elle décrocha à la première sonnerie. « Chris, je suis sur une piste et j'ai besoin d'informations concernant deux personnes. L'une voyageait sur un bateau de croisière, le *Gabrielle,* il y a trois ans ; l'autre était sur un autre bateau, le *Seagodiva,* il y deux ans. En réalité, je ne pense pas que ce soient deux personnes différentes. Je pense au contraire qu'il s'agit d'un seul et même individu et, si je ne me trompe pas, nous tenons là un tueur en série. »

Chris prit hâtivement son stylo dans sa poche

de poitrine et s'empara d'une feuille de papier. « Donnez-moi les noms et les dates. » Une fois renseigné, il fit remarquer : « Les deux voyages ont eu lieu à la mi-octobre. Les croisières font-elles des prix à cette époque-là ?

— Cette coïncidence n'a cessé de me turlupiner, en effet, dit Susan. Si la mi-octobre fait partie d'un dessein quelconque, alors une femme court peut-être un terrible danger en ce moment même.

— Laissez-moi étudier ça avec les gars de Quantico. Mes contacts au FBI devraient rapidement mettre le doigt dessus. A propos, Susan, il semblerait que votre copain, Douglas Layton, ait de graves ennuis. Il a perdu des fortunes au jeu à Atlantic City la semaine dernière.

— Vous savez très bien que ce n'est pas mon copain, et qu'entendez-vous par fortunes ?

— Environ quatre cent mille dollars. J'espère qu'il a une tante milliardaire.

— Le problème, c'est qu'il le croit. » La somme de quatre cent mille dollars la laissa stupéfaite. Un homme capable d'accumuler de telles pertes de jeu en deux jours est dans une sale situation. Il peut se sentir acculé et devenir dangereux. « Merci, Chris, dit-elle. Tenons-nous au courant. »

Elle raccrocha et consulta l'heure. Il lui restait juste le temps de faire une courte visite à Mme Clausen avant d'aller à la radio.

Il faut qu'elle sache sans tarder de quoi il retourne à propos de Douglas. S'il a une pareille dette de jeu, il va devoir la rembourser immédiatement, et c'est sur la fondation Clausen qu'il compte.

97

Lorsque Susan lui demanda de la recevoir à une heure aussi matinale, Jane Clausen comprit qu'il s'était passé quelque chose de grave. Elle avait aussi noté l'intonation tendue de Douglas quand il avait téléphoné quelques minutes plus tard pour lui annoncer qu'il passerait la voir avant d'aller à l'aéroport. Il avait expliqué qu'une dernière demande de subvention concernant l'orphelinat nécessitait sa signature.

« Il vous faudra attendre au moins jusqu'à neuf heures, lui avait-elle répondu fermement.

— Madame Clausen, j'ai peur ensuite de rater le départ de l'avion.

— Vous auriez pu y penser plus tôt, Douglas. Susan Chandler va arriver d'une minute à l'autre. » Elle se tut un instant, puis ajouta d'un ton froid : « Hier, Susan a pris des photos du dessin de l'orphelinat. Elle ne m'a pas dit pour quelle raison elle en avait besoin, mais j'ai l'impression que c'est de cela qu'elle veut m'entretenir. J'espère qu'il n'y a pas de problème avec le bâtiment, Douglas.

— Bien sûr que non, madame. D'ailleurs, je n'ai sans doute pas besoin de cette signature pour l'instant.

— En tout cas, je pourrai vous recevoir à neuf heures, Douglas, je vous attendrai.

— Oui, bien sûr. »

Quand Susan arriva dix minutes plus tard, Jane Clausen lui dit tout de go : « Ne soyez pas inquiète de ma réaction à ce que vous allez sans doute m'annoncer, Susan. Je commence à croire que Douglas Layton me trompe ou qu'il essaie de me tromper. Mais il m'intéresserait d'en voir la preuve. »

Laissant Susan ouvrir le livre de la fondation Wright, Jane Clausen téléphona à Hubert March qui était encore chez lui. « Hubert, allez tout de suite au bureau, convoquez vos comptables, et assurez-vous que Douglas Layton n'ait accès à aucun de nos comptes bancaires ni qu'il puisse réaliser un seul de nos actifs. Et faites-le sans perdre une minute ! »

Elle reposa le téléphone et examina la photo de l'orphelinat dans le livre posé sur ses genoux. « Tout est identique à l'exception du nom sur la stèle.

— Je suis navrée, fit doucement Susan.

— Ne vous attristez pas. Douglas avait beau se montrer attentionné, je ne pouvais me défaire d'un sentiment de malaise. »

Elle referma le livre et contempla la couverture ; puis elle eut un petit rire. « Gerie doit se retourner dans sa tombe, dit-elle. Elle qui voulait que la fondation porte *son* nom et celui d'Alexander. Elle s'appelait Virginia Marie, d'où le diminutif de "Gerie" que tout le monde lui donnait. La sotte avait oublié que la première femme d'Alexander s'appelait également Virginia. Je vois que le jeune Alexander a fait mettre le portrait de sa mère sur la couverture de l'ouvrage dédié à la fondation familiale.

— Bien joué ! » s'exclama Susan. Elles partirent toutes les deux d'un éclat de rire.

Douglas Layton savait désormais ce que ressentait un animal pris au piège. Il avait appelé Jane Clausen depuis une cabine téléphonique dans un hôtel proche de l'hôpital, espérant monter directement à sa chambre et obtenir la signature nécessaire.

Imbécile, se disait-il, tu l'as mise sur la piste. Elle est peut-être à moitié mourante, mais elle n'a rien perdu de son intelligence. Maintenant, elle va appeler Hubert au téléphone et lui dire de contacter les banques. Dans ce cas, tu es foutu — les gens auxquels tu as affaire n'accepteront aucune excuse.

Il devait à tout prix obtenir cet argent. Il frissonna à la pensée de ce qui l'attendait s'il n'honorait pas sa dette auprès du casino. Si seulement il ne s'était pas senti en veine l'autre soir. Il avait eu l'intention de déposer l'argent qu'il avait tiré grâce à la signature de Jane Clausen sur un compte spécialement ouvert pour son voyage. Mais voilà, persuadé que la chance allait lui sourire, il était allé au casino. Et pendant un certain temps, elle lui avait effectivement souri. A un moment, il avait gagné près de huit cent mille dollars, qu'il avait entièrement perdus par la suite, plus quelques centaines de milliers de dollars par-dessus le marché.

Ils lui avaient laissé jusqu'au lendemain pour réunir l'argent, mais il savait que s'il attendait jusque-là tout serait fini pour lui. Susan Chandler en aurait alors appris davantage à son sujet. Elle irait trouver Mme Clausen. La police serait prévenue. C'était Susan Chandler qui lui créait ces ennuis. C'était elle qui était à l'origine de toute l'histoire.

Il demeura dans la cabine téléphonique, cherchant une solution. Ses paumes étaient moites de sueur. Il vit la femme dans la cabine voisine lui jeter un regard interrogateur.

Il y avait une tentative qui réussirait peut-être. Mais « peut-être » ne suffisait pas. Il *fallait* que ça marche. Quel était le numéro personnel de Hubert March ?

Il joignit Hubert au moment où celui-ci partait pour son bureau. La question que lui posa Hubert en guise de salutation : « Douglas, que se passe-t-il donc ? » corrobora son soupçon que Mme Clausen lui avait téléphoné.

« Je suis auprès de Mme Clausen, dit Douglas. Je crains qu'elle n'ait un peu perdu le sens de la réalité. Elle croit vous avoir téléphoné à l'instant et s'excuse de ce qu'elle a bien pu vous dire. »

Le rire soulagé de Hubert March fut un baume aux oreilles de Douglas. « Elle n'a pas à s'excuser auprès de moi, j'espère par contre qu'elle l'a fait auprès de vous, mon cher garçon. »

Jim Curley conduisit Alexander Wright à l'aéroport et alla déposer ses bagages près du comptoir d'embarquement. « Il y a un monde fou à cette heure, monsieur Alex », dit-il en jetant un regard inquiet vers le policier qui déambulait dans les parages, menaçant de mettre une contravention aux voitures qui stationnaient trop longtemps le long du trottoir.

« Rien de plus normal pour un lundi matin, dit Alex. Retournez à la voiture et filez avant que je n'écope d'une amende. Et vous rappelez-vous ce que je vous ai demandé ?

— Bien sûr, monsieur Alex. Je téléphone au Dr Chandler et je lui dis que je suis à sa disposition.

— Très bien, et ensuite ?

— Elle m'opposera probablement une — comment appelez-vous ça, monsieur ? — une "fin de non-recevoir", expliquant qu'elle n'a pas besoin d'une voiture — etc., etc. C'est alors que je dis : "M. Alex m'a prié de me mettre à votre service à une condition : que vous n'emmeniez pas vos petits amis faire un tour." »

Alexander Wright rit et serra l'épaule de son chauffeur. « Je sais que je peux compter sur vous, Jim. Maintenant sauvez-vous. Ce flic a un carnet entier de contraventions à remplir et il se dirige vers la voiture. »

100

Pour une fois, Susan termina son émission de radio et revint à son cabinet avec une heure et demie devant elle, son premier rendez-vous étant à deux heures. Ce surcroît de temps était un luxe auquel elle n'était pas habituée.

Elle le passa à étudier le dossier qu'elle avait constitué à la suite des événements de la semaine passée. Il comprenait les papiers et souvenirs divers rassemblés par Regina Clausen durant sa croisière sur le *Gabrielle;* ceux, similaires, réunis par Carolyn Wells à bord du *Seagodiva;* plus les photos de la bague de Tiffany que Pete Sanchez lui avait envoyées.

Elle eut beau tout examiner à la loupe, elle ne découvrit rien de nouveau.

Finalement, elle écouta pour la énième fois quelques passages des trois émissions de la semaine précédente : celui où Carolyn Wells avait téléphoné lundi, et ceux qui contenaient les appels de Tiffany le mardi et le mercredi. Elle écouta soigneusement Carolyn, si inquiète et apeurée à la pensée d'être mise en cause ; Tiffany, pleine de remords le mercredi d'avoir dit la veille que la bague aux turquoises ne valait pas un clou.

L'attention qu'elle porta aux bandes se révéla vaine, elle aussi.

Elle avait prévenu Janet qu'elle ne déjeunerait pas avant une heure. A une heure trente, Janet arriva avec l'habituel casse-croûte. Elle fredonnait « Tu m'appartiens ».

« Docteur Chandler, dit-elle en plaçant le "repas du jour" devant Susan, cette chanson m'a poursuivie pendant tout le week-end. Impossible de m'en débarrasser. Et ce qui m'exaspérait aussi, c'était d'être incapable de me souvenir de toutes les paroles, aussi ai-je téléphoné à ma mère qui me les a chantées. C'est une très jolie chanson.

— Très jolie, oui », répondit Susan d'un air absent en découvrant le contenu de son déjeuner. Une soupe de pois cassés. Elle détestait les pois cassés, et Janet ne l'ignorait pas.

Elle se marie le mois prochain et part s'installer dans le Michigan, se résigna Susan. Mieux vaut ne rien dire. Cela aussi va passer.

« *Voir les pyramides le long du Nil... Regarder le soleil se lever sur une île...* »

Spontanément, Janet s'était mise à chanter les paroles de « Tu m'appartiens ».

« *Voir le marché du vieil Alger...* »

Susan soudain oublia son irritation. « Taisez-vous un instant, Janet », dit-elle.

Janet parut confuse. « Je regrette si je vous ennuie avec ma chanson, docteur.

— Non, non, vous ne m'ennuyez pas du tout, la rassura Susan. Mais en vous écoutant, quelque chose m'est revenu à l'esprit, quelque chose qui a trait à cette chanson. »

Elle se souvint du bulletin du *Gabrielle* sur Bali, île tropicale, et de la carte postale d'un restaurant de Bali avec une table sur la terrasse entourée d'un cercle.

Le cœur soudain étreint, Susan sentit que les pièces du puzzle se mettaient en place. Oui, les pièces étaient là, mais elle ne comprenait toujours pas qui les avait manipulées.

« Win » — ou Owen — voulait montrer Alger à Carolyn, pensa-t-elle. *Voir le marché du vieil Alger.*

« Janet, pourriez-vous chanter la suite des paroles, s'il vous plaît ? » la pria Susan.

« Si vous voulez, docteur. Je ne chante pas très bien, mais je vais essayer. Voilà, je me souviens de la suite. *Survoler l'océan dans un avion d'argent.* »

Trois ans auparavant, Regina avait disparu après une escale à Hong Kong. Un an après, cela aurait pu être le tour de Carolyn — et il y avait peut-être eu quelqu'un d'autre à sa place — à Alger. L'année dernière, il avait pu faire la connaissance d'une femme à bord d'un avion plutôt qu'en mer. Et avant ? Que s'était-il passé avant ? se demanda-t-elle. Remontons en arrière : a-t-il rencontré une femme il y a quatre ans en Égypte ? Tout correspondrait..

« *Voir la jungle mouillée par la pluie...* », chantait Janet.

C'étaient peut-être les paroles destinées à la victime de cette année. Une autre femme. Qui ne se doute pas qu'elle risque de mourir.

« *Ne l'oublie pas, jusqu'au jour où tu repartiras chez toi...* » Janet chantait avec un plaisir visible.

Elle adoucit sa voix, terminant sur une note plaintive. « ... *Tu m'appartiens.* »

Susan téléphona à Chris Ryan dès que Janet eut quitté son bureau. « Chris, pourriez-vous rechercher autre chose pour moi ? J'ai besoin de savoir si la disparition d'une femme — probablement une touriste — a été signalée en Égypte, à la mi-octobre, il y a quatre ans.

— Ça ne devrait pas poser de problème, dit Chris. J'allais justement vous appeler. Vous vous souvenez des noms que vous m'avez communiqués ce matin ? Le nom de ces passagers qui voyageaient à bord des deux bateaux de croisière ?

— Oui. Qu'avez-vous trouvé sur eux ?

— Ces types n'existent pas. Les passeports qu'ils ont utilisés étaient faux. »

J'en étais sûre ! pensa Susan. *J'en étais sûre !*

Chris Ryan rappela au milieu de l'après-midi. Susan transgressa une des règles cardinales de sa profession et laissa son patient seul pendant qu'elle allait répondre. « Vous avez mis dans le mille, Susan, dit Chris. Il y a quatre ans, une veuve de trente-neuf ans, originaire de Birmingham en Alabama, a disparu en Égypte. Elle faisait une croisière au Moyen-Orient. Aux dires des témoins, elle n'a pas pris part à l'excursion classique dans le pays et est partie seule. On ne l'a jamais retrouvée, et étant donné l'instabilité politique de l'Égypte, on en a déduit qu'elle avait été victime d'un des nombreux groupes terroristes qui tentent de renverser le gouvernement.

— Je suis persuadée que ça n'a rien à voir avec la cause de sa mort, Chris », dit Susan.

Peu après cinq heures, alors qu'elle raccompagnait son patient, un livreur déposa à son cabinet un paquet volumineux. L'expéditeur était Ocean Cruise Pictures, de Londres.

Janet proposa de l'ouvrir.

« Ce n'est pas nécessaire, lui dit Susan. Laissez-le là. Je m'en occuperai plus tard. »

Les séances s'étaient succédé pendant toute la journée, et le dernier patient ne s'en irait pas avant sept heures. Alors seulement elle pourrait examiner les photos qui lui révéleraient peut-être le visage de l'homme qui avait tué Regina Clausen et tant d'autres.

Ses doigts la démangeaient de compulser les photos sans attendre. Il fallait absolument découvrir l'identité du tueur avant qu'il ne fasse une autre victime.

Susan avait une autre raison particulière de le démasquer immédiatement : elle voulait qu'avant de mourir Jane Clausen sache que l'homme qui lui avait enlevé sa fille ne briserait plus jamais le cœur d'aucune mère.

101

Le vol de Donald Richards était arrivé comme prévu le lundi matin à neuf heures à l'aéroport de West Palm Beach. Son éditeur avait envoyé quelqu'un le chercher pour le conduire à la librairie Liberty's, à Boca Raton, où il devait signer son livre à dix heures trente. A son arrivée, il avait été agréablement surpris de trouver une cinquantaine de personnes qui l'attendaient déjà.

« Nous avons également quarante commandes par téléphone, lui assura un vendeur. J'espère que vous allez écrire une suite à *Femmes disparues*. »

D'autres femmes disparues ? Ça m'étonnerait, se dit Donald en s'installant à la table préparée à son intention, s'armant de son stylo pour commencer à signer. Il savait ce qui l'attendait, et il savait aussi ce qu'il avait à faire; il éprouvait une envie irrésistible de se lever d'un bond et de filer.

Une heure et quatre-vingts signatures plus tard, il était en route pour Miami en vue d'une autre séance de dédicaces prévue à deux heures.

« Je regrette, mais je me contenterai de signer, sans mentions personnelles, dit-il au propriétaire de la librairie. Il y a un imprévu, et je dois partir d'ici à trois heures exactement. »

Il remonta dans la voiture quelques minutes après trois heures.

« Prochain arrêt, le Fontainebleau, dit le chauffeur avec entrain.

— Erreur Prochain arrêt, l'aéroport », lui dit Donald. Un avion pour New York décollait à quatre heures. Il avait l'intention de le prendre.

102

Dee était arrivée au Costa Rica le lundi matin, et en descendant de l'avion elle était allée directement au port où son bateau de croisière, le *Valerie*, venait de se mettre à quai.

Le lundi après-midi elle s'était jointe sans grand enthousiasme à une excursion qui faisait partie du programme des réjouissances. Quand, sur une impulsion, elle s'était inscrite pour cette croisière, l'idée lui avait paru séduisante. « La grande évasion », avait dit son père. Elle n'en était plus aussi sûre. Qui plus est, maintenant qu'elle était sur place, elle ne savait plus très bien de quoi elle voulait s'évader.

Elle regagna le *Valerie*, trempée par une averse qui les avait surprise dans la forêt vierge, et regrettant de ne pas avoir annulé son voyage. Certes, sa cabine donnant sur le pont promenade était agréable et jouissait d'une petite terrasse privée, et elle avait déjà constaté que ses compagnons de voyage étaient sympathiques. Pourtant elle se sentait nerveuse, anxieuse même — elle avait l'impression qu'elle n'aurait pas dû s'éloigner de New York en ce moment.

La prochaine escale de la croisière était prévue le lendemain aux îles San Blas à Panamá. Le bateau arriverait au port à midi. Peut-être lui serait-il possible de prendre un avion là-bas pour New York. Elle pourrait toujours dire qu'elle ne se sentait pas bien.

Lorsqu'elle se retrouva sur le pont promenade, Dee avait définitivement décidé qu'elle tenterait de rentrer le lendemain. Il y avait des choses urgentes dont elle devait s'occuper à New York.

Comme elle sortait de l'ascenseur et se dirigeait vers sa cabine, une hôtesse l'arrêta. « Un bouquet magnifique vient d'arriver pour vous, dit-elle. Je l'ai mis sur votre commode. »

Oubliant qu'elle se sentait mouillée et poisseuse, Dee se précipita dans sa cabine. Deux douzaines de roses jaune thé trônaient dans un vase. Elle parcourut rapidement la carte qui les accompagnait. On y lisait. « Devinez qui! »

Dee garda la carte au creux de sa main. Elle n'avait pas besoin de chercher. Elle *savait* qui les avait envoyées.

Samedi soir au dîner, lorsqu'elle avait changé de place avec Susan, Alexander Wright lui avait dit : « Je suis content que Susan vous ait proposé de venir vous asseoir près de moi. Je ne supporte pas la vue d'une jolie femme solitaire. Qui sait, je ressemble peut-être plus à mon père que je ne le crois. Ma belle-mère était ravissante elle aussi, et comme vous elle était veuve lorsque mon père a fait sa connaissance au cours d'une croisière. Il l'a guérie de sa solitude en l'épousant. »

Dee avait répliqué en riant qu'il lui paraissait un peu radical d'épouser quelqu'un dans le seul but de le sortir de son isolement, et Alex avait alors pris sa main dans la sienne et dit : « Peut-être, mais c'est moins radical que certaines solutions. »

Tout recommence comme avec Jack, pensa-t-elle en humant le parfum des roses. Je ne voulais pas faire de peine à Susan, et je le souhaite encore moins aujourd'hui. Mais je ne pense pas qu'elle s'intéresse réellement à Alex à ce stade de leur relation. Elle le connaît à peine. Je suis sûre qu'elle comprendra.

Dee prit une douche, se lava les cheveux et s'habilla pour le dîner, imaginant que tout serait différent si, au lieu de partir en Russie, Alex se trouvait à bord avec elle.

103

« Merci, docteur Chandler, à la semaine prochaine. »

A sept heures moins dix, Susan reconduisit Anne Ketler, sa dernière patiente de la journée, jusqu'à la porte. En passant devant le bureau de Janet, elle vit que le paquet de photos avait été ouvert et que les épreuves étaient rangées en piles sur le bureau. Ça rentre par une oreille et ça sort par l'autre, pensa-t-elle.

Elle ouvrit la porte extérieure à l'intention de Mme Ketler et s'aperçut qu'elle n'était pas fermée à clé. Janet est certainement une brave fille, et en divers points une bonne secrétaire, mais elle est vraiment négligente. Et irritante. Qu'elle parte le mois prochain m'arrange ; je n'aimerais pas devoir la renvoyer.

« Il fait très sombre dans le couloir », fit remarquer Mme Ketler en sortant.

Susan regarda par-dessus l'épaule de sa cliente. Seules deux lampes éclairaient le corridor qui par endroits restait plongé dans l'ombre. « Vous avez raison, dit-elle. Prenez mon bras. Je vais vous raccompagner jusqu'à l'ascenseur. » Mme Ketler n'avait rien de frêle malgré ses soixante-dix ans, mais elle était sujette à des pertes d'équilibre. Elle était venue consulter Susan un an auparavant, cherchant à surmonter la dépression qui s'était emparée d'elle après son installation dans une résidence pour personnes âgées.

Susan attendit l'arrivée de l'ascenseur et pressa le bouton du rez-de-chaussée à l'intention de la vieille dame avant de faire rapidement demi-tour. Elle s'arrêta une seconde devant le bureau de Nedda et essaya d'ouvrir la porte. Elle était fermée à clé.

Au moins les choses s'améliorent-elles de ce côté, pensa-t-elle. Elle avait renoncé à demander à Nedda d'utiliser sa salle de réunion ce soir. Avec quatre cents photos à trier, elle n'en aurait pas réellement besoin.

Il en irait différemment le lendemain soir, lorsqu'elle aurait toutes les photos du *Gabrielle* à dépouiller. La longue et large table de Nedda serait idéale pour les étaler et les regrouper. Je demanderai à Chris Ryan de m'aider, décida-t-elle. Il a un coup d'œil sûr et rapide.

Peut-être ce dénommé « Owen » sera-t-il à l'arrière-plan sur plusieurs d'entre elles ? La tâche en serait facilitée.

A la réception, Susan ramassa les piles de photos sur le bureau de Janet. Elle entra dans son cabinet, consciente du silence qui régnait dans l'immeuble et des battements de son cœur qui redoublaient à la pensée de voir enfin en photo l'homme responsable de cette série de meurtres. Pourquoi suis-je si nerveuse ? se demanda-t-elle en passant devant le placard à fournitures. La porte en était légèrement entrouverte. Elle avait les bras occupés et ne prit pas la peine de la fermer

En posant les photos, elle heurta accidentellement le magnifique vase Waterford que lui avait offert Alexander Wright, qui alla se briser sur le sol. Quel dommage, pensa-t-elle, en ramassant les débris et en les déposant dans la corbeille à papiers.

C'est le résultat de tout ce qui s'est passé dernièrement, soupira-t-elle en rangeant le dossier d'Anne Ketler dans le tiroir du bas de son bureau. La semaine avait été un cauchemar. Elle referma le tiroir et mit la clé dans la poche de sa veste. Je la fixerai à son anneau plus tard, se dit-elle. A présent, tout ce que je veux c'est m'occuper de ces photos.

A quoi ressemblera-t-il ? se demanda-t-elle, sachant que ses chances de le reconnaître étaient minces. J'espère seulement que la photo est assez nette pour fournir une piste à la police.

Une heure plus tard, elle était toujours absorbée dans sa tâche, s'efforçant désespérément de trouver la photo sur laquelle figurait Carolyn Wells. Elle *doit* se trouver là, pensa Susan. Ils m'ont dit qu'ils m'envoyaient toutes les épreuves où apparaît une femme posant avec le commandant.

Elle avait gardé le morceau froissé de la photo que Carolyn avait jeté dans sa corbeille à papiers, et elle s'y reportait avec soin, cherchant son équivalent dans les piles qu'elle avait étalées devant elle. Mais elle eut beau les examiner toutes à plusieurs reprises, elle ne put la trouver. La photo manquait, tout simplement.

« Mais où est-elle, bon sang ? s'exclama-t-elle, sentant l'exaspération et la déception la gagner. Entre toutes ces maudites photos, pourquoi est-ce justement celle-là qui manque ?

— Parce que c'est moi qui l'ai, Susan », lui répondit une voix familière.

Susan eut à peine le temps de pivoter sur elle-même qu'on lui assenait un coup violent sur la tempe avec le presse-papiers.

104

Conformément à ce qu'il avait décidé, il allait procéder avec Susan Chandler comme il l'avait fait avec les autres. Il lui lierait les bras et les mains sur les côtés, lui attacherait les jambes, la ligoterait de telle façon qu'en se réveillant, en prenant conscience de ce qui lui arrivait, elle puisse se tortiller un peu — juste assez pour reprendre espoir, mais pas suffisamment pour échapper à son sort.

Pendant qu'il enroulerait la corde autour de son corps inerte, il lui expliquerait pourquoi il agissait ainsi. Il l'avait expliqué aux autres, et bien que la mort de Susan ne fît pas partie de son plan initial, mais ait plutôt été dictée par les circonstances, elle méritait néanmoins de savoir qu'elle faisait désormais partie d'un rituel qu'il accomplissait pour expier les péchés de sa belle-mère.

S'il l'avait voulu, il aurait pu la tuer avec le

presse-papiers, cependant il ne l'avait pas frappée assez fort. Le coup l'avait seulement assommée, et elle commençait déjà à bouger. Allons, elle avait suffisamment repris ses esprits pour enregistrer ce qu'il avait à lui dire.

« Comprenez-moi, Susan, commença-t-il d'un ton docte, je ne vous aurais fait aucun mal si vous ne vous étiez pas mêlée de toute cette histoire. A la vérité, vous me plaisez beaucoup. Vraiment beaucoup. Vous êtes une femme charmante, et très intelligente. Mais c'est justement ce qui a causé votre perte, voyez-vous. Peut-être êtes-vous trop intelligente. »

Il commença à enrouler la corde autour de ses bras, soulevant délicatement son corps. Elle gisait sur le plancher au pied de son bureau ; il avait trouvé un coussin et l'avait glissé sous sa nuque. Il avait baissé l'éclairage du plafond au minimum. Il aimait les lumières tamisées, il utilisait même des bougies chaque fois qu'il le pouvait. Bien entendu, il n'en avait pas la possibilité ici.

« Pourquoi a-t-il fallu que vous parliez de Regina Clausen dans votre émission, Susan ? Vous auriez mieux fait de la laisser en paix. Elle est morte depuis trois ans. Son corps gît au fond de la baie de Kowloon, vous savez. Avez-vous jamais vu la baie de Kowloon ? L'endroit lui plaisait beaucoup. Très pittoresque. Des centaines de petites embarcations habitées par des familles, qui vivent toutes là, sans se douter qu'une dame solitaire repose en dessous d'elles. »

Il passa et repassa la corde en travers de sa poitrine. « Hong Kong est la dernière demeure de Regina, mais c'est à Bali qu'elle est tombée amoureuse de moi. S'agissant d'une femme aussi intelligente, il fut étonnamment facile de la convaincre de quitter le bateau. Mais c'est ce qui arrive lorsque vous vous sentez seul. Vous avez envie de tomber amoureux, donc vous avez envie de croire que quelqu'un s'intéresse à vous. »

Il s'attaqua ensuite aux jambes de Susan. Des jambes ravissantes. Bien qu'elle portât un tailleur-pantalon, il sentit leur galbe en les soulevant pour entourer la corde autour d'elles. « Mon père aussi était facile à berner, Susan. C'est curieux, non ? Ma mère et lui formaient un couple sévère, sans humour, pourtant elle lui manqua quand elle mourut. Mon père était riche, ma mère avait beaucoup d'argent de son côté. Dans son testament, elle lui léguait toute sa fortune, pensant qu'il me la transmettrait ensuite. Ce n'était pas quelqu'un d'aimant, elle n'était ni tendre ni généreuse, mais à sa manière elle tenait à moi. Elle m'a toujours dit que je serais comme mon père — que je gagnerais beaucoup d'argent, que j'aurais le sens des affaires. »

Il tira sur la corde plus fort qu'il n'en avait l'intention en évoquant ces interminables sermons. « Voilà ce que ma mère me racontait, Susan. Elle disait : "Alex, un jour tu seras un homme très riche. Tu dois apprendre à préserver ta fortune. Tu auras des enfants un jour. Élève-les correctement. Ne les gâte pas." »

Il était à genoux près de Susan à présent, se penchait sur elle. Malgré la fureur contenue dans chacun de ses mots, sa voix restait calme et posée, son ton celui de la conversation. « J'avais moins d'argent de poche que les autres à l'école, ce qui m'empêchait de sortir en bande. Résultat, je devins un solitaire ; j'appris à m'amuser tout seul. Le théâtre fit partie de mes distractions. J'acceptais tous les rôles possibles dans les pièces montées à l'école et ensuite à l'université. Il y avait même une salle de théâtre miniature complètement équipée au deuxième étage de notre maison, le seul cadeau important que j'aie jamais reçu, encore qu'il ne vînt pas de mes parents, mais d'un ami de la famille qui avait fait fortune grâce à un bon tuyau à la Bourse que mon père lui avait communiqué. Il m'avait dit de choisir ce que je voulais. J'avais l'habitude de jouer des pièces entières tout seul. Je jouais tous les rôles. Je devins un très bon acteur, peut-être même assez bon pour devenir professionnel. J'appris à me transformer complètement, à me mettre dans la peau des personnages que j'inventais. »

Susan percevait le son d'une voix familière juste au-dessus d'elle, mais sa tête explosait de douleur, et elle n'osait pas ouvrir les yeux. Que m'arrive-t-il ? se demanda-t-elle. Alexander Wright *était* là, mais qui l'avait frappée ? Elle avait à peine eu le temps de l'apercevoir avant de s'évanouir ; il avait les cheveux plutôt longs et portait une casquette et un vieux sweat-shirt.

Voyons, pensa-t-elle, se forçant à se concentrer. La voix appartient à Alex ; cela signifie qu'il est encore là. Mais pourquoi ne lui portait-il pas secours au lieu de lui parler sans rien faire ? s'étonna-t-elle, alors que les effets du coup qu'elle avait reçu à la tête commençaient à se dissiper.

Puis ce qu'elle venait d'entendre pénétra son esprit et elle ouvrit les yeux. Son visage n'était qu'à quelques centimètres du sien. Ses yeux étincelaient, habités de cette même défiance qu'elle avait vue dans les yeux de certains malades dans les hôpitaux psychiatriques. Il est fou ! pensa-t-elle. Elle le reconnaissait à présent — c'était Alex avec cette perruque ébouriffée ! Alex dans ces vêtements miteux ! Alex dont les yeux ressemblaient à des éclats de turquoise qui la transperçaient.

« J'ai apporté votre linceul, Susan, murmura-t-il. Vous n'êtes pas une de mes dames solitaires, mais j'ai quand même tenu à vous en procurer un.

C'est le même que celui dans lequel elles sont toutes ensevelies. »

Il se leva, et elle vit qu'il tenait un long sac de plastique, semblable à ceux qu'utilisent les teinturiers pour protéger les robes du soir. Oh, mon Dieu, pensa-t-elle. Il a l'intention de m'étouffer !

« Je vais procéder lentement, Susan, dit-il, c'est mon moment préféré. Je veux regarder votre visage. Je veux que vous imaginiez l'instant où l'air va vous manquer et où commence le dernier combat. Je prendrai garde de ne pas vous envelopper trop serré. Ainsi vous mettrez plus longtemps à mourir, quelques minutes au moins. »

Il s'agenouilla devant elle et souleva ses pieds, glissant le sac de plastique sous elle pour y introduire ses jambes. Elle chercha à le repousser d'un coup de pied, mais il se pencha en travers de son corps, la fixant dans les yeux tout en remontant le sac le long de ses hanches, le long de sa taille. Elle se débattit en vain, ne parvint même pas à ralentir ses gestes tandis qu'il faisait glisser le sac vers le haut de son corps. Arrivé à la hauteur de son cou, il s'arrêta.

« Vous comprenez, peu après la mort de ma mère, mon père fit une croisière, expliqua-t-il. A bord, il rencontra Virginia Marie Owen, une veuve solitaire, du moins le prétendait-elle. Elle avait des airs de gamine, le contraire de ma mère. Elle se faisait appeler "Gerie". Elle avait trente-cinq ans de moins que lui et était très séduisante. Il m'a raconté qu'elle aimait chantonner à son oreille pendant qu'ils dansaient. Son air favori était "Tu m'appartiens". Savez-vous comment ils passèrent leur lune de miel ? Ils suivirent les paroles de la chanson, en commençant par l'Égypte. »

Susan observait le visage d'Alex. Il était accaparé par son récit, mais ses mains n'en continuaient pas moins à manier le plastique, et Susan savait que d'un instant à l'autre il allait lui en recouvrir la tête. Elle songea à crier, mais qui l'entendrait? Ses chances de s'échapper étaient nulles, et elle était seule avec lui dans un immeuble apparemment désert. Même Nedda était rentrée chez elle plus tôt que d'habitude ce soir.

« Mon père avait été assez avisé pour faire signer à Gerie un contrat prénuptial, mais elle me détestait tellement qu'elle consacra tous ses efforts à le convaincre de créer la fondation plutôt que de léguer sa fortune. Mon rôle dans la vie consisterait à l'administrer. Je bénéficierais d'un salaire confortable tout en distribuant l'argent de mon père. *Mon argent.* Elle le persuada qu'ainsi leurs noms seraient immortalisés. Il résista pendant quelque temps, puis finit par capituler. Le dernier argument qui devait le décider vint de ma propre négligence — Gerie découvrit et remit à mon père une liste un peu puérile que j'avais moi-même dressée de "choses" que j'avais l'intention d'acheter dès que j'aurais le contrôle de l'argent. Je l'en détestai encore davantage et jurai de me venger. Mais elle mourut, juste après mon père, et je n'en eus jamais l'occasion. Est-ce que vous vous imaginez ma frustration? Eprouver tant de haine envers elle, et être privé de la joie de la tuer? »

Susan observa son visage tandis qu'il s'agenouillait au-dessus d'elle, l'air lointain. Il est définitivement fou, pensa-t-elle. Il est fou et il va me tuer, comme il a tué toutes les autres!

A huit heures ce même soir, Douglas Layton était assis à une table de black jack dans l'un des établissements de jeu de deuxième catégorie d'Atlantic City. Grâce à une rapide manipulation de fonds, il avait pu lever les sommes nécessaires pour couvrir ses dernières dettes, néanmoins son casino favori lui avait fermé les portes. Pour beaucoup à Atlantic City, Layton était maintenant devenu un joueur à qui l'on ne pouvait pas faire confiance.

Les types qu'il avait remboursés, cependant, fêtèrent ça en l'invitant à déjeuner. D'une certaine manière, Douglas était satisfait de la façon dont les choses se présentaient. Tôt ou tard les commissaires aux comptes auraient fini par le coincer pour avoir escroqué la fondation Clausen, et il était possible que Jane Clausen s'entretienne à nouveau avec Hubert March et le persuade même d'appeler la police. C'est pourquoi Douglas avait l'intention de filer avant qu'il ne soit trop tard avec le gain d'un demi-million de dollars qu'il avait réalisé aujourd'hui. Il avait déjà fait une réservation sur un vol pour Saint-Thomas. De là il s'arrangerait pour gagner une des îles qui n'avaient pas d'accords d'extradition avec les États-Unis. C'est ce qu'avait fait son père — et il n'avait jamais été pris.

Un demi-million, c'était un bon début dans une nouvelle vie. Douglas Layton le savait, et il était déterminé à quitter le pays avec cette somme en poche.

« Vous ne pouvez pas partir sans tenter votre chance une dernière fois », lui dit l'un de ses nouveaux amis.

Douglas Layton mesura le défi ; il reconnut qu'il

se sentait en veine. « Bon, peut-être une partie de black jack », accepta-t-il.

Il était neuf heures quand il quitta le casino. A peine conscient de ce qui l'entourait, il marcha vers la plage. Impossible maintenant de trouver l'argent dont il avait besoin, l'argent qu'il devait aux types qui l'avaient plumé à nouveau aujourd'hui, quand la chance avait tourné pour la dernière fois. Tout était fini pour lui. Il savait ce qui allait suivre : condamnation pour détournement de fonds. La prison. Ou pire.

Il retira sa veste, et posa par-dessus sa montre et son portefeuille. C'était quelque chose qu'il avait lu quelque part, et qui lui paraissait empli de sens.

Il entendait le grondement des vagues. Un vent âpre et froid soufflait de la mer, et les rouleaux étaient hauts. Il avait froid en bras de chemise. Il frissonna. Combien de temps cela prenait-il de se noyer ? Mieux valait l'ignorer, décida-t-il. C'était une de ces choses que l'on savait seulement après l'avoir accomplie, comme tant d'autres dans la vie. Il entra lentement dans l'eau, fit un pas, un autre plus grand...

Tout est de la faute de Susan Chandler, pensa-t-il, comme l'eau glacée lui montait aux chevilles. Si elle ne s'était pas mêlée de cette histoire, personne n'aurait rien su et j'aurais eu des années tranquilles devant moi à la fondation.

Il retint sa respiration et plongea dans l'eau, jusqu'à ce qu'il perdît pied. Une grosse vague le recouvrit, puis une autre, il se mit à suffoquer, perdu dans un univers froid et obscur, bousculé, battu par les vagues. Il essaya de ne pas lutter.

En silence il maudit Susan Chandler. *Qu'elle crève !* Ce fut la dernière pensée consciente de Douglas Layton.

Donald Richards attrapa l'avion pour La Guardia à la dernière minute. Dès qu'ils eurent quitté la proximité du terrain de l'aéroport et qu'il put utiliser son téléphone, il appela le bureau de Susan Chandler.

« Je regrette, docteur Richards, mais elle est avec un patient et je ne peux pas la déranger, l'informa sa secrétaire. Laissez-moi un message et je le lui communiquerai. Je sais cependant qu'elle a un autre rendez-vous immédiatement après celui-ci, aussi peut-être ne pourra-t-elle pas...

— Jusqu'à quand le docteur sera-t-elle là ?

— Elle a des patients jusqu'à sept heures ; elle m'a dit qu'ensuite elle comptait classer certains papiers.

— Alors veuillez lui transmettre ce message, exactement dans ces termes : "Donald Richards doit vous parler d'urgence à propos d'Owen. Son avion atterrit à huit heures environ. Il passera vous prendre à votre bureau. Attendez-le."

— Je vais le laisser en évidence sur mon bureau, monsieur », dit la secrétaire d'un ton un peu vexé.

L'hôtesse offrait des boissons et une collation. « Seulement un café, je vous prie », dit Donald Richards. Il devait garder les idées claires. Plus tard, nous prendrons un verre, Susan et moi, et nous irons dîner, pensa-t-il. Je vais lui dire ce qu'elle a peut-être déjà deviné — que la personne que cette pauvre Carolyn tente désespérément de nommer s'appelle « Owen », et non « Win ». Depuis qu'il avait vu ce nom entouré d'un trait sur les deux listes de passagers dans l'appartement de Susan, il avait tourné et retourné la question dans sa tête, et conclu que c'était l'explication la plus vraisemblable.

Il dirait aussi à Susan — et c'était la raison pour laquelle il était tellement impatient de regagner New York — que cet Owen était très probablement le tueur qu'ils recherchaient tous. Et si Donald ne se trompait pas, Susan courait un grave danger.

J'ai participé deux fois à l'émission de Susan, celles où Carolyn et Tiffany ont téléphoné, pensat-il, contemplant le ciel qui s'assombrissait. Carolyn a failli être tuée par la camionnette. Tiffany a été poignardée. Quel que soit le secret qu'il veut préserver, le tueur ne va pas s'arrêter là.

J'ai dit à Susan, dans cette émission, que mon but était d'apprendre aux femmes à se protéger, à rester vigilantes, attentives aux signes du danger. Pendant quatre ans j'ai été miné par le remords, pensant que j'aurais pu sauver Kathy. Maintenant je sais que j'avais tort. Comprendre les choses après coup est merveilleux, bien sûr, mais si nous devions revivre ces mêmes dernières minutes, je ne lui dirais toujours pas de rester à la maison.

Les nuages défilaient sur le passage de l'avion comme des vagues frappant les flancs d'un navire. Donald se rappela les deux croisières qu'il avait tenté de faire au cours des deux dernières années — de courts voyages aux Caraïbes. Dans les deux cas il avait débarqué à la première escale. Il ne cessait de voir le visage de Kathy dans l'eau. Aujourd'hui, il savait que ça n'arriverait plus.

L'inquiétude le rongeait. Susan ne peut pas continuer dans cette voie toute seule. C'était trop dangereux. Beaucoup plus dangereux qu'elle ne l'imaginait.

L'avion atterrit à huit heures moins le quart. « Prenez votre mal en patience, annonça le commandant de bord. Il y a un monde fou ce soir, et toutes les portes de débarquement sont occupées. »

Il était huit heures dix quand Donald sortit de l'avion. Il se rua vers un téléphone et appela le bureau de Susan. N'obtenant pas de réponse, il raccrocha sans laisser de message.

Peut-être a-t-elle terminé plus tôt que prévu et est-elle rentrée chez elle. Mais il n'eut pas plus de succès à son appartement — seulement le répondeur.

Je devrais essayer une fois encore à son bureau. Elle est peut-être sortie un instant. Mais à nouveau personne ; cette fois cependant il décida de laisser un message. « Susan, dit-il, je vais passer à votre bureau. J'espère, si vous avez eu le message que j'ai laissé à votre secrétaire, que vous êtes encore dans les parages. Avec de la chance, je serai là dans une demi-heure. »

107

« Susan, vous comprenez sûrement pourquoi j'ai une telle rage au cœur. Gerie considérait mon obligation de gérer les affaires familiales comme une forme de justice poétique. Chaque jour je signais des chèques, je distribuais de l'argent qui m'appartenait. Est-ce que vous vous figurez ce que je ressentais ? Lors de sa création, il y a seize ans, la fondation valait cent millions de dollars. Aujourd'hui, elle en vaut un milliard, et je puis m'attribuer la plus grande part de cette croissance. Mais peu importent les sommes qui sont en banque, je n'ai droit qu'à mon modeste salaire. »

Il faut qu'il continue à parler, pensa Susan. A quelle heure l'équipe de nettoyage arrive-t-elle ?

Elle se souvint avec un sentiment de désespoir qu'ils étaient déjà en train de vider les corbeilles à papiers lorsque Mme Ketler était arrivée à six heures. Ils étaient donc repartis depuis longtemps.

Il passait lentement ses doigts sur sa gorge à présent. « J'aurais pu être heureux avec vous, Susan. Si je vous avais épousée, j'aurais pu essayer de faire une croix sur le passé. Mais, bien sûr, cela n'aurait pas marché, n'est-ce pas ? L'autre soir vous avez demandé à Dee de vous remplacer à ma table. Vous l'avez fait parce que vous ne vouliez pas être avec moi, n'est-ce pas ? C'était la raison. »

Je me sentais mal à l'aise samedi soir, se souvint Susan. Était-ce pour *cette* raison ? J'ai cru que c'était à cause des révélations de Nat Small, de ce qu'il m'avait dit plus tôt dans la journée à propos de la mort d'Abdul Parki.

Nat Small. C'était un témoin. Alex allait-il s'en prendre à lui aussi ?

« Alex, dit-elle doucement, cherchant à l'apaiser. Me tuer ne vous mènera à rien. Des centaines de photos supplémentaires vont arriver à mon bureau demain. Vous ne pourrez pas les détruire. La police va les examiner l'une après l'autre. Ils vont s'intéresser à tous les gens qui y figurent.

— Des plumes dispersées au vent », murmura Alex d'un ton abattu.

Je suis peut-être en train de l'ébranler, pensa Susan. « Quelqu'un vous reconnaîtra, Alex. Vous n'êtes pas amateur de grandes réceptions, soi-disant, pourtant le premier soir où nous avons dîné ensemble, vous avez raconté avoir rencontré Regina à une soirée donnée par Future Industries. Or il s'agissait d'un dîner de gala. Le doute s'est installé dans mon esprit dès ce jour-là.

— Des plumes dispersées au vent, répéta-t-il.

372

Mais, Susan, c'est vous qui avez dispersé les miennes. Je sais que je ne vais pas tenir beaucoup plus longtemps, mais je *veux* accomplir ma mission avant qu'on ne m'arrête. Vous rappelez-vous la chanson : *Voir la jungle mouillée par la pluie* ? Savez-vous qui était dans la jungle aujourd'hui ? Dee. Elle était en excursion dans la forêt tropicale au Costa Rica. Ça y ressemble assez. Demain tout le monde s'apitoiera sur vous quand on découvrira votre corps. Mais ce ne sera pas avant neuf heures du matin. Et à ce moment, Dee et moi prendrons notre petit déjeuner au Panamá. Son bateau arrivera à quai à huit heures et je vais lui faire la surprise de la retrouver là-bas. Je lui offrirai une bague ornée de turquoises. Elle y verra beaucoup d'intention de ma part. » Il s'interrompit un instant. « A la réflexion, Susan, vous m'avez été d'une grande aide. C'est vous qui m'avez fourni ma dernière dame solitaire. Dee sera parfaite dans ce rôle. »

Lentement, très lentement, il refermait le sac. Il lui couvrait déjà le menton. « Alex, vous avez besoin d'aide, d'une aide véritable, tenta de le convaincre Susan, s'efforçant de masquer son effroi. C'est votre dernière chance. Vous pouvez encore être sauvé si vous vous arrêtez maintenant.

— Mais je ne veux pas m'arrêter, Susan », dit-il d'un ton détaché. La sonnerie du téléphone le fit sursauter. Ils écoutèrent tous deux attentivement Donald Richards annoncer qu'il était en route pour le bureau de Susan.

Dieu fasse qu'il arrive vite, pensa-t-elle.

« C'est l'heure », dit Alex Wright calmement. Et, d'un mouvement sec de la main, il remonta l'extrémité du sac par-dessus la tête de Susan et le ferma rapidement. Puis il la poussa sous le bureau.

Il se leva et contempla son œuvre. « Vous serez

morte bien avant l'arrivée de Donald Richards, dit-il avec la froide assurance de celui qui a déjà accompli cette tâche auparavant. Cela prendra environ dix minutes. » Il marqua une pause pour laisser les mots faire leur effet. « C'est le temps qu'a mis Regina. »

108

« Écoutez, m'sieur, c'est pas moi qui invente les encombrements, dit le chauffeur à Donald Richards. Le tunnel est bloqué. C'est pas vraiment nouveau.

— Vous êtes relié à votre central. Ils ne sont donc pas fichus de vous prévenir des embouteillages ? Vous ne pouviez pas éviter celui-là ?

— M'sieur, un type se fait enfoncer une aile. Trente secondes après, toute la circulation est bloquée. »

Discuter ne m'avancera à rien, se résigna Donald, et je n'arriverai pas plus rapidement. Mais c'est enrageant d'être ainsi coincé, avec tous ces klaxons assourdissants autour de moi.

Susan, pensa-t-il, votre secrétaire a dû vous laisser mon message. En apprenant que j'appelais au sujet d'Owen, vous m'avez sûrement attendu. Alors pourquoi ne répondez-vous pas ? « Je vous en prie, mon Dieu, murmura-t-il malgré lui, faites qu'elle soit là, saine et sauve. »

109

Le peu d'air qui restait dans le sac était presque épuisé. Susan se sentait gagnée par l'engourdissement. Respire par petites bouffées, se dit-elle. Ne gaspille pas l'oxygène.

De l'air! De l'air! hurlaient ses poumons.

Un souvenir lui traversa soudain l'esprit, celui d'une des premières affaires qu'elle avait traitées au bureau du procureur. On avait découvert une femme morte avec la tête dans un sac de plastique. J'avais dit qu'il ne pouvait s'agir d'un suicide, et j'avais raison. La femme aimait trop ses enfants pour les avoir quittés volontairement.

Je n'arrive plus à respirer. Je n'arrive plus à respirer. La douleur descendait dans sa poitrine.

Ne t'évanouis pas.

La femme assassinée à l'aide du sac en plastique avait le teint rose quand on l'avait trouvée. C'est l'effet du monoxyde de carbone, avait expliqué le médecin légiste.

J'étouffe, je veux dormir. Elle sentait son cerveau se relâcher, prêt à abandonner le combat.

Dee. Alex allait la retrouver demain. Elle serait sa dernière victime.

Je vais m'endormir, pensa Susan. Je ne peux pas m'en empêcher.

Je ne veux pas mourir. Et je ne veux pas que Dee meure.

Son esprit luttait pour continuer, luttait pour survivre sans air.

Elle était coincée sous le bureau. Elle appuya ses pieds contre le panneau du fond, et d'une soudaine détente parvint à déplacer son corps de quelques centimètres. Elle sentit la corbeille à papiers contre son côté droit.

La corbeille! Le verre du vase brisé s'y trouvait!

Suffoquant, Susan rassembla toute sa force pour se tourner sur le côté, heurta la corbeille qui se renversa, entendit les morceaux de verre se répandre par terre. Tournant la tête en direction du bruit, elle sentit la corbeille s'écarter, l'obscurité la submerger.

Dans un ultime effort, elle remua la tête dans un sens puis dans l'autre. Une douleur soudaine, aiguë, la transperça quand un morceau de verre, coincé entre le sol et son corps, coupa le plastique épais sous elle. Le sang imprégna son épaule, tandis que le sac commençait à se déchirer. Haletante, cherchant sa respiration, Susan continua à rouler sur elle-même, d'avant en arrière, d'arrière en avant, sentant le sang jaillir de ses blessures, aspirant enfin une première petite bouffée d'air.

C'est là, sur le sol de son bureau, que Donald Richards la trouva une demi-heure plus tard. A peine consciente, la tempe tuméfiée, les cheveux maculés de sang; son dos saignait abondamment; ses jambes et ses bras étaient gonflés, meurtris par ses efforts pour se libérer de la corde qui la ligotait. Du verre brisé était répandu tout autour d'elle.

Mais elle était en vie! En vie!

110

Alexander Wright attendait sur le quai quand le *Valerie* entra dans le port de San Blas le mardi matin. Il était huit heures. Il avait quitté New York la veille au soir, s'était rendu directement à l'aéroport depuis le bureau de Susan Chandler. Il se demandait si Donald Richards, après avoir téléphoné à la jeune femme en lui demandant de l'attendre, avait fini par laisser tomber. Alex avait éteint toutes les lumières en partant, si bien que Richards avait sans doute supposé qu'elle était simplement partie. Vraisemblablement, sa secrétaire trouverait son corps dans une heure ou deux.

Beaucoup des passagers du *Valerie* se tenaient sur le pont. Il y avait quelque chose de magique à se trouver à bord d'un bateau au moment où il entrait dans le port, se dit-il. Bien que cette magie fût peut-être symbolique, chaque nouveau port signifiant la fin d'un voyage pour certains.

Ce serait le dernier voyage pour Dee. Elle était son ultime dame solitaire. Après quoi il serait en route pour la Russie. Il se trouverait là-bas quand il apprendrait la mort tragique des deux sœurs qui avaient été ses invitées le samedi soir. Susan avait dit qu'on pourrait le reconnaître sur certaines des photos de la croisière de Regina. Peut-être. Mais il avait pris une apparence très différente au cours de cette dernière croisière. Quelqu'un serait-il capable de l'identifier? Il en doutait.

Il aperçut Dee sur le pont. Elle souriait et lui faisait des signes. Ou le montrait-elle du doigt?

Il fut brusquement conscient de la présence des hommes qui s'étaient avancés pour l'encadrer. Il entendit une voix lente et grave prononcer: « Vous êtes en état d'arrestation, monsieur Wright. Veuillez nous suivre tranquillement. »

Alex réprima un mouvement de surprise et haussa les épaules. Puis il se retourna. Il comprit, avec une ironie amère, que c'était la fin du voyage pour lui.

Donald Richards attendait dans le hall de l'hôpital pendant que Susan rendait visite à Jane Clausen. Ce matin, la vieille dame était allongée dans son lit, un seul oreiller sous la tête. Ses mains étaient croisées sur la courtepointe. Les rideaux étaient tirés.

En dépit de l'obscurité de la chambre, elle remarqua vite l'ecchymose sur le front de Susan. « Qu'est-il arrivé, Susan ?

— Oh, rien. Une bosse, pas davantage. » Susan sentit les larmes lui monter aux yeux en se penchant pour l'embrasser sur la joue.

« Comme vous m'êtes devenue chère, murmura Jane Clausen. Susan, je ne crois pas que je serai encore ici demain, mais hier j'ai pu prendre des dispositions pour la fondation. Des gens de qualité, de confiance, en assureront le contrôle à ma place. Vous avez appris la nouvelle au sujet de Douglas ?

— Oui. J'ignorais si vous étiez au courant.

— Je suis triste pour lui. Il aurait pu avoir un bel avenir. Et je suis navrée pour sa mère, c'était son seul fils.

— Madame Clausen, j'ai une nouvelle difficile à vous annoncer mais je pense que vous voudrez la connaître. L'homme qui a tué Regina, et au moins cinq autres personnes, vient d'être arrêté. Les preuves de sa culpabilité sont écrasantes. Et le fait que vous soyez venue me trouver au début a été un élément primordial dans la résolution de cette affaire. »

Un long frisson parcourut le corps de la mourante. « Je suis contente. A-t-il parlé de Regina ? Je veux dire, a-t-elle eu peur ? »

Regina avait certainement été terrifiée, pensa Susan. Comme je l'ai été moi-même. « J'espère que non », répondit-elle.

Jane Clausen leva les yeux vers elle. « Susan, tout ce qui m'importe maintenant c'est que je vais bientôt la rejoindre. Au revoir, ma chère, et merci de votre grande gentillesse. »

Dans l'ascenseur qui la ramenait au rez-de-chaussée, Susan repensa aux événements de la semaine précédente. Tout s'était déroulé en si peu de temps! Y a-t-il seulement neuf jours que j'ai rencontré Jane Clausen pour la première fois? Certes, le mystère de la disparition de Regina Clausen avait été élucidé, mais dans le même temps trois autres personnes avaient trouvé la mort, et une quatrième était sérieusement blessée.

Elle pensa à Carolyn Wells et à son mari Justin. Susan s'était entretenue avec lui ce matin — Carolyn était sortie du coma, et les médecins pronostiquaient une guérison complète mais longue. Susan était allée s'excuser auprès de lui; après tout, si elle n'avait pas soulevé l'affaire de la disparition de Regina Clausen, ni Carolyn ni lui n'auraient traversé ces terribles épreuves. Mais Justin avait soutenu qu'en dépit de l'angoisse des jours passés il savait que rien n'était arrivé sans raison. Il avait pris la décision de suivre une psychothérapie avec le Dr Richards, et s'il mettait enfin un frein à son extrême jalousie, il espérait que la peur qui rendait Carolyn si secrète disparaîtrait de leur vie. « Par contre, avait dit Justin en riant doucement, je ne voudrais pas rater le plaisir d'entendre le commissaire Shea bafouiller des excuses embarrassées. Il m'a vraiment pris pour un assassin. »

Au moins, Carolyn et lui s'en sortiront, pensa Susan. Mais pas la pauvre Tiffany, ni les deux autres personnes dont les morts ont été liées à l'affaire — Hilda Johnson et Abdul Parki. Elle avait noté de rendre visite à Nat Small dans sa boutique de MacDougal Street. Elle irait plus tard dans la semaine pour lui faire savoir que l'assassin de son ami avait été arrêté.

Tout avait commencé si naturellement. Susan avait seulement cherché à montrer que des femmes solitaires, confiantes, pouvaient se laisser entraîner, en dépit de leur intelligence et de leur apparente sophistication, dans des relations douteuses et parfois fatales. C'était un bon sujet qui avait donné lieu à des émissions animées. Et provoqué trois meurtres, pensa-t-elle. Aurai-je peur à l'avenir de me lancer dans ce genre d'émission d'investigation ? J'espère que non. Après tout, un tueur en série a été arrêté ; qui sait combien de victimes il aurait encore assassinées — sans compter Dee et moi — si on ne l'avait pas pris.

Et il en était sorti deux bonnes choses. Susan avait fait la connaissance de Jane Clausen et lui avait apporté un certain réconfort. Et elle avait rencontré Donald Richards. Un personnage inhabituel, réfléchit-elle — un psychiatre qui s'est toujours refusé l'aide qu'il offre quotidiennement dans son métier, et qui a fini par trouver la force d'affronter ses démons.

J'aurais pu mourir vidée de mon sang si j'étais restée là-bas toute la nuit, pensa-t-elle avec une grimace, endolorie par les différents points de suture de son dos et ses épaules. Lorsque Don était arrivé à sa porte et l'avait trouvé fermée, saisi d'un pressentiment, il avait demandé au gardien de sécurité d'ouvrir et de l'accompagner dans les bureaux. Jamais de toute ma vie je n'ai été aussi heureuse de voir quelqu'un. Quand il avait ouvert le sac de plastique et remis Susan debout, il y avait un immense soulagement mêlé de tendresse sur son visage.

Lorsque Susan sortit de l'ascenseur, Donald se leva et se dirigea vers elle. Ils se regardèrent pendant un moment, puis Susan lui sourit et il passa son bras autour d'elle. Il leur sembla à tous les deux que c'était le geste le plus naturel du monde.

REMERCIEMENTS

Mille mercis encore et toujours à mon éditeur Michael V. Korda et à son associé, Chuck Adams. Ils furent des amis merveilleux et d'irremplaçables conseillers tout au long de l'élaboration de mon histoire.

Rebecca Head, Carol Bowie, et ma correctrice Gypsy da Silva, soyez bénies, vous qui avez veillé des nuits entières à cause de moi, une fois de plus.

Et toute ma gratitude à mon attachée de presse et amie Lisl Cade, dont les conseils et le soutien comptent toujours tellement pour moi. Et à mon agent, Eugene Winick, supporter inébranlable.

Félicitations à ma fille, Carol Higgins Clark, pour sa perspicacité jamais mise en défaut.

Et enfin, merci à « Lui », mon mari John Conheeney, et à toute ma famille pour leurs encouragements et leur compréhension.

Je vous aime tous.

Composition réalisée par EURONUMÉRIQUE

Imprimé en France sur Presse Offset par

BRODARD & TAUPIN

GROUPE CPI

La Flèche (Sarthe).
N° d'imprimeur : 12578 – Dépôt légal Édit. 22448-05/2002
LIBRAIRIE GÉNÉRALE FRANÇAISE - 43, quai de Grenelle - 75015 Paris.

ISBN : 2 - 253 - 17107 - 7